中国当代文艺学话语建构丛书（第二辑）

吴子林 主编

他异与间距

西方文论与中国视野

·

王嘉军 著

浙江工商大学出版社
ZHEJIANG GONGSHANG UNIVERSITY PRESS

·杭州·

图书在版编目(CIP)数据

他异与间距：西方文论与中国视野 / 王嘉军著. —
杭州：浙江工商大学出版社，2023.9
（中国当代文艺学话语建构丛书 / 吴子林主编. 第
二辑）
ISBN 978-7-5178-5662-7

Ⅰ. ①他… Ⅱ. ①王… Ⅲ. ①文艺评论－中国－现代
－文集 Ⅳ. ①I206.6-53

中国国家版本馆 CIP 数据核字(2023)第 156369 号

他异与间距——西方文论与中国视野
TAYI YU JIANJU——XIFANG WENLUN YU ZHONGGUO SHIYE

王嘉军 著

出 品 人	郑英龙
策划编辑	任晓燕
责任编辑	沈明珠
责任校对	夏湘娣
封面设计	朱嘉怡
责任印制	包建辉
出版发行	浙江工商大学出版社
	（杭州市教工路 198 号　邮政编码 310012)
	（E-mail：zjgsupress@163.com)
	（网址：http://www.zjgsupress.com)
	电话：0571-88904980,88831806（传真)
排　　版	杭州朝曦图文设计有限公司
印　　刷	杭州宏雅印刷有限公司
开　　本	710mm×1000mm　1/16
印　　张	19.75
字　　数	264 千
版 印 次	2023 年 9 月第 1 版　2023 年 9 月第 1 次印刷
书　　号	ISBN 978-7-5178-5662-7
定　　价	98.00 元

总　序

2023 年 6 月,习近平总书记到中国国家版本馆和中国历史研究院考察调研、出席"文化传承发展座谈会"并发表重要讲话,从党和国家事业发展全局的战略高度,对中华文化传承发展的一系列重大理论和现实问题做出全面系统深入阐述,发出振奋人心的号召:"对历史最好的继承就是创造新的历史,对人类文明最大的礼敬就是创造人类文明新形态。希望大家担当使命、奋发有为,共同努力创造属于我们这个时代的新文化,建设中华民族现代文明!"[①]

历史表明,社会大变革的时代一定是哲学社会科学大发展的时代。当前,世界处于"百年未有之大变局",我们正经历着历史上最为宏大而深刻的社会变革与实践创新。这种前无古人的伟大实践,给理论创造提供了强大动力和广阔空间。这是一个需要理论且一定能够产生理论的时代,这是一个需要思想且一定能够产生思想的时代。

改革开放之初,当代中国文化曾有一种"文学主义",文学在整体文化中居于主导地位,深度参与到文化之中,激动人心,滋润人心,维系人心;文学

[①]　习近平:《在文化传承发展座谈会上的讲话》,《求是》2023 年第 17 期。

研究随之呈现出锐意进取、多元拓展的局面,取得了丰厚的学术积累与探索成果。进入 21 世纪,资本逻辑、技术理性、权力规则使人遁无可遁,一切被纳入一种千篇一律的"统一形式"之中,格式化、程序化的现实几乎冻结了应有的精神探索和想象力,既定的文化结构令人备感无奈甚或无为。当从"文学的时代"进入"文化的时代"后,文学在文化中的权重不断下降。在当代知识竞争格局中,文学研究囿于学科话语而一度处于被动状态,丧失了最基本的理论态度和批判意识。

当代著名作家铁凝说得好:"文学是灯,或许它的光亮并不耀眼,但即使灯光如豆,若能照亮人心,照亮思想的表情,它就永远具备着打不倒的价值。而人心的诸多幽暗之处,是需要文学去点亮的。"[①]奔走在劳碌流离的命途,一切纷至沓来,千回百折,纠缠一生;顿挫、婉转、拖延、弥漫,刻画出一条浓酽的、悲欣交集的人生曲线。屏息凝听时代的脉动,真正的作家有本领把现实溶解为话语和熠熠生辉的形象,传达出一个民族最有活力的一面,表现出一个时代最本质的情绪;他们讲述人性中最生动的东西,打开曾经沉默的生活,显现这个世界内在的根本秩序———一种不可触犯事物的存在。

在当代中国文学研究领域里,文艺学一直居于领军的地位,具备"预言"的功能与使命,直面现实并指向未来,深刻影响并引领着中国文学研究不断突破既有的格局。"追问乃思之虔诚。"(海德格尔语)与作家一样,当代文艺学研究者抓住文学的核心价值(追求"更高的心理现实",即"知人心"),并力图用蕴含着深刻的历史逻辑、理论逻辑和实践逻辑的话语释放这一核心价值,用美的规律修正人们全部的生活方式,引导人们"知善恶""明是非""辨美丑",帮助人们消除"鄙吝之心",向往一种高远之境。

21 世纪以降,文学创作、文学批评、文学传播乃至整个文学活动方式持续地发生广泛而深刻的嬗变;与之相应地,审美经验、媒介生态、理论思维、

---

① 铁凝:《代序:文学是灯——东西文学经典与我的文学经历》,《隐匿的大师》,译林出版社 2021 年版,第 5—6 页。

知识增量等交相迭变，人文学术思想形态发生裂变、重组，各学科既有的话语藩篱不断被拆除。"察势者明，趋势者智。"人们深刻体认到：中国作为一个拥有长期连续历史的巨大文化存在，其问题意识、思维方式、语言经验、话语模式需要重新发现与阐释，并且必须重新生成一种独立的、完整的、崭新的思想理论及其话语体系。这种话语体系是思想理论体系和知识体系的外在表现形式，与文化环境、传统习惯及社会制度等密切相关，具有深厚的历史积淀与现实根基。

进入新时代，文艺学研究者扎根中华大地，勇立时代潮头，与时代同行，发时代先声，积极回应当代知识生产的新要求，通过跨学科领域的研究致力于新文科观念与实践，重构当前各个知识领域的学科意识与现实眼光，有效参与对人类命运共同体的思考，孜孜于文艺学的学科体系、学术体系和话语体系的探索与创建，呈现中国特色、中国风格、中国气派的学术贡献与话语表达，为国家的现代化建设提供强大精神动力和智力支持。

理论的生命力在于创新。新领域的开辟，新学科的建立，新话语的生成，需要不同见解、彼此争议的砥砺。章太炎先生当年就慨叹孙诒让的学术之所以未能彰显于世，是因为没有人反对："自孙诒让以后，经典大衰。像他这样大有成就的古文学家，因为没有卓异的今文学家和他对抗，竟因此经典一落千丈，这是可叹的。我们更可知学术的进步是靠着争辩，双方反对愈激烈，收效方愈增大。"[①]本着真理出于争辩及促进学科发展的愿望与责任，遵循问题共享、方法共享、思想共享的学术原则，浙江工商大学出版社邀请本人编选、推出"中国当代文艺学话语建构丛书"。本丛书拟分人分批结集出版相关的代表性研究成果，收录各人具有典范性的、在学界产生较大影响的佳作，以凸显"一家之言"的戛戛独造，为中国当代文艺学话语体系的建构尽绵薄之力。

"中国当代文艺学话语建构丛书"第一辑推出了当代文艺学研究界中坚

---

① 　章太炎：《国学概论》，中华书局2003年版，第33页。

代学者陈定家、赵勇、张永清、刘方喜、吴子林、周兴陆的 6 部著作,备受学界同人关注。第二辑推出的是当代文艺学研究界青年才俊的 6 部著作:王怀义《中国神话诗学——从〈山海经〉到〈红楼梦〉》、王嘉军《他异与间距——西方文论与中国视野》、李圣传《人物、史案与思潮——比较视野中的 20 世纪中国美学》、王琦《当代西方书写思想之环视——以让-吕克·南希的研究为中心》、汪尧翀《居间美学——当代美学转型的另一种可能》和冯庆《诗与哲学之间——思想史视域中的文学理论》。这些青年才俊生于 20 世纪 80 年代,师出名门,大都精通外语,受过良好的西学训练,又有强烈的中国问题意识,而努力在中西思想的碰撞、交流、对话中,通过跨学科领域的研究,致力于新文科观念与实践,自觉构建崭新的文学理论、文艺美学理论话语体系。他们的学术思想比较前卫、先锋,6 部著作都是穷数年之功潜心撰写而成的,它们融思想与学术于一体,具有健全的历史和时间意识,并由此返归当下,呈现了崭新的理论话语、价值体系、思维方式和文化逻辑,汇入了 21 世纪的理论创造之巨流。

行文至此,不知何故,我突然想起了柏格森及其生命哲学——

1884 年暮春的一个黄昏,25 岁的柏格森散步到克莱蒙费朗城郊。这是法兰西腹地的高原地带,漫山遍野生长着各种高大的树木。晚霞在万里长空向东边铺洒开来,远处卢瓦尔河的支流潺潺流动。柏格森站在高处,目睹河水奔流、树木摇曳、晚霞飘逝,突然对时光之逝产生了一种非常震惊的感觉。

在与尘世隔绝的静谧与冥思苦想中,意识之流携带着一切感觉、经验,连续不断地奔涌;在那些棱角分明的结晶体内部,也就是那些凝固的知觉表面的内部,也有一股连续不断的流:"只有当我通过了它们并且回顾其痕迹时,才能说它们构成了多样的状态。当我体验到它们时,它们的组织是如此坚实,它们具有的共同生命力是如此旺盛,以至我不能说它们之中某一种状态终于何处,另一种状态始于何处。其实,它们之中没有哪一种有开始或终结,它们全都彼此伸延。"①

　　时间无边无际、缄默不语、永不静止,它匆匆流逝、奔腾而去、迅疾宁静,宛若那包容一切的大海的潮汐,而我们和整个世界则如同飘忽其上的薄雾。时间之流的感觉驱动柏格森在克莱蒙费朗任教期间潜心思考时间问题,写出了他的第一部著作《时间与自由意志》。从这部著作开始,柏格森发展了一套以"绵延"为核心概念的庞大的直觉主义生命哲学体系。1927 年,为表彰其"丰富而生机勃勃的思想及其卓越的表现技巧",诺贝尔奖委员会将诺贝尔文学奖授予柏格森,并在"授奖辞"里写道:

　　　　柏格森已经为我们完成了一项重要的任务:他独自勇敢地穿过唯理主义的泥沼,开辟出了一条通道;由此通道,他打开了意识内在的大门,解放了功效无比的创造的推动力。从这一大门可以走向"活时间"的海洋,进入某种新的氛围。在这种氛围中,人类精神可以重新发现自己的自主性,并看到自己的再生。②

吴子林

2023 年 6 月 9 日于北京

---

① 　柏格森:《形而上学导言》,刘放桐译,商务印书馆 1963 年版,第 5 页。
② 　柏格森:《生命与记忆——柏格森书信选》,陈圣生译,经济日报出版社 2012 年版,第 204 页。

序　言

　　本书之所以以"他异与间距"为题,首先正如第一章"他异与间距:经由列维纳斯和朱利安思考文化间性"所论,这是笔者所认同的一种跨文化比较方法。其次,纵观本书,读者诸君会发现,几乎在每一章都能或明或暗地看到列维纳斯的身影,他是笔者近年来一直致力于研究的思想家,他的思想以对于"他者"和"他异性"的阐述而著称。从他开始,当代法国乃至西方思想,生发出一条他异性思想谱系,在伦理学、政治学、文艺研究等领域,都产生了重要影响。而在笔者看来,只要尊重他者和他异性,势必就会产生间距。所以,这两个概念也可以在总体上指示本书的研究重心和研究方法。

　　本书共分为三个部分:"比较视野""文论互鉴"和"文化透镜"。第一部分"比较视野"主要涉及对中西文论、美学和思想的比较,这是笔者近年来关注较多的研究,这项研究最为鲜明地体现了"他异与间距"。笔者总体秉承的是一种尊重不同文化之差异,在此基础上寻求共通,而不刻意求同的比较方法。这种方法的要义就在于尊重研究对象的他异性。这里的研究对象,不只针对他者文化,也针对本土文化。事实上,在近年的研究过程中,笔者在本土文化中所感受到的他异性,一点儿也不少于他者文化。这一方面当然是由于我国文化的博大精深,以及本人的才疏学浅;另一方面也是由于与他者文化的对比,映照甚至激发了本土文化的深度、潜力和活力。所以,在这样的比较中,他者文化和本土文化必然会保持间距,而不会被捏合成一个同一体,同一性恰恰是对他异性的抹杀。不过,间距不是一种漠然的距离,相反,间距是激发彼此吸引力的条件。基于这种间距,我们才能期待不同文化之间的"相爱",并由此孕育一种"和而不同"的思想和未来。

第二部分"文论互鉴"主要围绕列维纳斯和当代他异性思想谱系展开,其中的关键词——崇高、不可见者、他者、伦理转向、未来……构成了一片概念星丛,它们实际上都是围绕"他异"这一维度展开的,也可以反过来说,他异性的维度恰恰是围绕它们而展开的。就像一只采摘花蜜的蜜蜂,它在这些议题之间停顿、穿梭、授粉,并编织出一条多异而又贯通的思想路线。本书对于这种他异性的呈现,既包括了建构,也包括了解构。所谓"他者",对于当代思想的最大冲击,恰恰在于它解构了"总体"和"内部",因为他者的另一个名字就是"外来者"。除此之外,本书对于"他异性"的论述还依赖于一种"重复",这或许是对于列维纳斯风格的不自觉模仿,正如德里达所说,列维纳斯的书写经常"以一种惊涛拍岸式的无限坚持得以展现:总是同样的浪向同一道岸的返回与复归,每一次返回与复归,一切都会无限地自我更新与自我丰富"①。这可能是论述一种他异性思想不可避免的策略,要将这种具有超越性的他异性置入追求内在性的论述逻辑之中,其艰难犹如在坚硬的岩壁上开凿通道,只有通过不断地重复、强调和撞击,才可能让它生出裂隙。

不过,如此做法经常会导致这样的问题:在不断的重申中,理论变成了宣道,说理变成了说教。一种根植于伦理学的理论,尤其容易导向说

① 德里达:《书写与差异》,张宁译,中国人民大学出版社2022年版,第140页。

教。其实,又有哪一种理论不为某种伦理学或价值观所引领呢?所以,任何理论都或多或少暗含说教的成分,但如果变成一种纯粹的概念空转,它的学术性和探究性势必就会大打折扣,变成一种话语模式或意识形态。为了规避这种风险,最简单,也可能最困难的方式,就是我们耳熟能详的六个字:理论联系实际。对于文艺理论而言,最大的实际当然就是文艺作品和文化现象。因此,在第三部分"文化透镜"中,笔者尝试通过对文艺作品,甚至真人秀节目进行分析来让理论运动起来,同时也通过文学和文化批评来重思理论、透视现实。其中的部分内容最早发表于 2010 年,最晚发表于 2022年,但是哪怕在最早发表的内容中,也已经对列维纳斯及他异性思想有所提及和运用。回顾这条蜿蜒但连续的学术探索之路,笔者有一种"熟悉的陌生"之感,其中的不完满所显露的"间距",也指引了笔者未来行进的方向。

　　"前言(l'avant-propos)"在列维纳斯的思想中,有着特殊的功能和所指。在《总体与无限》中,列维纳斯指出,它旨在率先打通作者与读者之间的屏障。[①] 在《别于存在或在本质之外》中,它更明确地担负着一种哲学中"言说(le dire)"般的伦理功能。[②] 在读者进入书中的论述之前,"前言"率先吐露心声,"坦白交代",甚至把"谜底"首先向读者揭晓——很多时候,理论写作中的严密论证,只不过为了把一个谜语讲得圆满,从而让读者无从知道作者真正的关怀、诉求和困惑。在这个意义上,"前言"对于正文来说就是他异性的,甚至解构性的,它让书不成为一个"总体",因而它也是伦理的、无限的。它在自圆其说的正文中突围,"在书的门前",在一开始就给全书留下一个裂口、一道间距,让作者和读者随时可以回到全书之"前",结论之"前",让书写不断重启。它为全书之综观和反思立靶,也为写作之初心立标。是为序。

　　① 列维纳斯:《总体与无限:论外在性》,朱刚译,北京大学出版社 2016 年版,第11 页。

　　② Emmanuel Lévinas: *Autrement Qu'Être Ou Au-Delà De l'Essence*, Martinus Nijoff Publishers, 1978, p.17.

目　录

第一辑　比较视野

第二辑　文论互鉴

第三辑 文化透镜

第一辑 | 比较视野

| 第一章 |

他异与间距：经由列维纳斯和朱利安思考文化间性

　　法国当代哲学家列维纳斯是 20 世纪对伦理学最有创见的思想家之一，虽然他很少使用主体间性这一概念，但是他致力于阐述的自我和他者的关系，其实就是一种主体间性，只不过不同于惯常的理解，这种主体间性是"非交互"的。列维纳斯有关主体间性的思想后来被引用到了对"文化间性"①的探讨中，这些引用者中就包括了"汉学家"朱利安。②《间距与之间》一文是朱利安阐述文化间性最为重要的文本之一，该文系他在获得法国人文之家基金会世界研究学院"他者性教席"时所做的就职演讲。从这个教席的名称，我们就可以觅到列维纳斯和朱利安的思想关联。可以说，列维纳斯毕生的工作重心就在于阐述他异性/他者性(alterity)，也正由于他对于这一概念的革命性推进，其后的诸多当代法国思想家对这个概念的阐发或多或少都会受到他的影响，朱利安也不例外。基于这种思想关联，

---

　　①　我们是在广义上使用"文化间性"这一概念的，它所指的就是"不同文化之间的关系"。近年来国内对"文化间性"进行了颇有成效的探讨，限于篇幅，我们在这里不对其做梳理和回顾。

　　②　朱利安的著作中经常可见对列维纳斯的引用，其"面对面""他者""他异性""无处"等概念也可明显看出与列维纳斯的关联，刘耘华先生指出：朱利安的"理论或方法支撑也完全来自西方，具体地说，主要来自海德格尔，次要来自列维纳斯、德里达以及其他人"。参见刘耘华：《中国绘画的跨文化观看——以弗朗索瓦·朱利安的中国画论研究为个案》，《文艺理论研究》2020 年第 2 期。

我们试图把列维纳斯和朱利安的思想联结成一个既有接续又有间距的体系,并通过其来思考文化间性。结合韩炳哲等思想家对全球化的批判,以及对庄子之"养生"思想的当代阐释,我们最终试图把这一文化间性思想当作一种抵抗策略,来回应当代资本主义全球化及其所导致的同质化和划一性。

第一节　列维纳斯思想中的三种差异

一、作为不同的差异

列维纳斯的思想大致可以区分为三种差异,而这三种差异思想与朱利安对于文化间性的探讨都是相关的。第一种差异是属性之间的差异,可将其称为"不同"。例如,苔藓植物和蕨类植物的不同,白种人和黄种人的不同,这种不同的区分,恰恰基于的是一种同一的标准。例如,从植物学的同一性出发来区分苔藓类和蕨类,从人种学的角度来区分不同种族。这种区分首先来自某种同一的范畴,在这个意义上,这里的诸"不同"之物不具根本的差异,而是对于同一性的划分,就像切开一个蛋糕一样。朱利安说这就像对于桌子和椅子的区分,前提是认同它们都是家具。因此这里的差异,是一种整理排列的形象。[①] 这个差异首先已经预设了同一,而这一同一恰恰是朱利安和列维纳斯都抗拒的。

二、作为他异的差异

列维纳斯那里的绝对他者就是不能为任何的同一性囊括的他者,与绝对他者相伴的则是一种绝对的差异,我们将其称为"他异"。列维纳斯曾明确指出,他所谓他异性不能与"不同"相等同:

---

① 朱利安:《间距与之间》,卓立、林志明译,五南图书出版公司 2013 年版,第 33 页。朱利安自己认为该词(différence)的翻译应当是"分异"而非"差异","分"更易表现出这种分割、整理、排列的形象,可惜中译者并未采纳。参见朱利安:《从存有到生活:欧洲思想与中国思想的间距》,卓立译,东方出版中心 2018 年版,第 291 页。

他异性根本不是指差异(difference)这一事实。诸如面对我的那个人有一个和我不同的鼻子,不同颜色的眼睛,另一种个性。它不是差异,而是他异性。这是一种他性,不可包括的,超越的。它是超越的起点。如果只是凭借不同的特征,你就不是超越的。①

因此,这种他异性不是简单的属性上的差别,而是指涉他者与我根本上的相异性。之所以说这种他异性是超越的,一方面,是因为自我永远无法同化他者,永远不能把捉其他异性,它似乎永远可以从自我的掌心飞走。另一方面,在列维纳斯的语境中,它还指涉这种"他异"是一种伦理差异。伦理差异所意味的是,他者的这种他异性会唤起自我对于他者的无限责任,这种责任是永远不可被满足的,因此它是超越的。最终,这种责任的无限性,还被列维纳斯连接到了"无限之观念在我",这一无限之观念即上帝,这就更凸显了伦理差异也即他异的超越性。② 在其早期思想中,列维纳斯曾经把他者描述为"弱者、贫者、'寡妇和孤儿'"③,认为他们会唤起主体的责任意识,因为他们比自我更弱,而非更强,因此自我更需对他们负责。这就是一种伦理强力,它倒置了列维纳斯所说的"存在的经济学"中的强弱逻辑,因此它也是具有超越性的。从另一个层面说,这种伦理差异还暗示,真正的差异必须基于主体对于他者之他异性的尊重,否则任何差异都是可以被主体所抹杀的,不管是对于他人,还是对于自然,概莫能外。

---

① 莱维纳斯等:《道德的悖论:与埃曼纽尔·莱维纳斯的一次访谈》,孙向晨、沈奇岚译,载于孙向晨:《面对他者:莱维纳斯哲学思想研究》,上海三联书店 2008 年版,第 331 页。英文版:Robert Bernasconi and David Wood(eds.): *The Provocation of Levinas: Rethinking the Other*, Routledge, 1988, p.170。笔者暂时未找到该访谈的法语原文,但"alterity"和"difference"两个词的法语写法和意义与英文几乎是一致的。

② 列维纳斯:《论来到观念的上帝》,王恒、王士盛译,商务印书馆 2019 年版,第 8—10 页。

③ Emmanuel Lévinas: *Le Temps et L'Autre*, Fata Morgana, 1979, p.75.

三、作为陌异的差异

他异是列维纳斯最为用力描述和分析的一种差异,但是其实在他的哲学中还蕴含了另一种差异,这种差异可以被称为"陌异"或"中性的差异"。这里的"中性"是在布朗肖的意义上而言的,而布朗肖的这一思想很大程度上正来自列维纳斯。它所指涉的是一种原初的"未知"和歧义,是一种永恒的陌生、晦涩和暧昧,其因陌生、晦涩和暧昧而充满了差异性,而不能被任何同一性所囊括,无论是理性的同一性,还是权力的同一性。在布朗肖、福柯和罗兰·巴特等人看来,文学所追寻的就是这种永恒的晦涩和中性。笔者曾经分析过,布朗肖的中性这一概念与列维纳斯的"有(il y a)"和"实存"等概念的关系。[①] 在布朗肖及其后继者例如福柯和罗兰·巴特那里,这种"无意义"或未知,意味着一种绝对而原初的差异,福柯的"外部"和巴特的"零度"指涉的就是这一差异,它被后现代主义进一步阐发为一种歧义性、多元性甚至纷争性。这种原初差异,不包含他人对于自我的超越性,而是一种既不偏向主体,也不偏向他者,一种不含任何价值偏向的漠然而本源的差异。然而,对于列维纳斯而言,这种"中性的差异"并不高于"他人的差异",也即"他异",因为陌异虽然暗含了冲破同一性宰制的潜力,却不直接指向伦理和对他人的责任,有时甚至会抹杀他人和其他他者之区别。换言之,他人在这一原初陌异中并不居于一个特例的位置。因此,从列维纳斯的伦理立场出发,陌异在价值上显然不可能高于他异。

第二节　三种差异与文化间性

从列维纳斯的思想出发,结合朱利安的阐释,我们也可以用以上三种差异来区分文化间性。

---

① 请参拙作:《"il y a"与文学空间:布朗肖和列维纳斯的文论互动》,《中国比较文学》2017 年第 2 期。

一、"不同"的文化间性

第一种就是"不同"的文化间性,这种"不同"是以"认同"为标准的。如朱利安所说,同一性和"认同"一直统领着这种"不同"。这种"不同"也就是朱利安下文所说的"差异":"认同事实上至少用三种方式围绕着差异:(一)认同在差异的上游,并且暗示差异;(二)在差异制造期间,认同与差异构成对峙的一组;(三)最后,在差异的下游,认同是差异要达到的目的。"[①]

在跨文化研究中,秉持这一间性立场的学者试图比较不同的文化,这种比较所基于的往往是一个可以上溯的共同标准,但这一标准很可能不是真正"共同"的。比较必然要基于一些可供比较的标准,但标准恰恰应当是比较之后才能得出的一些结论性的东西。这就陷入了悖论,标准似乎既在比较之前,又在比较之后。如此一来,客观的比较几乎就是不可能的。很多时候,我们自以为客观的比较标准,其实并不客观,它往往只是企图将有限的经验建构为普适化的刻度。例如,当人们试图定义儒家到底是不是一种宗教时,必然预设已经有了一种对"宗教"进行定义的标准,宗教已经有了一种同一性可供"认同"。这种定义是由此前对其他宗教的分析、比较和总结得出的结论,然而,这样一种结论是普适的吗? 或者说关于宗教的定义可以被同一化吗? 没有任何人可以在比较世界上所有的宗教之后再得出"何为宗教"的结论,何况,在得出结论之前,我们又以何种定义把这些宗教算作"宗教",从而进行比较呢? 在许多类似的文化比较中,研究者都自觉不自觉地用本土的文化、其所熟悉的文化或强势主流文化作为标准来衡量其他文化,而在进行这种评判的时候,研究者恰恰还自以为是置身事外的,是在用一种超然的视角来进行研究。究其实,这是一种基于预设的同一性来统辖多元性,以伪装成普适性的自我性来观照

---

① 朱利安:《间距与之间》,第 25 页。

他者,甚至统摄他者的模式。这种建基于同一和自我的比较,恰恰是列维纳斯和朱利安都极力反对的。如朱利安所说:"应该消除这个成见,就是文化的上游只有一种作为共有认同的初始文化,而世界上的所有复数形态的文化只不过是该初始文化的变形。"①

二、"陌异"的文化间性

接下来,我们要跳转顺序,先来说一下第三种间性模式,也就是陌异的间性。这是一种陌异地看待他者文化的模式,福柯著名的异托邦概念可被视为其典型。在《词与物》一书中,福柯借博尔赫斯一个谈论中国的文本,而将"中国古代的分类系统"与西方基于理性和逻辑的分类系统相对立,并且赋予了这一分类系统及其背后的中国这一异托邦,以与西方的"逻各斯中心主义"及其权力对抗的异质性力量。② 福柯的异托邦思想与其早年借助于对布朗肖和巴塔耶等人的解读,所阐述的"外部"和"僭越"等概念一脉相承,它所暗含的是一种相对于理性和总体性的异质性。当然,福柯也用异托邦这一概念解读过建筑,从而赋予了其比前期思想中的"外部"更"接地气"的意涵,但其价值指归是有延续性的。③ 而如上所述,布朗肖的外部和中性等概念本身也深受列维纳斯的影响,从这里,我们可以找到另一条法国思想的发展脉络。④ 朱利安也察觉到了这种文化间性模式,并对其提出了批评,他指出:"我们不要停留在任何的异质邦(即异托邦,笔者注)里,这一点正是我在这一方面最终对福柯所作的批评。因为请大家记得,他在同一个段落里也写道:'完全不可能思想的那个'——

---

① 朱利安:《间距与之间》,第 27 页。

② 福柯:《词与物:人文科学的考古学》,莫伟民译,上海三联书店 2016 年版,前言第 4 页。

③ 相关分析可参见阿兰·布洛萨:《福柯的异托邦哲学及其问题》,汤明洁译,《清华大学学报》(哲学社会科学版)2016 年第 5 期。

④ 相关分析请参拙作:《存在、异在与他者:列维纳斯与法国当代文论》,上海社会科学院出版社 2019 年版,第 209—214 页。

'那个',正是指中国的间距。与之相反地,我提出一种可理解的共通(commun de l'intelligible)。"①客观地说,福柯在该段文字中所关心的并非中国,而是异托邦,但是他还是变相地造成了将中国陌异化的后果,这样一来,也就切断了两种文化可能发生的关联,同时也阻断了对中国的理解。他将中国封印于一种不可思的"外部",事实上也就隔绝了对真正的中国之理解,隔断了"间距",因为"间距"恰恰是在关联中发生的,没有关联的"间距"只是一种漠然。究其实,这种文化间性,依旧过度渲染了他国的异域风情——"异域感(l'exotisme)",这也恰恰是列维纳斯对于"陌异"的另一种表述。② 而且,这种态度尽管饱含对本土文化的质疑和批判,但它依旧是以自我为中心的,因为它对异域的"虚构"、封闭以及挪用,是以对本土文化的批判为目标的,是一种为了自我批判而悬设的镜像。

三、"他异"的文化间性及其跨文化意义

我们重点阐述的是他异的文化间性。何为他异的文化间性?换言之,如何用列维纳斯的他异思想来思考文化间性?我们试图通过翻译来落实这一思考。翻译当然是一种最能体现文化间性的跨文化交流,而列维纳斯的他异性语言哲学恰恰也可以与翻译理论相勾连。在其后期的"语言学转向"中,列维纳斯区分了两种语言,一种是言说(le dire, the saying),一种是所说(le dit, the said)。言说是自我向他者彻底暴露的语言,它可能不传达任何具体内容,却可以直接建立自我和他者之间的伦理关系。在自我和他者的关系和对话中,首要的不是我们对话的内容,而是这种伦理关系的建立。这种伦理关系先于语言的内容和信息,但如果没有

---

① 朱利安:《间距与之间》,第 75 页。原文将"commun"翻译为"共有",亦有译者翻译为"共同",在此处,我们则将其统一译作"共通"。

② 列维纳斯:《从存在到存在者》,吴蕙仪译,江苏教育出版社 2006 年版,第 56 页。

这种伦理关系,这种真诚、袒露甚至奉献,对话也是不可实现的——如果我们不将对话仅仅视为一种协商、谈判甚至算计的话。不过,由于我们生活在一个公共世界之中,这一公共世界需要一种客观而可被共享的语言,于是传递内容和信息的语言就也是必要的。这种语言就可被视为"所说"。所说是我们日常交流中最常用的语言,因为交流中必须包含内容,也必须包含互相理解,所以所说不可或缺。但列维纳斯告诫我们:尽管所说不可或缺,但所说应该是言说的仆人,而非主人,理解应该附属于伦理,而非相反,否则我们可能就会遗忘他者和伦理,而将价值建立在一种貌似客观公正的理性之上,而实际上这种看似的公正却压抑了他者。

在列维纳斯那里,所说是言说的一种必要的背叛和翻译。[①] 因此,言说和所说的关系是比较容易置换到翻译理论中的。在翻译中,我们可以把原文视为言说,而翻译语言视为所说。原文是他者的言说,这里的他者既指涉原作者,也指涉其所蕴含的他者文化;而翻译语言则是所说,是一种要把他者"同化"为译者和其所属文化之表达的语言。但言说是不能彻底被转化为所说的,就像在翻译中,总有溢出翻译语言之外的不可译者,这一不可译者恰恰就是他者的他异性。这一他异性会激发译者不断地进行翻译,不断地修改翻译,会使得翻译呈现为一个无限逼近或"亲近"原文的旅程。"亲近"是列维纳斯的另一核心概念,他说道:"出离自我即亲近邻人。"[②]连接二者的则是"为他人负责":为他人无限负责,就意味着主体要"出离自我"而"亲近邻人"。然而,因为自我对邻人和他者的责任是无限的,所以,自我便永远不可能完成我的责任,抵达他人,而只是永远处于亲近他人和担负责任的过程中。也正是因此,亲近使得自我与他人越近的时候,却又相隔越远。相隔越近,责任越大,或者说,当自我觉得责任快

---

① Emmanuel Lévinas：*Autrement Qu'Être Ou Au-Delà De l'Essence*，p. 17-18. 本书中引用的该书翻译,有的参考了伍晓明先生的译本《另外于是,或,在超过是其所是之处》(北京大学出版社 2019 年版);以下不一一注明。

② 列维纳斯:《论来到观念的上帝》,第 30 页。

要尽完的时候,恰恰是自我责任最重的时候,因为此时自我已经又由"出离自身"而转为"回归自身"了。这是"随着人们越来越走近,它倒越来越远的东西;好像一段越来越难以跨越的**间距**(粗体为笔者所加)。这使得义务越来越增大,这是无限,这是一种荣耀"[1]。这与翻译中不断逼近原文之他异性的过程是接近的,当我们感觉翻译离原意越近的时候,也可能恰恰是我们离原意最远的时候,因为原意从此可能就会凝固在一种看似贴切的翻译中,就此原意的他异性也就被耗尽了。此时我们恰恰又会并应当感觉与原文更远,从而对原文怀着更大的责任和歉疚。因此,亲近就意味着"间距"无法跨越,距离越近,相隔越远。

将这一思路从翻译扩展到各种各样的跨文化理解中。这种亲近指示的是,在跨文化交流中,当自我越觉得理解另一种文化的时候,也可能就是自我离它越远的时候,因为这个时候它的他异性几乎要被自我全部同化了,自我也便与其相隔越远了。在自我觉得对其完全理解的时候,也是自我对其最不理解的时候,因为我就连它的陌生性和他异性也不再能辨别了,而这种陌生性和他异性可能恰恰是它的灵魂,自我需要一直对其保持尊重和敏感,而不是让它成为"最熟悉的陌生"[2]。当然,这同样也告诫我们,在进行跨文化交流的过程中,我们要永远秉持一种自我怀疑和自我批判的精神,正如德里达对列维纳斯的解释:"绝对的公正也是绝对的自我批判。"[3]当自我觉得越理解他者文化的时候,恰恰是越应当自我怀疑的时候,怀疑自己是不是正在将他者文化同化,或者更通俗地说,是不是正在以己度人。

在谈及翻译时,朱利安也曾提道:

---

① 勒维纳斯:《上帝·死亡和时间》,余中先译,生活·读书·新知三联书店1997年版,第234页。

② 朱利安热衷于通过情爱关系来探讨间性关系,列维纳斯也对"爱欲"有独到阐述,事实上,我们要完整理解"间性",情爱的视角是必不可少的。

③ 德里达:《永别了,勒维纳斯》,载于《解构与思想的未来》,杜小真、胡继华等译,吉林人民出版社2011年版,第25页。

> 翻译就是同时进行同化与异化，以便让他者通过同化与异化"之间"。……翻译当然要同化：必须寻找两种语言里对应的表达方式。但是翻译也要异化：要让人听见在另一种语言里那些抵抗翻译语言的成分。我认为，一篇文本要做到让人看出原文与译文之间的间距或距离……①

这里的同化也可被理解为一种以所说（翻译语言）来呈现和转化言说（他者语言）的活动，一种试图追寻、把捉与转化原文和原意的活动。但是，这一同化的过程，却不能消解其中"他异"的维度。他者抗拒被同化和翻译，原文和另一种文化的他异性必然会一直从翻译语言中溢出。朱利安所说的原文对于翻译语言的抵抗，近似于列维纳斯那里的"祛说（dédire，unsay）"。在谈到言说和所说的关系时，列维纳斯曾指出，言说抗拒被所说彻底固化的命运，因此会不断祛说，祛除所说，也祛除言说自身。言说就此走向了自我流放，但这种流放恰恰是言说维持自身的方式，否则它便被所说冻结了。因此，祛说也就是言说。这一祛说的过程，置换到翻译中，就是上述"亲近"原文的过程，就是译者感知翻译中那不可被翻译的东西一直在祛除翻译、溢出翻译，感知翻译无限亲近他者却又不能抵达他者的过程。这一"感知"的过程是无尽的，因为巴别塔终究不可能建成，两种语言的距离不可能被完全跨越。因此，从根本上说对翻译的修改也是无尽的。我们对两种语言和文化理解得越深，也往往越会感觉到翻译的不完美，因此无论多优秀的译者，只要不过度自大，或多或少对原文都会怀着某种负罪感。② 翻译由此而呈现为一个既是同化，又是异化，既在接近

---

①　朱利安：《间距与之间》，第79页。

②　朱利安对"法""信""志"和"意"等概念的法语翻译都提出了异议（参见朱利安：《从存有到生活：欧洲思想与中国思想的间距》，第322页）。这种翻译的难度，哪怕我们不懂法语也可以想见，因为现代汉语要翻译这些古老的概念本身也面临巨大的挑战。

他异性,又在保持他异性的过程。这一过程,这种关系可以被称为"没有关系的关系",德里达指出:"只有当我和他者相分离,我才可能和他对话,我们才不会相互取代。法国哲学家布朗肖与列维纳斯等人把这种关系称为'没有关系的关系'。"①这是一种不联结成整体的关系,不断抗拒同一化的关系,不断切断关系的关系,永远处于"之间"而非"接合"的关系。在这一点上,我们可以更清晰地看到列维纳斯、德里达和朱利安思想的共通性。

第三节 列维纳斯与文化间性:经由朱利安的迂回

不过,列维纳斯伦理学直接关注的是人与人的关系,对于文化间性则论述不多,因此,要将列维纳斯的思想挪用到对文化间性的探讨中,就必须辅之以其他思想视角。朱利安思想与列维纳斯的亲缘关系及其对于文化间性的关注,使其很自然地成为一条连接列维纳斯和文化间性的迂回之道。

毫无疑问,列维纳斯思想与文化间性是有所隔阂,并需要改造的。这里仅择其要者而分析。其一涉及的是不对称性问题:在列维纳斯那里,他人和自我之间的关系是不对称的,易言之,在伦理上他人居于比自我更高的位置,他人比自我离上帝更近,②比自我更加柔弱,因此自我需要对其负责。基于这种不对称性,伦理成为首要的主体间关系。尽管我们在跨文化交流,例如上面所说的翻译等活动中,确实也可以吸收这种不对称性伦理,但是,从更宏观的视野出发,跨文化交流当然还是应当基于对称、平等和交互,而非不对称。在文化政治层面,不对称还涉及后殖民主义揭示的一系列问题。在跨文化交流中,伦理关系当然重要,但其背后的文化和

---

① 德里达、卡普托等:《维拉诺圆桌讨论》,载于《解构与思想的未来》,第 55 页。

② Maurice Blanchot: *Our Clandestine Companion*, *Political Writings*, 1953—1993, trans. and intro. Zakir Paul, Fordham University Press, 2010. p.147.

政治关系也不可忽视。

其二是对话问题。与不对称性问题相关,列维纳斯的伦理学是反对对话中的平等和交互的,甚而说是反对话的。他曾明确反对马丁·布伯的"我—你"对话理论,认为"我—你"之间的对话会建立一种共通,这种共通会成为一条纽带,将自我和他者勾连起来,此时,自我和他者之间的不对称性就消失了。对话是要达成一种共识和共通,但是对于列维纳斯而言,伦理学是拒绝共通的,他者不是"另一个自我",他者是绝对他异的,因此我不能通过同情或交流等方式认知他者,从根本上说,我只能领受他者的启示和教导,并接受他者发出的伦理诫命。在列维纳斯的伦理学场景中,他者和自我的关系,是发布命令和接受命令的关系,而不是亲密的对话关系。如果说他的哲学中有一种有关对话的思想,那这种对话也是一种非平等和非交互的对话:"在对话中,我作为我是你的侍奉者……对话——和认知相反,和对话哲学家的某些描述相反——是对不平等者的思。"①列维纳斯的这一视角应该受到了犹太教律法主义的影响,他对布伯"我—你"对话哲学的批评也不无道理,尤其是在其中的那个"你"还指向上帝的时候。但是在文化间性中,平等和交互的对话当然是必要的,因此如何将列维纳斯反对话的哲学移植到文化对话中,也是一个棘手的问题。这个时候,引入朱利安、哈贝马斯和巴赫金等人的思想予以补充恐怕是必要的。

不过,列维纳斯本人也并非没有意识到不对称的伦理学在公共生活中可能会遇到的问题,因此他又别出心裁地提出了"第三方"这一概念,以对"不对称性"形成某种补充和平衡。这一概念,也恰恰为我们将其思想延展到文化间性领域,提供了直接的支持。简言之,第三方,即在自我和他者之外的另一个人。究其实,第三方也是一个他者,因此列维纳斯又称其为"他者的他者"。第三方的到来某种意义上使得自我与他者之间的不

---

① 列维纳斯:《论来到观念的上帝》,第 239 页。

对称关系发生了改变,因为自我其时既需要对他者 A 负责,也需要对他者 B 负责,而且对于他者 A 和他者 B 而言,此时自我也是他们所面对的他者,他们也需要对我负责。这样一来,就在不对称性中又建立了一种对称性和交互性。在此时,我们才可以比较他者,比较他者 A 和他者 B,以及更多的他者;而在第三方涉入之前的二人场景中,他者是不可被比较的,因为比较已经意味着自我用某种比较的标准来衡量他者的他异性,这样一来他异性就附属于这一标准,他者也就不是绝对的他者。第三方为列维纳斯的伦理学建立了一种公共性,这为我们将其伦理学挪用到文化间性和跨文化比较中,带来了更直接的便利。在我们的跨文化交流中,我们面对的经常不只是一种文化,而是要在诸多不同的文化之间进行比较,这就类似于第三方介入之后的伦理处境。在列维纳斯那里,比较的标准和追求都在于公正,假若他者 A 和他者 B 都犯错了,自我就需要以公正的标准和要求来比较他们哪一个更错,此时我们便从伦理学迈入了法学甚至政治学。但是列维纳斯强调,在这种比较中,我们同样应当以"伦理"和"善"为根本前提,否则比较和法律很可能就会沦为一种技术操作,而遗忘了背后的目的恰恰是要为他者负责。

　　将视角转移到跨文化比较中,比较的标准显然不仅仅是公正,但公正也必然会涉入比较之中。总有一些时候,我们难免要对某些文化,更确切地说,某些文化中的某些方面,在与其他文化相比较之后下价值判断,而不唯拉开"间距"。这种"价值判断"的标准意味着我们在诸多来自不同文化的不同价值中,认同了某些价值,而这些价值对于"人"、对于"人类"来说"更公正""更善""更好"。此时的"人"或"人类"被视为一个"共同体",它不只包括自我和他者,还包括无数的第三方,以至我们必须要去做一种"公正"的判断,而不只是为某一个他者负责。也正因此,此时,尽管他者不可比较,但是我们却难免要进行一种"不可比较的比较",并从中进行选择,寻求和确立某种价值"认同"——建立某种共同的价值标准,例如科学和民主等。因此,为了众他者,为了人类的"更善",比较和认同都是不可避免的。这一点恰恰可以弥补朱利安"间距"观之价值维度的缺失,对于这种缺失,学界早有批评。例如尤西林就"指出了朱利安的'间距'观主要源自道家,未能回应价值虚无主义:'朱利安间距观的要害是缺少对间距的善的价值论规范······'"①。对于这一问题,下文还会触及。在此之前,我们先要处理的问题是:如何进行跨文化比较和交流?

朱利安的"间距"思想其实处理的就是这一问题,尽管他不赞同比较,但任何跨文化研究本质上都少不了比较,在朱利安的研究中,也时刻可以看到他不断在中国哲学和西方哲学之间跳转和比较,不同之处只在于他的比较不试图从一种同一性出发,也不试图达到一种总体或融合的结果,而是不断拉开、制造两种文化之间的间距,并让二者互相映照和反思。这里并非不存在比较,而是不存在以认同为目标,以同一和"简单的普适论"②为预设的比较,我们可以将其称为一种"不比较的比较"。

朱利安这种"不比较的比较"之方法,最终的目标是通过"绕路而返回"③,通过他者而绕道回归自我,通过中国而回归古希腊哲学及其所奠基的西方思想。这种最终旨在回归的思路似乎是与列维纳斯的思路背道而驰的,列维纳斯曾经说过希腊哲学是奥德修斯式的远航,走得再远最终也要回归家乡和原点,因此它追求的是总体性和同一。对于犹太思想和犹太教,他则暗示道:它们就像摩西的远行或犹太人的流浪本身一样,是永不回归,是走向更远的远方,不会复归原点,却持守着对于家园的信仰。家园在跟随他们一起流浪,因此也就无所谓返乡。这一不回返的思想,似乎跟朱利安"绕道而回归"的思想是相冲突的,不过,在解读

---

① 董树宝:《从"间距"到"共通":论朱利安在中西思想之间的融会贯通》,《国际比较文学》2019 年第 2 卷第 2 期。

② 朱利安:《间距与之间》,第 53 页。

③ 朱利安:《间距与之间》,第 19 页。

保罗·策兰时,列维纳斯也借由策兰的诗歌和诗学指出,犹太人所秉持的是一种通过流浪的归家,一种"为通往他者的运动所证明的居住",而它"是犹太人的本质"[①]。在《子午线》中,策兰曾经说道:诗同时也是一种"相遇,是……一种自己朝自己的发送,在寻找自己路上……一种归家"[②]。易言之,通过流浪,犹太人和诗人找到了更为本真的自己。朱利安的"绕道而回归"与此近似,他说道:"我深信自我的本性是远离自己,因而在自己里面凸显'之间'——即他者的之间——这乃是为了将自己提升到'自我'。"[③]

通过走向他者文化而回归本土文化,此时对本土文化的认识一定比未曾出走前更为深入,经历过"见山不是山"之后的"见山又是山"一定比第一个阶段的"见山是山"更为深刻。通过跨文化的交流,我们最终将会更为深入地回归更为本真的自我。必须借由他者,我们才能认清和回归自我,进而拓展自我。一种在自我和他者"之间"的状态和视角,对他者和自我拉开距离的审视,则可以让我们避免陷入文化本位主义或本质主义。

第四节　他异与共通:从存在到伦理和生活

除了相通之外,列维纳斯与朱利安的思想也存在隐秘而重大的分歧,要将他们的思想聚合成一体来思考文化间性,需要先辨别他们之间的差异。这符合朱利安提倡的"之间"视角,对于二者的辨别,恰恰是使得他们保持"间距"和张力,互相辩难,又互相补充,从而保有生命力的方式。需要再次强调的是,这种区别很大程度上来自二者关注点的不

---

① Emmanuel Lévinas: *Paul Celan*: *De l'Être à l'Autre*, *Noms Propres*, Fata Morgana, 1976, p. 54.

② Paul Celan: *The Meridian*, qtd. in Jacques Derrida: *Sovereignties in Question*: *The Poetics of Paul Celan*, Fordham University Press, 2005, p. 184.

③ 朱利安:《间距与之间》,第 103 页。

同,列维纳斯思想中自我与他者的关系指涉的是主体间性,而在朱利安那里则主要指涉的是文化间性。不过,文化间性恰恰也生发于对主体间性的探讨,文化间性和主体间性之间的共通和差异,本身也是我们思考中的另一重间距。

　　二者的诸多观点极为接近,但也有着根本性的差异。例如上文所说的朱利安"作为绕道的回归"和列维纳斯"作为流放的归家"之间,就隐藏着根本的分歧。朱利安指出在这种绕道的路上,应该让自身处于"无处"或"非处(l'a-topie)"的"之间",①也即应当不固着在某一个立场或位置上,才能与两边的文化都拉开间距;列维纳斯也曾指出,在朝向他者的历程中,应当让自身处于"无—地"(non-Lieu)或"无—托邦(u-topie)",②易言之,就是要让自身无藏身之所,无所依托,要彻底地剥离自身,为了实现这种彻底性,剥离也应当是个无尽的过程,让自身无立足之地。这样才能亲近他者,为他者负责。由此可见,列维纳斯的他者论比朱利安更极端,朱利安所谓"无处"是居于"之间",而列维纳斯的"无地"连"之间"也无法容纳,如果这一"之间"依旧是自我的藏身之处。此外,更重要的区别在于:朱利安所说的"回归自我"偏重的是理解,经由他者来思考他所谓"未知的熟知"或"未思",也即自我所属文化中最为根基的"自明性",它潜在地构造了我们的思考和视角,以至不经由另一种语言和文化就不能觉察它,就像不经由镜子就不能看见自己的眼睛一样;而列维纳斯的"回归"本质上依旧是一种"流放",他所要表达的是不断地流放自身,使得自身"失位"的过程。在这一流放中,主体恰恰成为承担无限责任者,成为不可替代的被拣选者,从而真正成为"主体"。这种"回归"完全是在伦理意义上使用的,而伦理在他那里恰恰是"先于理解"的。

　　究其实,列维纳斯和朱利安在"间性"问题上的根本分歧在于,尽管

---

①　朱利安:《间距与之间》,第75—77页。

②　Emmanuel Lévinas:*Autrement Qu'Être Ou Au-Delà De l'Essence*, p.216.

二者都反对在自我和他者之间建立认同和同一关系,但是朱利安在反对这种认同的同时,却依旧追求一种基于间距的"可理解的共通"。它松散地维系着"之间"的对话和照面,并意图在其中的张力中"塑造一种新轮廓"①。在这种对话中,二者的关系是交互的,因此朱利安将"共通"理解为一种分享和礼尚往来。② 然而,对于列维纳斯而言,自我和他者之间的不对称性,在某种意义上禁绝了在自我和他者之间的任何共通,自我在他者面前承受着一种极端的被动,甚至只能成为他者的人质。在这里,自我与他者的关系不是"礼尚往来",而是自我对他者绝对的亏欠和无条件的偿还。这种被动性就此也隔断了自我对他者的绝对理解,因为理解总归基于的是一种主动性,按照现象学的说法,是一种主体对意向对象的构造,然而他者的超越性使自我无法对其进行构造和理解,如上所述,自我甚至也不能与其对话,因为对话会形成一种共识和理解,而共识会降低他者的他异性。在这个意义上,他者是不可理解的,自我与他者的首要关系也不是理解,而是伦理,自我在理解他者之前就需要无尽地向他者负责。尽管朱利安所谓"可理解性"指向的不是一种西方思想中的"理性",也即某种思想所追求的客观性,而是"可沟通性",这种可沟通性所基于的又是一种"一致性"或贯通道理(cohérence),也即基于不同事物的贯通组合而形成的中文意义上的"理"。③ 但哪怕是对这种反本体论的"可理解性",列维纳斯也是不可接受的,因为其中并没有凸显他者的殊异性和至高性。

在哲学层面,我们可以说朱利安和列维纳斯都试图超越本体论/存在论。朱利安选择了"之间",因为"之间"不是任何实体,也不是任何本质,更不是任何诸如柏拉图的理念之类超然的外部。通过"之间",朱利安认

---

① 朱利安:《从存有到生活:欧洲思想与中国思想的间距》,第 331 页。
② 朱利安:《论普世》,吴泓渺、赵鸣译,北京大学出版社 2016 年版,第 26 页。
③ 朱利安:《论普世》,第 156 页。亦参见《从存有到生活:欧洲思想与中国思想的间距》中"贯通道理(与意义)"一章(第 92—105 页)。

为可以超越西方形而上学将世界分为"之内"和"之外"、"之下"和"之上"的二元对立结构。列维纳斯的路径则与之不同,尽管朱利安选择了一种非实体的关系——"之间"来超越本体论,但对于列维纳斯而言,这恐怕还是不够。事实上,海德格尔对于"存在"和"本有(ereignis)"的阐发,都已经力图超逾传统的本体论,"存在"不再成其为一种名词性的本质,而"本有"则是本真性的生发过程。然而,对于列维纳斯而言,西方的传统本体论不因此就得以超越,问题的关键正如他的代表作所指示——是"总体与无限"问题。在他看来,西方哲学总在追求"总体性",也即自我对于他者的包裹,或自我与他者的融合,然而"无限"指示的却是他者的永不可把握,他者对于总体的永恒超出。在这个意义上,无论"存在"还是"本有"追求的依旧是一种自我生发的总体性和包裹性,其中没有绝对他者的位置。朱利安的"之间"尽管注意到了自我与他者的"间距",但是由于其并不凸显他者的绝对他异性,因此,按照列维纳斯的观点,也并没有超逾存在论。朱利安曾说"他者性是建构的"①,而这一建构的主体总归还是自我。哪怕他所谓的不断拉开间距,制造打扰,本质上说的也是:自我与他者有意识地拉开距离,其中主体依旧是主动的,他者并没有获得绝对的尊重,也不具优先性。下文将会提到的朱利安对于中国文化的总体化或结构主义式理解,多少与此有关。有时朱利安的阐述甚或还会给人以一种为了"间距"而"间距"之感,"间距"和"之间"成为首要之物;而在列维纳斯那里,"间距"必然只会伴随着对于他者的责任或"亲近"而来,不基于责任和对他者之尊重的"间距"是没有意义的。间距也并非需要刻意去追寻之物,在对他者的尊重和责任中必然就会产生间距。尽管朱利安关于"间距"和"之间"的设想,也暗含了一种对故步自封的自我主义的破除,例如他指出:"自我的本性是远离自己,因而在自己里面凸显出之间(dia)。"②但在这里自我依旧是优先的,朱利安只不过排斥了那种封闭的自我观,而强

①　朱利安:《间距与之间》,第13页。
②　朱利安:《间距与之间》,第103页。

调一种在与他者的相遇中不断拉开间距，使自己不断生长、延展和更新，而非固化和停滞的自我塑造。然而，我们要追问的是，自我的更新和"抽离己身"①，是否真的只需要不断通过他者与"己身"拉开间距即可？如果没有对他异性报以足够的尊重，甚或说如果不以他者为导向，这种出离己身真的是可能的吗？这种间距会不会终究只是一种"自以为"的间距？

落实到具体的跨文化交流，我们还是以翻译为例，如果不以"他者优先性"为原则，上述翻译的伦理是无法成立的。翻译必然会涉及同化和异化的过程，但无论是同化还是异化都需要秉持为他者负责和尊重他者的态度，否则，同化便只是一种对他异性的消弭，而"异化"也可能走向一种刻意的陌生化。因此，"他者"的介入才是促成这种同化与异化双重运动的根本前提。一方面，同化应当时刻意识到自身对于他者的暴力，并展现他异性那不可被同化的部分，也就是它同时还需要进行"异化"；另一方面，异化也应以对他者的尊重，而非对同化的扰乱为前提，在致力于对他异性的保存中，必然就会产生异化。只有如此，才能真正在自我和他者、同化和异化、翻译语言和原文之间保持"间距"。

所以，朱利安的"间距"理论要真正得以成立，就必须更为彻底地走出自我主义，此时，列维纳斯"为他者"的伦理学将为其提供必要的补充。在朱利安那里，"间距"同时也意味着一种保持平衡的方式，一种在两种文化中游走，并且不偏向于某一边，不仡立于某个立足点，而是在"无处"中蟹行的方式。② 但这种保持平衡也需要以对他者文化之他异性的尊重为前提，否则"间距"就只是一种主体在两种文化间走钢丝式的游戏。朱利安所追求的富有孕育力的"间距"，最终展现的应当是一种"既是……也是……"，而不是"既非……也非……"的结构："既是东方，也是西方"，而不是"既非东方，也非西方"。"既是……也是……"就是一种"可理解的共

---

①　朱利安：《间距与之间》，第 101 页。
②　朱利安：《间距与之间》，第 77 页。

通",它不是要将两种文化捏合成一个整体,而是要让它们在富有"间距"的映照中,呈现出新的轮廓。但如果没有对他者的绝对尊重,没有基于伦理而对世界"更善"的追求,"间距"之路就会变成游走和逃逸,而不可能真正呈现出孕育力。

反过来看,在朱利安有关"他异性"的言说中,似乎也隐含了对列维纳斯他者观的批判。他曾批评那种将他者过度神秘化的"他者之神话"①,这一批评既可能指向异托邦式的对他者刻意"陌生化"的理解,也指向将他者过于"神圣化"的理解。必须承认的是,尽管列维纳斯本意可能并非如此,但他的思想确实造成了这样的影响。②朱利安还指出"处理他者性不是要分隔你我"③,"共通只有在之间才是实际的"④,在这里,他再次强调了他者和自我的关联、交互和共通,而列维纳斯则更为强调其分离。按照朱利安的思想推论,列维纳斯极度强调他者之他异性的伦理学依旧暴露了他对于"极端"的追求,而这种追求正起自希腊哲学,"希腊人对'极端'深深着迷,因为只有极端会凸显出来,具有可以分辨的特征而且可以让人识别它们之间的差异"⑤。在《从存有到生活:欧洲思想与中国思想的间距》中,朱利安曾经借由列维纳斯和德里达的争论指出:"人们尽其所能要走出存有本体的命题,但是仍旧留在'存有本体'的语言里。"⑥亦即无论列维纳斯还是德里达,都没有走出存在论语言。在其后期思想中,列维纳斯正是受到德里达的激发,创造了"别样于存在"这一提法和一种新的书写方式来超逾存在论语言。然而,在"别样于存在"和"存在"的极端

---

① 朱利安:《间距与之间》,第 99 页。
② 具体分析可参拙作:《列维纳斯与法国当代思想的"伦理转向"》,《哲学动态》2018 年第 9 期。
③ 朱利安:《间距与之间》,第 97 页。
④ 朱利安:《间距与之间》,第 93 页。
⑤ 朱利安:《间距与之间》,第 71 页。
⑥ 朱利安:《从存有到生活:欧洲思想与中国思想的间距》,第 333 页。

对立中,我们还是可以觅到希腊哲学的影子。① 简而言之,伦理即"别样于存在",即"存在的他者""存在的外部",即对存在论的全然超逾。在他的阐述中,伦理和存在形成了一种难以调和的对立。在这个意义上,我们可以说,他依旧延续了柏拉图及西方形而上学的思路,这种思路基于对"之外"和"之内"的区分。《别样于存在或在本质之外》(Autrement Qu'Être Ou Au-Delà De l'Essence)一书的题目,本身就强调了这一被朱利安视为希腊哲学之根本诉求的"之外(au-delà)"。朱利安指出,这一"之外""就是要通过超越去抵达'所强调的极端'"②。这可以解释列维纳斯的伦理学为何如此极端,在他那里,存在是"之内",而伦理是"之外",所以伦理学一定要超逾存在。尽管,作为伦理的外部已经不再是一个更高的本体,而是指向无限,但是在伦理与存在之经济学法则的决然对立中③,还是遗失了一些东西。

这一遗失的东西就是"生活",生活总是居于"之外"和"之内"之间,伦理和存在之间,他者和自我之间,总体和无限之间……在生活中没有决然对立,一个人可能既热衷慈善,又爱惜自身,二者之间并没有必然的冲突。因此,"之间"恰恰就是生活的复杂区域。朱利安如此批判西方哲学:"哲学自此之后思索'真正的生命',可它岂不因为生活不停地越界而进入另一方,而默默地变化,因而放弃了这个逃离了'本质'的

----

① 列维纳斯并非完全反对希腊哲学,相反,他承认,哲学只有通过希腊化语言才是可能的,"我的所有努力都正在于试图将《圣经》的非希腊的东西用希腊的语言翻译出来……在这一点上,我们无能为力:哲学是讲希腊语的"(列维纳斯:《论来到观念的上帝》,第 238 页)。对于列维纳斯而言,"别样于存在"的超越性或许就是那"非希腊的东西",它来自犹太人上帝的超越性和《圣经》中的伦理诫命,然而这一说法真的是非希腊的吗?"超越"这一概念本身难道不就与柏拉图哲学有着千丝万缕的联系?就如德里达在《暴力与形而上学》中所追问的,在西方哲学中,希腊和希伯来真的还能够区分吗?

② 朱利安:《从存有到生活:欧洲思想与中国思想的问距》,第 190 页。

③ 例如经济学提倡的是一种理性和对等的交易原则,类似于"欠债还钱",而列维纳斯的伦理学则倡导的是一种"先于借贷之前的欠债",主体"无端"地就对他者亏欠和负罪,并且因此需为他者而无限负责和偿还。

'生活'吗？哲学岂不因为缺乏'之间'的概念，而'放弃了'生活？"①朱利安所说的"真正的生命"，既可以指涉海德格尔为求通达存在之本真性的生命——这恰恰是列维纳斯批判海德格尔最为着力之处，因为此时伦理，也即存在者与存在者之间的关系，被附属于存在，也即存在者与存在的关系之下；也可以指涉列维纳斯那种"为他者"，即将为他者负责和奉献视为第一要义的伦理生命。然而，现实生活却是混杂且多元的，在存在和伦理中间隔着大片暧昧的区域，二者的关系是水天之间，而非水火不容。

朱利安对于"生活"的重视，很大程度上受到了中国哲学的启示。尽管哲学在古希腊也被作为一种生活方式②，但西方哲学对于形上之物的迷恋，使得哲学变得越来越抽象，也越来越远离实际生活，而这种抽象在确立了"二元对立"的架构之后，也逐渐以一种对立的思维掩盖了生活的复杂多样。但生活中的问题，本身是很难用对立的思维来解决的，这造成了生活与哲学之间的更大裂痕。与之相对，中国哲学却一直保持着与生活本身的密切关联，也正因此，中国思想更为看重变化、调和、贯通、实用等层面，以让哲学能够回应生活本身。西方现代哲学的代表人物诸如胡塞尔、海德格尔、维特根斯坦、杜威和福柯等人，从不同的思想路径出发，都在试图弥合哲学与生活的裂痕，但正如朱利安所说："我们只有进入另一种思想的时候才离开自己的思想。"③这些伟大的哲学家囿于自身的哲学和文化传统，依旧是在与前人哲学观念的辩难中提出各自不同的生活观的，就此依旧难免留存了自身传统的痕迹。

在这样的背景下，朱利安转向中国并不突兀，中国哲学中的生活并非通达形而上理想的障碍，中国哲学也一直注目于生活的复杂性、变化性和

---

①　朱利安：《间距与之间》，第72—73页。

②　具体可参考皮埃尔·阿多：《作为生活方式的哲学》，姜丹丹译，上海译文出版社2014年版。

③　朱利安：《从存有到生活：欧洲思想与中国思想的间距》，第306页。

"之间"性。朱利安说西方哲学和文化"所谓的'世界',也许说得太客观了,难道不是指'天地'之间"①,与此相应,我们也可以说,生活也不能与"存在"简单地画上等号,而是意味着在"生死"之间,"有无"之间,"阴阳"之间,"善恶"之间……基于对生活的这种理解,中国哲学对生活的回应自然也就沾染了生活本身之变化和之间等特性。能够顺应生活的本性而生活,被视为至高的智慧。顺应生活而生活,就是生活之道。朱利安则将其称为养生:保持生活的间性,保持生活在"之间",就是"养生"。②

第五节　跨文化生活、全球化与闲

在上述意义上,列维纳斯的思想在存在和伦理之间的极度分离,也忽略了从存在到伦理的过渡性,也就是"之间"性,而这"之间"就是生活。尽管列维纳斯提倡的伦理有明确的犹太教来源,但哪怕在其思想最主要的来源希伯来圣经中,也包含了比这种对立更为复杂的"生活"。从更深层次说,列维纳斯对于主体性的探讨尽管激进,但是依旧是在西方哲学脉络中进行的,他的主体性哲学中广泛涉及的还是自主性、主动性、自由意志、个体性和因果性等传统问题,只不过列维纳斯对近代哲学的主体观进行了天翻地覆的革新。在他那里,主体不再是主动的,而是被动的,自我在"有意识"地承担责任之前,就已经被为他者的责任所捆绑,因此其责任是没有"端由"的,也即没有因果的;在这种无端由的责任中,主体没有任何退让和逃避的余地,因此它也是不"自主"的。但正是这种极致的被动性,赋予了主体以极致的"个体性",因为此时主体仿佛唯一的被拣选者,必须承担对他者的责任和世界的苦难,这种责任是没有任何人可以替代的。与之相对地,朱利安则力图借由中国思想来反思西方的主体性哲学。他试图证明,中国思想中本来就没有这种"主体

①　朱利安:《间距与之间》,第63页。
②　朱利安:《间距与之间》,第81页。

性"概念,在中国文化中,所谓"主体"一直是在与他人的关系中,在社会中,在情势中浮现的,而不是先预设一个具有个体性和独立性的主体,再来探讨它与周遭的人和事的关系。

毫无疑问,列维纳斯和朱利安的思想都是富有洞见的,但是面对复杂的"生活",也都是不充分的。对于列维纳斯,他思想中伦理学与存在的极端对立,强力地刷新了我们对存在、伦理和宗教的思考,但其极端性也损伤了其实践效力;对于朱利安,他对于中国文化缺少批判性的接受,甚至有过度美化之嫌,也忽视了自近代以来,无数中国知识分子对自身文化的批判。中国文化并非一成不变,且更需推陈出新。正如韩振华所指出,朱利安对中国思想的阐发深得后结构主义的真传,但他对中国思想的定位却是结构主义的。"他努力挖掘的,是潜藏在中国思想中的、万变不离其宗的、不断生成意义的形式先决条件。"[1]然而对于这些先决条件的稳定性及其价值意义,我们有足够的理由存疑。朱利安注目于中国思想灵活的一面,但这一面也经常会滑向世故。他时常以道解儒,偏重于以道家视角来理解中国思想,却忽视了儒家对于道德主体建构的持守。因此,面对复杂的生活,列维纳斯和朱利安的思想都有其局限性。但又有哪种思想敢在生活面前自称完满呢?面对生活的复杂性,针对不同思想进行调和是必要的,不过这种调和本身也应当是留有"间距"的"融通",而非暴力的捏合或轻浮的拼贴。按照朱利安对于中国思想中奇与正的阐释[2],列维纳斯"为他者"的伦理与朱利安的"间距"思想,一正一奇,可搭配而成为我们回应生活,尤其是生活中的他者之策略。"为他者"强调的是对他者的正面回应,对伦理原则的坚持;而"间距"讲求的是在原则与情势之间的游刃有余,也即对原则的运用和变通。

既然我们强调思想应以"生活"为指归,那么基于"之间"的跨文化交

---

[1] 韩振华:《作为打开欧洲"未思"的手段——朱利安中国古典美学建构之解析》,《文艺理论研究》2019 年第 5 期。

[2] 朱利安:《从存有到生活:欧洲思想与中国思想的间距》,第 58 页。

流,也不应当只是让我们对文化有更深入的理解,还应当让我们过一种更开阔的生活,一种不偏狭,不拘泥于某种立场,随时可以借鉴他者视角反躬自省,并超越自身局限性的生活。通过在他者和自我"之间"的穿梭,我们力图追寻的是一种更有"间距",更疏朗,也更活泼的生活。基于生活的交流,才是真正的跨文化实践。朱利安也指出,在位于"之间"的"亲密关系"中,"生活不是在'某个自身的舒适'或者'推延到某个之外'当中被发觉,而是在'与(你)同在,在你的身旁的无穷'里被发觉;生活就能拆解自己的藩篱并且发明自己"①。因此"之间"不只是一种思考方法,更应该是一种生活方式。朱利安说:"他者也让生活不停滞于任何定义当中,因为任何一方都不再孤立,也不再跌落;他者让双方总是'畅通',不停地在之间里交流,永远都在开展的过程之中。"②他者使得生活具有间距,反过来说,也只有生活才能真正使得他者真切地涉入自我,从而产生间距。由生活拉开的间距,或由间距拉开的生活,所给予我们的应当是自由,从而使得我们有能力进行选择:"间距通过呼唤我们的自由而在思想里重建'选择'。"③

这是一种不断与他者对话,通过对话与自我主义拉开间距的生活。在谈到对话时,朱利安以其间距思想而将其阐发为一种"间谈(dialogue)"——一种保持间距的交谈。这种交谈和对话不企图说服对方,甚至也不在乎是否达成某种共识,而只是在谈话中既相互接触,又以对话维持着彼此的间距,彼此理解对方和反思自身的距离。因此,这种"间谈"更近乎一种"闲谈"。间谈是互相分享的谈话,它不企图实现某种结果,也不为达成绝对共识,简言之,它不是商谈,更不是某一个主体为了利用甚至"收购"另一主体所进行的谈判。这种不为了获得某种认同、确定性或"绩

---

① 朱利安:《从存有到生活:欧洲思想与中国思想的间距》,第 247 页。

② 朱利安:《间距与之间》,第 103 页。

③ 朱利安:《从存有到生活:欧洲思想与中国思想的间距》,第 336 页。

效"的谈话,就是闲谈。朱利安就此把"间"追溯到了"闲"①,没有"闲",没有这种降低自身权能的放松和自由状态,也就很难有"间",很难为一切事情留有余地,留有空"间"。朱利安指出,"闲"本身也是"养生之源。此时,该字表示逍遥游,人在之间流通,虚位以待,其息深深"②。

但看似轻松的"闲"在今天却很难实现,因为新自由主义的生产方式,促逼人们在任何的活动,哪怕在谈话之中也在进行筹划和生产,也试图达到一个结果。这个结果显然不是为了保持彼此的他异性,而是试图综合彼此,甚至试图挪用他者的资源让自己获得更多的利益。这是谈判,而不是对话,更不是闲谈。从这个角度上说,朱利安对于"间距"的重视,不只具有一种伦理效应,在当今的时代背景下,还有一种政治和实践效应。所谓"间谈"或"闲谈"对抗的不只是某种文化霸权、民族主义或单边主义,从更宏观的全球视野来看,它所对抗的更是席卷全球的新自由主义生产模式。这就是"间距"之思的政治指向,因此,朱利安指出:"间距是一个文化抵抗概念,也是伦理和政治抵抗概念。"③这一抵抗既指向"伪平等之假民主"的官僚主义④,也指向全球化、同质化和划一性(l'uniforme)⑤。他指出,随全球化而来的全球同质化,主要是由资本主义的生产方式和谋利追求所带来的,因为均质化的生产可以最大限度

----

① 朱利安是由"間""閒""閑"之间的转换来沟通三者的词源关系的,据谢芳庆考证,"这三个字的关系是:读 jiān 和 jiàn 时,'閒'跟'間'是异体关系,'閒'包孕'間';读 xián 时,'閑'是'閒'由假借而生的异体字,'閒'包孕'閑'"(谢芳庆:《闲·间·閒》,《语文建设》1995 年第 6 期)。尽管朱利安有关"闲"和"养生"的思想深受《庄子》的影响,但他所论的"间"和"闲"之关系,显然不是在《庄子·齐物论》中"大知闲闲,小知间间"的意义上。在这句话中,"闲"和"间"形成了某种对立,如唐代成玄英所释:"闲闲,宽裕也。间间,分别也。夫智惠宽大之人,率性虚淡,无是无非;小知狭劣之人,性灵褊促,有取有舍。有取有舍,故间隔而分别;无是无非,故闲暇而宽裕也。"郭象注,成玄英疏:《庄子注疏》,中华书局 2011 年版,第 27 页。

② 朱利安:《间距与之间》,第 89 页。

③ 朱利安:《论普世》,第 185 页。

④ 朱利安:《论普世》,第 185 页。

⑤ 朱利安:《论普世》,第 14 页。

地降低成本,提高效率。① 韩裔德国哲学家韩炳哲则更为明确地揭示了全球化、同一与"比较"的关系:"全球化中蕴含着一种暴力,它使得一切变得可交换、可比较,也因此使一切变得相同……它摧毁他者、独特性以及不可比较之物的否定性。"②

　　这一政治视角的切入,可以在很大程度上弥补朱利安在政治和历史视野上的缺失和含混,这也是朱利安思想常为人诟病之处。③ 正是在这一点上,我们又不得不回到列维纳斯。韩炳哲对全球化和新自由主义生产模式的批判,正是借用了列维纳斯《时间与他者》等书中的思想。韩炳哲指出:"面对这被新自由主义生产关系专门培育的、为提高生产效率而被剥削殆尽的、病态放大的自我,人们急需再次从他者出发、从与他者的关系来审视生活,给予他者伦理上的优先权。"④在这句话中回响着我们之前提到的主题——为提高生产效率而导致的病态放大的自我、同质化和全球化、自我与他者的关系、他者在伦理上的优先权,它也为我们接合列维纳斯和朱利安的理论,并以此批判这种由生产关系导致的"划一性",提供了直接的参照。在另一句话中,"只有通过'做自己'之存在中的一道裂隙,只有通过'存在之软弱',他者才能来临"⑤,韩炳哲其实已经勾连了朱利安的"间距"(也即上文中的"裂隙")和列维纳斯的主体之被动性(也

---

　　①　朱利安:《间距与之间》,第 141 页。朱利安有关"间距""养生"和"闲"之思考,很大程度上来自《庄子》的启示,而诸如何乏笔等汉学家也试图挖掘庄子思想的当代政治意义,他指出:"庖丁所展现的完美活动,在今日指涉新自由主义的梦想,即达成最高自由与最大效能之和谐,或作为批判生命之资本主义化的重要资源,以'无用'的态度瓦解社会和经济方面的实用主义。"何乏笔:《养生的生命政治——由法语庄子研究谈起》,《若庄子说法语》,台湾大学人文社会高等研究院东亚儒学研究中心 2017年版,第 373 页。何乏笔的观点更明确地突显了庄子休"闲"哲学的政治潜力,这一思想也可以在罗兰·巴特、南希和阿甘本等当代欧陆思想家的政治思想中找到共鸣,与列维纳斯的思想也可以建立某种共通。

　　②　韩炳哲:《他者的消失》,吴琼译,中信出版社 2019 年版,第 15 页。

　　③　毕来德和韩振华等人都持这一看法。

　　④　韩炳哲:《他者的消失》,第 106 页。

　　⑤　韩炳哲:《他者的消失》,第 104 页。

即上文中的"存在之软弱")。

　　简言之,跨文化交流,不应当只是一种"间谈"的理解,更应是一种"间距"的生活。这一间距的生活所隐含的政治实践面向,是不容回避的,否则,间谈也便只是一种清谈。这一间距之思的政治维度,是由对他者的关注所导出的,他者不仅应当是伦理学,也应当是政治学中的重要甚至首要思考基点。对于他异性的拯救不只是为了让世界永葆多元或充满间距,更是为了解放那些被同一和总体性所压迫的他者。[①] 多元性如果不基于这种解放的政治和伦理,无异于舍本逐末。基于这一为他者的伦理和政治维度,我们也才能够对跨文化比较和交流等问题做出更切实的思考。

　　原文发表于《华东师范大学学报》(哲学社会科学版)2020年第5期,略有改动。

---

　　① 在分析马克思主义思想家布洛赫时,列维纳斯指出:"马克思主义有两个同等重要的力量源泉:一是邻人的苦难所引发的道德反应——甚至是不平等体制中的既得利益者们也可能有此反应;二是对现实的客观分析。"见列维纳斯:《论来到观念的上帝》,第60页。这两个面向都与列维纳斯"为他者"的伦理学契合,也与抵抗全球资本主义和全球化、划一性的现实契合。

| 第二章 |

本质与欲望：反思朱利安的中西裸体观比较

　　为什么裸体艺术在西方艺术史中比比皆是，而中国古代艺术却殊少表现裸体，即使有，也不登大雅之堂？法国哲学家和汉学家朱利安试图从哲学的高度来回答这一问题。答案是在西方哲学和文化中，裸体即代表了本质，甚或说裸体即本质。何以如此？

第一节　裸体即本质

　　第一，裸体代表的是原初性、终极性和自明性。裸体是人的原初状态，这种原初状态是"本真性"的隐喻，它没有遮蔽，没有掩饰，也不掺虚假，是原貌和最初的真实。裸体因此也就同时代表了"自明性或明见性（évidence）"①，无遮无瑕，只显现自身的本真，不再需要依赖于外物来修饰或显示自身。

　　第二，裸体是理想和完美的化身。西方古典艺术致力于以雕塑或绘画等形式，来展现理想中的人体。这种对人体的崇尚和美化，来自古希腊哲学对于"形式"和"本质"的追求。形式就是理念和本质，是永恒不变的

---

　　① 弗朗索瓦·于连：《本质或裸体》，林志明、张婉真译，百花文艺出版社2007年版，第28—29页。

"模型"。人体也必然有其"形式"和"模型",它是所有尘世人体的基础,同时又比它们都更加完满,艺术所要表现的就是这一完美的形体和审美理想。后世人体解剖学等知识的进化,则使画家得以更加细致地展现这一理想的人体,对于裸体造型的学习,也成为西方艺术教学的必修课程。

第三,裸体艺术是一种人文主义艺术。对于裸体的兴趣,不只与对世界之本质的兴趣有关,也与对人本身的兴趣,或者说对"人之本质"的兴趣有关。所以裸体艺术与人文主义/人本主义天然相亲,它所要追问和回答的都是"人是什么"这一问题。如果说古希腊文学以动态的方式开始探究这一问题的话,古希腊的裸体雕塑则以静态的方式回答了这一问题。就像古希腊的剧场一样,裸体雕塑的底座将"人何以为人"这一问题突显了出来。从此,人就从它所存在的背景中挺立出来,人所代表的理性和自由,也就与它曾经水乳交融的原始和自然,完成了分离。裸体艺术,便是要以理想而完美的人体,来展现人的本质。

以上三条"裸体即本质"的证明,其实是相互隐含的。朱利安说:"裸体屹立在两个要求的交会处,而它们对应到两个相互补充的逻辑:其一为揭露(形象为具显露性的),其二为形塑(以达到理想的形象)。"①构成裸体艺术的两大支撑——揭示和形塑正好对应上述的第一条和第二条证明。对于"人之本质"的探索,则既是一种揭示,又是一种形塑,裸体艺术既揭示了人的本真性,又以形塑的方式呈现了这种完美的本真性。

第二节　无关"本质"的中国绘画

与这一"裸体即本质"的论断相对比,朱利安渐次回答了我们一开始提出的问题:为什么中国古代艺术殊少表现裸体?简单来说,这是由于裸体在中国不是本质,也不能表现本质,甚至与本质背道而驰,原因可以归结为以下几点。

---

① 　弗朗索瓦·于连:《本质或裸体》,第136页。

第一,不同的本质观。如果说西方的本质指向的是一种固定、永恒、普遍的超越之物的话,那么,中国就没有这种本质。相反,中国将"本质"视为不断变化生发的过程,基于这种本质观,自然中国也就很难出现一种用裸体来表现本质的观点。甚而可以说,裸体恰恰是与中国的本质观背道而驰的。裸体在西方文化中之所以成立并受推崇,是由于支撑其形态的形式,暗含了古希腊的本质概念。形式,在古希腊哲学中是固定、永恒而绝对的,因此是本质;然而,在中国哲学强调持续变化和生成的本质观中,这一形式却不居于一个重要的位置。中国哲学更推崇的是持续而隐晦的"成形"过程,是有形和无形的"之间",而非固定,同时也意味着僵化的"形式"。

第二,不同的艺术观。这一根本性哲学倾向,也就导致了中国艺术重神而不重形的价值诉求,重神就是要让艺术表现出气韵生动的神采,这种流动不应被固定的形体所阻隔。在中国,"绘画正是在于写形'传神',神'超越'形。绘画的过程因此呼应宇宙的过程,只有在'脱离形态'之前提下,才能达到唯一的内在'神似'"[1]。所以,以形传神、得意忘形成为中国艺术家们的普遍追求。正如朱利安所说:"因此对中国的画家而言,画一块岩石,并不是要模拟它的形态,而是要回溯其('生')气之原理,亦即那使得岩石之所以展布为岩石的原理。画家所要表达的是过程内在的逻辑(如古代中国所说的'之所以'),使得它——或者说让它——成形的逻辑。"[2]

第三,不同的身体观。不同的本体观,必然会衍生出不同的身体观。西方裸体艺术中的身体观,基于其哲学上的形式观。这种形式观其后与科学深度结合,形成了更为具体的解剖学,使得裸体造型更加有法可依。与之相对,中国的传统身体观由于不具西方的本质和形式观,最终也没有发展出解剖学。在中国,身体并不是一个殊异于外部,并且在"形式"中闭合和突显的"内部",而是保持着与外部的交流沟通,"中国人对解剖学的

---

① 　弗朗索瓦・于连:《本质或裸体》,第 104 页。
② 　弗朗索瓦・于连:《本质或裸体》,第 87 页。

兴趣,远不如对内外交流有兴趣"①。身体本身是气穿过的通道之一,如同山川河流一样,身体内部又被视为一条条更小通道的连接,气也在其间流通,这些小通道即经脉。如果身体出现了问题,中国古人首先想到的是经脉阻滞,阻碍了生气的流动,因此需要调理,打通经脉,而非认为这是由于某个具体的器官失灵。所以,在古代中国,风水师和医师都是看"脉"的专家,只不过前者看到的是气脉,而后者看的是经脉。②

第四,不同的身体表现观。基于不同的身体观,身体在中国传统艺术中的表现也就必然不同于西方。《芥子园画谱》一开始便说:"观人者必曰气骨。石乃天地之骨,而气亦寓焉。故谓之曰云根。无气之石,则为顽石。犹无气之骨,则为朽骨。"③无论是画人还是画石,中国文化都突出了对气的观察和表现。然而,裸体本身是不易于表现出气之流动的,裸体更易于表现的是固定,也更着意于表现凝固的姿势,哪怕在表现从一个姿势到另一个姿势的变化时,这个过渡性的姿势依旧是凝固的。中国绘画则抗拒这种人物的凝固性,因此,中国人物画更乐意于表现穿衣的人体,裙衣褶裥的鼓动飘扬,无疑更利于表现流变和生动,表现道骨仙风。

第五,不同的美学观。众所周知,"美学"这一概念,是对于感性学(aesthetics)的翻译。如果以感性学来定义美学,则严格意义上来说,古代中国并没有美学这一概念。哪怕我们把西方的美学历史追溯到柏拉图对于"美之本质"的追问,中国也还是没有完全对位的概念。朱利安说,西方人"在美之前'停驻'。如此美获得其本质,但它也因此不适合于中国人的进展观念(见证之一是中国相对于西方的框中画的卷轴)"④。如果说美学是对于美之本质的思考,那么中国就没有美学,因为中国哲学并没有把"美"从生活世界中独立抽取出来,并赋予其一种独特而停驻的"本质",

---

① 弗朗索瓦·于连:《本质或裸体》,第 69 页。
② 弗朗索瓦·于连:《本质或裸体》,第 75 页。
③ 转引自弗朗索瓦·于连:《本质或裸体》,第 83—84 页。
④ 弗朗索瓦·于连:《本质或裸体》,第 145 页。

而是将它归入自然和生活的生化之中。如此一来,人们更不可能追求一种"完美的化身"。如上所述,在西方,裸体就是这样一种"完美的化身""美的理想"。

第六,不同的"人"观。人在中国哲学中是天地造化的一部分,归属于宇宙运行的总体过程,而不像西方一样,从自然中卓然挺立。西方对于"人"的追问与对于裸体的关注和思索密切相关,"能够代表文明[与自然的]决裂的,不是服装,而是裸体"①。中国绘画中并不缺乏人物,但缺少裸体。那些包含人物的绘画,要么是专门的人物画,它们刻画的是具有具体身份、性别、年龄甚至阶级的人物,而不是代表"人"之普遍性和抽象性的裸体;要么人物只是在山水画中,人物与山水风景融为一体,并不凸显,画家追求的是人天同象,天人合一。也可以说,在山水画中,人物通常是附属于山水的,因为山水画画的是宇宙,画的是文人的情趣和情怀,是对"化"的潜入,对于表现这种世界观而言,山水无疑要优先于人物。② 与之相对,"在西方古典风景绘画中,裸体从未与风景结合。风景不过是一种装饰,而裸体突出于之上"③。

以上六条论断是不可能截然分开的,它们实质上是一个整体,其中广泛涉及了朱利安对于中西思想和艺术之对比:气与光,虚与实,神与形,曲与直,淡与浓,松与紧,变化与固定,间距与整一,过程与瞬间,含蓄与明确,迂回与直接……通过这样的对比可知,中国确实不可能产生裸体艺术。

第三节　裸体与赤裸

然而,这又如何解释那些在中国古代绘画中出现的裸体图像呢? 事实上,朱利安并非没有注意到这些图像,但他以明代仇英的春宫图为例说

①　弗朗索瓦·于连:《本质或裸体》,第 66 页。
②　弗朗索瓦·于连:《本质或裸体》,第 62—63 页。
③　弗朗索瓦·于连:《本质或裸体》,第 66—67 页。

明:"裸体本身引不起画家的兴趣——虽然他能细致绘描。"①朱利安认为在这些春宫图中,裸露的人体是缺乏魅力的,它们远没有人物穿衣的时候具有吸引力,对于性行为的过分突出更损伤了它的美感,相反,绘画中的环境和物件却得到了更为细致的描绘。所以,朱利安将春宫图等同于中国的情色艺术,并把它与裸体艺术截然区分开来:"如果裸体在中国不可能,那是因为它找不到一个存有学地位:于是留下来的,只有肉体(中国情色艺术)或是猥亵的裸露。中国'缺乏'存有的基底,然而由希腊以来,裸体便是建构在这个基底上。"②

我们姑且先接受这个论断,然而,需要追问的是:西方的裸体艺术是否就与情色无涉?情色无疑与欲望相关,西方的裸体艺术难道只与本质和形式相关,而与欲望无关?答案显然是否定的。朱利安在对裸体的分析中,一直强调裸体对诸多二元对立的化解,例如,对感性和理性、临在和永恒、私密与公开、个别与普遍、有限和无限等对立的化解。这些对立是通过对裸体的理想化、抽象化和美化而化解的。究其实,这不是一种真正的化解,只不过是用理性、形式和秩序的一方压抑感性、欲望和多元的另一方。

这无疑极度简化了裸体艺术的复杂面向,纵观西方的裸体艺术史,裸体所表现的远远不仅仅是本质。按照让-吕克·南希的分类:"或许有满足的裸体、欲望的裸体和受难的裸体,而且把这三个范畴中的一个强加给一个既定图像,并不总是可能的。"③如果说满足的裸体近似于朱利安所探讨的本质的裸体或理想的裸体的话,那么朱利安无疑遗漏了后两种。尤其是欲望的裸体,太早被朱利安以情色的名义打发了。这也就使得朱利安对于裸体的探讨仅仅局限于古典裸体,更准确地说,那种更注重塑造

①   弗朗索瓦·于连:《本质或裸体》,第 60 页。
②   弗朗索瓦·于连:《本质或裸体》,第 41 页。
③   Jean-Luc Nancy, Federico Ferrari: *Being Nude: The Skin of Images*, trans. Anne O'Byrne and Carlie Anglemire, Fordharn University Press, 2014, p. 17.

形体和形式感的古典裸体。南希对于这种裸体研究中的"古典趣味"隐晦地提出了批评：

> 　　希腊的雕塑是最精致的例子，因为它们是一个民族和一种文化之力量切实可触的符号，这一力量能够从野蛮、无定形的物质中，提取出一种最终可通达意义的人性之抽象理想。裸体因此再现的不是一个身体，而是一种理念：人的理念。……对我们现代人而言，裸体自身（the Nude in itself）并不存在。它已经永远地消失了。裸体随着一切人文主义的终结而终结了，人文主义的终结指的是所有此类世界观的终结：它们坚信存在着一种关于人的明见的（evident）、普遍的本质。人不是明见的，哪怕在裸体中也不是。这就是现代艺术向我们展示的东西。[①]

　　这里的意思已经很明确，南希承认古希腊裸体雕塑再现的不仅仅是身体，还有人的理念，但是这样一种用裸体来表达理念或本质的传统，在人文主义之后就已经终结了，人不再有本质，世界也不再有本质。在这样的处境下，裸体已经不再能表现人的理念。哪怕我们不以古典和现代的区分为标尺，裸体艺术也从来不只拥有本质或形式这一维度。在本质这一维度之外，裸体艺术最重要的面向无疑就是欲望。众所周知，肯尼斯·克拉克的《裸体艺术》一书是裸体艺术研究的奠基性著作，该书将裸体视为一种源自古希腊的"美的理想"，这一观点显然影响了朱利安。但是，哪怕克拉克也不得不承认："任何一个裸体，无论它如何抽象，从来没有不唤起观者的零星情欲，即便是最微弱的念头。如果不是这样，它反而是低劣的艺术，是虚伪的道德。对另一个人体的占有或与之结合的欲念，在我们

---

① 　Jean-Luc Nancy, Federico Ferrari: *Being Nude*: *The Skin of Images*, p.11-12.

的天性中是如此本质的一个部分,因而对于'纯形式'的评价也必然要受到它的影响。"①这一点对于中外裸体艺术,都是成立的。

然而,朱利安却将这个维度从他对裸体的探讨中排除了,这一排除主要基于对裸体和赤裸的区分。如他说:"首先在中国,不论是作为一种可能或是一种艺术的效果,裸体并未与肉体或赤裸区分开来:在现代的中国,要说'色情的'(pornographique),人们还是会只说'裸体'。语义学上的区别尚未完全清楚。另一方面,既然在中国式的情色中,身体可以被画成赤裸却又不构成裸体,我们可以得知,要有裸体的成立,必须要有一定的形式。"②朱利安区分了裸体(le nu/the nude)与赤裸(la nudité/nudity/nakedness)③,这一区分早在克拉克那里就做出了:"在词汇丰富的英语中,'赤裸'(naked)和'裸体'(nude)是有区别的。'赤裸'意为被剥光了衣服,暗指某种绝大多数人都会感到窘迫的状态。与此相反,被有教养地使用的'裸体'一词,却没有令人不快的意味。这个词给人带来的印象并不是蜷缩的、无助的身体,而是平衡的、丰盈的、自信的躯体——重新构筑的躯体。"④

简言之,赤裸即是由穿衣到脱衣之后的裸露状态,而裸体则是原初的裸露状态,新生儿的裸露就是裸体。朱利安在赤裸和裸露之间进行了明确的二分:赤裸是过程性的,是由穿到脱的事件,归属于欲望;而裸体是静止,是理想和形式,是事物还原到最后的本质和基底。所以,他说:"裸体的经验不是掀开遮幕(这会刺激欲望——脱衣舞),在这里面的乐趣是被

---

① 肯尼斯·克拉克:《裸体艺术》,吴玫、宁延明译,海南出版社2002年版,第12页。

② 弗朗索瓦·于连:《本质或裸体》,第60页。

③ 弗朗索瓦·于连:《本质或裸体》,第7页;Francois Jullien：*The Impossible Nude*：*Chinese Art and Western Aesthetics*, trans. Maev de la Guardia, The University of Chicago Press, 2007, p.4.

④ 肯尼斯·克拉克:《裸体艺术》,第7页。原译文将"naked"翻译为"裸体","nude"翻译为"裸像",我们在这里直接对应于对朱利安的翻译,将二者分别翻译成"赤裸"和"裸体"。

遮隐者最后被展现出来[quae plus latent plus placent（最隐秘者最悦人）——这是脱衣舞的逻辑]，而是一种严格的还原（réduction）（存有学的、本质论的：笛卡儿—胡塞尔）。"①也正因此，他将裸体艺术中的赤裸，归属于情色或色情的一面（朱利安并未对这两个概念进行明确区分），这在对于"裸体与本质"的分析中并无价值。然而，我们要追问的是，赤裸在裸体艺术中真的不重要吗？裸体真的比赤裸更为原初吗？进一步说，二者真的能被明确区分吗？对这个问题，阿甘本给出了不同的回答。

如果说朱利安把西方裸体观的源头主要追溯到古希腊哲学，那么，阿甘本则主要是从基督教的角度，对西方的裸体观进行考察的。与朱利安一样，阿甘本也区分了裸体和赤裸这两个概念。不同之处在于，朱利安将裸体视为更原初的裸身状态，阿甘本则认为裸身就是赤裸，或者说在基督教中，从来就没有一种原初的裸体状态。

如上所述，支撑古希腊完美裸体的正是黄金比例等数学和形式基础，朱利安认为这些数学和形式基础，就是古希腊哲学中的本质。它们变动不居，随物赋形。所以，裸体即形式和基础，即原初和本质。然而，阿甘本却针锋相对地指出："既然裸体只是衣服的附加物的隐晦预设，或是除去衣服突然导致的后果……那么裸体就属于时间和历史，而不属于存在和形式。因此，我们只能把裸体体验为一种裸露或赤裸，而不是作为一种形式或一种稳定的所有物。"②所以，真正的原初裸体是不存在的，存在的只有赤裸，只有衣服或遮蔽物被脱掉或剥离的状态，裸体指涉的是由穿衣到脱衣这一"事件"或"变化"，而不是某种恒定的"状态"。换言之，没有裸体，而只有赤裸。这样一来，裸体当然也就更不可能是形式或本质。

阿甘本说西方文化中的这种裸体观，正是由基督教的"穿衣神学"所奠定的。对于这种穿衣神学，我们并不陌生。它来自《圣经·创世记》，人类始祖亚当和夏娃因为偷食了智慧树上的禁果，从而犯了原罪，被逐出伊

---

① 　弗朗索瓦·于连：《本质或裸体》，第 26 页。
② 　阿甘本：《裸体》，黄晓武译，北京大学出版社 2017 年版，第 121 页。

甸园。而偷吃禁果(也被称为善恶果、智慧果)之后,亚当和夏娃的第一反应是"眼睛就明亮了"①,发现彼此赤身裸体,并为此感到羞耻,立即用无花果树叶遮挡身子。易言之,偷吃禁果之后的直接结果是人类发现了自己是裸体的,并为此而感到羞耻。阿甘本说,在偷吃禁果之前,亚当和夏娃也是赤身露体的,然而他们并不以此为羞,甚至根本还没有"裸"这个概念。这是因为他们尽管身上无衣,却被上帝的"恩典之衣"所覆盖。然而,在偷吃禁果之后,恩典之衣消失了,人类发现了自己本来被遮盖着的"本性"。这一本性并不完美也并不纯善,否则,它就不需要恩典之衣的覆盖。恩典之衣的消失,暴露了这种本性的堕落性,甚至"罪恶性"。从这个意义上说,人类的本性本身就是一种比原罪更加原初的"罪","原罪"只不过是在剥离恩典之衣之后,对这一原罪之原罪的暴露。

阿甘本指出,在这一"穿衣神学"的笼罩下,基督教及受其影响的西方文化中只有赤裸——脱衣之后的裸露,而没有裸体——纯洁的原初裸身状态。赤裸也不是本质,它附属于恩典之衣的丧失这一事件,而这一丧失的事件,又将人类的本性建构为是堕落的。如果我们接受"穿衣神学",就不得不接受人类的本性堕落说这种诺斯替主义的残余。② 事实上,这一问题在中世纪神学界曾经历过激烈的讨论,阿甘本以奥古斯丁和贝拉基的争论来对此进行了说明。当然,最后奥古斯丁占据了上风。但是,"穿衣神学"隐含的悖谬并没有被解开。

在偷吃了智慧果之后,亚当和夏娃的"眼睛就明亮了",并看到了彼此的裸体。也就是说,获得"智慧"的首要表现是人类始祖发现了彼此的裸体。这隐含了对智慧和知识的什么寓意呢?要回答这一问题,首先我们要理解什么是人类获取知识的基本程序。从根本上说,认识就是让认知的对象由遮蔽到解蔽的过程。所以,我们也常用"揭示""揭秘""揭晓"等

---

① 原文为:"他们二人的眼睛就明亮了,才知道自己是赤身露体,便拿无花果树的叶子,为自己编做裙子。"(创世记 3:7)

② 阿甘本:《裸体》,第 119 页。

词语来指代认知。亚当、夏娃偷吃智慧果之后，获得的不是具体的智慧和知识，而是获得了这一认识程序。所谓"眼睛就明亮了"，说的就是他们获得了"揭示"的能力。这一揭示的对象，首先是彼此的身体，它们从被恩典之衣覆盖的遮蔽状态获得了解蔽。当然，与此同时，他们也就把彼此对象化了，对象化当然也是认识的必要前提。在偷吃禁果之前，亚当和夏娃与伊甸园中的万物处于一种水乳交融的关系之中，所以，伊甸园才被称为至福的乐园。偷吃禁果的典故告诉我们，首要的智慧和认识，就是"揭示"和"对象化"的能力，二者其实是一体两面的。

不过，这种揭示的过程是没有止境的，不可能让对象被彻底解蔽。因为揭示所看到的是"赤裸"，而非"裸体"。裸体是一种永恒而稳定的原初本真状态，而赤裸则是依附于揭开这一行动的"事件"和"过程"。在认知层面，这导致了认知永无尽头，因为只要"揭露"这一事件存在，就必然还没有到达"裸体"和"基底"，揭露所能导向的只有"赤裸"。在面对裸露的人体时，这也导致了所谓赤裸的身体永远裸露得不够彻底，永远还有裸露的余地。因为，赤裸是相对于"脱"而存在的，赤裸总是在脱的过程中显现，如果"脱"这一事件消失，则赤裸也就消失了。它并未到达裸体和基底，而只是悬停在通向裸体的途中。但所谓抵达裸体，只是一种欲望和理想，不可真正实现。

阿甘本以脱衣舞这一为朱利安所排斥的例子说明了这一点，在脱衣舞中，赤裸只存在于"脱"的过程中，一旦舞者把衣服全脱光，赤裸就消失了，欲望也消失了。所以，赤裸"实际上是无限的：它不停地发生"[1]。这同时也提醒我们，偷吃禁果的典故，不只与揭示有关，也与欲望有关，毕竟亚当和夏娃是因为对方的裸体而羞耻，这同时也就说明他们对彼此的身体产生了欲望。有了性欲，才有了人类后来的生育和繁衍，也才有了"原罪"的延续。然而，由"脱衣"而带来的揭示和欲望，既包括求知欲，也包括

---

[1]　阿甘本：《裸体》，第 121 页。

爱欲,都是没有止境的。在其中,欲求的目标并不确定,它恰恰来自那一"脱衣"、揭露、靠近或占有的过程,因此我们也就不可能真正抵达或把握这一目标。以一个艺术作品为例,阿甘本进一步说明了这一点。克莱门特·苏西尼为托斯卡尼大公的自然历史博物馆创作的女性裸体蜡像,不仅一丝不挂,还露出了五脏六腑,甚至在其子宫中,还能看到小小的胚胎。然而,尽管如此赤裸,甚至比赤裸更赤裸,当观众观看它的时候,依旧不会感觉到达"基底",裸露带来了更多有待揭露之物,因为"与本性一样,裸体是不纯洁的,因为它只有通过去除衣物(恩典)才能获得"①。一句话,赤裸是相对于"脱"而存在的,而"脱"、揭露和欲望都是无尽的,因此赤裸没有终点,而且会伴随"脱"的过程而变化,没有永恒不变的本质,永远不可能抵达裸体,不可能触及基底。

第四节　反观朱利安的中西裸体艺术比较

很显然阿甘本的裸体观秉持一种后结构主义立场,在其中不难觅出本雅明、福柯和德里达等人的影子,虽然支撑其论证的是古老的犹太—基督教典故,但后结构主义本身就深受这一传统影响,这说明西方思想本身就是多元复杂的。与此同时,众所周知,后结构主义的先驱海德格尔和本雅明(他们正是对阿甘本影响最大的两位哲学家)等人的思想,又深受东方思想,尤其是道家思想影响。正是这一点,让阿甘本的裸体观,更适合成为连接东西思想的桥梁。阿甘本对裸体和认识关系之论述的关键支撑在于:在偷吃禁果之后,万物有了分别,被对象化,人在得以认识它们的同时,也就脱离了那种与万物浑然一体的本真状态。也就是说,对象化和分别心导致了人与世界的分离,并由此带来了人存在于世的苦恼,人从此再也无法回到本源、本质。所以,本质不是基底,而既是无法溯源的来处,又是无法到底的去处,当我们以为达到源头时,它总已经涉入了太多后来的

———————

① 阿甘本:《裸体》,第 142 页。

建构。本质在回溯本质的过程中显现,因此它并不是永恒而本真的"裸体"。这一点当然会让我们想到拉康的"实在界"、德里达的"延异",甚至巴塔耶和福柯有关"越界"和"界限"相互依存的言说,但其更古老的共鸣则来自道家和佛家。与古希腊的本质观相比,阿甘本笔下只能趋近而不能抵达的若隐若现的"本质",倒是更接近于在有无之间不断变换和徘徊的"道"。不少研究者都曾指出,朱利安的理论方法受益于海德格尔和后结构主义颇多,甚至可以说,他的理论本身就是一种后结构主义的变体。① 然而,为何在论裸体时,他却选择回归了古希腊哲学最为本质主义的一面,而与中国思想进行对比呢? 答案不难理解,这是为了贯彻他一直提倡的方法:拉开东西文化的间距,从而突出双方的差异。但这种操作,很容易带来观念先行的风险。

基于以上"裸体"和"赤裸"的区分,可以发现,朱利安对于西方和中国的裸体观和裸体艺术的考察都是有重大欠缺的。

首先,对于西方裸体艺术和观念而言,他过早地抹除了"赤裸"的一面,而仅仅将裸体艺术还原为裸体,又将裸体还原为"本质"。但事实上,正如南希所说,古希腊基于人的理念所建立的裸体观,自人文主义式微之后,在西方就逐渐没落了。关于裸体的造型技术当然还在西方延续,但是艺术家们已经不满足于仅仅塑造完美的人体,而是通过裸体艺术展现了更为复杂的关系,其中最典型的关系恐怕就是欲望关系。在《裸在:图像的皮肤》一书中,南希主要就是从欲望和主体间的维度来分析那些裸体图像的。与朱利安的探讨明显不同,南希不只选用了更多文艺复兴之后的裸体作品,而且这些裸体作品常常是多具裸体或多重视角的聚合。其中的人物和视角关系,要比朱利安的探讨复杂得多,朱利安极少讨论多于一

---

① 参见刘耘华《中国绘画的跨文化观看——以弗朗索瓦·朱利安的中国画论研究为个案》(《文艺理论研究》2020 年第 2 期)、韩振华《作为打开欧洲"未思"的手段——朱利安中国古典美学建构之解析》(《文艺理论研究》2019 年第 5 期)等文的分析。

人的裸体群像。朱利安做减法,而阿甘本、南希做加法。借由阿甘本和南希的视角,并翻检艺术史事实,我们可以确定:西方的裸体艺术不只表现"裸体",也表现"赤裸",而且,很多时候,赤裸和裸体并不能被严格区分。

其次,基于这一摈弃欲望的视角,朱利安对于中国裸体艺术的考察也必然是不完整的。他仅仅通过春宫画不表现裸体而表现赤裸,进而表现情色,就把它逐出中西裸体艺术比较之外,这不免取巧。由于舍弃了真正的中国裸体艺术——当然这并不仅仅限于春宫画,还包括"原始陶制裸体雕像'东山嘴裸体女神'及散落于民间的其他裸体艺术作品……古龟兹的克孜尔壁画作品等"①——朱利安比较的其实不是中西裸体艺术,而是用中国人物画,甚至山水画来与西方的裸体绘画和雕塑做比较,这就必然会造成比较上的错位,也导致结论难以跳脱出中国艺术写意、西洋艺术重形这样宏大和陈旧的框架。从某种意义上说,这一结论在朱利安的探讨之前,就已经被预设了。在这样的比较中,朱利安也不可能更进一步深入中国文化,事实上,在《本质或裸体》一书中,中国文化更多是作为西方文化的参照物而出现的。以之为对比项,是为了更好地说明西方文化,或者按照朱利安对自己方法论的表述:这是为了通过"绕路而返回"②,而不是为了进一步切近异域文化。所以,从根本上说,这是朱利安对西方裸体观的重思和重申,而不是真正地进行文化比较。

朱利安通过自己界定的裸体标准,很早便将中国的裸体艺术排除在了视野之外,如此一来,比较也就更无从落地了。当然,朱利安不是第一个这样做的人,克拉克也曾说过:"中国人或日本人从未将赤裸的人体本身当作一种可供观照沉思的严肃题材,这种情况至今仍造成一些误解。……只有地中海沿岸国家才是裸体的家乡。"③克拉克可以为这种偏狭找到托

---

① 杨熹发:《中国画裸体艺术的表现形式与美学特征》,天津人民美术出版社2013年版,第47页。

② 朱利安:《间距与之间》,第19页。

③ 肯尼斯·克拉克:《裸体艺术》,第13页。

词，因为他的研究主要针对的是西方裸体艺术，但朱利安在一本中西文化比较的著作中，依旧在重复这种成见，却不免令人遗憾。这或许正是立足哲学高度的中西比较需要时刻警惕的风险，它的"傲慢"很容易导致"偏见"，以观念上的抽象而取代实证上的考察。在美术史研究中，对于中国裸体艺术的研究并不少见，它们理当成为研究该议题的参考。我们可以将目前的相关研究大致分为以下几类：其一，对于中国史前裸体艺术的研究；①其二，对于中国佛教裸体艺术的研究；②其三，对于裸体艺术和裸体观念在近代中国之接受和变化的研究；③其四，对于龟兹裸体艺术的研究。该研究不仅涉及该裸体艺术本身，同时也涉及其所受文化影响，冯斐认为："龟兹佛窟裸体绘画艺术的产生说明了它既是当地生殖崇拜岩画的发展，也受到了中原文化和印度文化、希腊文化、犍陀罗文化的影响，是东西方文化交流和吸收的产物。"④此说还有待进一步考证，但已经掀开了中国裸体艺术神秘面纱的一角，它本身就有可能是跨文化交流的产物，而非处于与西方完全隔绝、截然相异的一端。

　　除此之外，最为重要的当然是对春宫画的研究，因为它正是最具代表性的中国古代裸体艺术，也是朱利安在书中唯一有所分析的中国裸体图像。谈到春宫画研究，当然必须提到对此有开创性贡献的荷兰汉学家高罗佩。高罗佩对于西方人的文化成见深恶痛绝，他指出：由于中国人对性持神秘态度，"十九世纪，在中国的西方观察者似是而非地假定它是一个可怕的堕落的粪坑。这种错误观念被有关中国的西方书本

---

①　如刘凤君《中国史前裸体女塑像概述》(《美苑》1989 年第 1 期)等。

②　如赵志凡《中国裸体佛像初探》(《求索》1995 年第 1 期)，张荣国《中国古代裸体美术的存在原因》(《艺术探索》2009 年第 1 期)，等等。

③　如朱国华《身体表征的现代中国发明：以刘海粟"模特儿事件"为核心》(《文艺争鸣》2019 年第 2 期)，陈醉《历史大转折与中国裸体艺术》(《艺术研究》2007 年第 3 期)，等等。

④　雷茂奎：《中国最早的裸体艺术——冯斐〈龟兹佛窟人体艺术〉评介》，《丝绸之路》1999 年第 3 期。

广为传播,时至今日,仍流行在相当数量的西方公众的心目中"①。直到当代,这一看法依旧根深蒂固,无论是汉学家,还是中国本土学者,性和裸体等议题还是为其大多数所避之唯恐不及。研究者们往往会将裸体艺术在中国古代的缺失,归因于封建礼教的束缚,但是当他们拒绝严肃看待春宫图等裸体艺术时,同样暗自重复着高罗佩所说的那种"假装正经"②的封建态度。

不过,朱利安对于春宫画的蔑视,倒不主要由于它描绘的性事难以启齿,而是由于这种描绘无论是从内容还是形式上都过于形而下,从而无法到达他所追求的"哲学"的高度。事实真是如此吗?

朱利安将中国的身体观和身体表现观追溯到"气"与"理"这样的本体,却有意无意地忽略了常与这两个概念一起出现的"阴""阳"两个概念。理解阴阳之关系,与理解男女关系,尤其是性关系,是不可分割的。我们固然可以对《易经》中的"男女构精,万物化生"从宇宙论的角度进行抽象的解释,却也无法否认它的原意指的就是男女关系,尤其是男女性关系。高罗佩对此有深刻的洞察:

> 《易经》强调这么个事实,性交是宇宙生命的基本元素之一,因为它是阴阳的宇宙交感的一种显现。此书的《系辞下》第四部分说:"天地氤氲,万物化醇;男女构精,万物化生。"《系辞上》第五部分注意到:"一阴一阳之谓道";"生生之谓也"。出自《易经》的这些段落常常被房中书引用。在房中书中,"一阴"和"一阳"分指一个女人和一个男人。综上所述,可以说明,两个性伴侣的交合被认为是宇宙生殖循环的一种方式,好比日夜

---

① 高罗佩:《秘戏图考:附论汉代至清代的中国性生活(公元前二〇六年—公元一六四四年)》,杨权译,广东人民出版社 2005 年版,"英文自序",第 6 页。

② 高罗佩:《中国古代房内考:中国古代的性与社会》,李零、郭晓惠等译,桂冠图书股份有限公司 1991 年版,"作者自序",第 1 页。

的变换和四时的更替。……从这里，我们进入了一个古代中国特有的思想领域。①

中国人的哲学观和伦理观十分依赖于"生育"，朱利安在分析中依仗的"生化""生成"等概念，可以说都是生育观的一种扩展。生育的第一步便是性关系，这是无须否认的，它同时在中国思想中也蕴含了更为形而上的指向。这种从两性关系角度出发，理解世界运行规律的思路，恰恰是中国古代思想的重要特色，舍弃了这一维度，我们就很难完整理解中国思想。李零先生在为高罗佩的《中国古代房内考》所作的译者前言中，也通过这一视角解释了《老子》和"道"：

> 《老子》书中最重要的概念是"道"。"道"是什么意思，长期以来人们一直争论不休，其实原书讲得很清楚，"道"是不死的"谷神"，"谷神"就是玄牝，即一个"玄之又玄"的女性生殖器，天地万物所出的"众妙之门"。这显然是一种与房中术密切有关的"地母"(earth-womb)概念。②

由此可见，中国哲学中最为根本的"阴""阳""生""道"等概念，都与对男女性关系的观察和思索息息相关。这是中国哲学，也是中国艺术的重要特色。这种艺术对于两性关系的表现至迟到汉代已渐趋成熟，在山东安丘董家庄墓人像方柱上，四川新都、德阳的画像砖中都有汉代画家对男女裸身交接的直露描画。艺术史家也指出，其哲学来源恰恰是：

---

① 高罗佩：《秘戏图考：附论汉代至清代的中国性生活(公元前二〇六年—公元一六四四年)》，第 10 页。

② 李零："译者前言"，高罗佩：《中国古代房内考：中国古代的性与社会》，第 5 页。

> 儒家认为是万物化生的本源,是合天理、应人伦、延后嗣、符
> 合人的"本性"与"大欲"的事;道家则认为是顺阴阳、得长生,视
> 为天下之至道。在理论高度上,道儒两家都将男女交合提到本
> 派学说最基础,也是最高深之处。所以,"合"这种形式在汉代,
> 体现了对生殖繁衍的祈求和对生命长存的修炼。①

这一传统一直延续到后世,只不过随着礼教管束的松紧而时隐时现。如果从这些艺术史实和支撑它们的文化观念出发,我们就可以从另外的角度思考朱利安探究的问题,并得出不一样的结论:春宫画与西方裸体艺术的差异,可能首先并不是因为中国绘画没有借以塑造裸体的形式和本质观念,而是中西两性观的不同使然。一方面,无论《易经》还是《老子》都将两性之性关系上升到了宇宙论层面,"万物负阴而抱阳,冲气以为和",自然万物都在阴阳的交合中生息,这导致后世对于裸体和裸体的交合都持一种宇宙论的态度来进行表现。尽管由于技法差异,中国的裸体图像并不如西方的那般逼真,但创作态度上却更加自然而写实,这跟对性的宇宙论理解当然密切相关。另一方面,诚如汉斯-格奥尔格·梅勒所分析,由于这种对于性关系的宇宙论理解,"性的这种欲望的维度在《老子》中几乎是找不见的"②。这里的"欲望"指的是西方起源于古希腊的爱欲/爱洛斯(eros)这一概念,毫无疑问,柏拉图在《会饮篇》里对其的探讨,对后世影响最为深远。该书中的爱欲观念,对西方裸体艺术至少在两点上影响深刻:其一,书中狄奥提玛提出的"美本身"这一概念,就是朱利安所说的"本质"或"理想",然而,朱利安似乎忽视了这一概念正是由爱欲所导出的,爱欲追求一切美好的事物,追求一切美好事物中的最美者,而这一最美者就是"美本身"。所以,欲望的维度天然就包含在对美之

---

① 王朝闻主编:《中国美术史(秦汉卷)》,齐鲁书社 2000 年版,第 84 页。

② 汉斯-格奥尔格·梅勒:《东西之道:〈道德经〉与西方哲学》,刘增光译,北京联合出版公司 2018 年版,第 41 页。

本质的构想中,如果裸体表现的是本质,那么欲望的维度在研究裸体时就是不可或缺的。柏拉图的爱欲观最终走向了对形体的摈弃,对精神的崇尚。按照这一逻辑来看,西方古典裸体艺术的独特之处就显得更为意味深长,它以最为形而下(身体)的方式表现最为形而上(灵魂)的欲望。然而,在面对一件裸体艺术时,这两种欲望到底是分离还是耦合呢?无论持肯定还是否定的答案,这一问题都值得进一步分析。其二,如果说上述的爱欲被所谓"柏拉图式的爱"逐渐抽离了其肉欲的特质,变成了一种抵达形上之物之通道的话,那么狄奥提玛一开始还告诉我们,爱洛斯是丰饶神和匮乏神的儿子,所以,这个通常被塑造成婴儿和精灵形象的爱神总是"得来的又失掉,不断地流转着,所以爱总是既不穷又不富"①。这就为后世西方艺术表现爱欲中的饥渴、满足、诱惑、失落、烦恼、惊喜、惶恐等主题留足了空间,裸体艺术当然是其中最重要的一支。当然,这种爱欲观后来又与希伯来文化中的爱欲观走向了复杂的融合,并体现在文学和艺术中,限于主题和篇幅,我们这里无法对此做出更全面的考察。

反观"《老子》中的性不是超越的:它既不导向对身体的超越,也不导向对世俗的超越"②,与此同时,它也不在意性欲的饥渴与满足,它所探讨的是两性之间的争斗、控制、配合、反转和调和。显然,这一点也深刻影响了后世对性和裸体的表现,中国裸体艺术表现的核心——房中术,本来就可以归入道家的修炼体系,其中当然不乏对欲望的表现,但其表现方式也不免受制于《易经》《老子》等典籍中的阴阳生化宇宙论框架。如唐人白行简所撰《天地阴阳交欢大乐赋》开篇便指出了"人欲"与阴阳的关系:"性命者,人之本;嗜欲者,人之利。本存利资,莫甚乎衣食;衣食既足,莫远乎欢娱;欢娱至精,极乎夫妇之道,合乎男女之情;情所知,莫甚交接。(原注:交接者,夫妇行阴阳之道。)其余官爵功名,实人情之衰也。夫造构已为群

---

① 柏拉图:《会饮篇》,王太庆译,商务印书馆2013年版,第56页。
② 汉斯-格奥尔格·梅勒:《东西之道:〈道德经〉与西方哲学》,第44页。

伦之肇、造化之端。天地交接而覆载均,男女交接而阴阳顺。"[1]至明清,随着社会风气的转变,商业经济的发展,甚至外来文化的影响,对于"欲望"的表现也更加丰富。这一时期,被笼统归入春宫图这一名下的绘画其实可以分为很多类型,例如:其一,直接表现性爱的画作;其二,裸体或半裸的女性图像(通常与"思春"主题相关);其三,非裸体,但具有性暗示的图像,这些图像或表现女性独守空闺的寂寞,或表现男女饮酒作乐的欢娱场面,也有对偷窥、偷听等的描绘。[2] 其中对欲望的表现,或依旧受制于阴阳双修或黄赤之道等理念,或有了新的更加世俗化和写实化的表现[3],但无论如何,此处所说的"欲望"与爱洛斯有共通之处,但并不能等同,需要细致辨析。

第五节　结语

高罗佩曾经指出春宫画的四种研究价值。其一是社会维度的,了解春宫画所表现的性观念和社会图景,他尤其强调中国古代的一夫多妻制对于春宫画创作的决定性意义。其二是艺术层面的,研究春宫画独特的艺术表现和艺术价值。确实,春宫画有其特殊的表现手法,已经有学者对其绘画中的屏风、山石等要素中展露的文人情趣等做了研究。其三是医学层面的,春宫画有着性教育的功能,有助于增进我们对时人性观念和身体观念的了解。其四是传播层面的,春宫画对于日本浮世绘的影响,春宫

---

①　高罗佩:《秘戏图考:附论汉代至清代的中国性生活(公元前二〇六年至公元一六四四年)》,第291页。

②　如清代《燕寝怡情》图册。对于清代相关世俗绘画的分析,可参见高居翰:《致用与娱情:大清盛世的世俗绘画》,杨多译,生活·读书·新知三联书店2022年版,第195—257页。

③　李燕通过考察指出,晚明的春宫画风格本身也在变化,有一种"从万历朝的'图解说明性'图画向天启、崇祯朝的'生活叙事性'图画的转变"。参见李燕:《晚明春宫画研究——以套色春宫版画为中心》,中国艺术研究院2015届博士学位论文,第66页。

画所受到的密教等的影响,都值得进一步研究。这些概括都是精当的,从春宫画及其他中国裸体艺术背后暗藏的深层文化意义出发,高罗佩或许还忽略了一个文化哲学的维度,这一维度也是目前国内的相关研究所欠缺的。在这个意义上,朱利安从哲学角度出发,对中西裸体观的比较是有价值的,虽然还留有缺憾。

除了受朱利安自身的主观成见所限之外,这一缺憾的另一原因却是客观的,也是每位试图从事这一研究的学者都必须面对的难题:相比西洋蔚为大观的裸体艺术,包括春宫画在内的中国古代裸体艺术,在数量上确实不够丰富,目前能被公开看到的许多画作也未必是珍品。受制于世俗成见,许多藏家不愿将相关画作公之于世,相关的研究哪怕不能被称为禁区,也绝对是冷门。这就怪不得艺术史家高居翰要呼吁:"我希望,本书给这些画作拥有者以勇气与信心,让他们能自豪地拿出这些画作,展示其中的佳作。"①高居翰晚年致力于"尽一切可能发掘并重构中国绘画史中'失落'的一隅"②,其所指便是包括春宫画在内的中国世俗绘画。长久以来,中国绘画的评价和收藏标准是由文人精英所控制的,这就导致了对更丰富多元的中国绘画史和文化史的遮蔽。受到中国古代文学研究领域打破雅俗界限的启发,高居翰也希望通过研究中国的古代世俗绘画,来获得新的突破,将研究视野拓展到性别观念、女性的社会身份等领域。③

通过研究顾见龙等世俗画家的女性绘画,高居翰就中国裸体绘画,得出了与上述西方学者所持的观点截然不同的结论。例如,他通过考察指出:"尽管在中国,女性裸体画从未像欧洲绘画那样,成为专门的画类,但中国人确实有着自己关于女性身体美及性感的理想典范,因而,我们应借用这些图像来理解中国人的这一'理想',而不是简单地排拒这些图像。"④也

---

① 高居翰:《致用与娱情:大清盛世的世俗绘画》,第 257 页。
② 高居翰:《致用与娱情:大清盛世的世俗绘画》,第 4 页。
③ 高居翰:《致用与娱情:大清盛世的世俗绘画》,第 7 页。
④ 高居翰:《致用与娱情:大清盛世的世俗绘画》,第 251 页。

就是说,中国人并非没有关于裸体的完美理想或模型,只不过这一模型与西方绘画大相径庭。先前的研究者认为中国画家对于裸体不感兴趣或者没有能力描绘裸体,首先是由于他们并没有全面地考察中国艺术史,其次恰恰是他们所抱的成见使然。在这一点上,高居翰指出,高罗佩也犯了错误,以致"他不得不编造出一系列伪'晚明'春宫版画以作为'中国人的模型'"①。高居翰通过对具体画作的解读,反驳了类似的观点和论断。当然,其中的观点仍待商榷,这只是一个起步性的工作,②但却足够有启发性。在其中,高居翰不仅从形式、符号和文化背景等角度解读了这些画作,而且广泛地与文学文本进行对照和互证。这种跨媒介研究的方法,是在研究和比较中西的裸体观、身体观和情欲观时所必需的,西方的裸体艺术大都取材于古希腊神话和《圣经》等,本身具有很强的文学性,而中国许多古代裸体绘画也以插图的形式存在。在其中,文学和图像是交叉缠绕,不可分离的。

当然,这项研究已经超出了笔者的研究范围,本章的目的不在于具体的艺术史研究,而在于从观念上为艺术史和其他相关研究扫除迷障。其中当然也包括跨文化比较问题,朱利安的跨文化比较一直抵抗平行比较及其对"文化寻同"的追求,也即通过平行比较在不同文化之间建立某种共同性的企图。在朱利安看来,其实"平行研究"本身就预设了一种同一性,例如我们只有在确信不同民族中都存在"裸体艺术"这一前提下,才可能比较不同民族的艺术,"裸体艺术"此时就是这种同一性,它是一个可以统筹不同文化的更高范畴,预先规定或导引了人们比较的方向。秉持这种反对"求同"的后结构主义原则,朱利安在中西裸体艺术的比较中,也刻意地拒斥"平行比较",他的比较思路不再是从"你有我也有"开始,而是"从

---

①　高居翰:《致用与娱情:大清盛世的世俗绘画》,第 251 页。

②　高居翰专门研究春画的作品 Chinese Erotic Painting,已经在他的个人网站上以线上形式出版:https://www.jamescahill.info/illustrated-writings/chinese-e-rotic-painting.

'我有,你为什么没有?'开始:'当我在处理欧洲的裸体传统时,我是以它在中国的缺席作为探求的出发点'"。① 当朱利安用这一方法对一些哲学概念进行比较时,例如对势与因果性、虚位以待与自由、默契与知识等进行比较时,②这一方法是具有成效的,它通过彰显二者的差异(différence)——这种差异同时也可以理解为朱利安所说的无关(in-différence)③——而让读者更为深入地看到双方的底层逻辑。然而,在面对"裸体艺术"这样具体的艺术现象时,如果还是抱持这样一种理念,而罔顾艺术史事实,恰恰会导致一种更严重的同一化思维。这与朱利安本身反对同一,追求差异的诉求恰恰背道而驰。

朱利安喜欢渲染自己比较方法的独特性,然而对于其敏锐提出的新问题,结论却往往并不新鲜,常常只是在比较中对中西差异的刻意强化。这种强化很可能也会导致过强的解释和结论,甚至矛盾和误判。例如,可能是囿于自身的解释框架,朱利安在《本质或裸体》中对"理"和"气"这两个重要概念的解释,就有前后矛盾之处。他将理和气这两个概念并置,并解释它们"一如希腊人的形式-理念与材质(eidos/ulé)"④。这可能受到了冯友兰的影响,冯友兰曾明确将程朱理学中的"理"和"气"这对概念,解释为古希腊哲学中的"形式"和"质料"。⑤ 然而,在另一处,他又指出:"在中国,既没有'材质',也没有作为原型的'形式'。"⑥朱利安将"理"理解为一种"内在一致性",或贯通道理(cohérence),它会随时势而变化,⑦并非恒

---

① 王超:《比较文学变异学中的阐释变异研究——以弗朗索瓦·于连的"裸体"论为例》,《当代文坛》2018 年第 6 期。

② 参见朱利安《从存有到生活:欧洲思想与中国思想的间距》一书。

③ 杜小真:《远去与归来》,中国人民大学出版社 2004 年版,第 36 页。

④ 弗朗索瓦·于连:《本质或裸体》,第 86 页。

⑤ 冯友兰:《中国哲学简史》,涂又光译,北京大学出版社 2010 年版,第 230—231 页。

⑥ 弗朗索瓦·于连:《本质或裸体》,第 80 页。

⑦ 朱利安:《论普世》,第 156 页。亦参见《从存有到生活:欧洲思想与中国思想的间距》中"贯通道理(与意义)"一章(第 92—105 页)。

定不变,这不同于"理念";而"气"则被理解为一种贯穿宇宙的"能量",这也不同于希腊哲学中的"材质"。然而,朱熹曾有言:"理也者,形而上之道也,生物之本也;气也者,形而下之器也,生物之具也。"(《答黄道夫书》)冯友兰对这一论断的理解是:"盖理为超时空而永存者;气则为在时空而变化者。"①在这个意义上,"理"与古希腊的"理念"确实有相通之处,它不仅仅是一种"内在一致性",而"气"作为一种"形下之器""生物之具"则承担着更为具体的"生物"功能。相比之下,朱利安却对"气"进行了更为拔高的解读,他更喜用"宇宙之气"这一概念来指涉这一"气",并且指出:"形只是气的具体化,而气才是生机的推动者。"②"气"此时成了"推动者",而不仅仅是"形下之器""生物之具"。易言之,朱利安对"理"的理解比程朱理学中的"理"更加形而下,而他的"气"又比后者的"气"更加形而上。当"气"丧失了其形而下的意涵之后,它当然也就很难与一种看似最为形而下,最上不了台面的身体艺术——例如春宫画——结合起来理解。然而,身体恰恰与"气"息息相关,中国人不是常用元气、精气、血气等概念来描述身体吗?高罗佩说:"'气'意指存在于每个男人身上并构成其生命元素的宇宙精神的微粒。这种元气循环于全身,而特别多地存在于'鼻息'和'阴精'中。"③这就进一步把"气"与身体、性和生育勾连起来了,如此看来,"气"恰恰是支撑中国裸体艺术的重要概念基础。"气"之"形而下"的"下限",恰恰直通阴阳调和、万物生成的"上限",这恰恰是中国哲学的特色,它可以在形上和形下之间无碍穿梭。在这样的背景下,春宫画等中国的裸体艺术同样包含了临在和永恒、形下和形上两个维度。只不过二者结合的方式,与西方裸体艺术不尽相同。

---

①　冯友兰:《朱熹哲学》,《清华大学学报》(自然科学版)1932 年第 2 期。转引自乐爱国:《朱熹的"理先气后":一种心性工夫论的论证——从清代劳余山到唐君毅》,《人文杂志》2017 年第 4 期。

②　弗朗索瓦·于连:《本质或裸体》,第 43 页。

③　高罗佩:《秘戏图考:附论汉代至清代的中国性生活(公元前二〇六年至公元一六四四年)》,第 10 页。

就朱利安针对中国裸体艺术的具体判断而言,前有龟兹人物造型特殊的姿态和抒情程式,"以手的姿势与动态来牵动体形的变化。其独特之处在于女裸人物具有抒情的程式,动态没有印度佛像中头、胸、臂部的三道弯形式,也不像敦煌画像那样收敛"①,后有常玉对中国文人画的运笔、色彩、意境与西方裸体绘画的成功融合,它们都可以反驳朱利安所说的裸体不能表现"气韵"等观点。相反,中国传统绘画的优势可能恰恰就在于:易于表现出裸体之姿态轻歌般的韵律感和流动感及其"成形"或"生成"的状态,而非让裸体成为身体各部分的建筑和交响,不将裸体之姿态表现为冻结的琥珀。在这一点上,中国传统绘画与西方现代绘画又有呼应和融合。也正是在这一点上,我们或许可以对裸体和本质的关系,从中国视角出发,进行更深入的探讨。

当我们欲对一种具体的文化现象进行跨文化比较时,一种基于事实的平行研究,恐怕要更为务实也更为恰当。这种比较面对历史和材料本身,不预设同一,但也不刻意突出差异。它以事实为准绳,向他者和本土文化敞开,也向它们之中的多元性敞开。这不仅仅是一种原则,也是一种理想,因为这一目标本身是很难达到的,它不仅需要严谨求是的探索精神,还需要打破定见的理论勇气。在迈向这一理想的过程中,我们才能期待他异性和共通性在比较中如其所是地显现。

---

① 雷茂奎:《中国最早的裸体艺术——冯斐〈龟兹佛窟人体艺术〉评介》,《丝绸之路》1999 年第 3 期。

| 第三章 |

超逾本质主义与反本质主义：文学伦理学与为他者的人道主义

第一节　"反本质主义"之争

有关"反本质主义"的讨论，是我国新时期以来文艺学界最为重要的争论之一。陶东风教授在 2001 年最先提出了"反本质主义"这一构想，文章质疑了以往国内文论教材编写中的僵化思路，指出其用一种超历史、超语境的宏大叙事为文学的本质下定义，从而束缚了文学教学和研究，陶东风转而提出以一种"反本质主义"的方法来重新书写文艺学教材。比起"本质主义"那些普遍和先验的论断，这种反本质主义更强调"文化生产与知识生产的历史性、地方性、实践性与语境性"①。这篇文章发表后旋即引出了许多回应和商榷的文章。这些回应已经不仅仅限于文艺学教材编写，而是扩展到了对文学理论、文学研究方法甚至人文学科知识形态的探讨。

很显然，反本质主义深受其时席卷全球的后现代主义所影响，从一种其所倡导的多元化、历史化、语境化的角度对本质主义提出批判。这一反

---

①　陶东风：《大学文艺学的学科反思》，《文学评论》2001 年第 5 期。

本质主义得到了一些学者的支持,例如方克强指出:以反本质主义思路进行教材写作的学者们"区隔本质主义的自觉意识以及建构具有后现代主义特征的理论体系的努力是应当得到承认和尊重的"①。更多的学者则对其持更加审慎的态度,如童庆炳指出:"走向极端的反本质主义必然要导致不可知论和虚无主义。我们赞成的是作为思维方式的反本质主义,而不是它的某些确定性结论。"②总体而言,在"反本质主义"之争中,学者们普遍所持的态度是:一方面在学理上认同"反本质主义"的合理性和进步意义;另一方面,落实到具体操作层面,则对"反本质主义"式的教材写作或研究方法提出了诸多质疑和批评。

如支宇认为在包括教材编写在内的理论话语的"建构"和反本质主义的"解构"之间存在着不可弥合的矛盾,"反本质主义"的反体系性和反宏大叙事,使其最终呈现出来的"文艺学知识不过是杂乱无章的知识'碎片'"③。但支宇的观点本身也受到了质疑,如方克强指出,支宇等人的观点建立在将"本质主义"等同于"建构",而将"反本质主义"等同于"解构",并将"建构"和"解构"彻底进行二元划分的基础上。④ 然而,中国的"反本质主义"文艺学学者通过"关系主义、整合主义和本土主义"三种策略,对文学理论所进行的却是一种"在解构中建构"⑤。

---

① 方克强:《文艺学:反本质主义之后》,《华东师范大学学报》(哲学社会科学版)2008 年第 3 期。

② 童庆炳:《反本质主义与当代文学理论建设》,《文艺争鸣》2009 年第 7 期。

③ 支宇:《"反本质主义"文艺学是否可能?——评一种新锐的文艺学话语》,《文艺理论研究》2006 年第 6 期。

④ 方克强:《文艺学:反本质主义之后》,《华东师范大学学报》(哲学社会科学版)2008 年第 3 期。

⑤ 方克强:《文艺学:反本质主义之后》,《华东师范大学学报》(哲学社会科学版)2008 年第 3 期。

第二节　对"反本质主义"的存在论解释

如果说以上有关"反本质主义"的争论,主要偏于知识论层面,而且是以具体的知识建构事件——教材编写为焦点的话,那么,还有一些讨论则将论争带向了存在论层面。在这方面,王中原的观点比较有代表性。他首先区分了"本质论"和"本质主义"两个概念:"本质主义"是一种对于"本质"的僵化认识,"本质论"则是对于"本质"的探究;"反本质主义"和后现代主义者反对的是前者而非后者,事实上,"反本质主义"本身也是一种"本质论"。从海德格尔存在论的视角出发,这里"本质"已经不再是某种恒定的实体或特性,而是事物"是其所是"的过程。是动词,而不是名词。所以,这里的"本质"应当被理解为"本质化",文学的本质也就是其"本质化"过程。

王文主要从两个角度对"文学本质问题"进行了探究:"文学是什么"和"文学如何是"。对于"文学是什么"的追问与对文学本质的探讨并不相悖,就像海德格尔哲学中的"存在"总要借助于"存在者"而显现,文学的本质也总要借助于"文学作品"而显露。只不过,这里的文学作品(the work of the literature)不能仅仅被理解为实体化的作品本身,还应当被理解为文学之工作和功效,对于这一点,西方当代文学理论家阿特里奇曾有专门的阐述。他指出:在文学作品中,"读者体验的不只是事件本身,还有它作为*事件*[1]的发生。对其的另外一种说法是:文学作品只在操演(*performance*)中存在"[2]。相比之下,王中原把"文学是什么"中的"什么"理解为"文学性"[3],并以审美、语词和想象等对这一"什么"进行界定,多少有点重回知识论的老路,而且过于偏向于形式层面,悬

---

① 文中所引译文,凡未说明者均为笔者自译。引文中的斜体均为原文所加。

② Derek Attridge: *The Singularity of Literature*, Routledge, 2004, p.95.

③ 王中原:《文学本质论的存在论探究》,《文艺理论研究》2018 年第 3 期。

置了文学的价值。不过,他也指出"文学是什么"对于文学之本质和存在之揭示是有限的,它只能揭示"文学作品的实存中显现出的存在规定性"[①],却不能显露出文学的存在过程,换言之,文学"是其所是"、本质化的过程。

"文学如何是"试图解答的正是这一问题。简而言之,"文学如何是"指示的是文学在时间性存在中的生成过程,也就是"是其所是"的过程。但这一"是其所是"不仅仅是限定于其自身的运动,在文学"是其所是"的过程中,文学的生成必然涉及"作品、作者、读者和世界"以及更多元素的交相应和,就像乐队演奏乐曲一般。因此,"文学作品"或"文学的工作"并不仅仅涉及作品"文本"本身,更指示了文学的效用在时间中的发生过程,这个过程包括了文学的创作、传播和阐释等环节和因素。不过,光是讨论"文学如何是"也不能穷尽对于"文学本质"的探究,如果我们只研究"文学如何是"而不探讨"文学是什么"的话,那么文学就没有任何规定性了,似乎文学就仅仅等同于"文学效果",这样一来,必然导致的就是相对主义。倘若我们不将"文学如何是"与"文学是什么"相搭配而进行追问的话,"我们甚至都不能说是'什么'在流变,更不能说有某物存在了"。[②] 这一论断实际上也可以反驳那些极端的"反本质主义者",他们不承认有任何恒定的"本质"或"特性"存在,这样一来就必然走向虚无主义。所以,在对文学本质的探究中,"文学如何是"和"文学是什么"二者不可偏废,而是应当映照配合,而对于二者的追问最终又应当过渡到对于"是/存在"本身的追问,这个时候我们的探讨也就上升到了"文学与道"的层面。

实际上,对任何事物之"本质"之探讨,"如何是"和"是什么"这两重维度都是不可缺少的,甚至是一体两面的。法国哲学家列维纳斯对此曾经

---

① 王中原:《文学本质论的存在论探究》,《文艺理论研究》2018 年第 3 期。
② 王中原:《文学本质论的存在论探究》,《文艺理论研究》2018 年第 3 期。

有过专门阐述。他指出,这是由"存在/是"的两可性所导致的[①]。"是"既是连词,又是动词,它经常被视为一种等号般的连接和指示,例如 A 是 A,"红是红"这一命题就会被理解为红的属性或本质是"红"。然而,这一命题不仅仅构成一种同义反复,因为"是"同时也是动词,它还意味着:它使得红"红着",不断"是红","是其所是"。这一不断"去是"其自身的过程,就是时间化。对于海德格尔而言,这一动词性的"存在""去是""生成"之过程才是万物的本然状态,也才是本真性的显现。在列维纳斯看来,艺术最能展现出"是"的这种动词性,因为艺术是最极端的展示,艺术所展示的就是艺术本身。而且,艺术的意义总是在时间化中生成的,艺术的本质就在于艺术的本质化过程。因此,任何试图通过"命题"形式概括艺术本质的做法,都是徒劳的。艺术的目标就是"是"自身,"成为"自身,而非抵达一个命题性的本质。音乐就是其中最为明显的代表,音乐总是在时间中生成的,它也更能够体现那一"成其自身""是其所是"的时间化进程。"大提琴在其声音中是 大提琴,这声音在琴弦和木板中震动,……大提琴的本质化 ,本质化样态,就如此在作品中被时间化。"[②] 由是,艺术就成为对"是"和"本真性"的最佳诠释,相比那种明确的命题,艺术不断时间化的生成无疑更能揭示存在/是和本质化的真相。

第三节　从本质到伦理:他者的涉入

在上一节中,我们从存在论的角度重新思考了文学(及艺术)的本质论问题,从这个角度对于文学本质的探讨,暗合了西方学界近年来的主流文学观。西方文学研究界近年来热衷于通过事件、操演、独异性(singularity)等角度来重思文学,这些思想的主要来源是德里达、德勒兹和利奥塔等后现代思想家,而从根源上来说,它们都可以关联到海德格尔

①　Emmanuel Lévinas：*Autrement Qu'Être Ou Au-Delà De l'Essence*，p. 72.

②　Emmanuel Lévinas：*Autrement Qu'Être Ou Au-Delà De l'Essence*，p. 71.

的存在论。① 故此,对"本质主义"和"反本质主义"从存在论维度的重思,对于当前的中国文论研究而言,具有重要的范式转换意义。也即,将对文学本质的研究范式,从"属性"转化为"事件",以行动、功效、体验、解释等视角来取代以往的种种"定性"之争。

不过,从"属性"到"事件",尽管是对"文学本质论"探讨的重要推进,但其依旧局限于对"本质"的探讨,而我们所要追问的是:"文学本质"真的是文学的根本吗? 对于文学和文学研究而言,是否还有比"本质"更基础和重要的问题需要首先去探讨? 是否有可能绕开"本质"而探讨文学?

在上文中,我们借由海德格尔的存在论,更新了对本质的思考,但海德格尔的存在论并非无懈可击。事实上,这一思想一直由于缺乏甚至抹消伦理维度,以及暗含"总体性暴力"(不少学者将这一暴力与海德格尔和纳粹的牵扯相勾连)而遭到批判。窃以为,正是海德格尔曾经的学生列维纳斯从这一视角给予了海德格尔最有深度的批判。列维纳斯毕生都致力于通过伦理学来超越存在论,而其最直接的指向便是海德格尔。他对于"总体性"的批判,不只指向西方哲学对"本质"的认识论追求,更指向海德格尔式的存在论本质论。尽管这一本质论将本质视为"本质化",但列维纳斯认为这依旧是一种"总体性"的运作。因为它依旧是以自我为中心的,并未给予他者以充分特异的位置,与他人共在的状态甚至被视为一种应当被摈弃的"沉沦"。而在列维纳斯看来,如果没有他者,尤其是他人的牵引,就不可能超越总体,所以,他人必须在主体间关系中被置于一个至高的位置,主体需要向他者无限负责,才能真正超越自我主义。总体性本质上就源于自我主义,自我如果把自己设立为中心,那么总体性就是无法

---

① 巴迪欧认为"事件,激进地打破本体论层面的'是'(being):事件属于非—是(non-Being)之域"(转引自吴冠军:《爱的本体论:一个巴迪欧主义—后人类主义重构》,《文化艺术研究》2021 年第 1 期),尽管如此,但"事件"的运作依旧是在存在论/本体论层面的。无论赞成还是批判海德格尔,当代欧陆思想家的"事件论"或多或少受到了海德格尔的影响。

回避的宿命。所以,列维纳斯"伦理学作为第一哲学"的要义就在于,以伦理学超越存在论(本体论),以他者来超越总体而通向无限。

回到文学研究,列维纳斯的思想给予我们的启示是:"文学本质论"本身也需要被超越。超逾文学本质论之后,我们将通达的是文学伦理学。实际上,"反本质主义"所基于的后现代主义和后结构主义,本身就深受列维纳斯伦理学的影响。"二战"后,正是以列维纳斯为代表的一批欧陆哲学家最早对"总体性"提出了系统的批判,并为后结构主义和后现代主义对多元和差异的追求奠定了基础。笔者曾经在另文中论述过,列维纳斯等哲学家阐述的伦理和宗教,既批判又延续了"五月风暴"对于法则的扰乱和变革日常生活的诉求,推动了法国乃至世界范围内的"伦理转向"思潮。[①]

对于文论研究而言,列维纳斯的思想也是西方文论近四十年来所兴起的"伦理转向"最主要的理论来源之一。[②] 这主要是因为:其一,列维纳斯的伦理学不同于以往的伦理学和道德哲学,其不提供具体的道德行为指南和规范,他的所有论述几乎都只是在重申一条唯一的伦理原则,即"为他者"。这使得他的伦理学具有更为开阔的阐释空间,"他者"本身的多义性,使其可以蜕变为他人、上帝、女性、被压迫者、边缘者、弱势民族、异域文化、动物甚至机器等多重分身,从而广泛渗透到当代伦理学、神学、女性主义、后殖民主义、世界主义、生态主义、动物保护主义、后人类主义等领域的变革中,文学理论和批评自然也不例外。其二,列维纳斯的哲学本身深受莎士比亚、陀思妥耶夫斯基和普鲁斯特等文学家所影响,这种强烈的文学性使其更容易被文学研究所挪用。

这一"伦理转向"早已深刻影响了当代文学研究,诸如上文提到的有

---

① 请参见拙文:《列维纳斯与法国当代思想的"伦理转向"》,《哲学动态》2018年第9期。

② 详见拙文:《当代西方文论的"伦理转向"研究》,《中国人民大学学报》2020年第2期。

关事件、独异性和操演等的探讨，就深受列维纳斯的影响。这些思想本身就是包含伦理诉求的，如上所述，阿特里奇的"文学独异性"理论，其基底就是一种为他者的伦理，而其直接来源正是列维纳斯和德里达。阿特里奇企图把"事件""好客""独异性""创新""操演"等概念组合成一个理论体系，"事件""独异性""创新"和"操演"都只有在对他者的"好客"中，在"负责"地阅读和"回应"中才能够实现。没有对他者的好客，没有对他异性的尊重，没有对自我主义的质疑和冲破，就不可能创新，创新本质上就是对他者的迎接。而如果没有创新，也就无所谓事件和独异性的发生，文学也就不成其为操演。由此可见，在文学本质论的探讨中，哪怕我们欲以"事件"来取代"性质"，他者和伦理维度的涉入也是必不可少的。

基于上文的分析，我们可以看出，文学研究从本质到伦理的转向，既契合当今文学研究的国际潮流，又是文学本质论研究范式转换的必然选择。尽管在现代文学研究中，并不缺乏伦理视角，但与之相比，列维纳斯对于文学研究的独特贡献在于，其思想除了可以启发我们对作品内部的情节语言等之解析之外，经过解构一脉的理论家，诸如德里达、米勒、阿特里奇等人的发展，在这种伦理视角上，其已经被进一步拓展到了对读者和作者、读者和文本等关系的分析之中。因此，列维纳斯的思想也深刻影响了当今学界对于阅读、阐释甚至创作的伦理之探讨。这无疑既扩大了文学伦理学的研究范围，也可使之下潜到更根本的层面。

在这一点上，列维纳斯的伦理学可以与国内近年来兴起的有关"公共阐释"的探讨形成某种共振，事实上，"公共阐释"与当代西方文论的"伦理转向"的理论关切是接近的：在后现代主义的激进解构之后，在"作者已死"和"文本之外无他物"之后，如何阅读和阐释？这本身就是解构之后重构的关键问题。而这种重构如果没有伦理和公共维度的涉入，很可能会使得文学研究进一步滑向虚无和相对主义。列维纳斯的他者伦理学适时提供了一种既不会回归"在场形而上学"，又抵御价值虚无主义的拯救方案。

第四节　伦理学、人道主义与反人道主义

列维纳斯将其伦理学称为"为他人的人道主义"，它恰恰是针对与其同时代的结构主义等"反人道主义"思潮所提出的。在 20 世纪 80 年代的一次访谈中，列维纳斯如此评价结构主义：结构主义的反人本主义（人道主义）暗含了对人类中心主义的批判，也抗拒主体对自身能动性的过度自信。但结构主义者理解的人性是狭隘的，人本主义也并非都是以主体为中心，实际上还可能有另外一种人道主义："为他人的人道主义。"在其中，"意识的人性完全不是在它的能力之中，而是在它的责任之中。在被动性中，在接受之中，在关于他人的义务中：他者是第一位的，在这里，我的自主意识的问题不再是第一性的问题。我提倡的是'他人的人本主义'"①。这是一种基于极端"被动性"的主体性，这种"主体性"并非来源于自我的主动性，而是源于为他者的责任，这种责任是没有理由，也不可摆脱的，因此，自我是他者的"人质"，需对他者无限负责。在这种不可逃避的责任中，自我才具有我的"独一性"，因为这个承担无限责任的自我是无人可替换和取代的。

以往的人道主义的负面影响主要在于其对于人类自主性、能动性以及主体之权能的过分张扬，这让批评者直接将人道主义与"人类中心主义"和"主体性的幻觉"相等同，列维纳斯则告诫我们一种"为他者的人道主义"要比"为自我的人道主义"更加根本。也正因此，他才说："人道主义必须被拒斥仅仅是因为它不够人性。"②以往的人道主义由于过度强调主体和自我而远远不够"人性"，所以我们要呼唤"为他者的人道主义"。这一人道主义既坚守了"人"和"人性"的价值，又不会滑向自我主义，因为首

---

① 列维纳斯：《哲学，正义与爱》，邓刚译，高宣扬主编：《法兰西思想评论》（第三卷），同济大学出版社 2008 年版，第 284—285 页。

② Emmanuel Lévinas：*Autrement Qu'Être Ou Au-Delà De l'Essence*，p. 203.

要的人性被定义为"为他者",面向他者敞开,为他者负责。自由首先是"为他者"的自由,而非"为自我"的自由。在这一面向上,尽管列维纳斯一直还坚持着"他人"在其伦理学中的首要地位,但他的后继者德里达则以解构的方式批判性地发展了其伦理学,将其拓展到了动物等其他"他者"领域。①

这一思想也深刻影响了当下正受追捧的后人类主义思潮。布拉伊多蒂在其《后人类》一书中,总结了诸种人道主义的变式(比如动物维权人士被定义为后人类中心主义的新人文主义者②),并逐一进行了批评。但她并没有论及"为他者的人道主义",这种人道主义不同于任何主体优先的人道主义,它暗含了超越人类中心主义的潜能。我们可以将列维纳斯的"人类"这一概念从一个种属概念,发展为一个伦理概念,在这个意义上,作为伦理概念的"人类"可以向一切族群、一切他者开放。③ 说到底,布拉伊多蒂等后人类主义者对于"人道主义"的批判,其实主要针对的就是曾假人道主义之名大行其道的人类中心主义和自我主义,前者被视为生态危机的根源,而后者的"自我"则会幻化为"民族国家""殖民者"和"男性"等多重分身,并衍生出极端民族主义、殖民主义和男权主义等症候。就这一点来说,布拉伊多蒂与列维纳斯对于"总体性"和"自我主义"的批判是殊途同归的,区别只在于,布拉伊多蒂把这些罪状加诸人道主义之上。但如果我们不仅仅将"人道主义"限定于某一个历史时段,而是视为一种不断发展并朝向未来开放的理念和信仰,那么,这种批评就找错了靶心。从根本上说,布拉伊多蒂用以反对人道主义的核心价值本身,例如自由、解放和平等理念又何尝能跟人道主义切断关联? 它们本身不就是人道主义的遗产?

对于这种人道主义的污名化,我国当代著名文论家,也是最重要的人

---

① 具体介绍请参拙作:《重思他者:动物问题与德里达对列维纳斯伦理学的解构》,《浙江工商大学学报》2018 年第 4 期。

② 布拉伊多蒂:《后人类》,宋根成译,河南大学出版社 2016 年版,第 111 页。

③ 具体分析请参拙作:《列维纳斯与动物伦理》,《江海学刊》2018 年第 3 期。

道主义者之一钱谷融曾说道:"那些帝国主义者、殖民主义者则甚至打着人道主义旗号去掠夺、屠杀殖民地、半殖民地的人民甚至是独立的主权国家的人民等等。诚然,这些情况确实是存在的。一种名称,在群众中建立起了威信以后,各种各样的人都会来加以利用。像自由、民主等口号,不是也经常被抱有各种不同目的的人们所利用吗?"①所以,人道主义或许在某些历史时段确实被引向了错误的方向,但这并不代表其就应当被摈弃。只要"人"还存在,人道主义就将随历史一起生长,正是由于人道主义曾陷入泥沼,所以,我们才需要发展人道主义,引入"为他者的人道主义"等新视角。如果我们脱离历史而对人道主义全盘否定,那恰恰就陷入了一种宏大叙事观之中,这与后现代主义及其近亲后人类主义的核心价值显然背道而驰。

钱谷融早在 20 世纪初就指出了这一点,那个时候,"人道主义"面对的"敌人"是其时独领风骚的"后现代主义"。他指出:

> 这些年来后现代主义思潮风行,有人就认为"以人为中心"的思想在解体,人道主义已经站不住脚了。我看就不是。过去确实有把人自身地位抬得太高的倾向,因为科技发达了,能力提高了,人就无所不能了,不再尊重自然……这种情形本身就是反人道的……即使在后现代主义思想中,有价值的东西也不会放弃人道主义,其实也会继续着对人类美好理想的追求。②

列维纳斯也曾指出:"我认为伦理不是白种人、在学校里读过希腊作家并不断有所演化发展的人种的一项发明。唯一绝对的价值,就在于在

---

① 钱谷融、殷国明:《关于无边的人道主义》,《中国当代大学者对话录:钱谷融卷》,中国文联出版社 2000 年版,第 20 页。

② 钱谷融、殷国明:《关于无边的人道主义》,第 15 页。

自身之上将优先性给予他者的人的可能性。我不相信有哪种人会控诉这个理想,人们应该宣布它为神圣性理想。"①很显然,他这里所说的"伦理"就是"为他者的人道主义",任何对人类还抱持希望的人,恐怕都不会拒斥这种人道主义理想。

第五节　为他者的人道主义与"文学是人学"

在上节中,我们已经在列维纳斯和钱谷融之间建立了对话关系,前者倡导的"为他者的人道主义"和后者重申的"文学是人学"在精神和传承上颇为相通。这种相通为我们将"为他者的人道主义"更迅速地本土化提供了直接的便利。1957年,钱谷融发表的《论"文学是人学"》,重申"人性论"和"人道主义",受到了激烈批判。在政治风波过后,这一思想却沉淀了下来。通常,研究者都将《论"文学是人学"》视为"十七年文学"人道主义思潮中的重要代表,将其定位于"中国现当代人道主义文学思潮史"中的一个节点。我们并不否认这种学术史研究的合理性,只不过在此之外想强调两点:其一,《论"文学是人学"》及钱谷融的人道主义思想之影响不仅仅限于某一个历史时段,事实上,"文学是人学"本身已经成为中国当代人道主义文学思潮最经典和最具代表性的命题;其二,与中华人民共和国成立之前的"为人生""性灵论"和"自由主义"等中国现代人道主义文学思潮相比②,"文学是人学"更显明地受到了俄苏文学的影响,在价值指归上也与其中的人道主义更为亲近,正是这一点使其与列维纳斯的伦理学建立了切近的精神关联。

我们常说中国现当代文学研究深受"苏联模式"的影响,"这种'苏联模式'以唯物史观为主导,以反映论为逻辑基石,从而形成了一整套影响

---

① 列维纳斯:《哲学,正义与爱》,第281页。

② 王达敏:《中国当代人道主义文学思潮史》,上海人民出版社2013年版,第63—66页。

并主导了中国主流文学理论的话语体系"①。"反本质主义"的矛头恰恰主要指向的就是受"苏联模式"影响的教材编写模式。不过,在中国的现当代文研究中还隐含另一种"苏联模式",准确地说是"俄苏模式"。这一模式指的就是受高尔基等苏联作家,以及更早的托尔斯泰、陀思妥耶夫斯基等俄国文学家所影响的人道主义模式。钱谷融正是从苏联文论家季摩菲耶夫的《文学原理》一书中,得知高尔基"文学是人学"这一提法,并对此进行了系统阐发的。他的文学观本身也深受俄罗斯文学的影响,他曾说过自己对俄罗斯文学最为喜爱,是"喝着俄国文学的乳汁而成长的",在西方各国文学名著中,"无论哪一国的文学,都比不上俄国文学"②。他对于外国文学作品的评论,绝大多数都是针对上述俄罗斯作家的,《论"文学是人学"》也用很大篇幅谈论了托尔斯泰和高尔基的作品。在该文中,钱谷融说道:"世界文学史上的伟人,差不多每一个都是像俄国的工人阶级给予托尔斯泰的光荣称号一样,是'暴虐与奴役的敌人,被迫害者的友人'。"③他还认为,伟大的作家也都是伟大的人道主义者,"因为他们的作品渗透着尊敬人、关怀人的人道主义精神"④。这一观点,与列维纳斯"为他者的人道主义"是高度一致的。

俄罗斯文学恰恰也养育了列维纳斯的思想。列维纳斯出生和成长的立陶宛考纳斯当时是俄罗斯帝国的一部分,因此他从小就浸润在俄罗斯文化中,正是俄国文学大师的作品启发了他对于伦理和人性问题的思考。因此,他说道:"(俄国的作家们)都是根本性的……他们经常对人和人的

---

① 金永兵、马前:《文学理论"苏联模式"及其在新时期的价值变迁》,《文艺理论与批评》2008 年第 5 期。

② 钱谷融、陈建华:《岁月回声:钱谷融谈俄罗斯文学》,中国社会科学网,http://www.chinawriter.com.cn/n1/2017/0814/c404092-29468541.html?from=timeline&isappinstalled=0。

③ 钱谷融:《论"文学是人学"》,《艺术·人·真诚:钱谷融论文自选集》,华东师范大学出版社 1995 年版,第 83 页。

④ 钱谷融:《论"文学是人学"》,第 83 页。

意义进行拷问。在我看来,这会使您更接近一些对哲学来说是本质性的问题。"①列维纳斯在其著作中经常引用陀思妥耶夫斯基、托尔斯泰等俄国文学家的作品,其对于苏联作家格罗斯曼的巨著《生存与命运》也十分推崇。从根本上说,列维纳斯的哲学和陀思妥耶夫斯基、托尔斯泰的文学探讨的主题是一致的,即:人是否有自我拯救的力量? 而他们的答案也几乎是一致的,人的自我拯救只能来自走出自我而关怀他人,只有这样,它才能使自身从由自我主义而导致的一切罪恶中脱身出来。世间的罪恶正是由这种自我主义,由占有和同化他者的欲望所导致的。所以,只有走出自我主义,才能赎罪。只有通过拯救他人,才能拯救自我。只有转向他者,"我"才能真正地摆脱"自我",伦理"正是凭借他人的相异性,让自身的存在获得'宽恕'(pardonner)"②。走出自我主义的唯一路径是转向他者,无限地关爱他者,为他者负责。而如果每个人都能践行这种关怀和伦理,作为群体的人类,也就有了获得拯救的希望,总是在"战争与和平"之间摇摆的世界,才会偏向和平的一方。列维纳斯将这种人获得拯救的力量称为"无限之观念在我":在有限的"我"之中还蕴藏着"无限",这一无限即接近他者的诉求,即为他者负责乃至奉献的欲望。有限的"我"可以不顾及自身,甚至舍弃自身而为他者尽责,这就说明自我主义并不是"我""主体"不可消除的胎记和不可摆脱的渊薮。在自我之中蕴含一种超越自我的观念,这就是那拯救自我的力量,这观念和力量就是伦理。通过"无限之观念在我"这一概念,列维纳斯也进一步将思路推向了上帝,由于"我"是有限的,那么在"我"之中的"无限观念"就不可能是由"我"赋予自己的,否则那就是一种假的无限。这一无限观念只可能来自一个在我之外的"无限者",也即上帝。所以,对于列维纳斯而言,我们不可能给出任何有关上帝存在的本体论证明,但是通过伦理,通过"无限之观念在我",我们却可以

---

① 列维纳斯:《脸的不对称性:列维纳斯与荷兰电视台记者弗朗斯·居维的对话》,张尧均译,高宣扬主编:《法兰西思想评论》(第三卷),第 241 页。

② 列维纳斯:《从存在到存在者》,第 116 页。

"感受""相信"而非"推导"到上帝的存在。此时,伦理就变成了宗教,它带给我们的不仅仅是一种善行,还有信仰和希望。这不就是陀思妥耶夫斯基和托尔斯泰作品中的永恒主题吗? 在《复活》或《罪与罚》中,主人公总是不断遭受他者的搅扰,这里的他者既指向玛丝洛娃、索尼娅等被侮辱与被损害的"她者",也指向以伦理的形式而临到意识中的上帝,指向他人和上帝对"我"的审判。正是这种出自对他者之责任,为他者搅扰的罪责意识,打开了他异性的空间,从而构筑了宗教。

在这个意义上,列维纳斯与 20 世纪初的俄罗斯"新精神哲学"或"新福音人道主义"有诸多亲近之处,他们共同倡导的都是"人是出发点,人是本位,人是目的,而上帝则变成人性的上帝,人化的上帝,神圣性的精神形象,是人战胜苦难、克服邪恶而自我拯救"①的力量。对于俄罗斯人道主义的来源基督教《圣经》,尤其是其中的"福音书",列维纳斯确实也曾承认过深受其影响:"我不是基督徒,但我在福音书中找到许多与我切近的东西。"②无独有偶,钱谷融也曾分析过俄国文学的宗教情结与人本主义的关系:托尔斯泰和陀思妥耶夫斯基"心头的神圣的东西是什么呢? 那就是对人的信念,对人民的关怀与爱。但是人,人民,又常常使他们失望,甚至近于绝望(如在陀思妥耶夫斯基那里),因此,他们就不得不把这种信念与爱,转向上帝,转向宗教,把他们的这种深厚的感情升华为一种宗教的感情"③。显然,与列维纳斯相比,钱谷融对俄罗斯文学及其宗教情结的评价要更偏唯物主义,但毫无疑问的是,二者都充分肯定了其中对人、对他者的关怀和仁爱。

不过,这种人道主义不仅仅只等同于关怀和仁爱,它还暗含了反抗和斗争的力量。钱谷融指出:"所谓人道主义精神,在积极方面说,就是要争

---

①　王达敏:《中国当代人道主义文学思潮史》,第 34 页。

②　列维纳斯:《脸的不对称性:列维纳斯与荷兰电视台记者弗朗斯·居维的对话》,第 248 页。

③　钱谷融:《关于陀斯妥耶夫斯基》,《艺术·人·真诚:钱谷融论文自选集》,华东师范大学出版社 1995 年版,第 51 页。

取自由,争取平等,争取民主,在消极方面说,就是要反对一切人压迫人、人剥削人的不合理现象,就是要反对不把劳动人民当作人的专制与奴役制度。"①所以,人道主义不仅仅是和风细雨的说教,它同样包含了一种必要的政治面向。在这一点上,我们也可以将钱谷融和列维纳斯的人道主义思想与马克思主义进一步勾连起来。列维纳斯曾经指出:"马克思主义有两个同等重要的力量源泉:一是邻人的苦难所引发的道德反应——甚至是不平等体制中的既得利益者们也可能有此反应;二是对现实的客观分析。"②由于这种不平等的体制,"马克思主义要求人性去索回我出于义务给予他人的东西"③。而这也是一种人道主义,早在列维纳斯早年的《时间与他者》一书中,他就指出"工人阶级拥有追还的权力"是在"人道主义中树立起来"④的。这就是列维纳斯对于马克思主义之斗争和暴力的辩护,因为它基于伦理:为了邻人的苦难,为了反对压迫,而不仅仅是为了我们自身的利益,我们才有足够的理由进行斗争,推翻不平等的专制和奴役制度。"从正义和保卫他人即我的邻人出发,而完全不是从我与相关的威胁出发……从正义出发也有某种一定限度的必要的暴力。"⑤

在《论"文学是人学"》中,钱谷融表达过类似的观点:"真正的人道主义者,必然是同情被压迫者和被剥削者而痛恨压迫者和剥削者的,他必然会站在被压迫者和被剥削者一面来反对压迫者和剥削者。所以,人道主义和阶级观点并不矛盾,和抽象的人性论倒是格格不入的。"⑥他还说道:

在过去的现实主义者的作品中,人,人民,都是作为一个被剥削、被压迫者,作为一个在物质上和精神上受到各种各样的束

---

① 钱谷融:《论"文学是人学"》,第 81 页。
② 列维纳斯:《论来到观念的上帝》,第 60 页。
③ 列维纳斯:《哲学,正义与爱》,第 293—294 页。
④ 列维纳斯:《时间与他者》,王嘉军译,长江文艺出版社 2020 年版,第 37 页。
⑤ 列维纳斯:《哲学,正义与爱》,第 277 页。
⑥ 钱谷融:《论"文学是人学"》,第 80 页。

缚和折磨的人而被同情着的。而在高尔基以及我们今天所有的
社会主义现实主义作品中,人,人民,却是作为一个剥削与奴役
制度的掘墓人,作为一个美好生活的创造者而被赞美着的。①

这一观点显然受到了苏联文学界有关人道主义之讨论的影响,早在
1938 年,法捷耶夫在《苏联文学》一文中就曾说道:

> 苏联文学从古典文学那里像接过历史的接力棒那样接过了
> 人道主义旗帜,但却是新型的人道主义旗帜……旧俄文学的伟
> 大人道主义者……培养起对被欺凌和被侮辱者的怜悯和同情的
> 感情,但却看不到使人类摆脱贫困、无权和受辱的种种痛苦的道
> 路。和这些人道主义者不同,马克西姆·高尔基第一个塑造了
> 同社会不公平作斗争的战士的形象,以斗争的幸福而自豪的人
> 的形象……这是在斗争中产生的人道主义。"②

两种观点的接近是显而易见的。基于列维纳斯的伦理和宗教观,他
未必会完全接受这种将人道主义与斗争结合的观点。列维纳斯的伦理学
常常招致的诟病是过于乌托邦,忽视了公共生活和复杂的政治形势,并且
在实践上缺乏指导性。虽然列维纳斯自己意识到"没有正义,仁慈是不可
能的,没有仁慈,正义将会变质"③,但对于如何在社会和政治中维持和争
取正义,他确实论述不多。而且,他的"为他者的人道主义"虽然具有开放
性,但对于"人性"的论述确实也有"抽象的人性论"之嫌。在这方面,上述
人道主义的"苏联模式"及"文学是人学"等中国人道主义资源,恰恰可以

---

① 钱谷融:《论"文学是人学"》,第 92 页。
② 转引自李辉凡主编:《当代苏联文学中的人道主义问题》,安徽文艺出版社
1987 年版,"编者序",第 7 页。
③ 列维纳斯:《哲学,正义与爱》,第 295 页。

对其形成有益的补充。我们当然并不是要重提阶级斗争，但一种既基于伦理，又不缺乏批判性和斗争意识的人道主义却是这个时代所需要的。在这一点上，韩裔德国哲学家韩炳哲借用列维纳斯的他者理论，对全球资本主义扩张和新自由主义的批判，就颇有启发性。①

第六节　结语

钱谷融说："自'文艺复兴'以来，人道主义在西方经过了几百年的发展，已成为西方文化的心理积淀。但在中国，人道主义还没有，或者正处在建构之中。"②与西方相比，中国人道主义的发展历程虽然坎坷，但还不漫长，它非但没有过时，而且还没有成熟。人道主义一直伴随着现代中国的发展进程，之于文学而言，从"五四"新文化运动的开启，到周作人对"人的文学"的鼓吹，继而到"十七年"时期逆风飞扬的"文学是人学"观，再到新时期以来的"人文精神大讨论"，人道主义在文学、文化的发展历程中从未缺席过，虽然这种发展曾经伴随着迂回甚至倒退。历史进入新的阶段，人道主义的进程也来到了新的节点。此时，我们重返"文学是人学"观，首先当然因为其代表性，其次则是因为它与"为他者之人道主义"等人道主义思想的共通。这种共通主要基于二者与俄苏文学文化的亲缘性，实际上，俄苏元素一直是中国文学、文论和人道主义最主要的构成要素，从鲁迅受俄罗斯文学影响开创的小说革命，到从"左联"到"十七年"期间苏联文学对中国文学的教科书式影响，再到新时期以来中国文论界兴起的"巴赫金热"，俄苏文学对中国文学产生的重大影响，都是无法与其人道主义观相切割的。新时期以来，伴随改革开放，以萨特为代表的存在主义、以康德为代表的启蒙主义、以哈耶克为代表的自由主义、以法兰克福学派为

---

① 韩炳哲在其《他者的消失》《爱欲之死》等书中都借用了列维纳斯的观点，他认为新自由主义的追求就是同一化，就是要消灭他者，从而降低成本，实现利益的最大化。

② 钱谷融、殷国明：《关于无边的人道主义》，第 13 页。

代表的西方马克思主义等,也都对中国思想界和文论界产生了重要的影响,而这些思潮都与人道主义有着千丝万缕的联系。马克思《1844 年经济学—哲学手稿》中译本等重要文献的出版,则更直接地带动了国内学界有关人道主义的讨论。在它们的影响下,新时期有关人道主义的探讨广泛围绕着个体与自由、物质与精神、科学与人文、主体性、异化等问题展开。却相对忽视了人道主义的另一维度,即对他者的责任和关爱,这是我们认为应当引入"为他者的人道主义"的思想史原因。① 之于现实而言,在构建人类命运共同体的时代,在文化差异、地缘政治、生态危机、科学主义等带来新的伦理难题的时代,一种结合了"为他者的人道主义"和"文学是人学"等思想资源的新人道主义,应能以其伦理性、开放性和批判性,为我们应对时代问题提供启示。

原文发表于《中国比较文学》2021 年第 4 期,略有改动。

---

　　①　"humanism"一词在国内有人本主义、人文主义和人道主义三种译法。三种译法侧重不同,人本主义强调"以人为本",人文主义偏向于讨论教育和文化,人道主义则强调对他人的同情和救助。虽然三者在语义上互有交集,但新时期以来,国内有关"humanism"总的来说更偏向于前二者。此外,尽管中国现当代文学不乏表现"同情"的人道主义著作,但是列维纳斯的伦理学强调的不是自我对他者"给予"同情,而是自我对他者的绝对"责任"和负债,以及毫无保留的给予和偿还,这与俄国文学更为切近。中国现当代文学作品中还极少有达到这一强度的伦理反思和描写。

| 第四章 |

列维纳斯、身体美学和中国思想：一种跨文化比较

　　法国哲学家列维纳斯的"伦理学作为第一哲学""伦理学优先于存在论"等提法已经广为人所知，并受到了诸多的关注。然而，研究者们往往忽视了"身体"在这一"伦理学"超越"存在论"的浩大工程中的重要作用。我们可以说，如果不把视角转向身体，列维纳斯的哲学计划是无法完成的。因为，在列维纳斯那里，伦理学或哲学对于"重智主义"的超越必须依托于一种溢出认知的感性（sensibility），而这一感性只能落实于身体。故此，列维纳斯对于身体给予了极度的重视，列维纳斯式的伦理主体首先就是一具具身化的身体，是易受他人所感染和打动的肉体，而非基于认知、思考、谋划而决断的理性主体。在这个意义上，列维纳斯理应在当代身体思想的谱系中占据一席之地。迥异于许多基于存在论对于身体的研究，列维纳斯对于身体蕴含的伦理维度的分析、对于他者的身体而非主体的身体的重视，都还未引起足够的关注。对于这一特殊路径的研究，很可能会拓展身体思想的疆域。在本章中，我们将围绕列维纳斯不同时期的论述，对其身体思想的发展脉络进行简要梳理，并试图找出其与当代身体美学中的身体习练思想和中国修身思想共通与互补的可能性。

　　简言之，我们试图从身体实践的角度来重新激活列维纳斯的身体思想，尽管列维纳斯哲学本身的形而上学指归，可能会拒绝这样的对接。在

"身体"议题被广泛置入政治、技术、历史等宏大视野的今天,通过实际的身体训练来产生某种伦理,甚至政治效果的构想,无疑显得过于天真,但它却也不失为一种"乌托邦"式的理想,而福柯说过,"人的身体是一切乌托邦的首要扮演者"①,列维纳斯也一直自陈,他的思想中有一种乌托邦主义在支撑。在今天,理论家们把越来越多的议题连接到身体这一点上,但对于身体最为日常的照看和修炼却论述不多。以舒斯特曼为代表的身体美学,对于身体所持的实用主义视角是符合身体本身的特质的,"身体"本身就不是高邈之物,"身体"的发现如果仅仅被视为一种新概念工具的发明,那它就依旧被"观念"所压抑,"身心二元论"就依旧阴魂不散。身体有自己的"思考"方式,但那主要是通过体验、实践和修炼,在这些层面,身体都与实用主义和中国思想有一种天然的亲近,它们也都可以成为反思列维纳斯身体思想的有效资源。反过来说,对于诸如列维纳斯式伦理和政治视角的引入,无疑也可以拓展现有的身体美学框架,使得身体的修炼可以更开阔和深入地连接世界与他者。

第一节　身体作为安置

"身体"问题一直为列维纳斯所重视,而且他一直将其与哲学、政治、现实相关联。希特勒上台后,列维纳斯就在 1934 年发表的《反思希特勒主义哲学》一文中,先知般地预感到了希特勒和法西斯主义在其后会掀起的灾难,并对其进行了深入批判。在这篇被阿甘本称为"也许是 20 世纪哲学里唯一的成功尝试"②的文章中,列维纳斯指出了法西斯之恶与西方哲学的关联,他强调,"国家社会主义鲜血淋漓的野蛮主义的源头"不是一种临时的疯狂或意识形态失常,而是"一种根本之恶的本质可能

---

①　Michel Foucaul: *Utopian body*, *Sensorium*: *Embodied Experience*, *Technology*, *and Contemporary Art*, ed. Jones, Caroline A., The MIT Press, 2006, p. 231.

②　阿甘本:《潜能》,王立秋、严和来等译,漓江出版社 2014 年版,第 342 页。

性,在其中,我们可以为逻辑所引导,但是如果与它相悖的话,西方哲学就很难充分地确保自身"①。这篇文章最有新意的地方则在于列维纳斯从身体的角度研究了希特勒主义和法西斯主义。他认为西方哲学中的身心二元主义在与一种权力意志结合后,会认同"对于鲜血的神秘的迫切要求,对于一种遗传和过去的召唤,身体作为一种谜一般的机械而服务于它"②。

反之,在后来的《从存在到存在者》等作品中,列维纳斯则指出,身体构成了我们存在的基础,我们需要注意到的是我们对于身体的这种原初依附,而不是将其当作一种精神之纯化的障碍。对于列维纳斯来说,身体,不只为意识提供了落脚的场所、基础,它还是人类介入存在的方式本身。正是通过身体,通过身体的安置(position)这一事件,我们与世界的关系才渐次展开。所以,列维纳斯说,身体就是"人类介入存在(existence)、安置自身的方式。将它作为事件来把握,就是说它不是安置的工具、象征或症候,而是安置本身;就在身体上,完成了从事件转化为存在者的脱胎换骨的过程"③。

他进而指出,身体并不是传达精神性和内在性的外在媒介,身体本身"通过它的安置,完成了全部内在性的条件。它并不表达一个事件,它本身即是这个事件"④。在这一点上,列维纳斯说他受罗丹雕塑的启发颇多,因为罗丹之雕塑的生命力和感染力,不仅来自人物所要传达的灵魂或思想,更来自它们的基座与安置之间的关系。⑤ 在这个意义上,我们可以

---

① Emmanuel Levinas:*Reflections on the Philosophy of Hitlerism*, trans. S. Hand, in *Critical Inquiry*. 1990, No. 1.

② Emmanuel Levinas, *Reflections on the Philosophy of Hitlerism*, trans. S. Hand, in *Critical Inquiry*. 1990, No. 1.

③ 列维纳斯:《从存在到存在者》,第 87 页。原译文对于 position(安置)的翻译是"位置"。

④ 列维纳斯:《从存在到存在者》,第 87 页。

⑤ 列维纳斯:《从存在到存在者》,第 87 页。

说,"安置"就是主体得以在实存中立足的第一个事件,而这一事件首先基于的是身体,而非意识。在《总体与无限》中,列维纳斯说得更加明确:"身体的本质就是实现我在大地上的安置。"①

至于安置的方式则可能基于主体在《从存在到存在者》中所说的"努力",也可能基于《总体与无限》中所暗示的享受或劳动。

第二节 身体的存在论意义:享受、居住、占有、劳动

在《总体与无限》中,"居所、劳动、占有、家政"等行为被视为主体之同一化的诸环节②,每一个环节都只有通过身体才可实现。而在这些环节之前,身体还与一个更为基础性的生存状态息息相关,这一状态即是享受。如果说,列维纳斯的早期思想将身体理解为在实存中的"安置"的话,那么,在《总体与无限》中,这种"安置"还带来了享受。

列维纳斯首先指出,身体就是主体的安置和置身行为,这一安置先于意识,是"与我自身的第一性关系"③,因为在意识和反思之前,通过"我"的身体,"我"才是"我自身,我在这里,我在家,我是居住,我是在世界中的内在。我的感性就是这里"④。这一安置并不包含海德格尔"此在"之"此"(Da)那种通达存在,或使得存在得以敞开的超越性,它的本质是通过身体而在此时此地的"享受"。⑤ 这一享受比海德格尔所阐述过的对存在的领会、对生存的操心更为基础,在"主体"领会存在之前,他就已经在享受。如果说生存,在海德格尔那里是通达存在之真理的手段,也就是说它总是"为通达存在"而服务的话,那么列维纳斯则认为生存在"为"其他目的之前,总是为自身,为自身而享受。生活即是对生活自身的享受。

---

① 列维纳斯:《总体与无限:论外在性》,第108页。
② 列维纳斯:《总体与无限:论外在性》,第9页。
③ 列维纳斯:《总体与无限:论外在性》,第119页。
④ 列维纳斯:《总体与无限:论外在性》,第119页。
⑤ 列维纳斯:《总体与无限:论外在性》,第119页。

这里有一种对于西方哲学中长期以来的重智主义的反转,而列维纳斯其时的两个主要批判对象则正是他的两位老师——海德格尔和胡塞尔。对于海德格尔的批判主要集中在其哲学中"领会存在"的优先性上,对于列维纳斯而言,这种对于存在的"领会"同样暗含了重智主义的遗痕。在列维纳斯这里,享受和身体的满足,都比对于存在的领会要更加原初。海德格尔对于此在和存在的解释,恰恰忽视了主体的身体维度,也忽视了享受的维度。例如,在海德格尔那里,主体或此在有所操心的使用,可以使诸用具置于一个指引系统之中,然而,这一指引系统却忽略了工具的根本目的是满足和享受,它"整个地掩盖住了用途与目标的实现—满足。海德格尔那里的 *Dasein* 从来不感到饥饿"①。

针对胡塞尔,列维纳斯认为在主体通过意向性与客体或外部建立关联之前,在"表象"或认识之前,还有一种更本然地与外界打交道的状态,这一状态即"享受"。享受先于"表象",在"我"表象之前,"我"就已经在享受,就已经"沐浴"在各元素之中,享受着食物的滋养。如果说意向性是一种通过"关于……"的意识而朝向外界的探射的话,主体在"享受"中却还没有这种相关性,它天然地置身于享受的情境中,享受着各种元素的环绕和滋养。它不需要先有"关于"他们的意识,再进行享受。简而言之,享受以"一种既非理论(反思),亦非实践(操心)的关联与生活本身发生关联"②,这既不同于胡塞尔对意识,也不同于海德格尔对此在的解释。

那么,什么是上文中提到的元素呢? 在列维纳斯这里,元素是一些没有规定性的实存,而"享受"所享受的正是元素。如果说意识的功能,在于为客体赋予可认知的形式的话,那么在享受中,主体却不需要为客体赋形,它天然地就与这些无形式的元素具有一种更原初的关联。如果说在认识论、观念论、甚至现象学中,表象都是主体首先与客体和世界发生关

---

①　列维纳斯:《总体与无限:论外在性》,第 115 页。

②　朱刚:《多元与无端:列维纳斯对西方哲学中一元开端论的解构》,江苏人民出版社 2016 年版,第 38 页。

联的途径,而其本质上都是一种"同一"规定"他者",外部为自我(意识、理性或认识能力)所构造的活动的话,享受却基于一种相反的结构,在享受中,并不是同一规定他者,外部也不是为自我所构造,而是同一为他者所规定,自我为外部所构造。这种相逆的结构,来自主体的被动性,主体此时不再是那个可以囊括一切他者或外部元素的"同一者"或主动者,相反,它依赖于他者和外部,因为它会感到饥渴,它需要进食——最根本的享受就是进食。因此,这种与表象相逆的结构,从根本上说,正来自主体的匮乏,这种匮乏又首先基于人是肉身性的存在者这一事实。由于这种身体限定性,所以人才需要进食,才需要被满足,也才有满足之后的享受。

易言之,正是身体在主体之存在中,之于"认知"的优先性,以及身体与生俱来的匮乏性,才使得享受先于"表象""认知""意向性活动",或对存在之"领会"。也正是由于"享受"的这种优先性和基础性,我们才可以将"表象"和"认知"也理解为一种另类的"进食"或享受:思考可以不为任何目的,而只是对于思想本身的享受。但我们却不可以反过来说,"进食"、消耗也是一种表象,或享受也是一种认知。

在享受之后,列维纳斯还论述了居住、占有和劳动等生存活动,它们是在享受基础上的某种进阶。这些阶段是围绕着"家"的建立而逐渐展开的。其中首要的活动当然是"居住",有居住,有居所,家才成其为家。如果说享受主要是由于身体的匮乏的话,那么居住,则是由于身体的裸露。由于裸露,因此才需要庇护。通过居住,通过拥有一个"家",主体才在实存、"匿名存在"或变幻不定的诸元素中挺立,并在其中拥有一种"治外法权",而"家的治外法权是对我之身体的占有本身的条件"①。

主体在享受中,沐浴着不同的元素,然而这些元素来去不定,难以捉摸,让主体不能稳靠地享受,因此也不能稳靠地掌握和"占有"自身的身

---

① 列维纳斯:《总体与无限:论外在性》,第 145 页。

体。故此,才需要在混沌的自然中建立一个家宅,从而安顿自身,建构一种自我的同一性。通过拥有一个稳定的居所,主体才不再沐浴在起落无常的"元素"之中,才不再裸露,才被遮盖和庇护,才真正掌管、"占有"了自身的身体。基于这种对于身体的占有,主体才可以去占有其他事物,而这种占有本身又基于的是劳动。因此,居所,对于自身的占有,是劳动的前提条件,"对于一个没有居所的存在者来说,劳动将是不可能的"[1]。

劳动此时不再仅仅是享受,因为享受在列维纳斯的阐释中,是一种先于理论,也先于实践的原初状态,其中,主体与外部几乎浑然不分。这里所谓外部,指的就是那些没有定型的"元素",在享受中,那个还没有完全"同一化"的主体,完全是以"感性"的方式来与元素打交道的。此时,"感性与享受一致,而享受享受着没有名词的'形容词',享受着纯粹的质,享受着没有承载者的质,那么实体性就并不存在于事物的感性本质中"[2]。因此,在享受中,"元素"并没有被固定,没有被实体化,对于享受中的感性而言,它们仅以一种"形容词"的形式存在,而不具有实体性。只有在基于掌控和筹划的占有和劳动中,这些事物才被固定,被保存,才被赋予了实体性,而这种实体性随之逐渐使得人们可以用概念来把捉它们。这同时也使得主体或人的"同一性"得以进一步确立,而这种同一性的建立其实也就是:主体使得外物被其劳动和占有所同一化的过程。总而言之:

> 我的身体……还是拥有和劳动的一种方式,是拥有时间、克服我应当享用的他异性本身的一种方式。身体是自身占有本身,凭借这种占有,那通过需要而从世界中解放出来的自我便成功地克服了这种解放所具有的不幸本身。[3]

---

[1] 列维纳斯:《总体与无限:论外在性》,第 142 页。
[2] 列维纳斯:《总体与无限:论外在性》,第 144 页。
[3] 列维纳斯:《总体与无限:论外在性》,第 96 页。

身体本身就是占有和劳动的方式,这种方式使得主体在主客不分、一片混沌的匿名存在中摆脱出来,通过身体的需要,以及"满足"这种需要的占有和劳动,主体建立了一种克服和享用他异性的方式,并建构了一个具有同一性的自我。上文所谓"解放的不幸"窃以为指的是主体脱离了那种与元素浑然一体、物我不分的纯粹"享受",但通过占有身体,继而占有其他劳动产品,并拥有一个"家宅",主体同时也脱离了这种纯粹享受的不稳靠状态,从而可以以一种更为安稳的状态进行"享受"。通过占有身体,主体才可以劳动,才拥有了坚实的"主体性"或"主动性",主体因此也才拥有了"时间"和"自我",因为"对于一个劳动的身体来说,任何事物都不是已经完成的,都不是既成事实;因此,是身体,就是在诸事实中间拥有时间,就是尽管生活在他者中却仍是自我"①。

与纯粹的,或者"进食"般的享受不同的是,劳动"在其最初的延迟中维持着自身,这一延迟打开时间的维度本身"②。这种时间维度的打开,是随着对于劳动产品的占有而展开的,所谓"占有"就是要使得缥缈不定的元素"固定化""实体化",将其当作在"时间中恒久持续之物"③,因此,这种对于元素的"固定化",本质上也就是使其"时间化",使其可以延续持存,时间由是开始生成,具有了朝向未来的维度。在此之前,在"有(il y a)"或实存中,在主体的孤独中,一切还处于混沌之中,还没有时间的维度。随着未来维度的生成,"意识"才得以诞生,因为"具有意识"所意味的:不只在于与"当前之物"发生关联,更在于从这当前之物中看到"将来",有将来,有流动或指向,才有时间,而"具有意识,恰恰就是具有时间"④。而这一朝向"将来"的意识,如我们前面所说,又奠基于占有和保存,奠基于劳动。而且,"劳动并不刻画一种已经脱离存在的自由,而是刻画一种意志:

① 列维纳斯:《总体与无限:论外在性》,第97页。
② 列维纳斯:《总体与无限:论外在性》,第148页。
③ 列维纳斯:《总体与无限:论外在性》,第144页。
④ 列维纳斯:《总体与无限:论外在性》,第149页。

一种已受威胁,但又拥有时间以便防备威胁的存在者"[1]。这种意志,进一步强化了"意识"和"主体性"。因此,正是身体和劳动,打开了时间的维度,在这一朝向未来的时间中,主体不仅拥有意识,还持守一种"拥有时间以防备威胁"的意志,这使得其自我也进一步凸显。论述至此,在列维纳斯哲学中,身体之于意识的优先性,也就进一步廓清了。

第三节　面容:一种肉身化的语言

无论享受,还是居住和劳动,都只是主体或自我在存在中建基的诸环节,它们还未涉及列维纳斯所致力于阐述的伦理。伦理只有在他人介入后才能开启,他人对自我的介入则是通过其面容的临显。何谓面容?面容在列维纳斯的阐释中,就是那一不需要依赖于任何主体的认知结构,不需要借助于任何中介,例如意向性关系或存在之光亮而"自身显示"之物。这种自身显示,同时开启了一种面对面的率直性,在自我与他者面对面之时,二者就已经在对话,哪怕他们并没有真的开口说话。换言之,面对面是最原初的交流场景,在面对面中发生的对话,连作为语言符号的中介也不需要。相反,正是面容开启了语言,但这不是一种物质材料式的语言,而是一种"同一对他人的姿态的语言"[2]。换言之,在列维纳斯看来,"面容的显现"并不只是诸交流符号中的一种,例如红绿灯一样,相反,所有伦理的语言和交流符号之所以具有伦理,恰恰是因为它们奠基于面容的真诚和率直。所以,面容作为概念,在列维纳斯这里指的就为所有伦理话语奠基的真诚、率直的显现模式,不能完全拘泥于人体器官来理解。这种从语言到精神姿态的过渡,并不意味着"对语言的解肉身化(désincarner),而恰恰说明了它的肉身化(incarnée)本质"[3]。这种肉身化所代表的是他

---

[1]　列维纳斯:《总体与无限:论外在性》,第 149 页。
[2]　列维纳斯:《总体与无限:论外在性》,第 189 页。
[3]　列维纳斯:《总体与无限:论外在性》,第 190 页。

人所携带的无限观念对于自我和意识的溢出,而这种溢出恰恰为主体带来了对他者之迎接、慷慨、赠予和好客的能力。所以,面容是一种肉身化的语言。

不过,这种语言向能力转化,不能被简单地等同于语言向行为的转化。列维纳斯认为当代哲学过度重视这种思想向实践、语言向行为的转化,然而,这种观点过于高估了语言所具有的实践性的一面。言下之意,他认为语言还有着比其实践性更为重要的一面,这一面即伦理。

在这一点上,列维纳斯提到了同时代的现象学家梅洛-庞蒂,后者已经在建构一种肉身化的思想。在他的现象学分析中,思想不先于说话的过程,思想也不是解肉身化的,相反,思想是在身体的运作过程中形成的。然而,列维纳斯认为梅洛-庞蒂这种肉身化的思想仍有局限:其一,从这种肉身化思想中接受的含义,依旧被视为一种"意向性对象",它依旧没有脱离主体意识结构的构造;其二,这种肉身化思想,依赖于一个身体置于其中的符号系统的中介,如此一来我们就可以怀疑是符号构造了语言和意义,而此时语言和思想依旧未能接近"事物本身"。①

无论如何,梅洛-庞蒂的这一构想都无法承载列维纳斯所说的"溢出"表象、意识和思想之物。这一溢出和超越之物就是面容,就是他者的显现,就是列维纳斯意义上的"表示"(La signifcation,同时有意义之意)。②它不需要符号的中介,相反,是它为符号指意性奠定了基础。因为面容作为原初的显现,不仅开启了率直和真诚的维度,也开启了意义给予的维度,任何符号系统要得以成功运行,其首要的前提便是符号的接受者要相信这一符号系统的"真实性",也即其首先要"接受"这一符号系统。然而这一符号系统的"真实性"是无法自证的,一个证据要求另一个证据来进行证明,此一证明又需要另外的证明……因此,要使得这一系统的真实性

① 列维纳斯:《总体与无限:论外在性》,第 191 页。
② "表示"这一翻译可以体现他者向自我的表露、开示之意,而正是这种"表示"带来了"意义"。

得以证明,必然需要一个彻底自明之物,也即不需再被其他证明证明之物的支撑,此物便是"那使明见性得以可能的明见性"①。在列维纳斯看来,这一彻底自明之物,或者这一"自身显现"之物只能是他人的"面容"。他人的面容"自身显现",并开启了意识和理解,它带来了面对面的率直和真诚,没有这种率直和真诚,任何的理解都不可能发生,因为接受者如果不相信这种他者给予自身的真诚性,那这就意味着他一开始就拒绝了理解。因此,面容先在于意识结构或符号系统,是其基础。

而且,面容还在一个自我所不可把握的超越处,向自我说话,发出命令。这种显现本身,就是对自我的主体性和主动性的质疑,"他人面对着我,并对我进行质疑,用他的无限的本质来强制我"②。因此,他人即无限,而面容的显现,就是无限对于自我意识、意向性结构的满溢,③这种满溢开启了伦理,唤起了义务。此时,义务已经"不再是一种意识,因为义务通过使意识服从于他人而把意识从它的中心那里连根拔出"④,当然,列维纳斯这里所说的"意识",指的是传统主体性哲学中那种基于主体之主动性和自决性的意识。

所以,接下来的问题便是,他人的面容在溢出主体意识的同时,为何还会唤起主体的义务,使自我服从于他人? 也就是说,面容的显现为何会改变主体的权能? 主体的权能本来在于理解和把捉外界,而到这里,为何却转变成了服从他人? 在这一点上,列维纳斯指出,因为他人-面容是自我唯一可以完全否定之物,而也正是由此,面容才可以反之对自我的权能进行抵抗,并以自我不可承受之力向自我施压。列维纳斯认为,表象或劳动,都是某种自我对外界的否定方式,但这种否定只是部分的否定,它们某种意义上是通过否定而达到肯定的目的,通过这种转化来把握和涵括

---

① 列维纳斯:《总体与无限:论外在性》,第 189 页。
② 列维纳斯:《总体与无限:论外在性》,第 192 页。
③ 列维纳斯:《总体与无限:论外在性》,第 192 页。
④ 列维纳斯:《总体与无限:论外在性》,第 192—193 页。

外界,把外界转化成知识或劳动产品。然而,在面对他人这一绝对他异之物时,自我却无法实现那种部分的否定,也即无论是通过认识,还是劳动,自我都不可以把握、涵括他人。所谓征服或奴役他人也不能实现"由否定到肯定"的转变,也不能让他人真正归属于自我,黑格尔早已敏锐地指出其中会引出的主奴辩证法。把握他人的唯一的方式是进行一种彻底的否定,也即杀死他人。在这个意义上,"他人是我能想要杀死的唯一的存在者",因为"我只能想去杀死一个绝对独立的存在者,它无限地越出我的权能"①。对于自我而言,这一绝对独立的存在者,这一绝对他者,只能是他人。他人的绝对独立性使其成为自我唯一可以谋杀的存在者,但与此同时,也正是这种绝对独立性,使他人成为唯一能抵抗自我的谋杀的存在者。这种抵抗并不依赖于一种力量的强弱对比,也就是说自卫、较量和斗争。这种抵抗中不含暴力:

> 不是用一种抵制之力来对抗那击打在他身上的力量,而是用他的反应的不可预料性本身来对抗这种力量。因此他不是用一种更强大的力量——一种可估计的,并且因此似乎是作为构成大全之一部分而呈现出来的能量——来对抗我,而是用他的存在相对于这个大全的超越本身来对抗我;不是用强力的任意一个顶点,而恰恰是用他的超越的无限来对抗我。这种比谋杀更强大的无限,已经在它的面容中抵抗我们,它是它的面容,是原初的表达,是第一句话:"汝勿杀。"②

所以,这是一种伦理抵抗,而非暴力抵抗(除非我们在更高的层面来理解暴力)。这种抵抗本质上来自他人对于自我的超越性,也即他人对于自我的不可把握性,这种超越性不会使他人与主体处在同一平面上进行

---

① 列维纳斯:《总体与无限:论外在性》,第183页。
② 列维纳斯:《总体与无限:论外在性》,第183页。

较量。他人处在比主体这一平面更高的地方,因此它才能以一种非暴力对抗的方式抵抗自我,阻止自我的谋杀。这一抵抗是在面容中显现的,他人是自我唯一可以谋杀的对象,但是当他人的面容向自我显现的时候,他也就在提醒自我谋杀之罪恶,就已经在表达"不可杀人"的恳求和命令,这也就是语言最初的表达。这一表达并非通过一种强力,也并非通过确切的语句,而是通过面容的裸露和脆弱。面容是人身上最为暴露的地方,也是最能表现情感和灵魂的地方,不需任何语句、规则和法律的补充和解释,当面容以其脆弱和裸露向自我显现的时候,自我就已经自明地知道不可杀人,杀人是有罪的。面容打开了原初的话语:不可杀人。而这一话语是任何主体,任何人都不容回避的义务。在这个意义上说,正是面容开启了自我的主体性,自我的自由,当然这里的自由不是随意行事,而是负责的自由、人性的自由、伦理的自由,他人或面容这一"在表达中突出自己的存在者并没有限制我的自由,而是通过激发起我的善良来促进我的自由"[1]。

第四节　身体之易感性与给予他者以身体

如上所述,在《总体与无限》之中,列维纳斯对身体的考察大致指向两个方向:其一,考察身体之于人的存在论意义,将其从"安置"拓展到了"享受"和"劳动"等范畴;其二,关注他者的身体对于主体的伦理启示。这一他者身体之突出代表便是"面容",他人的面容以其裸露和脆弱,无限地要求自我对其负责。实际上,他人身体的每个部位都可以成为面容,只要它对于自我具有伦理效力。因此,列维纳斯说道:"在面容中,卓越的存在者呈现出自己。而整个的身体——一只手或一次垂肩——都可以作为面容进行表达。"[2]由此可见,他人能够作为一个伦理对象向自我显现,正是由

---

①　列维纳斯:《总体与无限:论外在性》,第 185 页。

②　列维纳斯:《总体与无限:论外在性》,第 253 页。

于其面容,由于其身体,而非由于其理性或心智。在这个意义上,身体自然成了列维纳斯他律伦理学的根基。我们由此可以看到身体在《总体与无限》中的重要性,它首先是主体以享受、居住、占有和劳动存在于世的存在论根基,其次更是主体得以从存在论迈向伦理学,从自我迈向他人的关键。

然而,这个看似完整的体系并不是列维纳斯身体思想的终点,实际上,如果我们以一种贴合身体经验的眼光来重审《总体与无限》中的身体思想,就会发现这一思想还是过于抽象和智性化。尽管身体无论在存在论还是伦理学的意义上,都处于根基地位,但它所承担的却是一种"媒介"的功能:之于存在论,它是主体与元素或"实存"交流的媒介;之于伦理学,它则是触发他人和主体之间伦理关系的媒介。后者在"面容"中体现得最为明显,他人的面容被视为首要的语言,它以其裸露和脆弱,向主体颁布"不可杀人"的禁令。在这里,"面容"接近于一个媒介或符号,一种感性的道德律令,尽管"面容"在列维纳斯的阐述中恰恰是一种非符号的符号,非显现的显现,它的脆弱和裸露,也正是为了突出其肉身性,但它在这里所承担的归根结底还是一种伦理中介的功能。

我们要追问的是,在"面容"之后,还可能以一种更为"身体"的方式来思考伦理吗?他人的面容或身体,可以以一种更为身体性的方式,与主体发生关联吗?换言之,它们可以不只被视作一种伦理关系的媒介或一种伦理语言,与主体发生直接关联吗?

或许正是这些问题,导致了列维纳斯在他的第二本代表作《别样于存在或在本质之外》(以下简称《别样于存在》)中,更为激进地推进了其身体思想。如果说"面容"更关注的是他人之身体,那么到了《别样于存在》中,列维纳斯又把对身体考察的落脚点转回了主体。列维纳斯此时更为着重阐述的是作为伦理承担者的主体,在面对他人时的伦理姿态,这种姿态必须落实于身体,落实于感性。在列维纳斯对"享受"的论述中,身体某种意义上就等于感性,不过,在《别样于存在》中,他致力于阐述的已经是另一种感性,它不是主体在享受中的满足甚至愉悦,而是在面对他人时的脆弱性和易感性,而这种易感性(sucesptibility)依旧必然需要落实于身体。

正是这种易感性使得列维纳斯的伦理主体得以可能,如列维纳斯所说:"主体性,作为表示,作为为-他者-之一一己,难道不能被追溯到自我的易受伤性上,以及不可言传,不能被观念化的感性上吗?"①这一易感性某种意义上也超越了此前对于身体的"媒介化"阐释,因为此时身体不再如同面容般是伦理关系开启的中介,它本身就以其脆弱性、易感性直接承担着伦理关系。可以说,列维纳斯的身体思想只有在这个时候,才最为贴近"身体性"。何谓此处所说的"身体性"? 它指的不只是列维纳斯在论述面容作为"肉身化的语言"时所说的面容的无限性对于自我意识之溢出,这一论述依旧过于抽象或"智性"。"身体性"简而言之即"感同身受",它必须更直接地与感性相关,更准确地说,与"感受"相关,中文的"受"字准确地表达了感性的这种受动意味。身体的感受——"身受",即身体为外界所感发,所打动,甚至某种意义上受制于外界。只不过列维纳斯更为强调:自我之身体所受制于的外界是他者,更准确地说是他人,而且这种"受"动,是以一种彻底的被动,被动到"受"难的方式来定义的。这一受动的身体对于列维纳斯的伦理主体性尤为重要,正如奥克萨拉(Johanna Oksala)所说,列维纳斯之"伦理主体性的极端被动性只有通过具身化才是可能的。伦理的主体在本质上就是一个具身的、肉身的主体,这是一个会被伤害和羞辱的主体。只有在这种身体的易受伤性中,才能升腾起一种为他者的责任,一种在面对超负荷的痛苦和快乐时的被动性"②。

因此,在《别样于存在》中,列维纳斯开始用"感性"来建构伦理主体。正如《别样于存在》一书的英译者林吉斯(Alphonso Lingis)所说:"他异性不是通过悟性或理解性的主动性而给予的,而是通过感性。在涉及他异性的路径时,人是被动的,他承受它的影响,却不能同化它,他向它敞开,

---

① Emmanuel Lévinas: *Autrement Qu'Être Ou Au-Delà De l'Essence*, p. 30.

② Johanna Oksala: *Foucault on Freedom*, Cambridge University Press, 2005, p. 203.

向它的方位、感觉暴露,易感于(susceptible)被感动(affected),被提升或被施痛。"[1]在《别样于存在》中,列维纳斯首先将这种感性视为一种向他者的暴露,"主体性是感性———一种向诸他者的暴露,一种在与诸他者亲近中的脆弱性和责任,为-他者-之-一己,也就是,表示(signification)……"[2]。这种暴露和表示不只是语言上的"言说",彻底地向他者袒露自身,表白自身,给予自身,更是身体上的"揭示",这种暴露是要揭开自己,是让自己"皮肤剥露,切肤并切及神经"[3]。对于列维纳斯而言,这才是真正的表示,真正的意义。

从某种意义上说,列维纳斯在《别样于存在》中的努力正是要建立一种比"面容"更为肉身化的语言。这种自我暴露甚至剥皮露肉的肉身化语言就是"言说"。如果说,面容是用语言或媒介来解释身体的话,那么,在"言说"中,列维纳斯则是用身体来解释语言。在这一点上,可以说,身体的感性特质或肉身性,才在列维纳斯的身体思想中得到了最大化的强调。当然,我们不能把《总体与无限》和《别样于存在》两个作品完全割裂。实际上,在列维纳斯关于"面容和语言"的阐述中,已经孕育了后来有关"言说"的思想。某种意义上,面容所展现的就是一种言说,它以其表示,以其对于主体的启示,以其对于主体认知结构的不可把捉性,不断地打破主体对它的智性化理解,或者说以此来抗拒主体把它仅仅当作一个对象来把捉。它的不可把捉最终将导向的是主体的自我质疑和伦理责任。不过,如果说《总体与无限》暗示"言说"是由面容所开启的话,《别样于存在》却更为强调这一"言说",以及对于他者之责任的没有开端和不可溯源,因此我们不能说面容是言说的"开端",而只能说它是言说的"踪迹"。[4] 此外,

---

①　Alphonso Lingis: *Translator's Introduction*, in Emmanuel Levinas, *Otherwise than Being or Beyond Essence*, Duquesne University Press, 1998, p. xxiii-xxiv.

②　Emmanuel Lévinas: *Autrement Qu'Être Ou Au-Delà De l'Essence*, p.124.

③　Emmanuel Lévinas: *Autrement Qu'Être Ou Au-Delà De l'Essence*, p.31.

④　Emmanuel Lévinas: *Autrement Qu'Être Ou Au-Delà De l'Essence*, p.26.

《总体与无限》强调的是他人面容的临显对于自我在意识的优先性,在伦理上的强制力;《别样于存在》则强调不只他者可以向自我言说,自我也可以向他者言说,这种言说同时也意指一种给予:自我将自己毫无保留地展露给他者,奉献给他者。概而言之,面容更着意于他者对自我的表达,而言说更着意于自我对他者的亲近。尽管二者都与身体、肉身的维度须臾不可分离,但后者中体现的感性,更为"易感"也更为"被动"。

列维纳斯说,由于这种易感性即易受伤性或脆弱性本身,主体无处逃避,没有庇护,把自身完全暴露在他者面前。这是一种彻底的暴露,它不仅暴露自身,甚至还暴露这一暴露本身。因此这一主体极为易感,极为敏感,正因此,他才能够以巨大的伦理痛切感受到他者,继而为他者奉献甚至受难,从而成为伦理的主体。"感性即是向他者的暴露。……无法在任何状态的持续或同一性中找到庇护。……在没有任何退缩余地的已经给出中,就好像感性正是所有庇护或所有庇护的缺席所预设的:脆弱性本身。"[1]对于这种感性和易受伤性,列维纳斯以极为直接的身体状态进行了描述:

> 它是一种在绷紧的痛苦中的绞动,是在这边(或译"未及",l'en-deçà)[2]的意想不到的维度。它是被从自身撕裂,是比无更少,一种在虚无背后的否定中的拒绝;它是一种母性,在同一中的他者的妊娠。被迫害者的不得安宁不是一种母性的变异吗?不是一种"母腹的呻吟"因为它将要孕育或已经生产的东西所引起的变异吗?在母性中表示的是为众他者的责任,直至为他者

---

[1]　Emmanuel Lévinas: *Autrement Qu'Être Ou Au-Delà De l'Essence*, p.120.

[2]　"en-deçà"与列维纳斯的另一个重要概念"au-delà"(可译为超越、越出或超逾)相对,所指的是在此世,或在存在论层面,而未及"外部""彼端"或"超越"的"这边"或"此端"。因此,他者的来临,或为他者所搅扰的身体痛苦,是在"这边"所意想不到的。

替代,直至迫害效果所导致的受难,直至迫害者所沉浸的迫害过程本身所导致的受难。母性,孕育着卓越,它甚至孕育了为迫害者的迫害所担负的责任。①

在从《从存在到存在者》《时间与他者》到《总体与无限》等作品中,父性和父子关系都是列维纳斯阐述伦理主体时非常倚重的范畴,然而,在《别样于存在》中父性却在某种程度上被淡化了,继之而起的是"母性"。因为"母性"代表了一种同一性的分裂,在其中,同一性——也就是"母体—自我",以无法承受的痛苦而孕育和承担着"孩子—他者"。因此,同一性此时不再是一种同一性,而毋宁说是一种分裂,为他者所撕裂。在列维纳斯的阐述中,"母性、脆弱性、责任性、亲近、交流—感性"这几个概念几乎可以互换,而它们导向的是"触摸,触诊(palpation),向……敞开……"②。简而言之,它们都导向的是向他者的敞开,与他者的亲近,而这种亲近首先是伦理上、情感上和身体上的,而非空间上的。

故此,列维纳斯说:

> 身体的感性经验就此而言就是肉身化。感性—母性,脆弱性,感知——将肉身化的节点绑进了一个剧情之中,这一剧情比自我感知更博大。在这一剧情中,我们在被系于我的身体之前,就被他者所束缚。……感性的直觉,已经是一种感知和困扰的模式,被所感纠缠,……感性的经验作为一种为他人所困扰,或母性,已经是一种肉身性(corporéité)……③

---

① Emmanuel Lévinas: *Autrement Qu'Être Ou Au-Delà De l'Essence*, p. 121. 列维纳斯最后的论断非常大胆,也颇具争议,受迫害者需为迫害者负责,直到今天,这仍是一种非常难令人接受的思想。

② Emmanuel Lévinas: *Autrement Qu'Être Ou Au-Delà De l'Essence*, p. 122.

③ Emmanuel Lévinas: *Autrement Qu'Être Ou Au-Delà De l'Essence*, p. 123.

在这段话中，最值得注意的地方是，与此前将身体当作安置不同，在《别样于存在》中，身体已经不再是主体的安置，安置也不是一个存在论的优先事件，相反，列维纳斯指出，主体在被系于身体之前，或者说安置之前，就已经被他者所束缚，所质询，所困扰。就像母性为自己所孕育的他者——孩子所困扰和纠缠，此时母亲的身体不再属于她自身，不再是一种在实存中的"安置"，而是为他者——孩子所捆绑和束缚。它的呈现方式就是上文中所说的绞痛和妊娠，生育的疼痛意味的是一种自我的撕裂，这种撕裂并不是同一自我的精神分裂，而是意味着他者的诞生，他者在同一中的诞生。他者的诞生是以承担他者（孩子），为他者（孩子）而受难为开端的。生育的身体无法安置，无法系于自身，在这个意义上，我们也可以说它是"一种肉身化，一种没有回归的放弃"①。换句话说，我的身体，我的肉身化，正是由他者而非自我所塑造的，而塑造的方式并非"安置"，而是为他者剥露、剥离和撕裂。这一肉身化的主体承受着阵阵疼痛，这疼痛来自他者的来临、亲近和困扰。故此，这一"为了他者的自我"或"母性，就是一个为他者受难的身体，作为被动性和弃己的身体，一种纯粹的忍受。这确实是一种无法超越的暧昧性：肉身化的自我，血和肉的自我……"②。

这一时刻承受着疼痛，易受伤害的"血和肉的主体"，不同于自我确认、自我回归的主体，不同于理性算计的主体，这是一个不断为了他者而放弃自身的主体。列维纳斯形象地指出，这一主体就像一个饥饿难耐并且正在进食的人，从嘴里拿出自己的面包给予他人。为了承担自身的责任，这一主体需要不断放弃自身，给予自身，给予自己的一切，甚至给予自己的皮肤。③　在这里，列维纳斯再次破除了在物质和精神，身体和灵魂之间的二分，他指出，对于一个饥饿难耐的人来说，给予他人面包，也就意味着把自己的身体给予他人，用自己的赢弱的身体去抵偿他人的身体/他人

---

① Emmanuel Lévinas：*Autrement Qu'Être Ou Au-Delà De l'Essence*，p. 127.
② Emmanuel Lévinas：*Autrement Qu'Être Ou Au-Delà De l'Essence*，p. 127.
③ Emmanuel Lévinas：*Autrement Qu'Être Ou Au-Delà De l'Essence*，p. 124.

的生命。同时,对于一个饥渴过度乃至奄奄一息的人,给出嘴边的一片面包,很可能就意味着给出自己的生命,给出自己的灵魂。因此,在这里给予身体,也即给予灵魂。"通过将自己口中的面包给予他者,而为了他者从自身中拨出的存在,意味着能够为了他者而给予自身灵魂的能力(原文几乎每个词语都用连接号'-'连接,笔者注)。通过灵魂而对身体的激发,只有通过在主体性中的为-他者-之-一己才能被阐释清楚。"①

第五节　列维纳斯的身体思想与身体修炼

列维纳斯的身体观别具一格,首先是他主要从伦理的角度来讨论身体,这与许多从政治学或美学等角度来谈论身体的当代思想家都极不相同。其次,他非常看重他者(主要指的是他人)对主体之身体的影响,这种影响是如此巨大和痛切,以致列维纳斯有时候用"创伤"来描述它。这两点都可以形成对现有之身体美学框架的补充。舒斯特曼指出,其所启用的"身体美学"(somaesthetics)这一概念在中文中最恰当的翻译实应当为"身体感性学"。② 身体美学并不能被仅仅局限为一种美丽之学,通过"感性学"这一连接,它还应该被扩展到政治学和伦理学等诸多领域。而列维纳斯的身体论述,尤其强调的就是其中的"感性"维度,就此而言,它天然就应该归属于"身体美学"。当然,这里的"身体美学"是在一个更开阔的视野上说的,而不唯是舒斯特曼所正在建构的"身体美学"。尽管舒斯特曼启用了"身体美学"这一概念,并主要从实用主义路径切入了这一研究,但"身体美学"的源流其实不止一支,"身体美学"作为一个正在发展的学科,也应当吸收和融合不同路径的身体之思。

列维纳斯这种特殊的"身体美学"对于现有的身体美学框架最大的挑

---

① Emmanuel Lévinas: *Autrement Qu'Être Ou Au-Delà De l'Essence*, p. 126.

② 舒斯特曼:《身体意识与身体美学》,程相占译,商务印书馆 2011 年版,"中译本序",第3—4页。

战或补足,应当在于把研究的视角从关注自我或主体的身体训练,转向通过身体对于他者之身体的感受。这种对于他者之身体的感受力具有强大的伦理力量,因为对于他者之生命或苦难的漠视,往往首先来自对他者之身体的漠视,其次才是对他者之灵魂的漠视。更何况在前面的论述中,我们已经可以看到,列维纳斯实际上把身体和灵魂等同了起来。感受他者的身体往往就意味着感受人本身,感受人性本身。身体是人性最直观的显现,一个无法感受他者之身体的人,也往往可能是没有人性的人,感受人性,感受灵魂,往往需从感受身体开始。

对于他者之身体的感受必须落实于自我的身体上,否则这种感受就只是一种普遍性的认知而已,它并不能真正体察他者,亲近他者,感觉他者。在这个意义上,列维纳斯式伦理主体的塑造,也依赖于对这一主体的身体之塑造,而塑造的方向即是要以列维纳斯所阐释的感性的方式来感受他者。

遗憾的是,由于列维纳斯在一个极为抽象的高度来谈论身体,且他对于身体的论述往往会走向某种隐喻式的使用,他的身体感性学似乎仅仅停留为一种高邈的理论预设。在列维纳斯那里,主体的身体以一种猝不及防,撕裂自我的方式遭遇他者和感受他者,这里面有一种崇高的力量,而崇高的发生往往是不可预知的,它如"事件"般爆发。似乎自我的身体先天地、天然地就会被他者所打动,所感发,身体似乎瞬间就被他者所感染和制约,而非一点点地被他者所打动。在这个意义上,"身体"对于他人的感受并不是经由训练而来的,而是先天就会被他者所裹挟和影响。然而,回归现实,我们不得不承认的是,通过身体对于他者身体的这种伦理感受并不是先天就具有的,事实上,对于他者身体的感受本身镌刻在我与他者的社会交往中,而这种社会交往首先不基于理性的商谈,而是基于感性的接触——眼神交流、握手、拥抱、接吻、触摸。哪怕对于社会交往最主要的媒介——语言,列维纳斯也认为应当首先将其还原为一种基本的身体交流,而非理性交谈(这其实已经为一种列维纳斯式身体感性学修炼方法的诞生,提供了某种合法性证明)。对于他者的感受恰恰是在我们与他人的身体接触和或交往中被实现和增进的,而不仅仅是一种伦理本能。故此,我们可以合理地推断,对于他者身体的感受也可以在日常的修炼中被培养和增强。

至于如何通过具体的日常身体训练,来提高伦理感受他者的能力,如何建构一套这种系统的身体美学训练,则不是本章可以解决的问题。但基本可以确定的一点是,这样的训练需要他人的配合和共同修炼,甚至需要某种团队式的协作,这种训练应该本身就是一种社交性的伦理交往,而不只是个体孤立的"独善其身"。之于列维纳斯那种极端的身体观而言,这种训练除了自我与他者的身体互动之外,更需强调对于他者身体的感受,为了让自我的身体沉重地"易感"到他人身体的脆弱性,并且为他人承担乃至"受苦",甚至可能需要在训练中制造某种强度的疼痛。当然,笔者也同意舒斯特曼的说法,他所倡导的身体美学修习本身会增强身体的感受力,这种感受力既可以面向自我,也可以面向他者。[①] 只不过这不是列维纳斯意义上以"他者"为导向的身体伦理修习,在这一修炼中,对于他者的身体感受比起对自我的身体感受是次级的,在其中,"他人"在众他者中的特殊地位也没有得到凸显,以列维纳斯的标准来看,它还不够"伦理"。如果将这一"他者"视角拓展为一种伦理政治,那么,在类似的身体修炼中甚至还可以考虑融合不同阶层、不同种族、不同信仰的人。这些人在诸多方面都互为"他者",然而通过团体性的身体修习,他们却可能亲近他者。

以上都是我们基于列维纳斯的身体思想,对一种列维纳斯式身体美学的粗泛构想,其本身的可行性,还有待进一步的论证和实践的证明。现

---

① 在美国佛罗里达大西洋大学 2017 年 11 月召开的"美德的身体:东亚视角下的伦理学和身体美学"会议上,笔者就本章的观点进行了发言。会议的组织者舒斯特曼教授在认可发言学术价值的同时也质疑了笔者在关怀自我和关怀他者这两种身体修炼上的区分,他认为在他的身体美学修习模式下,自我身体的敏锐感受性也会体现在对他人的感受上。

在,我们将把论述的重心放在另一个面向,即思考列维纳斯的身体思想本身与西方身体实践传统——苦修的关系上,以进一步理解列维纳斯的身体思想,并思考其与身体实践对接的可能性。

列维纳斯后期的身体思想,尤其是对于身体在与他者相遇时的易感性、创痛和受难等的阐述,联系其犹太教徒的身份,落实到一种身体实践,很容易令人联想到宗教苦修传统。以往对于苦修的看法,主要围于身心二元论,认为苦修是某些宗教信徒由于鄙弃身体,而不惜通过虐待的方式削弱身体,从而钝化意欲的方式。但是在当代,越来越多的研究者摈弃了这种身心二元论,认为苦修并非为了摈弃和钝化肉体,相反,苦修恰恰是为了锐化肉体的感知能力,身体在这里是作为一种"觉醒的工具"而被塑造的,苦修可以转化爱欲的能量。[①] 这种身体行为对内在意识的变革,也可以进一步打开对外部的感知,"通过精神性的实践,我们与我们身体需要和欲望的关系,能够治愈感觉能力的破裂,并且增进肉身的循环来滋养我们,并且使得我们向同情和共感展开"[②]。就此而言,苦修也是朝向他者的敞开,这与列维纳斯的伦理学似乎是契合的:"苦行对于感觉的管制,甚至自虐,都能将人置入对身体的感受,并因此进入一种主体间的关系。"[③]更具体而言:

> 对于个体身体的故意施痛是一个逃出自我世界的出口,进入亲密关系的方式,这就是伤口对于个体和共通体的意义。当它们指示一种个人的变化、共通的联结,或精神性力量的时候,痛苦和快乐都可以服务于爱欲性的道德。[④]

[①] Linda Holler: *Erotic Morality*: *The Role of Touch in Moral Agency*, Rutgers University Press, 2002, p. 132.

[②] Linda Holler: *Erotic Morality*: *The Role of Touch in Moral Agency*, p. 133.

[③] Linda Holler: *Erotic Morality*: *The Role of Touch in Moral Agency*, p. 152.

[④] Linda Holler: *Erotic Morality*: *The Role of Touch in Moral Agency*, p. 152.

这种爱欲性的道德可以以基督教苦修中的"禁食"为例,按照琳达·霍勒的阐释,在某些基督教传统中,"禁食"就是圣人们对于耶稣的模仿,禁食意味着他们在喂养和治疗身旁之人。在禁食中,圣人们只吃圣餐(eucharist)。按照基督教,尤其是天主教的"实体转化"(transubstantiation)教义:圣餐中的面包和葡萄酒在弥撒中变成了耶稣的肉身和血液,圣人们进食圣餐也就获得了治愈的力量。①

这种关于禁食的教义,与列维纳斯在论述主体对于他者的无限责任时所说的"主体在饥饿难耐之时,将口中的面包给予他人"有可比照之处,毕竟列维纳斯思想所来自的犹太教,与基督教本来就有亲缘关系。但要从列维纳斯的身体思想中,直接推出一种苦修式的身体实践也是困难的,中间横亘着犹太教和基督教教义之间同样巨大的差异。尽管犹太教也有自身的禁食等传统,但其宗教意涵显然与基督教不同。而且,尽管列维纳斯的思想来源于犹太教,但其独特甚至极端的身体思想,如果落实到身体实践,也会区别于已有的宗教苦修传统。

我们可以推论:假如列维纳斯式的苦修可以被实践的话,那它可能会比之前的苦修更加极端,因为它会不断地排斥把身体的痛苦转化为精神的快乐,它会以一种精神的亏欠感,寻求更多的疼痛,这是一种永不会被满足的疼痛,它来自列维纳斯式伦理主体对于他者永远不能被抵赎的亏欠感。疼痛不会被快乐所满足,对于疼痛的诉求也永远不会被满足。这一无尽的疼痛最终指向的是:为他者献身。这里的"为他者",在列维纳斯那里已经暗含了"为上帝"的意思,尽管这层意思是隐微的,在列维纳斯所引的西蒙娜·薇依的话中,这层意思则体现得更为明显:"天父啊……快剥去我这一躯体和这一灵魂……把它变成你的东西,让我的身上永远只留下这一剥夺本身。"②当然,在列维纳斯那里,这一"他者"更多指涉的则是"他人"。对于他人的这种极端化献身,当然不可能在一种"习练"中达

---

① Linda Holler: *Erotic Morality: The Role of Touch in Moral Agency*, p. 163.
② 勒维纳斯:《上帝·死亡和时间》,第 189 页。

成和满足,因此最终这种无尽地为他者献身的责任,将冲破、溢出"习练"而走向真实的道德实践。在这种实践中的人,无疑将成为圣人,薇依就是其中的代表,她最终由于营养不良和肺结核而英年早逝,她所患上的"神圣的厌食症"来自她在劳动中的节食和饥饿,而这是她为了迎接一个更公正世界的自我牺牲方式。① 不过,尽管列维纳斯赞誉薇依"活得像位圣人,承担着全世界的苦难",惊叹她"灵魂的伟大"和"天才",②却又不同意她对犹太教和《旧约》的理解,这种不赞同易言之即:"受难不会产生什么神奇的效果。正义的受难之人的价值,不在于他的受难,而在于他的正义,这一正义在对抗受难。受难和死亡都是人类苦难/激情(passion)的术语,但是生活不是苦难/激情。它是行动。它在历史之中。"③这种对于受难的不认同,似乎又与此前我们提到的列维纳斯自己的观点相矛盾。

只要分清列维纳斯在论述伦理意识或情感与伦理行为上的差异,这种矛盾就迎刃而解了。在阐述伦理思想时,列维纳斯激进的他者论旨在树立他者对于自我的绝对优先性,这种优先性甚至抗拒主体与他者之间平等的交互性,因此最后不惜以"受难"的强度来阐述主体受动的伦理意识或情感;而对于具体的伦理行为,列维纳斯则阐述不多,在一次访谈中,他回答道,他所阐述的他者优先伦理就蕴含在日常生活中一句再平常不过的"您先请"中,④它并不是什么遥不可及,或者必须彻底献身才能完成的行动。由此可看出,列维纳斯的伦理思想和对伦理行为的构想之间其实存在一定的落差,这也为我们进一步通过伦理实践来接合其伦理思想,留有了空间,这一空间中同样应有身体修炼的位置。

---

① Linda Holler: *Erotic Morality: The Role of Touch in Moral Agency*, p. 165.

② Emmanuel Lévinas: *Difficile Liberté*. Albin Michel, 1976, p. 205.

③ Emmanuel Lévinas: *Difficile Liberté*, p. 216-217.

④ Emmanuel Levinas, Richard Kearney: *Dialogue with Emmanuel Levinas*, in Richard A. Cohen(ed.), *Face to Face with Levinas: Neighborhood Reinvestment and Displacement*, State University of New York Press, 1986, p. 32.

第六节　列维纳斯与中国身体思想之比较

提到身体修炼,引入一种中国视角也就顺理成章了。在这一节中,我们将从拓展身体美学的视角出发,对中国身体思想和列维纳斯的身体思想进行比较。"身体美学"这一概念的提出者舒斯特曼以一种实用主义的视角,结合东方,例如中国和印度等传统中的身体修习与美德训练传统,对于西方传统中的身体习练进行了建设性的拓展。这种拓展体现在以下几个方面。

其一,他将身体美学建构成了一种哲学论述与身体训练实践结合的综合哲学,从而复归了法国哲学家阿多所说的"哲学作为生活方式"的传统。这种"身体美学既与古典修身功夫同源同构,又有其超越性,即它不是一种内在性的对意识活动的反思,而是一种在实践活动中获得的拓展了身体经验的至善论"①。

其二,通过大量参考东方哲学,尤其是中国哲学,舒斯特曼将身体美学建构成了一种追求"中道"的理论哲学和实践美学,从而有助于克服西方身体美学论述中的某些极端倾向。比如福柯,舒斯特曼既欣赏他在身体观上的身体力行,同时又批判了他对于身体快感的极端追求,而这种对快感的极端追求很可能"最终将只能钝化我们的敏感性,只能减弱我们的愉悦"②。而福柯这种对于身体快感的极端性看法,实际上是根植于西方传统文化价值观的,故此,舒斯特曼说道:"这里我们再一次发现,福柯的性自虐实践非常值得我们认真而严谨的批判。它并没有叛逆地逸出我们传统文化的价值观;相反,它强有力地表达了许多深层的、非常成问题的

---

① 王辉:《论身体美学对西方古典工夫论的现代复兴及其启示——阿多、福柯和舒斯特曼之修身实践的谱系学考察》,《河南师范大学学报》(哲学社会科学版)2014年第 6 期。

② 舒斯特曼:《身体意识与身体美学》,第 75 页。

趋向。这些趋向在历史上将其产生的那些价值和实践包含在自身之内，甚至包含在我们的精神与宗教体验中。"①正是因此，舒斯特曼才试图从追求"中道""平淡"和"和谐"的中国思想中寻求建构身体美学的启示，来中和西方文化传统中对于身体的极端态度——无论其是追求快感，还是压抑快感。

中国思想有着源远流长的"修身"传统，这一"修身"既是修"身"，也是修"生"，亦是修"己"，它本身就既是身体修炼，也是美德培养。如张再林先生所说：

> 对于古人来说，正如其古汉语所示，"身"字与"生"字异名同谓，"生"被视为是"身"的代称。又古人所谓的"生"乃为"天人合一"之"生"："尽人道者，动以顺生之几"（《无妄》），意即"生"就天而言为"生"，就人而言为"行"。故古汉语中"身"字即"躬"字，而后者同时兼有"亲身"和"躬行"二义。这样，古人的"身""行"合一，"身体"即为"力行"之旨由此就揭橥而出。而身体作为道德的载体又意味着身体行为与道德行为须臾不可分离。②

众所周知，伦理学是中国哲学的主干，而这一伦理学如上所述又需"躬行"于世，故此而言，我们也可以说在中国，哲学也是一种生活方式，而这一生活方式必须落实于"身体力行"，落实于"身体"。在这个意义上，中国伦理学和哲学也是一种身体哲学，其对于"文质彬彬""君子之容"等"美形"和"美德"的追求，又使其更显明地具有某种身体"美学"的内涵。从这里出发，我们可以进一步发现中国哲学与福柯、阿多笔下的古希腊哲学及当代身体美学的关联。在中国哲学传统中，哲学、伦理学、生活、身体的修

---

① 舒斯特曼：《身体意识与身体美学》，第 71 页。
② 张再林：《中国古代伦理学的身体性》，《陕西师范大学学报》（哲学社会科学版）2006 年第 5 期。

炼和美可以较为适洽地融合为一体,追求"中道"的和谐指归,则又使其不会走向追求极端的身体快乐或痛苦。对于列维纳斯的哲学而言,这种圆融或许正可以为其阐述的身体和伦理在日常生活实践中的隔离,带来弥合的契机。在下文中,我们将分别通过中国思想与列维纳斯的前期身体思想(以《总体与无限》为节点)和后期身体思想(以《别样于存在》为标志)的比较,来探索二者交融的可能性。

列维纳斯的前期身体思想,强调了身体在安置、享受、居住、劳作等存在论环节中的重要意义,正是这些环节使"自我"得以在"匿名存在"中超拔出来。这一思想似乎可以与中国身体思想中的"修身"观进行比照。仔细分析,二者的分歧却是巨大的。

在列维纳斯的阐释中,匿名在很大程度上等同于"自然"。身体使得主体与自然达成了一种前反思的一致性,主体天然就置于自然诸元素的沐浴之中,这就是享受,它是完全感性的,先于任何认识和反思。通过居住和劳作,身体在享受自然的同时,也逐渐从自然中分离出来,因为它此时拥有了一个可以摆脱元素之不稳靠性的家宅,一个属于自身的领地,从而进一步构建其自我性。

这种通过身体来塑造"自我"的方式,看似与中国的"修身"传统异曲同工,因为"修身"也可以被理解为一种塑造自我的方式。但其实二者的内涵有很大不同,中国修身传统中的"身",指的不仅是身体,也指"自己""人生""心性"和"教养"等,换言之,中国思想传统中的"身体"从来指涉的就不是一具中性的、"自然"的身体,它本身已经镌刻着社会和道德内涵。这一点在儒家体现得尤其明显,《礼记·大学》中所说的"修身、齐家、治国、平天下",在修身(修己)、齐家(可以类比于列维纳斯所说的家的建立、家政的治理,其实更多指的是处理家庭人际关系)之后,马上就把作为起点的"修身",关联到了国家、民族和天下的安定和太平。在中国思想中,身体尽管也置于自然之中,可以汲取"天地之精华",就像列维纳斯所说的沐浴于自然的诸元素之中,但身体与自然的关系又不仅仅是"享受",还包括与自然的交融。列维纳斯的自然是中性匿名,对于人来说是纯粹感性的对象,而中国思想中的自然,则是"天地",其与人相亲,也与美善合一。尽管内涵不尽相同,但无论在道家还是儒家那里,"自然"都趋近于"善",自然即"道",因此身体与自然相亲,本质上也就是对于善和道的回归。道法自然,顺道而为。与之相比,列维纳斯的"自然"却只是一个中性的环境或场域,它本身还不具备善恶之分。从更微妙的区分上来说,自然诸元素虽然可以供主体"享受",使主体通过某种享受的"自反"结构而得以诞生,但沉浸在其中的主体,不关怀他者,而只关乎自身的生存,这在列维纳斯伦理学的终极价值看来,就是"恶"的。在主体诞生之后,只有超越以自我主义为基础的自然法则——为生存而努力[1],转向他者,以服务性(好客)的姿态迎接他者,才能真正走向善。

故此,列维纳斯的前期身体思想尽管可以跟中国的"修身"传统建立一定的关联,但分歧也是巨大的,从根本上而言,这是由二者在"自然"观上的不同所致。[2] 基于这个原因,将列维纳斯的后期思想与中国思想和身体美学进行比较可能更具意义,尽管它们之间的差异更大,但它们彼此之间的冲击也可能会更大。

我们认为,列维纳斯更为强调极端他性的后期身体思想及其对于通过身体伦理地感受他者的重视,可以对当代身体美学形成有效补充,也应该成为我们反思中国传统思想的重要借鉴。后二者都更强调对于主体自身身体的训练,以及美德涵养在此基础上的养成和提高,却忽视了通过身体对于他者的伦理感受同样在美德和伦理塑造中具有重要的地位,甚至具有更重要的地位。在中国哲学传统中,对于他者身体的感受往往是从自身身体的感受中外扩出去的,"正如在宇宙论里古人经由该还原坚持

---

①　列维纳斯的这一观点受到了斯宾诺莎的影响。

②　道家可能更趋向于自然之"美",儒家更趋向于自然之"善"。关于列维纳斯与中国思想"自然观"的比较,可参看朱刚:《多元与无端:列维纳斯对西方哲学中一元开端论的解构》,第53—56页。

'即身而道在'，即对天道的尊崇首先就寄寓在之于人自身身体的尊崇中一样，在伦理学中古人亦经由该还原强调'敬身为大'（《礼记·哀公问》），即对他人的礼敬首先就植基于之于人自身身体的礼敬之中"①。因此，"古人伦理学里的身体亦是一经由'以生训身'的人我合一的身体，天下众生被视为我身体生命的扩充和延伸。唯其如此，我们才能理解何以《论语》谓'四海之内皆兄弟也……一旦他人被视为我身体生命的体现，那么这就同时意味着为他的社会伦理则必然被视为我自身身体生命的发用"②。

尽管是一家之言，但以上的概括确实触及了中国传统伦理学与身体关系的某些重要面向。显然，这里有一种自我主义，而这种自我主义又落实于"身体"：自我首先需要敬重自我自身的身体，再通过一种共情或感发，把天下众生，宇宙万物连结为一具共通的身体。当然，这种自我主义不能等同于列维纳斯所批判的"自我主义"，这种落实于主体修身，将自身建构为道德主体，并"为天地立心，为生民立命"的诉求是一个指引性的目标，它对于那些致力于成为"君子"的人无疑具有巨大的引领作用。不过，相对而言，它却忽视了与他人或他者相遇所会带给自我的直观的、感性的震颤，这种震颤本身就在塑造着自我的身体。与之可形成对比的是，列维纳斯的身体思想告诉我们：自我并不是先"有"一个孤绝的身体，再将这个身体延伸到外界，延伸到他者；相反，自我的身体正是在与他者的相遇和碰撞中形成的。这里说的当然不是生理上的身体，而是指身体的（伦理）感受力，除了自然性的生理反应，身体的感受力显然主要是在与他者尤其是他人的交往中生成的，否则人就与草木无异。所以，对于伦理主体的身体塑造必然不可能绕开他者，不可能先"独善其身"，把"身"修炼好之后，再去关怀他者，相反，这一"修身"的过程本身就需要他者的介入。伦理主体的塑造不可能在遭遇他者前就完全完成，只有当他者来临时，这一伦理

---

① 张再林：《中国古代伦理学的身体性》，第64页。
② 张再林：《中国古代伦理学的身体性》，第64页。

主体才能得到真正的塑造。他者不仅仅是"独善其身"后的自我如涟漪般
"外扩"的对象,同时,他者是投入水中的那颗石头,是它的突然介入才使
自我形成了涟漪。

　　而且,对于列维纳斯而言,他者还不应当只是一个另我,也即一个另
外的自我,一个由自我推论出来的类同于我者,他者更应当是我所不是
者。他者之所以是他者就是由于它不可以被自我所完全把握和感受,否
则它就只是自我的一部分。他者的疼痛永远不可能被我真正感受到,"没
有真正的感同身受",因为自我终究不是他者。尽管自我可以通过共情、
"恻隐"来根据自我已有的身体感受揣度和体验他者的感受,但自我终究
不能完全把握他者的感受,自我的"身体"再如何扩展也无法完全包容他
者。也就是说,他者的疼痛会永远溢出我的身体和自我的感受范围,他者
的疼痛不依附于自我的疼痛,他者的身体也不依附于"我"的身体。所以,
他者的身体,并不仅仅是"我"自身身体的延伸,而就是绝对他者、绝对不
可同化之物本身。按照列维纳斯的思路推论,这就说明:他者的疼痛和苦
难不只异于,还大于和超乎于"我"的,正是因此,我们才需要对他者抱有
无限的责任、敬畏甚至负罪感。从这个角度说,"敬身为大"在伦理中所敬
之身,首先应当是他者之身,而非自我之身。

第七节　结语

　　在今天,越来越多的学者已经将身体美学与伦理和道德勾连起来,然
而由于受限于现有的思考框架,令人诧异的是,他们在论述身体与美德的
时候,却很少注意到他者。然而,一种不涉及他者、他人的伦理是充分的
吗? 当然,"伦理学"在亚里士多德和斯宾诺莎等哲学家的使用中,首先
关乎的是一种自我之健康、正直而幸福的生活方式,而这一切的根本在
于理性。按照蒂利希的解释,这种伦理即是要肯定自我的存在:"自我
肯定就是全部的美德。但自我肯定是对一个人的本质存在的肯定,而

关于人本质存在的知识则是以理性这种追求充分观念的灵魂力量为中介方可获得的。"①这种伦理学在列维纳斯的区分中,是一种将伦理依附于存在论的伦理思想,而列维纳斯却是要将伦理学建构为第一哲学,要让伦理学超越存在论。更确切地说,要让他者来超越自我,让与他者相遇时的感性触动来超越理性考量。这一伦理学与存在论高下之争的核心在于身体,因为身体正是区分理性和感性的关键,而如上所述,列维纳斯站在了感性的一方。由此,我们可以宽泛地将列维纳斯的伦理学定义为一种"感性伦理学",将以亚里士多德和斯宾诺莎为代表的伦理学定义为一种"理性伦理学"。无论我们是否认同列维纳斯,在阐述身体与伦理的关系时,由他所开辟的这一视角都不容忽视。

这一视角对于当下的中国语境尤有参考价值。我们可以宽泛地说,中国道德哲学某种意义上是一种自律哲学,在当代语境下,这一自律哲学极易被扭曲为一种自利哲学,其本身亟待引入一种他律性的视角来进行比较和拓展。具体到身体美学在中国的接受和发展而言,由于受制于当下的文化环境和消费主义,再加之某种跨文化误解,如果不以"他者"的强度来强化身体美学的伦理面向,也可能会导致它沦为一种消费主义产品。"感性学"(aesthetics)这一概念在由西方经日本,再引介入中国的过程中,被翻译成了"美学"——"美丽之学"或"美好之学"。这一翻译切合中国文化传统,但也造成了概念对接上的不少问题。最为直观的错位当然是"感性学"的对象显然不限于"美",它不只可以研究"美"之外的"丑"或"怪诞",也可以研究政治和伦理——如上所述,列维纳斯的伦理学某种意义上就是一种"感性学"。过度聚焦于"美",会导致美学画地自限。

在今天,来自娱乐文化的冲击,则使得"美"变得越来越浅薄,"身体美学"也极易被理解为一种"美化身体之学",在这个意义上,大众对于"身体美学"这一概念的直观反应更多的是健身、减肥、时尚,甚至整容,等等。

①　保罗·蒂利希:《存在的勇气》,钱雪松译,中国轻工业出版社 2018 年版,第 19—25 页。

其间,我们无法发现身体美学和存在或道德、伦理之间的关联。另一种接受则更为高明一些,他们将"身体美学"理解为一种保持身体健康之学,或充其量是一种保持"身心和谐"之学,其间,身体与道德之间的关系,依旧是间接甚或牵强的。尽管持这种观念的身体美学实践者和研究者,也会借鉴中国传统思想资源,但这种资源往往也是以一种"自利"的眼光而被接受的,其本身与道德没有太大关系。比如"辟谷"这种道家的传统修炼方式,在今天几乎已经完全被理解为了一种养生之道甚至减肥之道。

在这样的背景下,引入列维纳斯这种看似极端的身体思想,恰恰是为了与中国当代这种同样"极端"的自利身体思想形成对撞,而如若这种对撞真实发生的话,其影响将不仅仅限于身体美学或身体思想。换言之,通过身体美学这一入口,我们期待的是形成更大范围上的跨文化交流。

基于发表于《山东社会科学》2018 年第 4 期的《列维纳斯的身体思想及其身体美学意义》,《文艺争鸣》2019 年第 3 期的《再论列维纳斯的身体思想及其身体美学和伦理意义》修改而成。

| 第五章 |

本雅明与列维纳斯的"中国相遇"

　　本章将从本雅明与列维纳斯共有的犹太身份和思想背景出发,在"中国相遇"的题目下,考察两位思想家之遗产在中国学界的"理论旅行"史,以及其间存在联通潜力的理论空间。我将分三部分展开这一论题:第一部分为本雅明和列维纳斯二人思想在某些主题上的横向比照,并指出可能的连接空间;第二部分对本雅明的中国接受情况进行简要梳理;第三部分首先是对列维纳斯的中国接受情况的基本概括,其次则试图在二者接受史中发现其各自"理论旅行"经验的差异,进而对未来国内语境下二者思想的沟通与整合做简要展望。

第一节　为什么是本雅明和列维纳斯

　　为什么是本雅明和列维纳斯?尽管本雅明和列维纳斯的思想脉络以及对思想史产生影响的方式各有不同,但二人都堪称对当代思想影响最深刻的犹太思想家之一。从各自的思想基底上看,列维纳斯仍是一位相对纯粹的现象学家,本雅明则更为博杂,既接受了超现实主义、布莱希特版本的马克思主义乃至德国文学传统的深厚影响,又同第一代批判理论家有千丝万缕的联系。从思想史效应上看,列维纳斯在学界的影响,特别是在中国的影响集中于哲学、伦理学领域,其公众形象是一位"稍显异类"的现象学家。但本雅明的思想史影响却极难被限定,波及但不限于政治、文化、艺术领域。纵然理论路径迥异,但本雅明与列维纳斯都已然成为20世纪思想史上的隐性路标,决定性地改变了身后思想史的面貌。列维纳斯导引了法国哲学的"伦理转向"与"神学转向",而本雅明则开启了一种游走于多种哲学传统间,极具独创性与审美性的思考方式。其理论成为在文学、艺术、哲学等多重领域通行的跨学科话语,本雅明本人也以一种既在学院之外,又在学院之内的另类知识分子形象而存在于许多拥趸的心目中。

列维纳斯和本雅明间的理论关联肇始于二人共有的犹太身份。二人思想皆与犹太教有极深渊源,但二人对犹太教的接受方式却不尽相同。犹太教之于本雅明,或许更像一种若即若离的"启示"。本雅明接受了犹太教的卡巴拉传统,但其宗教表达更多集中在弥赛亚意象上,本雅明并不拘泥于对犹太—基督经典的传统诠释,而是将典籍中的神秘主义意象及其非概念的模糊性,转换为个人在美学、政治、历史上的激进主义立场之象征。正是这种对犹太传统的选择性接受令本雅明能同正统马克思主义、超现实主义等异质的思想接轨,并最终促成了他向"唯物主义"的皈依。但列维纳斯自小生活的区域则是密那德派——犹太教中尤重理性解释的一支——的重要聚集地之一。这导致列维纳斯的思想虽有神学色彩却并不神秘主义。纵然晚年列维纳斯的大多数著作都基于对《塔木德》解经传统的延伸,但他始终坚持对自己的哲学著作和"神学著作"(如解读《塔木德》)进行较为严格的区分,甚至让它们在不同的出版社出版。与之相反,本雅明则钟情于在神学和哲学之间的搅拌、融合,并将其熔铸为具有强烈个人特色的文风。因此,列维纳斯和本雅明在处理犹太传统上的差异,或可归结在"是否走出传统"的选择上。列维纳斯选择用现象学重释犹太传统,这更像是一种"回归",但本雅明却正相反,神学传统只是其哲学理念的助燃器之一,它经由其助推而实现了某种"出走"。在某种意义上,犹太传统是列维纳斯思想的起源与归宿,对本雅明,则更类似一个终被扬弃的中间环节。

这引出了另一潜在要点:二人在美学与艺术观上的歧异。本雅明的基本思想立场时常被表述为一种"救赎美学"①,美学不但是本雅明的关注领域,更是其哲学体系的核心与方法;但列维纳斯对艺术的理解却相当谨慎,甚而略显"纠结"。列维纳斯视艺术为一种偶像崇拜,这同犹太教的"偶像禁令"相关,也与列维纳斯对现代艺术欠缺伦理维度的判断有关。但他同时又强调诸如普鲁斯特等人的作品暗含伦理:普鲁斯特毫无疑问是一个唯美主义者,但他笔下的爱欲和负罪等情感,却可能引导我们通向"他者",并意识到对他者的责任。文学在这个意义上担负着一种朝向"他者",挣脱"自我"的可能力量。窃以为,若要将列维纳斯谨慎甚至纠结的艺术观更大胆地挪用到艺术理论和批评中,本雅明可能恰是一个必要中介。从对二者的犹太弥赛亚观之比较和融通出发,我们或可在列维纳斯的伦理学中引出一条从审美通向救赎的通道。外国学界在此论题上已有相关比较研究,如《救赎的碎片》一书②比较了肖勒姆、本雅明和列维纳斯的犹太思想和他们的文学理论;梁展先生翻译的《历史的天使》③一书,则涉及了列维纳斯同罗森茨维格、肖勒姆和本雅明的历史观、时间观、弥赛亚观的比较。

据我掌握的文献,本雅明应未直接论述过列维纳斯,而列维纳斯对本

---

①　如对中国学界影响颇深的理查德·沃林之代表作《瓦尔特·本雅明:救赎美学》。

②　本书尚无中译,原书为 Susan A. Handelman: *Fragments of Redemption*: *Jewish Thought and Literary Theory in Benjamin*, *Scholem*, *and Levinas*, Indiana University Press,1991。书名直译即为《救赎的碎片》。

③　斯台凡·摩西:《历史的天使:罗森茨威格,本雅明,肖勒姆》,梁展译,华东师范大学出版社 2017 年版。

雅明的直接论述都出自其论保罗·策兰的一篇文章①。

第一处仅是一种单纯提及：

> 但保罗·策兰令人窒息的沉思——敢于依据列夫·舍斯托夫，从瓦尔特·本雅明论述卡夫卡和帕斯卡尔的文本中对马勒伯朗士进行征引。②

第二处则蕴含了列维纳斯的本雅明理解：

> 专注(attention)，就像灵魂的纯粹祈祷，这是马勒伯朗士说的。但这句话中夹杂着许多本雅明预料之外的回声，比如说极度的接受性，极度的赠予。专注，一种不分神的意识样式，也即一种无力通过黑暗的地下通道，逃逸的意识样式，完全的观照，不为看见观念，却是为了阻止逃逸。失眠也即良知的第一要义。这一要义即责任的公正，它位于任何形式、图像或事物的显现之前。③

"接受性""赠予""失眠"均为列维纳斯自己的术语，本雅明在此经历了一种基于列维纳斯他者哲学的改造。这是列维纳斯的惯常做法，他在论述普鲁斯特时，认为普鲁斯特作品中的人物都有一种负罪感，这恰暗示了列维纳斯自身伦理学中的主体性概念及其必然具有的"不安意识"。同理，他在阐释卡夫卡时，也认为卡夫卡的作品是一种对存在权的追问，这

---

① Emmanuel Lévinas：*Paul Celan：De l'Être à l'Autre*，Noms Propres(ed.)，Fata Morgana，1976.此文有部分已被王立秋先生试译，译名为《保罗·策兰：从存在到他者》，本章内容写作中参考了该译文。

② Emmanuel Levinas：*Proper Names*，trans. Michael B. Smith，The Athlone Press，1996，p.42.

③ Emmanuel Levinas：*Proper Names*，p.43.

与他自身的思想亦有某种应和。有鉴于此,在列维纳斯以自身伦理学对
本雅明有意改造的基础上,进一步勾连二者思想也应该是可行的。作为
一种可能的思路参考,不妨在此谈谈列维纳斯与布洛赫的关系。布洛赫
与本雅明的思想亲缘自然有据可查,因此,考察"列维纳斯—本雅明"的理
论关系或可借助"列维纳斯—布洛赫"这一对子进行迂回。列维纳斯如是
评述布洛赫:"实践(praxis)是可能的,但不是因为历史的终结,而是由于
这一终结的乌托邦式的希望。这一历史中的现时与人类自我包含一个黑
暗区域,它将被乌托邦照亮。"①列维纳斯对布洛赫的"希望的原理"概念
十分关注并多有探讨,这应是缘于列维纳斯在布洛赫版本的马克思主义
中捕捉到了一种未来维度,在马克思主义的解放蓝图背后,读出了一种素
朴、基本但却十分强大的伦理信念和救赎指向。基于对希望和救赎、苦难
和不公的关注,将列维纳斯的思想纳入主要由犹太人组成的法兰克福学
派第一代思想星丛中进行考察和比较,并不会显得突兀。

第二节　本雅明在中国的"理论旅行"

本雅明和列维纳斯各自在中国的形象经历了何种变迁?我们先考察
本雅明在中国的"理论旅行"。总体而言,与西方近年来对本雅明思想之
"政治""宗教"等维度的反复强调不同,国内的本雅明研究重心仍旧主要
集中在文学艺术领域,换言之,国内的本雅明形象在根底上是"美学"优先
的。这种接受偏好一方面缘于本雅明的理论底色,另一方面也缘于本雅
明之中国接受的独特历程。

朱国华教授曾撰文具体分析本雅明《机械复制时代的艺术作品》的中
国接受史。②以 20 世纪 90 年代初期至中期为界,之前是一种较文人化的

---

①　勒维纳斯:《上帝·死亡和时间》,第 110 页。
②　朱国华:《别一种理论旅行的故事:本雅明机械复制艺术理论的中国再生
产》,《文艺研究》2010 年第 11 期。

理解或接受阶段,之后则进入了更学理化的接受阶段。在第一阶段中,佩里·安德森与特里·伊格尔顿、弗雷德里克·詹姆逊等人的相关表述引导彼时学界对本雅明形成了牢固的前见。佩里·安德森在《西方马克思主义探讨》中称"本杰明在马克思主义范围内最有意义的理论遗产,是一篇论《在机械复制艺术的时代的艺术》的文章"①,而伊格尔顿在《马克思主义与文学批评》中论本雅明的篇幅也有一半花费在讨论此文上②。1985 年访华的詹姆逊,更是在讲演上直接宣称"从今天的眼光来看,本杰明无疑是 20 世纪最伟大、最渊博的文学批评家之一"③,坐实了本雅明"文学批评家"的定位。此后,国内学界首先进行的本雅明译介,自然也集中在本雅明的美学艺术理论上,最先得到翻译的两部本雅明作品应当是《作为生产者的作家》(何珊译,文化艺术出版社 1989 年版)和《机械复制时代的艺术作品》(张旭东译,刊于《世界电影》,1990 年)。其代表性译者张旭东,更是在《读书》杂志上撰文,渲染本雅明的"城市漫游者"形象,由此,本雅明不但被"美学化",更被"文人化",其形象被部分接受者理解为传统士人阶层"富贵闲人"形象的当代变体。在该阶段,本雅明在国内学者中的印象好似令人眼花缭乱的"理论魔术师",又兼有一种潦倒但不羁的浪漫文人气息。值得注意的是,彼时诸多介绍性文章,不发表于学术期刊,而多见于一些读书感悟类杂志,这无疑对本雅明的这种"文人形象"也有重要影响。那一年代的学者常以收藏家、漂流者等身份来描述本雅明,并同其笔下波德莱尔的形象混合。这固然在一定意义上合乎本雅明部分"原意",但过于文人化的解释必然丧失对其人背后深刻学理背景的分析。这一时期有关本雅明的文章,华丽之余多有晦涩,甚至不少以警句体示

①　佩里·安德森:《西方马克思主义探讨》,高铦、文贯中、魏章玲译,人民出版社 1981 年版,第 97—98 页。

②　特里·伊格尔顿:《马克思主义与文学批评》,文宝译,人民文学出版社 1980 年版,第 66—69 页。

③　詹明信:《德国批评的传统》,行远译,载于深圳大学比较文学研究所编:《比较文学讲演录》,陕西师范大学出版社 1987 年版,第 63 页。

人,多以本雅明的风格来解本雅明。

第二阶段,拜赵勇老师、王才勇老师等前辈所赐,对本雅明的译介和接受更加学术化、规范化、系统化。但该阶段的研究诚如朱国华教授所分析,在本雅明的接受与解读中存有一种政治—美学的二极悖论。以本雅明的艺术复制理论为例,当对它进行一种去政治化解读时,其实可能正暗含了一种强烈的政治诉求——在那个年代,对其做"文人化"解读,闭口不谈其政治性,本即是一种政治策略。换言之,在彼时的政治、文化氛围下,审美主义策略恰是一种"心照不宣"的政治行为,一种对中国学术话语乃至当代文化之自我迭代的实质性参与。而当学界后来对本雅明进行一种"学理化"解释,越发专题性地关注其政治内涵时,其政治激情却反而被我们的学术分析与学术话语所限制并钝化,在此意义上,当下我们对本雅明政治理论、政治哲学的"书斋化"言说毋宁说恰是一种去政治化行动。其实这一判断,不仅仅适用于本雅明的中国接受,更是一种理论旅行中的普遍现象。但存在并不代表合理,对于本雅明哲学这样取之不竭的思想源泉,我们没有理由不继续推进对其的接受和转化。

从"理论旅行"一词观之,之前旅行的或许只有"本雅明"而无其"理论",但真正有效的旅行需要理论的"落地生根"。"本雅明和中国思想的关联""本雅明与当代中国"呈现了我们对本雅明在中国理论旅行的反思意识,也反映了国内本雅明研究界的共识:我们应在我国自身语境中对本雅明做更具现实性的挪用或发挥。我们要重建批判理论,要对批判理论进行再批判、再延伸、再发展,而这一事业又需要某些批判理论之外视点的介入。在中国语境中,以列维纳斯为代表的20世纪法国哲学与法国理论,或许便能为重塑本雅明的当代形象,贡献一种合乎时代要求的路径。列维纳斯的中国接受,本身也可以成为本雅明之中国接受的一种有价值的对照,并为其本土化事业提供借鉴。

第三节　列维纳斯在中国的"话语转换"

较之本雅明研究更强的"理论旅行"感,列维纳斯的中国接受史更早地开启了"话语转换"历程。由于中国现象学研究一直坚持的本土化努力,"中国视角"天然就构成了列维纳斯研究史的一部分。

国内学界对列维纳斯最早的完整译介应该是 1987 年由浙江人民出版社出版的《生存及生存者》一书[①],后来江苏教育出版社 2006 年版改译为《从存在到存在者》,它是列维纳斯仍处在消化反思海德格尔传统时期的一部著作。[②] 最早的列维纳斯研究专著应该是杜小真教授于 1994 年在三联书店(香港)有限公司出版的一本小册子——《勒维纳斯》[③],以总体介绍为主。最早的博士论文则是由孙向晨教授所写并出版于 2008 年的《面对他者:莱维纳斯哲学思想研究》。[④]

列维纳斯的中国接受史同其思想史效应一样,一直具有某种"针对性",似乎天然就经过某种"中国视角"的审视。这一视角的成因有二:第一便是列维纳斯所谓"海德格尔血统"——他曾是海德格尔的学生,但又对海德格尔进行了哲学史上堪称最激进,也可能是最深刻的批判。海德格尔是国内学界的显学,而列维纳斯却可作为我们对"海学"加以反思的运思背景和理论资源。因之,列维纳斯在中国学界的形象,更多显现为海

---

① 即 *De l'Existence à L'Existant*,现多译为《从存在到存在者》。此处指伊曼纽尔·利维纳斯:《生存及生存者》,顾建光、张乐天译,浙江人民出版社 1987 年版。

② 需要注意的是,列维纳斯的名字(当时的译名是利维那斯)迟在 1958 年就出现在中文出版物中了。《哲学译丛》杂志 1958 年第 2 期刊发了法国著名哲学家、列维纳斯的挚友让·瓦尔的《法国哲学的现状与未来》之译文。在该文中,瓦尔用较长的篇幅介绍了列维纳斯的思想(参见该期刊物第 123—125 页)。

③ 杜小真:《勒维纳斯》,三联书店(香港)有限公司 1994 年版。

④ 孙向晨:《面对他者:莱维纳斯哲学思想研究》,上海三联书店 2008 年版。彼时"Levinas"的中译名尚未完全固定(如上述译本),2015 年再版翻新时仍作"莱维纳斯",特此注明。

德格尔的重要继承者、批判者与发展者。第二是列维纳斯与中国哲学的关系。这一点同样与我国对海德格尔哲学的接受有关,众所周知,海德格尔深受道家思想影响,因此其中国接受也很早就开启了与中国传统对接和融合的过程。倘若说海德格尔对"存在"的本体论玄思更近于道家思想,列维纳斯对亲子、邻人等伦理关系的强调则更易于与儒家关联,这为国内试图连接现象学和儒学的学者们提供了直接的线索,也为国内学者提供了一条延续并超越"海德格尔与中国思想"研究的路径。有海德格尔思想这条天然隧道作为中介,并与中国传统道德哲学声气相通,且可以作为某种犹太教思想的当代变体参与文明对话,这都为列维纳斯的中国接受和话语转换提供了便利条件。尽管就译介的速度和关注面而言,列维纳斯在中国的待遇又与本雅明不可同日而语。

　　我个人最早接触列维纳斯,是通过叶秀山先生的一篇文章《从康德到列维纳斯——兼论列维纳斯在欧洲哲学史上的意义》[①],其中便重点提及列维纳斯的海德格尔批判及其同中国传统思想可能的内在亲缘。以叶秀山先生为代表,在哲学界,尤其是现象学领域,在将列维纳斯归并入20世纪现象学运动的谱系之余,已然试图把他跟中国哲学,特别是儒家哲学进行比较融合。叶先生后,张祥龙、孙向晨、朱刚等学者对此论题做出了不同角度的拓展。张祥龙对列维纳斯通过"为他者"克服海德格尔面临的主体主义指控等贡献颇为赞许,而列维纳斯关于家庭关系等相关主题的讨论大多被张祥龙用作儒家德性与伦理准则的"旁证"与

---

　　① 叶秀山:《从康德到列维纳斯——兼论列维纳斯在欧洲哲学史上的意义》,《中国社会科学院研究生院学报》2002年第4期。叶秀山先生曾多次提及列维纳斯,除文中所举外,尚有多篇文章,如《海德格尔、列维纳斯及其他——思想札记》(《世界哲学》2016年第3期)、《列维纳斯面对康德、黑格尔、海德格尔——当代哲学关于"存在论"的争论》(《文史哲》2007年第1期)、《欧洲哲学视野中的"知识"与"道德"——读列维纳斯〈存在之外〉一些感想》(《世界哲学》2008年第5期)等。叶先生的主要思路正如文中,一是将列维纳斯视为后海德格尔现象学存在论的代表人物,二是不忘开发其同中国传统思想的可能关联。

"知音"。① 在朱刚处,列维纳斯与儒家学说的关联通过"家"这一特别概念而成立。朱刚设置了一个"家"概念充实程度由低到高的意义序列,从海德格尔,历经列维纳斯再到儒家,"家"在其哲学体系中的地位被不断抬高。② 在海德格尔处,"家"的意义依附于其存在论,作为具体伦理单位,具有人伦功能的"家"却不被重视(甚至被视为非本真的);在列维纳斯处,"家"作为人的居所,本身也暗含了人际间的诸种关系,例如男女关系和父子关系等;而在儒家处,"家"代表的伦理实体本身便意味着一种伦理秩序,"家—国—天下"与"天—人"这一套关系则直接成为诸多意义的开端。朱刚通过设计一个立场逐步强化的序列,一方面突出了列维纳斯与儒家在关切和见解上的多重共性,另一方面,也保持了列维纳斯与儒家思想间固有的差异,并留出了可兹后续交流的空间。孙向晨教授的新书《论家:个体与亲亲》则进一步抓住了"家"的概念,③试图通过"家"的概念来重新梳理中国哲学,并指出西方哲学在此问题上见解的局限性,从而意图以一种接纳了现代主体的、新的"家"概念作为中国本土哲学体系的核心。而列维纳斯正是《论家:个体与亲亲》的理论架构中最重要的支撑。仿照列维纳斯的分析,《论家:个体与亲亲》成功地为儒家思想中作为伦理实体的"家"的特征与功能找到了先验性的根基。"家"确实可能是中国哲学乃至社会文化中最重要的一个问题,也确实是列维纳斯思想中,尤其是其代表作之一《总体与无限》中十分倚重的观念。在是书中,他对所谓主体间性的考究,便主要借助于家庭关系展开。

《论家:个体与亲亲》作为对列维纳斯作"话语转换"的案例,无疑是成

---

① 张祥龙:《孔子的现象学阐释九讲——礼乐人生与哲理》,华东师范大学出版社 2009 年版,第 252—253 页。

② 朱刚:《家的现象学——从海德格尔、列维纳斯到儒家》,《深圳社会科学》2019 年第 6 期。

③ 孙向晨:《论家:个体与亲亲》,华东师范大学出版社 2019 年版。孙教授试图重新定位"家"概念在中国近现代思想史中的坐标与意义,以平视中西的立场,为历来被认作"中国人进入现代世界的巨大障碍"的"家"概念正名。

功的,其较好地平衡了列维纳斯与儒教传统间的异同,抓住了列维纳斯之于汉语哲学可资借鉴的核心。可以进一步追问的是列维纳斯对"家"的论述,真的可以和中国儒家哲学"无缝连接"吗? 诚然,在《总体与无限》中,他对主体间性的分析,主要借助于所谓家庭关系,如男女关系(不过列维纳斯所主要谈论的是"爱欲"关系,而非仅"夫妻"关系)、父子关系、兄弟关系。但其背后文化逻辑显然主要来自犹太教,例如,其所阐述的父子、兄弟包括爱欲关系,都需要追溯到《圣经》中的典故和蕴意。除此之外,支撑列维纳斯对"家"之论述的最主要基础应该是犹太教的"弥赛亚观",也即救赎观。所以,在《总体与无限》中,对"家"之阐述的最后,列维纳斯通过对"生衍"和"复活"的分析,导出了一种"无限的时间",在其中"时间的完成不是死亡,而是弥赛亚时间"①。这种基于未来和救赎的时间观,真的可以跟中国儒家的"齐家""治国"和"生生不息"完全接通吗?② 这中间还留有很多值得探讨的空间。

除开上述面向,列维纳斯和当代中国哲学或中国思想,还有可连接之处,它们既可能是对"家"这一观念的拓展,也可能是超越。其一是其后期哲学已然淡化了对家或说某些现实的血亲伦理关系的直接探讨,而走上一条更为激进的改造主体性之路。他认为主体即人质,秉持一种极端被动的主体观。他本人常用陀思妥耶夫斯基《卡拉马佐夫兄弟》中佐西马神父的一句话来辅助说明:"对一切人和一切事物我们都负有责任,而我比别人更多。"这便隐含着向一种更开放伦理学——譬如后人类伦理——拓展的潜力。我对一切事物都负有责任,伦理对象与伦理学的领域在此进一步扩大,而不再局限于"人",当然也不局限于"家"。另一可能连接之处体现在列维纳斯的"好客"(hospitalité)概念上③。列维纳斯伦理学着重

---

① 列维纳斯:《总体与无限:论外在性》,第 279 页。

② 孙向晨:《论家:个体与亲亲》,第 213 页。

③ 具体可参见拙文:《好客中的伦理、政治与语言——德里达对列维纳斯好客理论的解构》,《世界哲学》2018 年第 2 期。

强调对他人、对客人、对外人，总言之，即对"他者"的一种绝对接纳乃至关怀，甚至"让客人成为我的主人"的观念。如何把这种通向多元文化的好客伦理，这种面向陌生人、外人的伦理，移植到亟待同世界对话的中国哲学中，也是颇具挑战性的问题。当然，儒家也不乏"有朋自远方来，不亦乐乎？""四海之内皆兄弟"这样的好客观和博爱观，但是其与犹太传统、西方传统的共通和差异，恰恰需要细致地辨析。

第四节　结语

概言之，中国学界对话本雅明和列维纳斯的操作方式略有差别：对本雅明的模式可被概括为"理论旅行"，其思想处于一种被挪用的"外来者"位置，因此，其接受史便注定呈现出"旅行"感。而列维纳斯的模式则是一种建立在强烈"价值对接"欲求上的"话语转换"，从张祥龙到孙向晨，这一转换进程也愈加纯熟。列维纳斯似乎从一开始就坐上了一座触碰中国思想之价值基底的直达电梯，而本雅明在中国的接受则保持为一种野蛮生长的状态。作为两种不同的接受模式，二者并无高下之分，倒是可以互相借鉴，取长补短。列维纳斯的中国接受之路虽然专门，但也相对单一，其有关政治、心理和文艺等领域的思想还未得到充分研究，其思想潜力也还未被充分激发，而对于本雅明的接受则又相对零散，近年来国内学界也试图在其思想和中国传统之间进行打通。例如，指出其关键概念"灵晕"(au-ra)与中国的"气韵"等概念的关联，但主要是从"概念对照"的角度来进行勾连，在思想本体和价值内涵上还有进一步挖掘的空间。要言之，我们对本雅明、列维纳斯二人接受史之得失的检讨，绝非为了区分优劣或制订方向，而是为观察不同思想的不同接受历程，观察其在跨文化交流中的变异和发展，并以此反观这些思想及中国文化本身。跳脱出此视域外，"话语转换"与"本土化"更不仅限于在异质文化和本土传统文化之间的融合，现实才是"话语转换"最切实也最肥沃的土壤。在此意义上，我们理应期待列维纳斯和本雅明的思想对中国思想带来更多的影响，可以预见，这种影响将不再限于在二者思想和中国传统之间的对接,而是带有更大的世界视野和当代意识,它可能会让不同思想传统发生更激烈的对撞,擦出更耀眼的火花。

原文发表于《广州大学学报》(社会科学版)2021年第3期,略有改动。

| 第六章 |

王国维对叔本华崇高理论的吸收和改造

尼采是叔本华在西方当之无愧的继承者,而王国维则是叔本华在中国最为著名的门徒。王国维与叔本华之间的思想渊源在此不赘述,王国维对于叔本华思想的吸收是全面并且富有创造性的,这同样体现在对于叔本华崇高理论的吸收和借鉴中。甚至可以说王国维对于叔本华的借鉴和吸收主要就体现在对叔本华崇高理论的吸纳之中,这一吸纳贯穿于王国维短暂而耀眼的美学研究生涯,渗透进了他最主要的概念和学说之中。

第一节　古雅说:介于崇高和优美之间的美学范畴

在《古雅之在美学上之位置》一文中,王国维提出了一个独特的美学新概念,曰:"古雅。"它是相对于优美和崇高而提出的,他说"美学上之区别美也,大率分为二种,曰优美,曰宏壮。自巴克(按:博克)及汗德(按:康德)之书出,学者殆视此为精密之分类矣"①,他对这二者做了简要区别:"前者由一对象之形式不关于吾人之利害,遂使吾人忘利害之念,而以精

---

① 王国维:《古雅之在美学上之位置》,姚淦铭、王燕编:《王国维文集》第三卷,中国文史出版社 1997 年版,第 31 页。

神之全力沉浸于此对象之形式中,自然及艺术中普通之美,皆此类也。后者则由一对象之形式越乎吾人知力所能驭之范围,或其形式大不利于吾人,而又觉非人力所能抗,于是吾人保存自己之本能,遂超越乎利害之观念而达其对象之形式。"①就此处看来,他的复述是博克和康德崇高理论的融合,但更近于博克,其中关键点是:崇高与优美相比,与人利害有关(大不利于吾人);数学的崇高(对象之形式越乎吾人知力所能驭之范围);自我保存(吾人保存自己之本能)。但是从最后一句"遂超越乎利害之观念而达其对象之形式"和后面称艺术中"伟大之宫室、悲惨之雕刻像,历史画"等也属于崇高(康德对于崇高与艺术的关系所谈甚少)看来,又让人联想到叔本华的崇高理论:崇高是超越外物与观察者的敌对关系而达到对理念的认识。

"古雅"的提出是敏锐和深刻的,它同时也触及了西方崇高理论的软肋。从切实的美学经验出发,美的种类和层次都很丰富饱满,并非优美的细腻柔弱和崇高的恢宏激昂就能囊括。例如,古典主义所言的"高贵的单纯,肃穆的伟大"这样一种审美感受与康德所说的优美和崇高都有区别,而在优美和崇高的二分中,它们的特点被抹杀了。

叔本华的崇高理论在一定意义上解决了这个问题,他对崇高进行了各个级别的划分,这样就兼顾到了美的多样性和复杂性。如果让叔本华来鉴定"古雅"的话,他估计会把它算作一种低度的崇高。因为这种宁静古朴的艺术品质,与优美比起来,就像崇高一样,同样不是对欣赏者的迎合,甚至可以说是一种轻微的抗拒(就像他在《作为意志和表象的世界》第二版中对月光的崇高的论述一样)。这种抗拒是由它的历史感构成的,叔本华说:"我们直观的一些对象之所以引起壮美印象既是由于其空间的广大,又是由于其年代的久远。"②也可以说时间距离使得古雅艺术品与当

---

① 王国维:《古雅之在美学上之位置》,第 31 页。
② 叔本华:《作为意志和表象的世界》,石冲白译,商务印书馆 1997 年版,第 288 页。

时当地观赏者的利害更不相涉,进而引起了对其自身意志的厌弃和超越,产生了崇高感。

王国维对于古雅的判断有与叔本华上述的低度的崇高极为相似之处,他也说"古代之遗物无不雅于近世之制作"①,因为"吾人睹其遗迹,不觉有遗世之感"②,这里强调的就是古雅所携带的时间性和历史感。同时,他还说:"……故虽谓古雅为低度之宏壮,亦无不可也。故古雅之位置,可谓在优美与宏壮之间,而兼有此二者之性质也。"③也就是说,古雅介于优美和"宏壮"(崇高)之间,既是一种低度的优美,又是一种低度的崇高,这种将优美和崇高界限模糊的做法可能就是从叔本华开始的。

不过,叔本华恐怕不会同意王国维说古雅是"后天的也,经验的也,故亦特别的也,偶然的也"④,"古雅之但存于艺术而不存于自然"⑤这种观点;也不会认可古雅是一种"不必尽俟天才,而亦得以人力致之"⑥的艺术修养。对于叔本华而言,艺术就是"天才"的艺术,这"天才"在普通人身上有时也会灵光一现。正因此,它也就成为如康德的共通感一般的艺术普遍可传达性的基础。王国维对于这种抛却历史维度的本体论思路却并不赞成,他说康德在其美学中"预想一公共之感官"⑦,也即共通感,以使先验的优美和崇高能够具有普遍和必然性,但是"若古雅则不然,由时之不同而人之判断之也各异"⑧。

其实,康德也提到过鉴赏力需要典范,因为"它的判断不能通过概念和规范来规定,它最需要的是在文化进展中保持了最长久的赞同的那些

① 王国维:《古雅之在美学上之位置》,第 33 页。
② 王国维:《古雅之在美学上之位置》,第 34 页。
③ 王国维:《古雅之在美学上之位置》,第 34—35 页。
④ 王国维:《古雅之在美学上之位置》,第 33 页。
⑤ 王国维:《古雅之在美学上之位置》,第 33 页。
⑥ 王国维:《古雅之在美学上之位置》,第 34 页。
⑦ 王国维:《古雅之在美学上之位置》,第 33 页。
⑧ 王国维:《古雅之在美学上之位置》,第 33 页。

东西的那些榜样"①,因此古典作品常被视为典范和经典。康德还提出以人文知识和道德情感作为培养艺术和鉴赏的方法,而王国维也认为,既然古雅是后天的、经验的,那么它就"非借修养之力不可"②,"故古雅之价值,自美学上观之诚不能及优美及宏壮,然自其教育众庶之效言之,则虽谓其范围较大成效较著可也"③。

　　康德的崇高论后来也提出崇高是一种"教养",不过这主要是从道德情感的角度出发而言的,即强调人的内心必须唤起道德感和自尊意识。而王国维的古雅则指的是一种艺术修养,主要指艺术技艺的研习,按照中国传统"修身养性"的说法,可能还包括审美心境的培养,但那跟康德意义上的"教养"还是存在着较大的差别。

　　古雅说是王国维融合中西美学理论的一次尝试,但还融合得不够圆润。他的古雅说"首先是后天经验可习得的审美能力,其次是优美与崇高的表现形式,再次又是优美与崇高的不可或缺的原质,复次还是使不具备优美与崇高资质的外在对象转而产生另一美感的要素,最后则是介于优美与崇高的中间形式"④。很难将这几个层次的意思构成一个严密的逻辑整体,古雅与崇高也不能完全等同。不过,在《〈红楼梦〉评论》中,王国维对叔本华的悲剧和崇高理论进行了更为全面的运用。

第二节　《红楼梦》的悲剧与崇高

　　在《叔本华之哲学及其教育学说》一文中,王国维再次提到了优美和崇高:"而美之中,又有优美与壮美之别。今有一物,令人忘利害之关系,而玩之而不厌者,谓之曰优美之感情。若其物直接不利于吾人之意志,而

①　康德:《判断力批判》,邓晓芒译,人民出版社2002年版,第125页。
②　王国维:《古雅之在美学上之位置》,第34页。
③　王国维:《古雅之在美学上之位置》,第35页。
④　张弘:《中西文化张力下的王国维美学》,《江海学刊》1998年第4期。

意志为之破裂,唯由知识冥想其理念者,谓之曰壮美之感情。"①比起《古雅》一文,这里的介绍确实更接近于叔本华的崇高观。在《〈红楼梦〉评论》中,他则可以说是直接套用了叔本华关于悲剧与崇高的学说来解释《红楼梦》。

他在该文中,再次指出:

> 美之为物有两种:一曰优美,一曰壮美。苟一物焉,与吾人无利害之关系,而吾人之观之也,不观其关系,而但观其物;或吾人之心中,无丝毫生活之欲存,而其观物也,不视为与我有关系之物,而但视为外物,则今之所观者,非昔之所观者也。此时吾心宁静之状态,名之曰优美之情,而谓此物曰优美。若此物大不利于吾人,而吾人生活之意志为之破裂,因之意志循去,而智力得独立之作用,以深观其物,吾人谓此物曰壮美,而谓其感情曰壮美之情。……而其快乐存于使人忘物我之关系,则固与优美无以异也。②

依旧是对于叔本华崇高理论的复述,与此同时,他还提出了一个"眩惑"概念,谓之"使吾人自纯粹知识出而复归于生活之欲"③,实质上就是叔本华所说的媚美(charming or attractive),叔本华说媚美是壮美的"真正对立面"④,而王国维则认为"眩惑之与优美及壮美相反对"⑤,它同时也是优美的对立面。

---

① 王国维:《叔本华之哲学及其教育学说》,姚淦铭、王燕编:《王国维文集》第三卷,中国文史出版社 1997 年版,第 321 页。

② 王国维、蔡元培:《红楼梦评论·石头记索隐》,上海古籍出版社 2007 年版,第 5 页。

③ 王国维、蔡元培:《红楼梦评论·石头记索隐》,第 6 页。

④ 叔本华:《作为意志和表象的世界》,第 289 页。

⑤ 王国维、蔡元培:《红楼梦评论·石头记索隐》,第 6 页。

　　《〈红楼梦〉评论》从某种角度上确实可以看作是叔本华哲学的一次实战演练,王国维对叔本华的意志本体说、审美认识说、禁欲伦理说做了全面的论述,并且将其渗透到了对《红楼梦》的评论中。尽管《红楼梦》不可能仅从唯意志论哲学、悲观主义和虚无主义的角度就被穷尽,然而我们却确实又从王国维的解析中发现了许多贴切之处。确实,单就情节来看,贾府里的声色犬马、饮食男女,人物的审美情结,再到最后主要人物的看破红尘,以及太虚幻境等象征中的虚无基调,几乎都是叔本华理论中意志、审美解脱、禁欲、"无"等概念的现身说法,《红楼梦》几乎成为"对叔本华哲学的文学演绎"①。这并不是偶然的,叔本华的哲学本来就深受印度哲学的影响,否则很难想象一个在西方哲学传统中成长的哲学家会生出类似"天人合一""归于梵天"之类的观点。可惜他对东方文学却不甚了解,否则,按照他的唯意志论哲学观点来判断,诸如《红楼梦》《金瓶梅》《源氏哲学》这样的东方名著恐怕就远远胜过他所倾心的《浮士德》了。

　　以这些标准而言,王国维将《红楼梦》视作"彻头彻尾之悲剧也"②便是顺理成章的了,而且它还是"悲剧中之悲剧也"③。这里王国维又照搬了叔本华所言悲剧的三种类型,即悲剧的原因其一来源于极恶之人,其二来源于盲目的命运,其三来源于人物之关系。最后一种悲剧是最高级的悲剧,因为它反映了人生不幸之本质,而不是意外。《红楼梦》中的种种令人悲叹之处,统统"不过通常之道德、通常之人情、通常之境遇为之而已"④,这才更见人生之悲戚。

　　王国维说"由此之故,此书中壮美之部分,较多于优美之部分"⑤,这个结论何以得出呢? 这需要我们联系王国维在文中提到的人生之两种解

---

①　夏中义:《王国维:世纪苦魂》,北京大学出版社 2006 年版,第 60 页。
②　王国维、蔡元培:《红楼梦评论·石头记索隐》,第 13 页。
③　王国维、蔡元培:《红楼梦评论·石头记索隐》,第 15 页。
④　王国维、蔡元培:《红楼梦评论·石头记索隐》,第 15 页。
⑤　王国维、蔡元培:《红楼梦评论·石头记索隐》,第 15 页。

脱之道才能明了。王国维说:"欲与生活、与苦痛,三者而一矣。"①这基本上是对叔本华观点的翻译,王国维与叔本华一样,也认为自杀并不能使人解脱,因为生活之欲无穷,个体的死亡并不能使总体之欲求完结。而真正的解决之道,只有两种,"一存于观他人之苦痛,一存于觉自己之苦痛"②,前者是非常之人的解脱之道,后者是常人的解脱之道。前者是通过一种天才般的观审而"洞观宇宙人生之本质",进而"求绝其生活之欲,而得解脱之道"③;后者则是要在苦难的生活中不断摸爬滚打,不断受煎熬,不断循环,并由"如此循环而陷于失望之境遇"④,最后疲于生活之欲,如叔本华所说是"经过苦难的净化而死的,即是说生命意志已消逝于先,然后死的"⑤。

之于《红楼梦》,惜春、紫鹃等人的解脱属于前者,而宝玉的解脱属于后者。"前者之解脱,超自然的也,神明的也;后者之解脱,自然的也,人类的也;前者之解脱宗教的,后者美术的也;前者平和的也,后者悲感的也,壮美的也,故文学的也,诗歌的也,小说的也。此《红楼梦》之主人公所以非惜春、紫鹃而为贾宝玉者也。"⑥结合前后文,我们可以整理出王国维此说的理路。惜春、紫鹃等人的解脱是非常人的解脱,凭借一种天才的观审而看透世界,虽然其中也会受意志的羁绊,但大体而言这可以算作是一种脱离外物的静观,因而可以算作是"优美",而宝玉在欲望的满足与不满之间不断循环和受苦,最后才得以超脱,是一个动态的过程,因此是"壮美"。这种壮美是常人之态,它反映了生活之普遍状况,"法斯德(即浮士德,笔者注)之苦痛,天才之苦痛;宝玉之苦痛,人人所有之苦痛也"⑦,因此《红

①　王国维、蔡元培:《红楼梦评论·石头记索隐》,第 3 页。

②　王国维、蔡元培:《红楼梦评论·石头记索隐》,第 10 页。

③　王国维、蔡元培:《红楼梦评论·石头记索隐》,第 10 页。

④　王国维、蔡元培:《红楼梦评论·石头记索隐》,第 10 页。

⑤　叔本华:《作为意志和表象的世界》,第 351 页。

⑥　王国维、蔡元培:《红楼梦评论·石头记索隐》,第 11 页。

⑦　王国维、蔡元培:《红楼梦评论·石头记索隐》,第 12 页。

楼梦》当之无愧为悲剧之悲剧,因为它反映了更为普遍的世界现象。

以解脱为目标,王国维认为"故美学之最终之目的,与伦理学上最终之目的合"①,进而转到了伦理学的探讨。他对叔本华的伦理学提出了疑问:既然叔本华提出了意志同一说,即所有人的意志归结起来都是同一个意志,世界乃是一个整体的意志。那么,如果个人得到了解脱,但整体意志没有得到完全的解脱,那么个人的解脱又怎么能算是解脱呢?"故如叔本华之言一人之解脱,而未言世界之解脱,实与其意志同一之说不能两立者也。"②对于王国维的这个质疑,我们可以反向思考:既然意志同一,那么我的意志事实上也就是别人的意志,那么,我的意志解脱之后,不也就意味着他人的意志得到了解脱吗?我的解脱不也就意味着人类的解脱吗?或者还可以从另一个层次考虑,世界整体的解脱依赖于每个人的解脱,这是一个意志逐次递减的过程,所以叔本华才提倡禁欲,也就是停止繁衍后代、保存种属,让人由个体最终走向群体的消亡之途。这样一种论断,恐怕很难为大多数人所接受。王国维在一年后的《静庵文集自序》中说:"去夏所作《〈红楼梦〉评论》,其立论虽全在叔氏之立脚地。然于第四章内已提出绝大之疑问,旋悟叔氏之说,半出于其主观的气质,而无关于客观的知识。"③这也表达出对叔本华思想之不满。

第三节　"境界说"中的崇高和优美

冯友兰认为《〈红楼梦〉评论》是王国维在叔本华哲学的影响下提出的第一个美学纲领,而《人间词话》则是王国维的第二个美学纲领,"是王国维的美学思想的一个重要发展"④。学界普遍认为"境界说"的提出乃是王国维美学自成系统的标志,"'境界'说既是王国维艺术美学的峰巅,又

---

①　王国维、蔡元培:《红楼梦评论·石头记索隐》,第 17 页。
②　王国维、蔡元培:《红楼梦评论·石头记索隐》,第 21 页。
③　王国维:《静庵文集自序》,姚淦铭、王燕编:《王国维文集》第三卷,第 469 页。
④　冯友兰:《中国哲学史新编》第 6 册,人民出版社 1989 年版,第 187 页。

是其美学的集大成者"①。简而言之,它所体现出来的"个体与整体的统一、人与自然的统一、情感与精神的统一、内容与形式的统一"②这四个统一是融贯中西之后的理论成果。从主题出发,这里仅对境界说中的"无我之境"和"有我之境"与"优美"和"崇高"之间的关系做简要考察。

关于"无我之境"和"有我之境"与"优美"和"崇高"之间的关系主要来自《人间词话》开篇的一句话:"无我之境,人惟于静中得之。有我之境,于由动之静时得之。故一优美,一宏壮也。"③之前又说:

> 有有我之境,有无我之境。"泪眼问花花不语,乱红飞过秋千去。""可堪孤馆闭春寒,杜鹃声里斜阳暮。"有我之境也。"采菊东篱下,悠然见南山。""寒波澹澹起,白鸟悠悠下。"无我之境也。有我之境,以我观物,故物我皆著我之色彩。无我之境,以物观物,故不知何者为我,何者为物。古人为词,写有我之境者为多,然未始不能写无我之境,此在豪杰之士能自树立耳。④

从上段所举的例子来分析,冯延巳"泪眼问花花不语,乱红飞过秋千去","泪眼"一词显明地表出了作者的感情状态,是"独立黄昏、惜春伤逝之'我',面对着雨横风狂、落花零飘荡'外物'产生的一种无可奈何的伤感"⑤。而秦观的"可堪孤馆闭春寒,杜鹃声里斜阳暮"中,"春寒"则也是与人感觉(利害)相关的,并且人将情投射到景中,于是景中也包含了落寞凄婉的情绪,这就是"以我观物,故物我皆著我之色彩"。而"采菊东篱下,悠然见南山""寒波澹澹起,白鸟悠悠下"两句则与人的感情无涉,只是平

---

① 夏中义:《王国维:世纪苦魂》,第 30 页。

② 肖鹰:《被误解的王国维"境界"说——论〈人间词话〉的思想根源》,《文艺研究》2007 年第 11 期。

③ 王国维:《人间词话》,上海古籍出版社 2003 年版,第 2 页。

④ 王国维:《人间词话》,第 1—2 页。

⑤ 黄霖、周兴陆:《王国维〈人间词话〉导读》,载于王国维:《人间词话》,第 29 页。

白地描摹所见景色,"我"隐消在了景物之中。

在优美和壮美之间,《〈红楼梦〉评论》中更为推崇壮美是显而易见的,而到了《人间词话》,王国维则说"古人为词,写有我之境者为多,然未始不能写无我之境,此在豪杰之士能自树立耳",亦即写无我之境比写有我之境更难,对无我之境更为推崇。这就将优美(无我之境)和壮美(有我之境)在此前的位置颠倒了,这与叔本华提倡无欲的伦理是相近的,然而却将壮美的伦理意义和认识意义抛弃了。这说明在《人间词话》(撰写于1907—1908年)中,王国维已经不再唯叔本华马首是瞻,他克服了叔本华将审美视作认识的缺点,而恢复了审美的独立性。这跟他其时的思想转变有关,在1907年所作的《自序二》中,他说:"余疲于哲学有日矣","近日之嗜好渐由哲学而移于文学"。[①] 他已经对用一种哲学的方式解释世界产生了厌倦,这大概跟他最终认为叔本华的学说"半出于其主观的气质,而无关于客观的知识"有关,而更乐意于从审美中寻求精神之解脱。

这倒又正好印证了叔本华哲学,自负的王国维大概也自认是个开了天眼的天才,唯有通过审美才能得到人生解脱。因此,在强调"无我之境"时,虽然谈的是审美,但王国维还是表现了自己的人生追求,即佛家的无欲和道家的悠然。在摆脱了叔本华的审美认识论之后,作为一种审美评定标准,代表无我之境的优美自然就占据了比壮美更高的位置。

在这个背景下,王国维的"境界"说像是叔本华"理念"的升级。在叔本华那里,"理念"是沟通表象和意志的中间环节,这很大程度上为他解决了认识和意志的矛盾,然而,它也正是导致叔本华始终把美看作一种认识的症结。而王国维的"境界",既具有一定的认识向度,更是一种美学标准,还可以看作解脱之际的心理状态,它摆脱了那层西方认识论的迷雾。而且像本雅明的"灵晕"一样,非概念式的定义和描述使它具有了更开阔的意涵和理解空间。因此,笔者不赞同那种说"王氏的诗词'境界'跟叔氏

---

① 王国维:《自序二》,姚淦铭、王燕编:《王国维文集》第三卷,第473页。

的艺术'理念'是平行的美学范畴"①的观点。

王国维在《人间词话》中是用优美和崇高来为自己作注脚,而不是反之用自己的理论为叔本华哲学作注脚。因此,那种"为王国维《人间词话》的每一重要条目都要找一组相对应(或自以为对应)的叔本华语录"②的做法不应提倡。值得注意的是,一些国内学者提出在写作《人间词话》时,王国维更多的是受到席勒的影响,而非叔本华,该书中的优美和壮美之说也更近于席勒的人本主义崇高理论③,这一论断还有待进一步考察。此外,目前也有一种声音认为王国维的美学理论创新不多,大都只是对于叔本华理论的简化,再配之以一些中国文学为例证。对于这种看法,笔者是不认同的,如上所述,"古雅"这一概念就超越了叔本华崇高和优美二分法,并且融合了历史维度和中国审美经验。

此外,笔者认为王国维有关有我之境与无我之境的理论,也创造性地发展了叔本华美学。叔本华的抒情诗理论是其重要的理论来源,在叔本华笔下,抒情诗就是一种崇高的艺术形态,崇高中的在场感及其中认识和意志的冲突在抒情诗中得到了充分的体现。这种抒情的心境,是在回忆和对照中实现的,这是叔本华崇高理论的重要构成。他指出,在阅读抒情诗时,我们感受到抒情诗人:

　　这个主体是不可动摇的,无限愉快的安宁和还是被约束的如饥如渴的迫切欲求就成为[鲜明的]对照了。感觉到这种对照,这种[静动]的交替,才真正是整篇歌咏诗所表示的东西,也根本就是构成抒情状态的东西。在这种状态中好比是纯粹认识

①　佛雏:《王国维诗学研究》,北京大学出版社 1999 年版,第 218 页。
②　夏中义:《王国维:世纪苦魂》,第 236 页。
③　相关论文可参见罗钢:《七宝楼台,拆碎不成片断:王国维"有我之境、无我之境"说探源》,《中国现代文学研究丛刊》2006 年第 2 期;肖鹰:《被误解的王国维"境界"说——论〈人间词话〉的思想根源》,《文艺研究》2007 年第 11 期;陈鸿祥:《〈人间词话〉〈人间词〉注评》,江苏古籍出版社 2002 年版;等等。

向我们走过来,要把我们从欲求及其迫促中解脱出来;我们跟着
[纯粹认识]走。可是又走不上几步,只在刹那间,欲求对于个人
目的的回忆(recollection)又重新夺走了我们宁静的观赏。但是
紧接着又有下一个优美的环境,[因为]我们这环境中又自然而
然恢复了无意志的纯粹认识,所以又把我们的欲求骗走了。因
此,在歌咏诗和抒情状态中,欲求(对个人目的的兴趣)和对[不
期而]来的环境的纯粹观赏互相混合,至为巧妙。人们想寻求,
也想象过两者间的关系。主观的心境,意志的感受把自己的色
彩反映在直观看到的环境上,后者对于前者亦复如是。①

　　我们当然不能将王国维的"境界说"和叔本华的抒情诗理论完全对应
起来,事实上,二者之间的错位是明显的。在叔本华这里,"认识"和"意
志"是抒情诗写作和鉴赏中的一体两面,二者之间的对照甚至对抗构成了
抒情的心境。而在王国维这里,"有我之境"和"无我之境"实际上对应的
是不同的诗词风格。在他那里,"有我之境"更近于叔本华所说的抒情诗,
而这种"有我"的"崇高"的抒情诗词,地位是要低于"无我"的"优美"的诗
词的。在这点上,王国维其实翻转了叔本华对二者的价值评判,也偏离了
自己在《〈红楼梦〉评论》中对于壮美的倚重。当然,在最终的归属上,我们
可以说王国维与叔本华其实并没有那么大的分歧,主体在"无我之境"中
达到的"禅定"境界,与叔本华最终所要追寻的主体之寂灭并没有实质性
的冲突。而其"有我之境,以我观物,故物我皆著我之色彩。无我之境,以
物观物,故不知何者为我,何者为物",也基本可以对应于叔本华所说的:
"主观的心境,意志的感受把自己的色彩反映在直观看到的环境上,后者
对于前者亦复如是。"不过,在细节上,我们还是可以看出王国维的独具运
思和超出叔本华的理论框架之处。例如,如果对叔本华语句中的意思进

---

　　①　Arthur Schopenhauer: *The World as Will and Representation*, Trans. E. F.
J. Payne, The Falcon's Wing Press, 1966, p. 250.

行直接翻译,则在"无我之境"中,应当是"以我观物,故不知何者为我,何者为物"。然而,王国维这里所说的却是"以物观物",主体在其中已经完全隐消了,自我意识在这里已经消失,所以才能走向物我两忘。我们知道"以物观物"明确的理论源头在于北宋邵雍的美学观,其根源则可以追溯到道家和禅宗,浸透着绵长的东方智慧。反观叔本华的论述,尽管强调的是主客交融,但视野却依旧停留于主客二分的哲学框架中。由此可见,尽管限于时代和视野,今人可以对王国维融贯中西的美学创新提出诸多质疑和批评,但在一开始,王国维的这一美学创新就已经不是简单地挪用和拼合,而是灌注着自身志趣和传统智慧,这在今天依旧值得我们学习思考。①

———————

① 关于崇高与中国传统哲学和美学中之"大美""雄浑""阳刚"等概念的比较一直是中西比较美学的一个要点,不过目前在国内的研究中,这种比较还有大而化之之嫌。须知"崇高"这一范畴本来在西方美学史上就意涵繁多,而"大美""雄浑"等概念在中国美学中也有复杂的流变。简单宽泛地对"西方崇高"和"东方崇高"进行对位比较,而缺乏对其背后历史文化的溯源,这种做法的学理性是值得反思的。

第二辑 ｜ 文论互鉴

| 第一章 |

偶像禁令与艺术合法性：一个问题史

　　"不可为自己雕刻偶像；也不可做什么形象仿佛上天、下地和地底下、水中的百物。不可跪拜那些像；也不可侍奉它，因为我耶和华你的神，是忌邪的神。"（《出埃及记》20：4—5），此即"十诫"中的"偶像禁令"，它也出现在《利未记》《申命记》等多处经文之中。马克斯·韦伯从历史角度指出这是一种古以色列人阻止自己被同化的文化策略。而至于这种崇拜为何会选择一种无神像的形式，韦伯推测，可能是因为犹太民族在该崇拜起源之初还不具有成熟的造型技能，但他也指出了这种无形象崇拜增强了神的尊严和可畏。[①] 这一诫命对于犹太教异常重要，以至"精神犹太复国主义"运动的创始人阿哈德·哈姆说整本《旧约》全书都是其注释。[②] 这一禁令同时也影响了源出于犹太教的基督教和伊斯兰教，成为它们确认自身身份的关键标志。如康德所说："只有这条诫命才能解释犹太民族在其教化时期当与其他各民族相比较时对自己的宗教所感到的热忱，或者解

---

　　① 马克思·韦伯：《古犹太教》，康乐、简惠美译，广西师范大学出版社 2007 年版，第 215 页。实际上，认为犹太人在艺术创造力，尤其是视觉艺术的想象力方面缺乏天资的看法一度很普遍，瓦格纳就持这样的观点。详参拉塞尔·雅各比：《不完美的图像：反乌托邦时代的乌托邦思想》，姚建彬等译，新星出版社 2007 年版，第 154—155 页。

　　② 拉塞尔·雅各比：《不完美的图像：反乌托邦时代的乌托邦思想》，第 137 页。

释伊斯兰教所引发的那样一种骄傲。"①而基督教因为这条诫命甚至还引发了著名的圣像破坏运动。②该禁令在艺术(包括文学)领域也有重要影响,通常认为这一诫命的影响主要体现于宗教艺术中。笔者则认为,这一诫命与柏拉图对艺术作为"影子的影子"的定位,一起构成了西方关于形象和艺术之合法性的两大命题。在当代,关于偶像禁令的讨论更是有回潮的趋势,下文拟结合几位理论家的思想资源,主要针对当代语境,对偶像禁令与艺术合法性的问题进行考察。需要特别说明的是,除了这三大一神论宗教之外,在其他宗教和文化中也不乏禁止图像和形象的规定,例如佛陀在世时也禁拜偶像,中国禅宗则曾以毁佛像的方式来破名相,但其背后的意旨显然各不相同。除此之外,偶像一词的多义性,也使得"偶像崇拜"可以被广泛解释为某种社会现象或心理症候。我们不拟对偶像崇拜问题展开面面俱到的研究,③而将主要从犹太—基督教思想脉络出发,围绕哲学家们对《圣经》中这条禁令的艺术思考展开论述。需要指出的是,尽管在不同的文化和宗教中,都能发现反偶像崇拜的踪迹,但犹太教、基督教和伊斯兰教这三大一神论宗教中的偶像禁令在其中恐怕是最富张力的,甚至可以说对于这些宗教的合法性本身也是最为关键的。又由于这三大宗教与西方文明的亲密关系,这一问题也成了西方文化和思想中的一个关键问题,进而随着西方文明的扩张而影响了全球。此一问题至今仍未消亡,反而随着现代性诸多问题的暴露和文明冲突的爆发而变得更趋紧张。近年来,震惊世界的《查理周刊》事件,以及 ISIS 对于亚述遗

---

　　①　康德:《判断力批判》,第 115 页。

　　②　圣像破坏运动指的是拜占庭帝国在 8—9 世纪(运动分两个阶段,第一阶段大约为 726—787 年,第二阶段则为 813—843 年)发生的反对和破坏圣像的运动,这些运动涉及的人群上到帝王,下到普通信徒。运动不只毁坏了许多圣像,还引发了圣像破坏者与支持者之间的流血斗争,许多东正教主教、神职人员和平信徒也在其中受到迫害。

　　③　关于对不同宗教和文化中这种反偶像和图像的理念和实践的个案研究可参安妮·麦克拉纳、杰弗里·约翰逊:《取消图像——反偶像崇拜个案研究》,赵泉泉等译,江苏美术出版社 2009 年版。

迹的破坏，都无不与偶像禁令有关。因此，偶像禁令并不仅仅是宗教教条，也不仅仅是艺术法则，而是一个决定了我们对这些问题之思考的"元问题"。甚至可以说，当我们今天思考作为问题的"现代性"时，都会不自觉地反映出其影响。

第一节　偶像禁令与崇高理论

在《判断力批判》论崇高的章节末尾，康德略显突然地提出了这条诫命，他指出："也许在犹太法典中没有那个地方比这条诫命更崇高的了……同样的情况，也适合于我心中的道德律和道德素质的表象。"[①]康德认为崇高对于感官形象的禁止，是一种否定性的表现，它首先回避了主体在感性面前想象力的无限扩张，同时又不会因为这种对于感性的超越，而导致理性的僭越——试图通过理性去把握不可探究的自由理念，而是将主体导向了到道德律中去找寻根据。在这里，我们可以看出康德对偶像禁令的启蒙主义改造：偶像禁令原本暗含的是可见的人和不可见的神的分离，虽然康德坚持这种可见与不可见，可知与不可知之间的分离，但他最终却将这种不可见者移到了人的内部——"我"心中的道德律令。尽管这种道德律令也可能导向上帝，但这无疑已经大大提升了作为可见者的人的地位。在康德那里，无形式或反形象的崇高对于感性、智性和理念的弥合，其最终的道德走向及其对于主体境界的提升，为艺术提供了合法性辩护。

康德认为在崇高对感性形象的取消中，"想象力虽然超出感性之外找不到它可以依凭的任何东西，它却恰好也正是通过对它的界限的这种取消而发现自己是无限制的；所以那种抽象就是无限的东西的一种表现"[②]。这一阐释两百多年后被利奥塔挪用到了对现代抽象主义绘画的

①　康德：《判断力批判》，第 115 页。
②　康德：《判断力批判》，第 114—115 页。

分析中,他说:"作为绘画,它当然会'表现'某种东西,但却是消极地表现。因此它将避免形象或再现⋯⋯他们致力于通过表现可见的东西来暗示不可见的东西。"①

利奥塔把康德崇高中无形式的形式,通过其现象学转换成了不可表现的表现,进而从时间性的角度解析了崇高:对于利奥塔而言,"后现代"并不是一个历时性的时段概念,而是代表了对现代性进行重写的要求。这种重写是对于现代性之绝对主体和宏大叙事的怀疑和拒绝,"后现代"之"后",并不代表其位于现代之后,相反,它恰恰代表的是一种对于现代的超前意识,既在一切发生之前就已持有的怀疑和拒绝。因此,可以说后现代性就是现代性自我超越的潜力,而这一潜力在时间上则需要落实于"现在"。

一般认为,与过去和未来相比,"现在"是时间中最为确定的时刻,然而,在利奥塔看来,"现在"恰恰是最不可把握的。它不能被纳入历时性的时间秩序,当"现在"为"这次""那次"这样的时间序列单位所计数时,正在计数它们的这个时刻,也即真正的"现在"却过去了。现在无法被计数和把握,它是"事件","事件让自我不能占有并控制其所是。它表明自我本质上可以是一种回归式的异质性"②。

这一不可把握之现在赋予了利奥塔的后现代以一种自我生成歧异的力量,在艺术上,正是这种悖谬催生了不可表现的表现。利奥塔理想中的后现代艺术或者说先锋派艺术,就是这样一种表现"现在"的艺术,而这一"现在",如抽象表现主义代表画家纽曼所说:"就是崇高。"

利奥塔认为纽曼的绘画展现的就是这一"现在",纽曼的画表现的是艺术家创世的瞬间,"如果(在画中)有任何主题的话,那就是'当前'。它在此时和这里到来。到来的东西(quid)随后而来。开端是这里有(某种

---

① 利奥塔:《后现代性与公正游戏———利奥塔访谈书信录》,谈瀛洲译,上海人民出版社 1997 年版,第 137 页。

② Jean-François Lyotard: *L'Inhumain*, Galilée, 1988, p.70.

东西)……(quod);世界,是它所拥有的东西"①。在这个意义上,这一"现在"是一种对于虚无的抵御,"崇高即意味着在虚无的胁迫中,依旧有某些东西会到来,并有一个'位置',这一位置宣称并非一切将尽。这一'位置'是一个单纯的'这儿是',是最小的发生事件"②。利奥塔对偶像禁令的这种解释回归了犹太教的原点,他指出这一事件就是犹太教中的玛空(Makom)或哈玛空(Hamakom),其意为位置、地点,它是托拉为不可称呼的上帝所起的名字之一。

对于利奥塔而言,这一"崇高"或"现在"的美学可以抵御艺术被现代性中的绝对主体、宏大叙事或资本运作所收编,这种收编是通过"形式"的包裹所完成的,因此当代艺术要拒绝被收编,首先就要拒绝形式。"形式"在利奥塔看来,是一种对材料本身的压制,而在崇高美学中,材料摆脱了形式的统摄,它是无形的,并且难以为认识和精神所把握,它代表了一种本质差异,并体现为一种感觉的无序。

这种强调差异和感觉的崇高美学正与强调共识和知觉的美(优美)之美学相对,在康德那里,如果一件艺术品能激起某种快感,这一快感无涉任何功利,又满足某种普遍的共识(共通感),那么这件艺术品就是优美的。在这种优美的共识背后,实际上已经暗含了基于共识而构建共同体的政治构想。③ 然而,这种基于共识的政治构想却恰恰是利奥塔所要批判的,对于他而言,激活差异比达成共识更为重要,这是其后现代政治哲学的核心。在这一背景下,利奥塔通过偶像禁令对于艺术合法性的证明在于:一种无形象的艺术,一种致力于表现不可表现之物的崇高美学暗含了后现代性对于现代性重写的要求,它可以激发差异,拒绝共识,挑战总体性。

---

① Jean-François Lyotard:*L'Inhumain*, p. 93.

② Jean-François Lyotard:*L'Inhumain*, p. 95.

③ 阿伦特在《康德政治哲学讲演录》(*Lectures on Kant's Political Philosophy*)等著作中阐明和发展了这种构想,具体分析可参见李河成:《绽现"德艺",与人沟通——阿伦特"政治审美论"的现代政治哲学意义》,《文艺理论研究》2013 年第 2 期。

第二节　偶像与他者

康德和利奥塔的崇高理论都借用偶像禁令,迂回地为一种无形式或超形式的艺术进行了辩护。不过,朗西埃却质疑了利奥塔的崇高理论,他认为利奥塔崇高理论中的"不可再现物"只不过是其艺术体制中的一个构件,它恰恰是使再现得以可能的东西,利奥塔希望通过一种无限的不可再现物来超越黑格尔的辩证法运作,然而事实却是,这一不可再现物却恰恰强化了艺术体制的黑格尔式同一性,不可再现物最终只是一种"思辨性夸张"。① 朗西埃的观察是深刻的,不过他跟利奥塔的分歧涉及更根本的问题:无限之物对于总体而言是超越性的还是结构性的? 前者承认无限对于总体的超越和启示,而后者则会用一个更大的总体把这种超越和启示囊括于其中。这一哲学立足点是一个选择问题,而非思辨问题,对于利奥塔影响颇大的列维纳斯早在其著作《总体与无限》中就对其进行过探讨,而我们同样也可以把这一问题转化成列维纳斯论域中的自我与他者问题,并用其来分析偶像禁令。与康德和利奥塔对于这条诫命的逆转和改造不同,列维纳斯几乎以一种"原教旨主义"的方式重申了这条诫命,并以此质疑了现代艺术的价值取向。列维纳斯对于现代艺术的这种批判是随着对海德格尔的艺术存在论之批判而带出的。海德格尔将艺术和美视为真理的现身方式,虽然这种存在的真理已经大大迥异于以往认识论的真理,但在列维纳斯看来,它却没有摆脱西方重智主义传统,它依旧以真理来统摄艺术。虽然艺术的发生与真理的发生是同步的,然而,在这样的同步中,艺术本身却也散失了其自足的位置。在列维纳斯看来,现代艺术的特征却正在于与认识的脱离,它仅作为其自身,而非作为真理而发生。

---

①　雅克·朗西埃:《图像的命运》,张新木、陆询译,南京大学出版社 2014 年版,第 170 页。

列维纳斯指出,用客体的图像来代替客体是艺术的基本程序,同时他又强调了这种图像不能被视为一种观念,它与理性和真理无关。这种图像关系破坏了传统的表象关系,在其中,表象者(现象)的价值主要在于指示另一实体(本质)或状态(解蔽)。图像的生成基于的则是"相似",它不让我们由现象穿透到本质,而是停驻于现象之中。这种艺术作为图像的性质,也使得列维纳斯的艺术,与海德格尔在某种意义上脱离日常世界并朝向真理筹划的艺术相异,在列维纳斯这里,艺术正好是筹划的不可能。筹划需在"在世存在"中才能完成,而不能发生在无世界、图像化的实存中。因为主体在其中陷入了被动:"图像为我们标明了一种胜于我们主动性的控制,一种彻底的被动性。我们说艺术家是迷狂、受灵感驱使的,听命于缪斯。"①主体在作为图像的艺术中,最终甚至被移出了,成了一种匿名的存有,它被一种中性的"节奏"所裹挟,而"不能谈论认同、担承、主动性或自由"②。

艺术图像及其这种祛主体性的效果在列维纳斯看来就是一种偶像,他进而转向了对其时间性的分析:"说图像是偶像就是肯定所有图像在最终的考量中都是塑形,所有艺术作品在最终的考量中都是雕塑——一种时间的停滞。"③这是一种悬隔,现在凝滞了,无法流动,从而也悬置了未来。"这个无力推动未来的现在,就是命运(destin)本身,这异教之众神的意志难以控制的命运,比自然法则的理性必然性更强大……(命运)是一种发现自身被监禁的自由。命运在生命(vie)中没有位置。"④在这里,列维纳斯引入了希伯来和希腊、犹太教和异教的对立,命运是古希腊神话和悲剧中的主角,作为一种生命的图像化,它也同样体现于现代小说之中,

---

①　Emmanuel Lévinas:*La Réalité et Son Ombre*, in *Les Imprévus de l'Histoire*, Fata Morgana, 1994, p. 111.

②　Emmanuel Lévinas:*La Réalité et Son Ombre*, p. 111.

③　Emmanuel Lévinas:*La Réalité et Son Ombre*, p. 119.

④　Emmanuel Lévinas:*La Réalité et Son Ombre*, p. 120.

在其中"叙述的事件构成一种处境——就像造型的模型。神话:历史的造型性。我们说艺术家的选择表现为在固定于一种节奏中的事实和特性之间的自然的挑选,把时间转换为图像"①。这命运与鲜活的生命相比是一种塑形和悬隔,一种偶像,因此列维纳斯再度强调:"对图像的禁止确实是一神论的最高指令,一种克服命运的信条,创造和启示在与命运相反的方向。"②

这种时间的悬隔,被列维纳斯视为一种死去或濒死(mourir)的状态,它永不完结,永远在延宕之中。濒死不同于死亡,死亡是终结,但是没有人能经历自己的终结,因为在真正的终结之时,那个经历终结的主体也已不存在了。我们与终结、死亡隔着一个永恒的"之间"(entretemps)。在列维纳斯这里,要摆脱这种艺术的濒死和悬隔状态,寻回遗失的时间,就必须回归到与他人的面对面关系中,回到真实的伦理生活之中,因为时间只有在与他人的关系中才能被给予。缺失了他者的时间,只是一种虚拟的时间,时间的雕塑或偶像。另一瞬间的绝对差异性,只能来自他人,而时间即社会性本身。

通过偶像禁令,列维纳斯在某种程度上,对现代艺术"不合法"之判定的理由在于:现代艺术在对于自身自足性的寻求和执迷中,丧失了与他人面对和言说的力量,从而也就丧失了与现实活生生的联系,丢失了其流动的时间性,从而沦为禁止的偶像。要改变这种状况,需要批评作为智性和现实责任的介入,并用保罗·策兰式的诗歌语言,使得文学重新成为一种对他人的言说和亲近。③

---

① 　Emmanuel Lévinas:*La Réalité et Son Ombre*, p. 121-122.

② 　Emmanuel Lévinas:*La Réalité et Son Ombre*, p. 124.

③ 　具体论述请参拙作:《存在、异在与他者——论列维纳斯对海德格尔存在论艺术观的批判和超越》,《文艺研究》2013 年第 6 期;《列维纳斯、策兰与诗的乌托邦》,《中国比较文学》2014 年第 2 期。

第三节　从偶像到圣像

偶像禁令为三大一神论宗教所共同遵守,然而,对于基督教来说,耶稣基督的道成肉身,却使得这一诫命变得更为复杂了。道成肉身沟通了可见与不可见、人与上帝、时间与永恒之间的分离,从而,也将圣像这一概念从偶像中分离了出来,"对于圣像的敬奉表现了一种对于道成肉身的深刻信仰。上帝作为一个人而显现,这不只意味着物质性的东西在本质上是善的,还意味着上帝可以被表现。他可以通过耶稣和其圣徒的图像而被合法地知晓和体验"①。然而,对于圣像和偶像是否有别的分歧却一直存在,以致历史上发生了规模巨大的圣像破坏运动。直到当代,关于图像和艺术对于宗教和神学是否合法的问题依旧存在争议。

在这一背景下,法国当代天主教哲学家让-吕克·马里翁从现象学角度和当代语境出发,再次为圣像提出了辩护。马里翁首先用十字架来为圣像赋予合法性,他认为十字架符号——耶稣受难像就是第一个圣像,这就将圣像从影像(图像)的桎梏中解放了出来。因为十字架是象征,而非影像,影像以相似性为标准,然而十字架"并不是按照相似性程度来复制其正本,它悖谬地指涉一种被指示的而不是被显示的原型(prototype)"②。而且,十字架所展现的并不是耶稣的景观和影像,而恰恰是他对自己形象的取消,这也可以被视为一种破除偶像的行动。耶稣在十字架上既放弃了神性面容,并通过放弃自己的生命,放弃了属人的面容。"基督杀死了他的影像,因为他在那里开掘出一道无底深渊,将他的显现与荣耀隔开"③,从而践行了偶像禁令。

---

① Jonathan Hil: *The History of Christian Thought*, Intervarsity Press, 2003, p.111.

② 尚-吕克·马里翁:《视线的交错》,张建华译,台湾基督教文艺出版社有限公司2010年版,第129页。

③ 尚-吕克·马里翁:《视线的交错》,第130页。

同样,圣像从十字架与耶稣受难的关系中,也转渡了一种基于"重复",而非"相似"的关联。其可见性重复着耶稣受难这一事件,重复着不可见者在可见者那里留下的标记:耶稣(不可见者)在十字架上为人(可见者)所创伤的疤痕,以让世人铭记。不过,这种不可见者的标记只能显现于那些将其视为疤痕来崇敬和见证的目光中,也即只能显现于祈祷中。正是在祈祷中,完成了一种凝视的交错:祈祷者虔敬的凝视与基督、圣母或圣徒的慈爱的凝视交会在一起。这充满"爱欲的面对面关系"[①],使得圣像不再是一种意向客体,而成为一种通达神圣和无限的中介。圣像将从祈祷者那里接收来的虔敬转渡给了神,它在这种转渡中则放弃了自身,这是从基督的神性放弃中传递而来的一种"影像的神性放弃"。

然而,这个媒介是必需的吗?如果圣像承担的只是一个转让崇敬的功能,那为何不把崇敬直接归给上帝?这种观点其实暗含的就是圣像破坏论。马里翁指出了其哲学渊源,即西方形而上学传统,无论是柏拉图对形象的贬低,还是黑格尔哲学将取代艺术的预言,在马里翁看来都是反圣像的。尼采的反形而上学也不例外,他只不过把影像与正本的关系颠倒了,正本被贬低为影像,影像则变成了实在,获得了荣耀。然而影像并没有就此解放,相反,它进一步依赖于观看者(估价者)的价值评估。换言之,估价者使自己变成了唯一的正本,所有影像都只不过是自身强力意志的映照,偶像崇拜由是变成了一种自我崇拜。

因此,正是圣像破坏论在某种意义上吊诡地招致了当代偶像崇拜的泛滥,而"倘若圣像能够抵抗形而上学的圣像破坏论,那么,由此可以得出的结论是,圣像暗中响应我们当前的境遇"[②]。在圣像中,影像不再承担屏幕或镜子的角色,而是在视线的交错中被穿过。如果说形而上学的分离构成了反圣像的模仿论,那么,圣像则"以审美方式重复了在基督——

---

①　尚-吕克·马里翁:《视线的交错》,第130页。

②　尚-吕克·马里翁:《视线的交错》,第146页。

作为宇宙的典范——那里实际完成的各种性质的位格结合"①。这种结合得自于三位一体的相通,没有三位一体,就不会有可见者与不可见者在圣像中通过爱的相通,或者说,三位一体的关系本身就是爱。

基于圣像的这些神学内涵,成了马里翁为上帝之超越性和神圣性进行辩护的重要支撑。例如,他认为在尼采"上帝死了"的宣告中,"上帝"只是一个形而上学观念,换言之,只是一个偶像,而"对于观念性的偶像的本体论—神学的解构,就像在'上帝死了'本身中所进行的一样,则会为'圣像'让出一块空间,也就是说为'否定性的神显'让出空间,在其中,我们可以与不可见的可见性自由地相遇"②。通过圣像,马里翁实际上建立了一种新的解释学,其中体现的爱的意向性既可以用来描述基督徒与上帝的关系,也可以描述人与人之间的关系,更为人与艺术之间的观审关系增加了一个亲密而神圣的维度。在这个意义上,马里翁通过圣像为偶像禁令下的艺术合法性提出的辩护是:通过神圣的介入,艺术可以超越其图像化的实存而成为一种人与上帝沟通的媒介,并且,在其中所包含的爱之关系,可以使艺术不再被限定为一种意向性的客体,而具备了一种如同列维纳斯的面容般与观者直接面对和呼应的力量。③

第四节　意识形态、拜物与乌托邦

在以上的论述中,偶像大致等同于图像或形象,但它同时也可以代表真实、智性、德性或生命等的对立面,还可以指代某种虚假的人物、权威和

---

① 尚-吕克·马里翁:《视线的交错》,第 147 页。

② Thomas A. Carlson:*Translator's Introduction*, in Jean-Luc Marion: *The Idol and Distance: Five Studies*, Fordham University Press, 2001, p. xviii.

③ 徐晟指出列维纳斯的"面容"概念是马里翁的圣像概念最主要的理论前提之一,并指出与"他人之面容"对"我"伦理责任的呼唤,以及使"我"处于受动地位不同的是,"圣像"的呼唤使"我"主动地给予自身,而这种给予的意思即依于并接受它的赠予。见徐晟:《脸或者圣像:从列维纳斯到马里翁》,《江苏社会科学》2007 年第 6 期。

观念,等等。① 笼统地说,偶像崇拜即把形象当作它所表现的事物本身,是一种将感知和再现神秘化的虚假模式,这种模式不只存在于异教原始的偶像中,还渗透进了语言和思想之中,它也同样存在于意识形态或拜物中。② 由于对意识形态和拜物的批判是批判理论文论的核心之一,而偶像禁令又对一些具有犹太背景的批判理论家有重要影响,因此,我们将其也纳入了论域之中,尽管它与上面几个部分不在同一层次。不过,也正因此,我们对偶像禁令与艺术合法性的考察,才具有了更为普遍的意义。

意识形态(ideology)这一术语最早由法国革命期间的知识分子所用,它所代表的是一种与作为"偶像"的"偏见"相对的"思想科学",启蒙就是要用批判去清除这些与理性相对的偶像。然而,这种思想科学最终却演变成了另一种偶像崇拜(idolatry)——观念崇拜(ideolatry)。③ 它成了另一种蒙蔽现实的图像,它表明"理性的显现可能比谬论更晦暗,更难以把握。而且它的神秘化力量如此隐蔽,以至逻辑的艺术不足以去神秘化"④。尤其当这种以观念为前提的"科学"体系,试图系统地解释世界甚至控制世界的时候,它就成了当代社会最大的偶像。意识形态后来由于马克思的阐释而具有了更丰富的内涵,由于其居间的性质,它成了马克思主义理论家们分析社会政治文化的特殊工具。而在一些西方马克思主义理论家的意识形态批判中,也能或隐或现地觅到偶像禁令的踪迹,霍克海姆就曾指出,他与阿多诺共同发展起来的整个批判理论都

---

① 在历史现实中,偶像崇拜还有一个隐秘的政治维度,"偶像"通常用来描述主体的敌人或他者所崇拜或过度评价的某些形象,其背后往往暗藏着身份和权力的区分与斗争。这使得在具体语境中,要对偶像进行一种普遍而中立的界定几乎是不可能的。

② W. J. T. Mitchell: *Iconology: Image, Text, Ideology*, The University of Chicago Press, 1986, p. 113.

③ W. J. T. Mitchell: *Iconology: Image, Text, Ideology*, p. 165-166.

④ Emmanuel Levinas: *Ideology and Idealism*, in Seán Hand(ed.): *The Levinas Reader*, Blackwell, 1989, p, 237.

源于这一禁令。①

事实上，不唯西方马克思主义理论家，在以上几位当代理论家对于偶像禁令的重审中，不管是利奥塔向总体性的开战，还是马里翁对自我偶像崇拜的反思，都可视为是一种意识形态批判。而列维纳斯则更是认为在现代社会中，意识形态成了人们叩拜的各种伪神，一种现代巫术。它借助于一种技术性、暧昧不明、模棱两可的价值取向而展开运作，从而使得现代社会呈现为一种去主体化和中性的场域。这是一种存在论的语境，在其中语言自我运作，在这样的语境中，哪怕是对于意识形态的批判也是另一种意识形态。列维纳斯认为，只有人与人之间真诚的伦理言说，才能打断这种中性语言的运作。而这种言说就是对于上帝之"他性"的追溯，"上帝是在'一个人为另一人'的'言说'中临到的，这就是上帝的'他性'。只有通过上帝的'他性'，《圣经》中的上帝之名才有能力批判人对图像崇拜的欲望"②。

除此之外，在马克思主义传统中，对于拜物的批判也暗含了偶像禁令，米歇尔指出："马克思主义在现代西方知识分子生活中起到了世俗的清教/犹太教的作用，它是一种向中产阶级社会的多神教多元主义发起挑战的预言式的偶像破坏。它试图用一神论取代多神论，在这种一神论中，历史进程扮演了弥赛亚的角色，而精神和市场中的资本主义偶像都被简约为邪恶的拜物（fetishes）。"③

米歇尔借鉴人类学家的研究，对拜物和偶像进行了区分，拜物所针对的是物本身，而偶像所针对的却只是一个形象。在这个意义上，我们可以将原始的拜物教和偶像崇拜区分开来，拜物教广泛存在于原始宗教中，几乎任何物体都可以成为崇拜的对象，而偶像崇拜则是伴随着形象的制作

---

① 拉塞尔·雅各比：《不完美的图像：反乌托邦时代的乌托邦思想》，第 171 页。
② 刘文瑾：《列维纳斯与"书"的问题》，生活·读书·新知三联书店 2012 年版，第 179 页。
③ W. J. T. Mitchell: *Iconology: Image, Text, Ideology*, p. 206.

才诞生的。然而，随着资本主义的发展，拜物这种原始的物质崇拜，也被意识形态所投射，并且还催生了一种新的拜物教——商品拜物教。商品拜物教是偶像崇拜和拜物的结合，商品和货币在资本主义的内在逻辑中既是符号和形象，又是物本身，它变成了人类劳动的直接化身。米歇尔指出，因此本来"现代商品拜物教将自己定义为偶像破坏，它的任务就是打破传统的拜物"①，然而，实际上商品却成了新的偶像，地位甚至超越了上帝。对马克思影响颇大的费尔巴哈认为这种吊诡式的逆转早就蕴含于犹太教中，犹太教的偶像破坏中已经蕴含了偶像崇拜，犹太教禁止崇拜偶像，却将崇拜转向了上帝，这种一神崇拜与多神论（费尔巴哈认为多神论代表的是人对美和自然的一种敞开态度）比起来，暗含了犹太人想统治自然的企图，他们在作为创造者的耶和华和作为消费者的犹太人的实践生活中建立起了一个"自我意志的偶像"②。

米歇尔认为，偶像破坏与偶像崇拜这种吊诡的互相转化是一种普遍现象，比如莱辛阐释的拉奥孔欲以启蒙美学与原始迷信作斗争，从而破除旧偶像，但却也树立了一种以资产阶级"审美纯洁性"为唯一标准的偶像。而这一逻辑也同样适用于马克思主义本身，因此"马克思主义偶像破坏的修辞必须质疑自己的前提，质疑自己声称的权威"③。

那么，偶像禁令是否就真的只能在偶像破坏和偶像崇拜这两极之间跳转呢？对此，拉塞尔·雅各比给出的另一种解读更具启发性，也更贴合偶像禁令所源自的犹太教传统。雅各比指出，在以托马斯·莫尔为开创者的蓝图派乌托邦主义者之外，还有另外一派乌托邦主义者。他们是反偶像崇拜的乌托邦主义者，这些人大都具有犹太背景，他们打破了以图像对未来幻境的描绘来反映乌托邦的形式。他们重视希望，却又不固化未来，"他们反对视觉的再现。就像未来一样，上帝可以被倾

---

① W. J. T. Mitchell: *Iconology: Image, Text, Ideology*, p. 196.

② W. J. T. Mitchell: *Iconology: Image, Text, Ideology*, p. 198-199.

③ W. J. T. Mitchell: *Iconology: Image, Text, Ideology*, p. 206.

听,但不能被看见"①。雅各比指出,在图像泛滥的时代,反偶像崇拜的乌托邦主义者比起蓝图派更能摆脱图像的诱惑。笔者则认为这种对于偶像禁令的乌托邦解释具有超越时代的普遍意义,由于其不将对未来的期望固化为任何具体的目标,这也就避免了落入偶像崇拜的危险,与此同时,它也避免了试图用一种偶像来取代另一种偶像的偶像破坏主义。

通过这三个概念的关联,无论是阿多诺著名的断言"奥斯威辛之后,写诗是野蛮的",还是布洛赫在《希望的原理》等书中借用音乐和诗歌等对于乌托邦的描述,或是鲍德里亚等人对于现代媒体和符号崇拜的反抗,都可视为是偶像禁令在政治视野中对于艺术合法性的一种表达。艺术合法性在此奠基于其对资本主义意识形态和商品拜物教及其衍生出来的消费主义、景观和符号崇拜等的反抗,而在这种反抗的背后则有一种审美乌托邦的构想在为其提供价值支撑,这一乌托邦并不规划蓝图,它是反偶像的,它或是一种非体系的体系性(阿多诺),或是不可共同的共同体(南希)。

第五节　文字与图像、听觉与视觉之争

在以上从诸角度通过偶像禁令对于艺术合法性的辨析和确证中,其实还隐藏着另外一条线索,即文字和图像及听觉与视觉之争。首先说第一个问题,由于偶像禁令对形象的禁止,非具象的语词似乎就具有了某种表现的优越性,这也使得文学在与绘画的竞争中胜出。伯克很早就曾指出语词由于不能表现清晰的形象,而更能表达崇高,从而也更贴近于智性。诗歌在莱辛著名的书画异质说中,同样因其某种超形象的特质而比起绘画,"具有'更广阔的空间',这是由于'我们想象力的无限范围及其形

---

① 拉塞尔·雅各比:《不完美的图像:反乌托邦时代的乌托邦思想》,第45页。

象的不可触知性'"①。不过,语词也可能被认为是一种形象,这种形象性尤其体现在文学修辞中。为此,早在朗吉努斯提出崇高这一范畴时,就对精细琐屑的修辞提出了限制。这与崇高概念一直反对形象—感性而偏向无形象—理性的指归是一致的,而这种对于"语词形象"和修辞的限制,更是被奥古斯丁等基督教神学家强化了。

然而,历史上却还存在着另外一条思考词语和图像的路径——认为二者之间是可以互相转化,甚至就是一体的,如有学者认为,在同样禁止再现的伊斯兰传统中,阿拉伯语的书法及其波斯语和乌尔都语的变种"本质上是图画性的"。这样的书写"模仿创世的'笔迹'",它起到的不仅仅是"文本"而是"言(道)的图像"的作用。② 反过来,绘画也可以是一种书写,如汤姆·沃尔夫就将抽象表现主义绘画视为被绘制的词,一种图像语码,空间、感知和再现性的表述。③ 德里达对于象形文字的价值重估,则将理解从语音标记的霸权中解放了出来,在作为书写文本的世界中,文字与图像并无本质区别,图像"不过是另一种书写,一种掩饰自身的图标,把自身掩饰成它所再现的东西、事物的外表或事物的本质的直接誊写"④。因此书写也即一种涂抹,它不断叠加、增补图像和相似性,从而产生差异。

然而,这却又触及了隐藏在偶像禁令中的另一冲突,即视觉与听觉、书写与口传的冲突。尽管德里达思想与犹太传统有所关联,然而,在对书写的"正名"这一点上,他不只对抗了希腊传统的逻各斯语音中心主义,也

---

① W. J. T. Mitchell: *Iconology: Image, Text, Ideology*, p. 107.

② 埃里克·奥姆斯比:《成像的词》,王立秋译,伊斯兰评论网(http://www.reviewofislam.com/archives/2160)

③ W. J. T. Mitchell: *Iconology: Image, Text, Ideology*, p. 41-42.

④ W. J. T. Mitchell: *Iconology: Image, Text, Ideology*, p. 30.

反叛了犹太人重口传和倾听,而轻书面语言的传统。① 而这一传统正与偶像禁令密切相关,由于书面语言像视觉艺术一样容易被偶像化,因此"当语言从形象与图画中衍生出来的时候,这种禁忌同样也挑战了书面文字"②。正是这种观念影响了犹太教对口头的、不可言说的、神秘主义的语言的重视。

如果说书面语言是一种图像的变式的话,那么口语、听觉却正好由于其瞬间性的发生而逃避了固化为形象的命运,列维纳斯说在"声音中,可感的质溢出了,以致形式不再能包含内容。(它是)在世界中产生的真正的租,通过声音,从此处的世界延伸出一个不能转化为视像的维度"③。约纳斯则认为视觉是一种存在,而听觉是一种事件,听觉因此可能超越基于光和视觉把握的存在论视域,"[听见]这一事实与事件而不是存在相

---

① 不过哈贝马斯对此持相反的看法,他认为德里达对于文字和书写的强调,恰恰是回复到了犹太教传统,尤其是其中的卡巴拉传统。在犹太教神秘主义中,上帝的启示也是作为一个永远延异的事件而发生的,因为摩西在西奈山上领受的"圣言"本身充满了无限的意义,而摩西之后的人,甚至摩西本人永远无法给予"圣言"一个确切的定义。于是,"圣言"最终就在犹太教的解释学传统中包含了无穷奥义,差异重重,并以此来反抗西方的逻各斯中心主义中的确定性。不过,哈贝马斯并没有提到犹太教传统中对于"书写"的警惕,也没有对"口传"和"书写"做出区分,相反,他弥合了"口传"和"书写"的界限,认为"书写的经文也只是在用人的语言对圣言进行翻译"。参见哈贝马斯:《现代性的哲学话语》,曹卫东译,译林出版社 2011 年版,第 214 页。也就是说,"书写"只是口传的另一种形式。如此一来,他得出德里达的书写思想回到了犹太传统的结论也就不足为怪了。笔者认同哈贝马斯对于德里达的这种犹太神学解读,不过认为他对犹太教传统的考察恐怕有大而化之之嫌。哈贝马斯的论断其实暗含的前提是,"书写"优先于"口传"或者"声音","书写"可以毫无罅隙地变身为"口传",但只有那种符合"书写与差异"的口传才能算口传,这正是德里达本人的观点。但实际上这一观点并不能与犹太传统相等同,例如哈贝马斯文中多次提到的德里达的"导师"式人物列维纳斯,其对于书写和声音所持的就是另一种态度,在此不再展开。参见哈贝马斯:《超越源始哲学:德里达的语音中心主义批判》,载于《现代性的哲学话语》,第 213—216 页。

② 拉塞尔·雅各比:《不完美的图像:反乌托邦时代的乌托邦思想》,第 137 页。

③ Emmanuel Levinas: *The Transcendence of Words*, in Seán Hand(ed.): *The Levinas Reader*, p.147-148.

关,与变成而不是存有相关"①。这种倾听构成了犹太人固守传统和聆听未来的方式,但同时,由于其事件化的发生,它又将犹太人的注意力转移到了当下,视觉在空间中发生,而听觉在时间中发生,空间有好几维,视觉可以不断去注视空间,而时间却只有一维,在其中发生的声音稍纵即逝,这就带来了一种"对每一个行为"和"每一个时刻"的一种义务。② 这也构成了反偶像崇拜的乌托邦思想运作的方式:憧憬未来并珍视现在。

这种在偶像禁令下对视觉和听觉的不同对待及对语言之表现限度的思索(这一思索源于希伯来上帝之不可称谓,它是语言层面的偶像禁令),深刻影响了现代犹太思想家如布洛赫、肖勒姆、本雅明、阿多诺甚至维特根斯坦等人的语言观③,也助推了在列维纳斯等犹太思想家影响下兴起的法国后现代思潮的反视觉冲动,后现代思想家们对以"光"来定义真理的启蒙理念和当代的图像专制发起了挑战④。而阿多诺、布朗肖、利奥塔和南希等人对奥斯威辛之后艺术和文学表象之困境的探讨,也与此相关。

第六节　结语

偶像禁令对于现代艺术的影响既体现在理论上,也体现在实践中。阿多诺曾经指出抽象派艺术受到了偶像禁令的影响,而历史上,确实也有许多抽象艺术画家具有犹太背景,比如上面提到的纽曼,还有俄国画家厄尔·里斯茨基和伊萨夏尔·瑞巴克都是犹太人,并曾受到该禁令的启发。⑤ 而圣像,这种特殊的反偶像崇拜艺术,以其平面性及反透视等特

---

① 拉塞尔·雅各比:《不完美的图像:反乌托邦时代的乌托邦思想》,第 181 页。
② 拉塞尔·雅各比:《不完美的图像:反乌托邦时代的乌托邦思想》,第 181 页。
③ 拉塞尔·雅各比:《不完美的图像:反乌托邦时代的乌托邦思想》,第 169—171 页。
④ 拉塞尔·雅各比:《不完美的图像:反乌托邦时代的乌托邦思想》,第 180 页。马丁·杰伊的代表作《低垂之眼:20 世纪法国思想对视觉的贬损》(重庆大学出版社2021 年版)一书,对这一问题进行了全面细致的考察。
⑤ 拉塞尔·雅各比:《不完美的图像:反乌托邦时代的乌托邦思想》,第 156 页。

点,也对现代绘画产生了影响,马列维奇和康定斯基就在圣像中"发现了一种精神力量的具体化",并想在自己的画作中呈现这种精神力量。① 鉴于偶像禁令中的政治维度,则有更多指向意识形态和拜物批判的西方艺术与其有着隐秘的关联。

行文至此,有必要对本章发散的结构做一些聚合。本章所论的几位思想家,在宗教背景、思想方法和政治立场上,都有着较大差异,这也致使他们对偶像禁令和艺术合法性的阐释大相径庭。不过,我们也能从中大致梳理出几条具有代表性的理路。偶像崇拜,从诫命本身来看,指的是将人造的物体视作神的在场。当人们把上帝之外的事物当作绝对权威,或者试图用图像或者语言来规定上帝的形象或存在方式时,这就是一种偶像崇拜。其中的核心要义是:上帝不可表现。这一诫命移植到艺术哲学之后,催生了至少三种对待艺术的态度:第一种充分尊奉了《圣经》尤其是《旧约》的授意,将再现神圣的艺术视为一种偶像;第二种则根据这一诫命,将某些现存的东西,如意识形态或拜物,视为错误的表现或偶像崇拜,并对其进行批判;第三种则在承认这条诫命的基础上,开始思索不可表现的表现的可能性。而最后这种思索又可以分出三条线路:第一种是如马里翁这样在承认这条诫命的神圣性的同时,通过神学的阐释来赋予其以另外的理解方式。第二种则如康德和利奥塔一样,他们承认的与其说是这条诫命的神圣性,不如说是其规定性,换句话说,他们继承了这条诫命中不可表现的主题,却并没有将诫命中的神学背景也一起移植过来(尽管利奥塔在论述中借鉴了一些犹太教的思想资源)。摆脱了神学束缚之后,这一不可表现性有了更为广阔的阐释空间,从而促成了崇高理论和抽象主义等的发展。第三种,则将偶像禁令等同于图像禁令,并在此基础上探索其他的媒介表现,而语言就是其中主要的替代之一。这一思路既存在于犹太教的口传传统中,也存在于崇高理论和诗画异质说等美学理论中。

---

① Daniel A. Siedell, *God in the Gallery*, Ada: Baker Academic, 2008, p. 32.

但如上所述,历史上也不乏诗画同质的理论,有时语言中的形象,也被视为一种偶像。[①] 比起柏拉图对影像的贬低,偶像禁令似有着更为开阔的思辨和阐释空间,以至它既可以控告图像,又可以为其提供辩护。作为一种原本对于图像和模仿艺术的废止,它最终却吊诡地推动了西方艺术理论的发展。在世界图像时代,它更作为对现代性问题的一种传统诊断方案,而具有了比此前时代更为丰富的内涵和阐释可能性。

原文发表于《求是学刊》2014 年第 6 期,略有改动。

　　[①]　关于这一点,可参见 W. J. T. Mitchell 在 *Iconology: Image, Text, Ideology* 一书中的探讨。实际上,图像学中对语图关系的探讨也屡有涉及偶像禁令,限于篇幅,在此不再展开。

| 第二章 |

亲近不可见者:法国当代影像理论的超越维度及其理论潜力

大多数人可能都会承认,当代文化是一种视觉强势甚而过于泛滥的文化,"二战"之后,以德波对景观社会和福柯对全知凝视的批判为代表,法国当代影像理论的显著特点在于对视觉和权力之关系的分析和批判。本章所要揭示的则是法国当代思想中的另一条脉络,这条脉络同样隐含对当代视觉文化的批判,不过他们的侧重点却不再是分析视觉和权力的关系,而是力图为沦为享受和可控对象的影像,重新赋予超越维度,强调可见者背后的不可见性、他异性和神圣性,从而引导我们以一种新的视角来看待影像和制造影像。在本章中,我们将主要以列维纳斯、让-吕克·马里翁和让-吕克·南希三位明显具有对话关系的思想家为主轴,来扫描这一法国当代影像理论中的超越维度。他们共同追问的问题是:如何亲近不可见者?

第一节　列维纳斯论不可见者的显现:面容与亲近

列维纳斯哲学中的"不可见者"是"他者"的另一称呼。在《总体与无限》中,他明确指出,我们对不可见者的欲望,就是对绝对他者及他异性的欲望。可见性在列维纳斯的定义中,所意味的是一种可知性,他者的可见性所意味的也就是他者的可抵达性和可把捉性。但如果他者可以被抵达和把捉的话，那它也就不是绝对他者了。也就是说，它是可以被自我所同一化的。列维纳斯强调绝对他异性的伦理学，显然不会承认这样一种他者的可见性和可把捉性。他思想中的面容和踪迹等概念，都在凸显他者的不可见性，更准确地说，凸显不可见的可见性、不在场的在场性。就他者能够与自我发生关联而言，他者是"可见"和"在场"的；就其极端的不可把捉性而言，他者又是"不可见"和"不在场"的。

在列维纳斯这里，"面容"即他者的"圣显"。它所意味的是伦理显现的模式本身，因此，我们不能仅仅将"面容"拘泥为人体的器官来理解，只要对象以伦理的方式向自我显现，它就可以是面容，无论它是真实的人脸，还是其他身体上的部位，甚至雕塑中的手足。① 在列维纳斯那里，面容代表的是他者的在场，这一他者拒绝被主体所捕捉，抗拒被变成意向活动的对象，拒绝被主体所同化。就此，主体与面容的关系超越了主客体的关系。主客关系在以往的认识论乃至现象学视域中，主要是通过"观看"来界定的：主体通过"观看"来认知和把捉他者。在主体与面容的关系中，作为他者之"圣显"的面容却变得不可见，不可被观看和认知，它和主体的关系变成了"倾听"。面容，作为他者的显现，并不是被眼睛看到，而是被耳朵听到的。它的显现，同时也意味着向主体发布伦理命令，面对面容，主体需要对他者无限尽责，无限回应。"倾听"此时代表了一种对他者无限尊重和负责，也无限亲近的态度。在"倾听"中，他者不可看见，不可把捉，甚至不在场。然而，正是如此，他者对主体却变得更加神秘、神圣，更加确信无疑，更加不容回避，也更加需要进一步亲近和回应。

在列维纳斯的思想中，他者绝对地超越于视觉性。作为他者的显现模式，面容自然也不同于视觉和图像。图像以可见的形式固定他者，面容则永远在解构这种图像的固定性，或者说"偶像性"，拒绝被把捉，拒绝被

---

① Emmanuel Lévinas: *L'Autre Utopie et Justice*, in *Entre Nous*, Gasset & Fasquelle, 1991, p.244.

观看者—主体所吸收和同化。图像的产生依赖于某种"赋形(figuration)"过程,艺术作品希望能够把捉他者,将其转化为图像,希望能模仿生命的律动,不管是以画作、雕像,还是别的艺术形式,它们总是旨在固定永恒流动的现实。然而,面容和他异性却是不可化约为图像的,所谓他异性意味的也是超越性和无限性,如果以有限的形式框住无限的他者和生命,那么面容和他者就坠入了形式的世界,就变成了偶像。基于此,列维纳斯在面容/他者和图像/艺术之间进行了严格的二分,在《现实及其阴影》一文中,他将艺术再现视为图像,甚至一种偶像崇拜,因为它们不能表达真实和生命,也即人与人的伦理关系。

但是偶像崇拜能够一劳永逸地禁绝图像吗?艺术和真实真的截然对立吗?艺术真的不能表达伦理关系吗?艺术有没有可能表现面容?或者说艺术中的影像有没有可能以面容的方式显现,也就是以伦理的模式显现?其中还有非常开阔的思考空间。在列维纳斯自己的论述中,他常将面容称为一种"话语",从而与图像相对。此处的话语所指示的不是实体的语言,而是伦理关系。艺术图像是否也可以成为这样一种伦理话语呢?答案是肯定的,毫无疑问,艺术能够呈现伦理,也能够唤起伦理,在这种唤起中,它已经不仅仅是一种景观。在这个意义上,列维纳斯的影像和面容理论,导向的不是对影像的废止,恰恰相反,它是要让我们把影像从被固化为客体或景观的命运中解救出来,使其找到伦理和神圣的维度。他的思想激发我们追问:如何将影像呈现为面容?如何超越观者和影像之间的主客体模式,塑造一种二者之间的面对面关系,甚至亲近(proximity)关系?

第二节 从圣像到肖像:影像的神圣性

因此,我们应当将列维纳斯的哲学视为一种对视觉表现的激发和启示,而非限制,它激发我们将影像视作神圣的和超越的。法国当代天主教哲学家让-吕克·马里翁的圣像理论正是在这个意义上延续了列维纳斯的影像思想,他企图让图像从"作为事物之规范的影像的现代专制"中解放出来,让图像变为"圣像"。① 马里翁区分了圣像与图像,与图像不同,圣像不以相似为构成原则,它的构成原则是象征,它"并不是按照相似性程度来复制其正本,它悖谬地指涉一种被指示的(désigné)而不是被显示的(montré)原型(prototype)"②。这一原型的原初事件便是耶稣受难,进一步说,它的原型便是上帝和神圣。所以,从根本上说,圣像是"不可见者在可见者之中"③的显现,神即不可见者。

圣像的观者只有在虔敬和神圣的爱欲关系中,才能亲近神,亲近不可见者。当信徒凝视圣像而祈祷的时候,不可见者也通过圣像的凝视而凝视着祈祷者,"祈祷者的凝视通过画中的圣像来仰视不可见的神圣的凝视,不可见的神圣的凝视则充满仁慈,通过画中明显可见的圣像,凝视着祈祷者"④。马里翁认为,不可见者的凝视"生自一个黑洞"⑤,这个黑洞是超越性的,它不可被主体意识所捕捉,这一凝视与祈祷者的凝视的交流虽然以可见者—圣像为中介,但是并不会终结于可见者。因此,圣像不同于一般的影像,顾名思义,它是神圣的影像,马里翁解释了其神圣性在凝视中的发生机制。⑥ 他就此将圣像与自画像做了对比,认为在自画像那里只有画家的自我凝视,他以丢勒的自画像为例,指出其中的自我凝视体现的是:画家"登上基督的位置,并且声称自己成为圣像的中心"⑦。在其中,圣像中赐福者的凝视与祈祷者的凝视之交错被取消了,在自画像的凝视中,自我凝视只是朝向自我,却没有与他者之目光产生交流。这一目光

---

① 让-吕克·马里翁:《可见者的交错》,张建华译,漓江出版社 2015 年版,第86—87 页。

② 让-吕克·马里翁:《可见者的交错》,第 105 页。

③ 让-吕克·马里翁:《可见者的交错》,第 29 页。

④ 让-吕克·马里翁:《可见者的交错》,第 30 页。

⑤ 让-吕克·马里翁:《可见者的交错》,第 29 页。

⑥ 关于马里翁圣像论更详尽的分析,请参拙作:《马里昂的圣像论及其美学启迪》,《道风:基督教文化评论》2015 年第 1 期。

⑦ 让-吕克·马里翁:《可见者的交错》,第 34 页。

"沉积于可见性,变成自己的景观"①。

有趣的是,正是在肖像画这一话题上,另外一位同样深受列维纳斯影响的法国当代哲学家让·吕克-南希,却提出了与马里翁颇为对立的看法。马里翁在与圣像画的对比中,将自画像定义为图像和景观,南希则试图发掘出肖像画中的超越和神圣维度。他在《肖像画的凝视》中对约翰尼斯·甘普的《自画像》进行了分析,对比其中"镜子中的目光"和"肖像画的目光",他认为这幅画中看着镜子的目光是一种自我凝视,但肖像画里的目光则"看着那个看着画布的目光"②。肖像画的目光被认为是与观众连接的,与观众进行对话,具有运动的态势。自我的"同一"中就此掺入了"他异"的成分。南希指出:"镜子显示了一个对象:再现的对象。而那幅画显示了一个主体:进行着的[朝向作品的]绘画(la peinture à l'œuvre)。"③镜子所展示的是再现的模式,而肖像画的目光则被看作是一个创作的主体:它的目光看向未来的观众,与观众的目光交接后所发生的不同的对话将成为它的作品。因此,它的目光具有创造性。

南希在分析这种肖像画的目光时,指出这种凝视是无所凝视的,它没有凝视的对象,它凝视的是那个否定性的"无"(le rein):"它并不瞄准任何对象,它投入到主体的缺席中。……这种凝视归根结底并不是一种与对象的关系。"④这种对"无"的凝视实现了一种日常在场的缺席、对对象世界的摆脱,继而来到了"为自己"同样也是"为他者"的内/外在性之中。内在性与外在性在这个层面上是相通的,对内在亲密之物的内掘提供了超越对象世界、通达外部的通道。这种内掘/远离所造成的缺席的领域,被称为神圣,荣耀、爱和死亡只在这种缺席中才会出现。通过这样一种"为自己/为他人",人超出了自我,拥有了内在的神圣性,这是"神性的超

① 让-吕克·马里翁:《可见者的交错》,第34页。
② 让-吕克·南希:《肖像画的凝视》,简燕宽译,漓江出版社2015年版,第32页。
③ 让-吕克·南希:《肖像画的凝视》,第35页。
④ 让-吕克·南希:《肖像画的凝视》,第67页。

出"(l'excès "divin ")①。

　　南希分析洛伦佐·洛托的《年轻男子肖像》时指出这种没有对象的目光"不是唤起一个个体,而是唤起那个造就了一个一般主体的唤起—自身(le reppel à soi)"②。这种"唤起—自身",或许可以理解为一种主体朝向内在的神圣性运动本身。它是"对一种切心性的唤起(le rappel d'une intimaté)"③,它唤起了内在亲密性。这种内在亲密性指的是主体从日常在场之中逃脱,不断朝向神圣性而去,不断出生、死亡的运动。所以,"所谓的肖像画就是主体的出生和死亡,而主体并不是别的什么,它就是这个样子,方生方死并方死方生,甚或向着自身无尽地唤起"④。在这个意义上,南希认为,每一幅肖像画都是朝向上帝的,画出上帝的肖像是不可能的,肖像画在不断的尝试中失败,但也因此而留下了神圣性显现过的踪迹,从而永远处于亲近神圣(不可见性)的过程中。这一过程是无尽的,画中的肖像面向未来观看它的观看者,并将在与观者目光的交错中创造出新的主体。这些主体将继续为不可见者赋形。因此,南希认为肖像画的指归不是对世界的再现,而是将主体从与对象的关系中解脱出来,让主体投身于与世界的关系,并无止境地通往神圣性。

　　南希的观点引导我们想象一种能够唤起主体朝向内在、神圣性和不可见者之运动的影像之力量。美国录像、视频装置艺术家比尔·维奥拉也论述过这种能够唤起个体内在神圣性的影像:"个体在用心理解这样图像的同时也让渡了部分自我认同,这是一种非常常见的宗教体验,于是图像便同时具有了自我/神性,不是对圣像的描绘,而是一种召唤机制(图像激发的是个体内在神性,而不是上帝和圣母的形象)。"⑤在这里,重要的

---

　　①　让-吕克·南希:《肖像画的凝视》,第49页。

　　②　让-吕克·南希:《肖像画的凝视》,第53页。

　　③　让-吕克·南希:《肖像画的凝视》,第54页。

　　④　让-吕克·南希:《肖像画的凝视》,第58页。

　　⑤　Bill Viola:*Video Black—The Mortality of the Image*, in Doug Hall, Sally Jo Fifer: *lliminating Video. An Essential Guide to Video Art*, Aperture, 1990, p. 480.

不是影像如何展现对象和情节的发展、运动,而在于将主体从与对象的关系中拯救出来,如南希所说,使得主体"来到外部……"①。

简单来说,马里翁和南希影像理论都可视为列维纳斯之影像理论的某种延续,他们都强调了影像的他异性和超越维度,强调其对自我凝视之封闭性的打破。尽管马里翁更强调外在超越而南希更强调内在超越,但毫无疑问,他们都试图把影像从对象化、景观化甚至偶像化的宿命中拯救出来,将影像导向他者和神圣。这一思想蕴藏着巨大的理论潜力,使得我们可以将其挪用到对于电影和当代视觉艺术的分析中。所以,在下文中,我们将通过对两部当代电影的阐释,来与以上理论进行共振和互证。

第三节　电影中的不可见者及其亲近方式: 以《蓝》和《潜行者》为例

德里克·贾曼的《蓝》(*Blue*,1993)是拒绝图像表达的一个极端例子。整部电影由克莱因蓝的背景与不同声音组成。从电影形式上看,贾曼几乎舍弃了可见性,让观众直接面对不可见者,它被纯粹的蓝色所覆盖。观众亲近不可见者的方式,不是通过视觉,而是通过听觉。观众通过听的方式与不可见者接触,被他者所引导,与陌异的世界对话。不可见者隐匿于巨大的幕布背后,不断唤起观众对它的追寻。

贾曼企图摆脱图像的束缚,而让人们抵达一个更为本真和超越的世界,他说道:"习惯于相信眼睛看到的影像,那成了绝对价值,他的世界遗忘了本质:……但在你心底,还是祈祷着能从影像的束缚中解脱出来。"②蓝在影片中不是对现实的再现,而是对精神上升运动的模仿:"我把宇宙之蓝色呈现在你面前,蓝色,一扇通往灵魂的门,无限的可能性变得有形。"③

---

① 让-吕克·南希:《肖像画的凝视》,第81页。
② Derek Jarman, *Blue*, 1993.
③ Derek Jarman, *Blue*, 1993.

蓝色,此时代表的是无限性和超越性。贾曼的蓝,很容易让人想到犹太画家巴尼特·纽曼的作品 *Onement VI*:巨大的蓝色中间垂下一条白线。利奥塔在《纽曼:瞬间》中写道:"纽曼的画是天使。它不是什么,也不宣告:它本身就是宣告。"[1]纽曼的画是不可见者、神圣性、超越性的直接在场,他的画不显现具体的对象,而是显现显现本身,显现不可见者的在场,以及观众与不可见者的直接遭遇。在这个意义上,画作是一种圣显,如同面容的圣显一般。

当观众看向这幅画时,就进入了一种"面对面"的关系。利奥塔认为,这幅画作为不可见者、神圣性和超越性的直接在场,对看向它的人发出吁请或命令:"听我!"不是"看我",而是"听我"。因为"听"才是与神圣性交流的姿态,神圣性超越于可见性,因此观众不能用视觉把捉它,而只能用听觉来响应它。神圣性向观众发出了"听我""遵从我"的命令,在这种发布命令和接受命令的关系中,审美变成了义务,变成了伦理。就如同在列维纳斯那里,在与"面容"的对视中,首要的关系不是观看面容,而是接受面容所发布的伦理命令,自我不能伤害面容所显示的他者,且自我必须为他者负责。从这里,我们可以发现利奥塔的图像观与列维纳斯的面容观之关联。[2] 利奥塔认为,"自身升起(se dresser)"是纽曼的一个永恒主题[3],在这个意义上,纽曼的绘画和贾曼的电影可以被归入同一精神谱系,其中的蓝色都象征着亲近不可见性和超越性的路径,精神运动"升起"的路径。如前所述,这种"升起"是通过听觉而非视觉的方式所实现的,贾曼的电影直接运用了声音,而按照利奥塔的阐述,纽曼虽然没有实际运用声音,但却把与画作亲近的方式,由观看转换成了倾听。

---

① Jean-François Lyotard: *The Inhuman: Reflection on Time*, trans. Geoffrey Bennington, Rachel Bowlby, Polity Press, 1991, p.79.

② 具体介绍请参拙作《朗西埃对利奥塔崇高美学及法国理论"伦理转向"的批判——兼以列维纳斯哲学对其回应》,《社会科学辑刊》2017 年第 3 期。

③ Jean-François Lyotard: *The Inhuman: Reflection on Time*, p.84.

不过,禁绝或限制图像,并非通往不可见者的唯一方式。这种方式也可能导向过度的抽象主义和视觉禁欲,某种原教旨的反偶像崇拜主义。与之相比,塔可夫斯基的《潜行者》(*Сталкер*)则为我们展示了另一条通往不可见者、"神圣之地"的路径,展现了一种以爱与信仰与世界建立连接的精神影像。

《潜行者》讲述了一个通往"无法到达之处",且最终也没有到达该处的故事。故事背景大致如下:可能因为陨石降落,形成了"区(zone)","区"被认为是神、宇宙发送给人类的信使。"区"中有一个"房间",在房间里,有信仰的人可以实现自己的愿望。潜行者是带"区"外面的人进入房间的引导者,他本身没有强烈的个人愿望,但对弥漫在"区"中不可见的神秘力量具有非常坚定的信仰。他带有某种献身和牺牲的特质,服务于想要实现愿望的人们。

电影中"区"的可见形式是一片废弃的工业区,它同时意味着这片区域的深处是无法触及的。"区"的核心——"房间"——则更是神圣而不可见,三人来到房间门口,却没人真正进去,摄像机也没有进入房间。人类不具备观看房间的视角,展示房间就相当于为神塑像。潜行者不知道"区"里没有人的时候是什么样的,因为一旦有人进入"区","区"就会开始不停变化。"区"就像"物自体"一样不可把捉,它的真实状态绝对地与人分隔,展示给人的只是人主观意识中的"区"。

影片中的作家与潜行者分道扬镳,想要直接穿过一间房子抵达目的地,当他靠近那间房子时,空无中出现了一个声音:"停下来,别走。"此时,摄像机从房屋内部视点朝向作家进行拍摄,声音从房屋内部发出,发出者却不可见。它隐藏在摄像机背后,带着令人恐惧的神圣力量。它向作家和观众展现了一种来自他者的目光,这一目光没有确切的发出者,却和声音一起带来了一种命令的力量。这一凝视和声音来自他者和外部,却也来自内在,或者说正是最外部的声音才会唤醒最真实的内在。只有以他者为导向,在他者的牵引之下,我们才能找到真正的自我、内在性和主体性,这正是列维纳斯伦理学的要义。尽管作家并不理解这一声音,但他听从了这一声音,遵守了他者的命令。他在房屋前停步,退回潜行者所指引的道路。"遵从优先于理解",也就意味着"倾听优先于观看",因为倾听正是一种遵从的态度,而观看正是一种认知、理解的态度,在这里,我们发现塔可夫斯基又与贾曼和纽曼相逢了。

对塔可夫斯基而言,对自我内心持续探索并发现人类的界限,意识到更高者的存在,本身即人的精神朝向神圣性和超越性的运动。这种对于神圣性和超越性的追求,最终又奠基于在世界内部之中的爱与信仰,而不仅仅限于一种特定的宗教和灵性实践。《潜行者》的结尾由两个镜头组成,其一是潜行者的妻子面对镜头讲述在"潜行"之外的日常生活中的信仰。塔可夫斯基这样描述这一女性角色:"她的爱与忠诚是对抗现代社会信仰缺失、道德丧尽、精神匮乏的最后奇迹,而作家和学者正是现代社会的牺牲品。"[①]另一个镜头是潜行者的孩子用目光的力量移动了装有红色液体的玻璃杯。这一场景与信仰的力量有关,而与科幻无关,潜行者坚定的信仰传递到了他的孩子身上。通过让观众见证这个"奇迹",导演也让观众见证了他者的在场,并让观众意识到:他者和神圣的力量,就存在于孩童般纯真、坚定的目光和信仰之中。我们不可以抵达他者,更不可占有他者,但是通过纯真和信仰,我们却可以亲近他者,见证不可见者和神圣。

第四节　结语

简单来说,贾曼的《蓝》和塔可夫斯基的《潜行者》展现了两种亲近不可见者的路径,前者以较为彻底的禁绝影像的姿态,让我们以一种非视觉观审的态度亲近不可见者;后者则既不禁绝影像,也不反对审美观审,以一种独特的视觉表现和叙事方式,向我们讲述了一个亲近不可见者的故

---

① 安德烈·塔可夫斯基:《雕刻时光》,张晓东译,南海出版公司2016年版,第210页。

事。除此之外,二者的区别主要在于前者更加强调了他者的超越性和外部性,后者则将超越性和世界性、外部性和内部性置入了互动关联之中,亲近外部同时也意味着要走向内部,只有保持纯真和信仰,才能得以与他者相遇。当然,二者绝对不是决然对立的,恰恰相反,在对于影像的神圣性和超越性的追寻,对于他者的尊重,对于他者的倾听和切近等方面,二者都展现出了高度的一致性。而且,在两部电影中,不可见者的不可见性始终是被遵守和维持的。在其中,我们并没有看到不可见者,但以可见者为中介,我们却愈加领会到了不可见者的不可见性和超越性。在两部电影中,也随时可以发现其呈现方式与列维纳斯、马里翁、南希和利奥塔等人思想的连接点。他们都强调了影像的他异性、神圣性和超越性,并探索一种新的影像理论和创作方式,将影像从沦为供人享受和把玩的景观的命运中解救出来。这既暗含了对于当代文化之视觉泛滥的批判,又接续了西方的偶像破坏主义等传统宗教观和文化观,值得我们重视和研究。事实上,列维纳斯等人的思想已经深刻影响了国外的电影研究,有学者指出:"在讨论电影的伦理特征时,伊曼纽尔·列维纳斯的名字常常被提起,频率远超其他任何一位哲学家。"①就此,这一思想谱系值得我们予以更多关注。

原文发表于《电影艺术》2022 年第 1 期,第二作者为王新竹,略有改动。

---

① 丽莎·唐宁,莉比·萨克斯顿:《电影与伦理:被取消的冲突》,刘宇清译,重庆大学出版社 2019 年版,第 128 页。

| 第三章 |

当代西方文论的"伦理转向"研究[1]

　　大约从 20 世纪 70 年代初开始,西方当代文论迎来了一场"伦理转向"。这一"伦理转向"的对话和批判对象主要是结构主义中的反人本主义、后现代主义中的历史虚无主义立场,以及西方当代道德哲学中的功利主义倾向。从更具体的文论史角度来说,这一"伦理转向"的主要批判指向则是:以形式主义为代表的"内部研究",以道德作为衡量文学根本标准的道德主义。肯尼斯·沃马克在《伦理批评》中,区分了当代伦理批评的两种范式:"北美范式"与"欧陆范式"。前者以韦恩·布斯、努斯鲍姆和米勒为代表;后者以列维纳斯、德里达等人为代表。[2] 我们基本遵照了这一框架来梳理当代西方文论的伦理转向,除此之外,又新加入了两个分支:精神分析和创伤理论。二者有其独特的脉络。

――――――――――

　　① 本章内容为国家社科基金重大课题"当代西方前沿文论研究"(项目编号:14ZDB087)子课题成果,该子课题参与人和负责方向为王嘉军(法国理论)、范昀(北美批评)、刘昕亭(精神分析)和何卫华(创伤理论),本章内容对于四个方向的"伦理转向"的整理主要基于课题成果中以上作者的相关论述。

　　② 肯尼斯·沃马克:《伦理批评》,载于朱利安·沃尔弗雷斯:《21 世纪批评述介》,张琼、张冲译,南京大学出版社 2009 年版,第 143 页。

第一节 列维纳斯与法国思想的伦理转向

大约从 20 世纪 70 年代开始,法国理论,更具体地说,后结构主义的代表人物如德里达和利奥塔等人开始越来越多地关注伦理问题,以至构成了被称为"伦理转向"的风潮。这一"伦理转向"的显著特点在于强调他者的极端他异性,以及对他者的绝对责任。哲学家列维纳斯关键性地助推了这一"伦理转向"。从历史际遇上说,列维纳斯对于"伦理转向"的影响是随着 1968 年五月风暴的逐渐平息而渗透到法国思想中的。随着风暴的落幕,一批当时风暴中的主将开始反思,并寻求左翼思想之外的其他思想资源。在这个过程中,他们发现了犹太思想和列维纳斯。学界通常将后结构主义的反总体化诉求与五月风暴中的无政府主义倾向相关联,却忽视了五月风暴后,以列维纳斯为代表的他异伦理学对于这一思潮的影响。反过来说,也恰恰是五月风暴,为后来法国思想界对列维纳斯等人思想的接受奠定了基础,因为正是五月风暴使得结构主义威风扫地,并使得人本主义开始复苏,掀起浪潮的学生们迫切需要一种更强调主体性和能动性的哲学,来对抗看似坚不可摧的"结构"。而在风暴落幕之后,人们也开始反思和寻求革命的替代方案。如果说革命是欲求另外建立一种法则或秩序的话,那么革命在某种意义上的失利,则使得人们在风暴后倾向于去寻求一种更高法,这一更高法即人性或宗教。[①]

列维纳斯的伦理学正好满足了这样一种诉求,任何具体的道德律令和规范都可能演化为一种需要去重新冲破的意识形态或政治话语,都可能"掩盖和压抑种种越轨的、反叛的或颠覆性的能量",[②]而列维纳斯"无

---

① Julian Bourg: *From Revolution to Ethics: May 1968 and Contemporary French Thought*. McGill-Queen's University Press, 2017, p. 342.

② 杰弗里·哈芬:《伦理学与文学研究》,陈通造译,载于王宁编:《文学理论前沿(第十四辑)》,清华大学出版社 2016 年版,第 3 页。

限为他者负责"的伦理学则提供了一种"来自无根基的命令,是'悬置于深渊之上'的必然",它暗合了"现代性本身的隐秘本质"。① 概括而言,列维纳斯对于法国伦理转向的影响主要体现在如下几点。

第一,德里达之所以能够用解构主义来挑战结构主义,很大程度上在于其强调了结构主义中各稳定的结构要素的差异性、流变性和不在场性。换言之,正是解构主义对于"他异性"维度的引入破坏了结构主义的稳定结构关系预设,而这种"他异性"维度的引入很大程度上拜列维纳斯所赐。德里达用来解构在场形而上学的概念工具"延异""踪迹"甚至"幽灵"等都受列维纳斯的影响颇深。在其晚期思想中,德里达则更是直接地从列维纳斯身上继承了好客、给予、礼物、友爱等伦理议题。德里达的这一"伦理转向",同时也带动了整个解构思想的"伦理转向",由于德里达的世界性影响,这种转向早已扩展到了法国之外。在西蒙·克里奇利和米勒等德里达后继者的阐述中,解构已经被延展为了"解构即伦理"或"阅读的伦理",而列维纳斯同样是他们十分倚重的理论资源。

第二,利奥塔作为后结构主义的另外一位代表人物,本身也深受列维纳斯的影响。他曾"赞扬列维纳斯完成了由康德开始的工作,彻底地将'规定的语言游戏'从任何'本体论话语'中分离开来……从而创造了一种无须服从任何命令的完美的'空',一种'无规范性的义务'——这是一种能够和后现代性对异端与播散的强调相一致的伦理学"。② 在美学层面,正如朗西埃所分析的,被利奥塔重新赋予新意的崇高概念,表面上所继承的是康德的论述路线,而其内核却更接近于黑格尔和某种犹太神学。他对于崇高之中绝对不可见物的强调,也可被视为对某种绝对他者的等待和顺服,而这一绝对他者的来源主要就是列维纳斯。在这种崇高美学中也蕴含着一种伦理学指向,这种指向在利奥塔的见证诗学将这一崇高美学与奥斯威辛结合,并阐述这一超历史事件之不可表象、只可见证时体现

---

① 杰弗里·哈芬:《伦理学与文学研究》,第9页。
② 杰弗里·哈芬:《伦理学与文学研究》,第9页。

得尤为明显。

第三,通过其密友布朗肖的中介,列维纳斯的思想也间接影响了福柯和罗兰·巴特等从结构主义到后结构主义过渡的关键性人物。无论是巴特的"零度",还是福柯的"外部",都与布朗肖所阐述的文学空间有密切关联,而这一文学空间又与列维纳斯早年就阐述的"有(il y a)"这一概念亲缘。"il y a"作为"不在场的在场"等属性,已经非常逼近后结构主义的某些论断,而布朗肖在将其与文学结合后,进一步换算成了"外部"和"另一种夜"①等概念,这些概念对巴特和福柯都有着根本性的影响。这种难以把捉的"外部性"某种意义上就是结构的外部,结构主义因此引入了一种永远难以被结构所同化、所囊括的他异性。"il y a"对于主体权力的排除,对于价值的悬置,在布朗肖那里体现为其写作所追求的:让他者"无权力的出显"②。而这种无权力的出显和抹除主体的写作,导向的便是福柯和巴特所提倡的"外部思想"或"零度书写"。

除了以上这些后结构主义的代表人物之外,列维纳斯的伦理学还深刻影响了伊利格瑞、巴特勒、南希等当代著名思想家,而他们的思想都有着较为明显的后结构主义倾向。除了后结构主义之外,列维纳斯还更为深刻地影响了法国现象学的发展,带动了由马里翁和克里田等人引导的现象学的"神学转向"。除此之外,在法国公共知识界,"新哲学"的代表人物贝尔纳-亨利·莱维、本尼·莱维和法兰西学术院院士阿兰·芬基尔克劳德,可以说都是列维纳斯的信徒。20 世纪 90 年代末期,他们共同在耶路撒冷建立了一个列维纳斯研究中心。这几位同为犹太人的思想家积极介入政治,他们经常用列维纳斯的思想来支撑自身的犹太认同和政治观

---

① "外部"和"另一种夜"在布朗肖的理论和文学中指涉的是理性的外部,同一性的外部。西方哲学一直将光作为理性和认知的隐喻,而布朗肖追求的思想和文学则在这种光照之外,因此是"另一种夜"。与其说"外部"和"另一种夜"是理性或光照的反面,毋宁说它们是后者的"他者",因为"反面"依旧与正面处于一种辩证关系中。这两个概念都是"il y a"的某种延续,它们都是反存在论视域的。

② Emmanuel Lévinas: *Sur Maurice Blanchot*, Fata Morgana, 1975, p.14.

点。列维纳斯曾说,伦理学应当是第一哲学。从这个意义上说,由他所促动的这三大转向——后结构主义的"伦理转向"、现象学的"神学转向"和法国公共知识界的"犹太转向",都可被视为法国思想"伦理转向"的不同分支。

第二节　北美伦理批评与人文主义复兴

在法国理论之外,北美批评自 20 世纪八九十年代开始兴起的伦理关注构成了"伦理转向"的另一大分支。以韦恩·布斯和玛莎·努斯鲍姆为代表人物的这一伦理转向,所承接的是以阿诺德、利维斯、特里林等人为代表的自由人文主义的传统。这一人文主义传统持续追问"人如何过好的生活"这一问题,而答案是培养更为"完善"的人格、道德和社会。

尽管学科背景出身不同,但是来自文学界的布斯和来自哲学界的努斯鲍姆却共享着极为相近的立场,他们都极为看重文学对生活复杂性和脆弱性的揭示所蕴含的伦理价值,以及其对构建社会正义的潜在效能。无论是布斯的"文学友情",还是努斯鲍姆的"诗性正义",都旨在重构这种文学与现实、伦理和正义之间的关系。

具体而言,布斯的文学伦理批评强调一种"共导(coduction)的批评方式,强调在与他人的"共"情中"导"出文学的意义和价值。与基于逻辑的推导不同,这种共导本质上是一种与他者的交流,一种主体间的交往模式,而非主体孤独的理性探究。在布斯看来,这种在共导中,在与他人的交流中得出的审美感知,更具"客观性",也会对构建良好的公共生活更有裨益。布斯著名的"隐含作者"理论也可以放在这一主体间模式中来进行审视,在伦理批评中,对这一隐含作者的回应和责任显得尤为重要。这一责任是在读者与作品的友谊中被落实和体现的。读者与作品的关系,并不是一种主客分离的认识过程,而是一种读者和作品及其背后的隐含作者建立友谊的过程,这本身已经预设了一种伦理的阅读态度。

要落实这种伦理的阅读态度,就需要抱持对于作品、隐含作者和隐含意义的尊重,将注意力和情感投注到作品之中,以一种"细读"的方式去亲近作品。也正是这一点,使得布斯在某种意义上弥合了与形式主义的分歧,并且也逃离了道德主义的指控。形式主义不关注道德等外部世界的价值,道德主义则常以一种外在的道德标准来论断文学作品,文学的形式和修辞在这一前提下往往无关宏旨。与之相反,布斯的伦理批评却尤为关注修辞,因为在他看来,修辞即是一种把小说世界交托给读者的艺术,修辞本身就是一种伦理交流模式。在这个意义上,对修辞的关注和对道德的关切是并行不悖的。这种读者与作品和作者的友谊,最终受惠的终究是读者,在投入扮演小说中不同角色的过程中,读者似乎经历了不同的人生,也在不断走向"更好的自我"。

相比布斯而言,努斯鲍姆的文学伦理思想更指向对哲学、政治和社会问题的关切,她同时也是立场更为鲜明的亚里士多德主义者。努斯鲍姆认为亚里士多德的伦理学对于"人应当如何生活"这一问题的回答多元、开放和包容,体现了一种多元主义的价值观。这一伦理学和价值观本身又与文学密切相关。众所周知,正是亚里士多德在《诗学》中为诗辩护,为情感辩护,才重新校正了文学在公共生活中的价值。除此之外,努斯鲍姆还认为在亚里士多德的诗学中,诗"向我们显示了"作为在自然发生的世界中凡人的实践智慧与伦理职责"[1]。在亚里士多德这里,努斯鲍姆也找到了一种诗与哲学的和谐之道。

在具体层面,诗性正义、文学畅想和善的脆弱性,都是努斯鲍姆文学伦理思想的核心概念。通过"诗性正义"这一命题,努斯鲍姆强调了"'走向他人'的重要性、在人性上'保持丰富性'的必要性,以及'诗性裁判'的可能性。她用'诗性正义'去纠正经济活动与司法活动中忽略人的情感的

---

① Martha Nussbaum：*The Fragile of Goodness*：*Luck and Ethics in Greek Tragedy and Philosophy*，Cambridge University Press，2001，p.46-47.

偏向,证明文学想象是有益于公共生活的"①。诗性正义不只强调情感因素对于司法正义的重要性,更强调了文学作为培养"公正旁观者"的重要性。这一公正的旁观者,既可以对所发生之事或情节进行较为理性客观的观察,与此同时,又必须将情感投入其中,才能够真正理解这一事件,因此这是一种旁观而又投入、理智而又感性的批判性同情。

在这个意义上,读者才得以成为一个公正的旁观者,这种正义的视角和身份很大程度上是通过文学塑造的。这也就过渡到了"文学畅想"概念,因为同情某种程度上就是一种畅想,一种连接自我与他者的情感想象力,而文学正提供给了读者以一种畅想的能力。在努斯鲍姆看来,这一畅想本身具有重要的道德意义。在美育层面,畅想不只可以培养孩子对世界的丰富感知,还可以就此培养一种宽容的态度,并帮助孩子脱离实用性的思维方式。

此外,努斯鲍姆还透过古希腊悲剧探讨了"善的脆弱性"问题。通过"运气"等概念,努斯鲍姆强调了悲剧和生活中的偶然性和复杂性,这并不是黑格尔式的价值冲突可以全然解释的,也很难在其中真正找到某种和解之道。因此与其说悲剧是价值冲突的反映,不如说它时刻在提醒人们生活价值的多样性和复杂性,让我们接受这种现实世界的不完美性,并以一种"慎思"的态度,培养一种灵活应对的能力,去获得一种亚里士多德式实践智慧。

第三节　精神分析的伦理衍变

伦理问题在精神分析中的凸显,明确始于拉康1959年以伦理问题为核心的一整年讲座,自此开始,精神分析伦理观的焦点转向了剖析主体自身的欲望伦理。这一伦理线索延续到齐泽克之后,明确转向了对于主体

---

① 刘锋杰:《努斯鲍姆"诗性正义"观及其争议辨析》,《河北学刊》2017年第5期。

与他者关系的另类思考,以及对行动的关注,从而完成了精神分析的某种"伦理转向"。

在精神分析的起始时期,伦理问题在弗洛伊德那里是以一种否定的方式呈现的。弗洛伊德在治疗精神官能症的过程中,逐渐将病因归结为文明对于本能的压抑。如果说整个世界都是由力比多和欲望所潜在驱动的,那么所谓道德之人,也就只是意味着更能够压抑自己的潜意识欲望之人。"一战"的爆发和个人的不幸经历加速了弗洛伊德对于人性的悲观,在性本能之外,弗洛伊德提出人类还有一种攻击性本能;正是为了压抑这种本能,人类社会建构了一种"文化的超我"来审查和控制这一本能。"文化的超我"通常是以道德和宗教戒律的方式呈现的,例如"爱邻如爱己"这一律令。然而,这一对于人类本能的压抑实际上并不能兑现对于幸福的允诺。它至多是在人类不可避免的互相伤害冲动中建造了一道堤坝,却不可能使人类得到根本性的拯救。就此弗洛伊德事实上已经否认了道德和伦理的合法性,而且不仅人类内在的攻击驱力决定了个体不可能"爱邻","爱己"这一命题本身也是经不起推敲的,因为在弗洛伊德这里,"自己"已经具有了本我、自我和超我三个分身,自己是分裂和多元的,也很难从其中推导出一种伦理原则。

正是有关这一分裂的主体的看法,把弗洛伊德和他的后继者拉康更紧密地连接了起来。拉康精神分析理论的根基在于对"想象界—象征界(也被译为符号界)—实在界"的三元划分,这某种程度上承继了弗洛伊德对于主体的多元划分。如果说在弗洛伊德那里,伦理被视为一种文明或文化超我的压抑作用,拉康则从欲望的复杂性出发,重拾了伦理问题的重要性。

拉康理论正是建基于"想象界—象征界—实在界"这三元划分:想象界是伴随着镜像阶段而构筑的,在这个阶段,婴儿通过由镜子所给予的形象、误认和自恋构筑起了一个想象性的自我概念。象征界则可以代表一切我们生活所遭遇的符号系统,从语言、媒介到各种社会规范,不一而足,随着对于语言的习得,婴儿进入象征界之中,从此再不可复返于在想象界中与他者(母亲)无中介的原初交流。进入象征界的自我进入了一整个符号系统中,从此不再能抽身,因为他的认识、表达甚至欲望都是被这一符号系统所框定的,它从此也就与原初的、未经过符号浸染的"真实"相隔离了。这一不可复返的原初的真实,某种意义上就是"实在界(the real)"。

实在界从本质上来说是不可接近的,就如康德意义上的"物自体",主体无法脱离自身的主观认识结构去认识这一纯粹的"物本身",正如自我也无法摆脱自身所赖以认知和表达的符号系统,去接近那一前象征的实在界。与"物自体"作为一种悬置之物不同,"实在界"却不断地涉入现实(reality),甚至从根本上决定着现实。它代表了一种来自"前象征现实"的需要,这一"需要"不同于任何可以被具体化的对象,例如一个奶嘴或一根香烟,"奶嘴"或者"香烟"只是这一需要的象征化,而这一需要本身却是不可名状的,它来自实在界,"它以需要的形式闯入了我们的象征性现实"[①]。除此之外,"实在界"还与"创伤"概念有着紧密的联系。这里的"创伤"就是"实在界"和"象征界"之间的裂痕,或者永远不能被象征化的那一事件,它会持续不断地搅扰着象征界。例如在弗洛伊德的狼人病例中,狼人在一岁半时目睹的父母性交场面,由于无法被象征化,它便以一种隐秘的方式持续不断地搅扰着狼人,从而变成了创伤。[②] 在这个意义上,"'创伤是实在的',因为它始终是无法象征化的"[③]。

在这一多元架构下,拉康欲望伦理学的关键在于:既然主体被象征界所束缚,它又如何能够过一种伦理的生活呢? 为了摆脱象征界,拉康的伦理主体建构必然寻求某种在象征界之外的"真我",而这一"真我"只能被定位于不能被象征化的实在界。尽管这一实在界本质上是不可抵达的,

---

① 肖恩·霍默:《导读拉康》,李新雨译,重庆大学出版社 2014 年版,第 111 页。
② 托尼·迈尔斯:《导读齐泽克》,白轻译,重庆大学出版社 2014 年版,第 33 页。
③ 肖恩·霍默:《导读拉康》,第 113 页。

但主体还是可以通过"欲望"的铰接与之发生关系。

在拉康的分类中,欲望是伴随婴儿与母亲的分离而产生的,同时,这一与母亲分离的过程也是婴儿从想象界进入象征界的过程。在进入象征界之后,想象界中母子一体的完满统一丧失了,婴儿此时所能表达的欲求是被外界的符号体系所赋予的,他不能说出符号体系之外的欲求,这也就使得其在欲求的同时,也与一种不能被满足的匮乏相伴,而这种欲求和匮乏的夹杂就是欲望。欲望产生于匮乏,为了弥补这种缺失,儿童便努力恢复那种母子分离以前的合一,因此他们尤其试图通过取悦母亲来获得这种想象性的满足。取悦母亲,即意味着成为母亲想要的对象,这就使得儿童的欲望所指向的不再是一个具体的对象,而是使自身成为母亲欲望的对象,也即成为大他者的欲望对象,母亲正是最初的大他者。所以,主体的欲望实际是大他者的欲望,主体的欲望就是成为大他者的欲望对象,成为欲望的欲望。不过,这种通过想象来获得重新"合一"的满足的欲望本质上是不可实现的,因为"原质(the thing)"在分离之后就再也不可被寻回了,主体也不可能再彻底脱离象征界的束缚,这也就使得主体的欲望永远不能被满足,从而欲望也一直在生成。

拉康将这一欲望理论运用到了对《哈姆雷特》的阐释中。他认为,哈姆雷特对复仇的犹豫,本质上来自对大他者欲望的困惑,这一大他者的欲望,就是父亲的鬼魂发出的指令。哈姆雷特其实并不知道自己真正所欲的是什么,他的欲望只是大他者的欲望,而这一大他者的欲望是暧昧不清的。悲剧中的女性奥菲莉亚,则是哈姆雷特的欲望客体,或者说自我的镜像投射,然而吊诡的是,只有在奥菲莉亚死去之后,她才在哈姆雷特的哀悼中真正成为欲望之物,这说明了追寻欲望之路必然是失败的。

拉康的欲望伦理学恰恰最终落实于这一悲剧性的结尾,它构成了这一伦理学的两大基本诉求:"穿越幻象"和"认同征兆"。穿越幻象指的是拒绝外界强加的符号位置,拒绝基于大他者的诱导而对未来的幻想,直面自身的欲望。"认同征兆"则是意识到自身欲望的不纯粹性,自身的有限性,或者如哈姆雷特一般真正拥有欲望之物的不可能性。这种看似被动的认同,恰恰是一种"直面",是主体对抗疯癫的方式,通过这种认同,主体建构了自身主体性的一致性与稳定性。在精神分析治疗过程中,此即为治疗的结束之时,拉康也因此展现了一种完整的"欲望伦理学"。

齐泽克以一种激进政治的姿态,激活了拉康伦理学,并尤其强调其中行动的面向。在拉康的阐释中,行动的主体必须要为行动本身负责,这样一来,行动就被赋予了一种伦理意涵。必须为行动负责,指的是行动的主体不只要为自己有意识的行为负责,也要为自己无意识的欲望负责,因为无意识更是某种深层真实的表达。拉康就此推出了他的精神分析伦理:"你是否与你之内的欲望采取一致的行动。"

在齐泽克的阐释中,行动即意味着重建符号秩序,这意味着死亡驱力的运作,因为行动意味着去埋葬现存的符号秩序,但与此同时,主体也通过行动而获得了一种新的存在论意义。在这一点上,拉康和齐泽克都十分推崇安提戈涅,因为她以行动来反抗现存的符号秩序,或者说大他者的欲望,这是一种行动,一种积极的介入,她以常人不具备的勇气迈向了"一无所有、朝向未被社会体系承认的空白根基,进行了一次真实的跃入"①。这一对于现存符号体系和价值的悬置,正是一种伦理行动,主体为自己做决断,并为自己负责。因此,在行动中,主体必然经历某种危机甚至死亡,只有通过这种方式,主体才能重塑自身,继而重塑已然脱序的世界,同时也重塑伦理:"一个行动不仅运用既定的伦理标准,而且重新定义了它们。"②

---

① Slavoj Žižek: *Did Somebody Say Totalitarianism? Five Interventions in the (Mis)use of a Notion*, Verso, 2001, p.167.

② 斯拉沃热·齐泽克:《享受你的症候——好莱坞内外的拉康》,尉光吉译,南京大学出版社 2014 年版,第 139 页。

第四节　创伤理论及其伦理关怀

从 20 世纪七八十年代开始,西方的文学研究和文化研究领域还悄然兴起了另一场伦理转向,这一转向是伴随对"创伤"的研究而兴起的。创伤理论的兴起,从历史渊源上来说,上承以奥斯威辛为代表的"二战"悲剧,下启至今依然在震创世界的切尔诺贝利和 9・11 等事件和灾难。资本主义生产方式、权力在微观领域的渗透及其所导致的"异化",也被视为在日常生活中无处不在的"创伤"。现代传媒的高度发达,则使得任何一个创伤事件,都可能被过度和持续地放大,从而钝化或加剧创伤。在这一背景下,如何面对、回应和疗救创伤,成为一个亟待解决的问题。

我们大致可以将西方创伤理论分为两个研究方向,其一为文学创伤研究,其二为集体文化创伤研究。前者的代表人物有耶鲁学派的主将杰弗里・哈特曼,他所主持建立的耶鲁大学犹太人大屠杀幸存者证词档案库对于创伤研究的兴起至关重要,其后文学创伤研究的代表人物多利・劳布、肖莎娜・费尔曼和凯茜・卡鲁思等人的研究都与这一档案库密切相关。另还有诸多文学理论家和批评家从心理学、历史和社会学等角度切入创伤文学。第二个方向的代表人物则是以杰弗里・亚历山大和罗恩・艾尔曼为代表的美国社会学家,他们更关注于集体性的创伤,例如民族或种族创伤是如何通过文化建构完成的。[①] 这两个方向并不截然分开,哈特曼对今日社会的创伤氛围多有关注,文学在集体文化创伤理论中也同样是重要的文化载体。

宽泛地说,创伤性事件是那些因其突发性和强迫性而对主体造成创伤的事件。对于发生过的创伤事件,主体往往不可把控,因为创伤导致主体无法以一种清晰、冷静、全面的方式把握这一事件,然而与此同时,这一

---

① 对于创伤理论更为详尽的梳理请参赵雪梅:《文学创伤理论评述——历史、现状与反思》,《文艺理论研究》2019 年第 1 期。

事件却又在主体的记忆中不断复现,而且这种复现时常是以一种变形的方式显现的。因此,可以说,不可把控性和复现性构成了创伤的主要特征。创伤对于主体的损害除了在发生那一刻的震创之外,更在于该事件在后续的生活和记忆中幽灵般的复现和困扰。它不可把捉,却又阴魂不散。因此,对于创伤的疗救的关键就在于复原这一创伤性事件,完整地呈现这一事件,并就此在某种意义上使主体敢于直面这一事件,从而摆脱这一事件,愈合创伤。这是精神分析的基本治疗原则,但这一原则也同样适用于叙事。因为,对于创伤的复原本身就是一种叙述过程,一种通过事后的叙述和回顾而重返事件当下的过程。不过,对于创伤叙事而言,常规的叙事程序往往是无效的,因为创伤作为一种突发的,超乎主体把控的事件,本身就是超越于常规生活的,因此,也就无法为常规叙事所把捉。它往往呈现为碎片、倒错、晦涩和痛楚的状态,也正是因此,创伤叙事也往往以类似的方式对创伤事件进行呈现和复原。在很多情况下,个人化的创伤叙事不是如同常规叙事式一般"重构"和"整合"已发生事实的统一性,而是让创伤事件呈现自身,因为对于创伤而言,重构是不可能的,建构一种统一性也是不可能的。在这个意义上,"创伤是反叙述的,但其同样生成对回顾性叙述的疯狂生产,寻求对创伤进行解释"[1]。落实到文学上,这种反叙述的叙述构成了见证文学的重要分支。见证文学所见证的通常就是创伤和灾难,在托尼·莫里森和保罗·策兰等文学大师的笔下,这种见证往往是以一种倒错、碎片和重复的方式呈现的,通过这种方式,创伤被更为直接地召唤和呈现了出来。

因此,见证文学或创伤文学的独特性不只体现在所叙写的内容涉及创伤,还在于其以一种"创伤"的形式来叙写创伤。但无论是在内容,还是形式层面,如何叙说和表征创伤本身就是一个伦理问题。它涉及一系列复杂的问题:书写创伤如何可能? 如何表征创伤才是符合伦理的? 书写

---

[1] Roger Luckhurst: *The Trauma Question*, Routledge, 2008, p.79.

创伤本身是不是就是一种不道德的事情? 因为它在书写的过程中,总是会丧失某些创伤的内容(因为创伤本身就是支离破碎的),甚至总是会压抑和忽略某些创伤受害者及其真实的体验和感受。那么如此一来,见证文学或创伤文学是不是就是在以表征创伤的方式在伤口上撒盐? 从更为深刻的角度来讲,对于策兰等文学家来说,如何用一种施害者的语言(德语,甚至西方的思维和表述)来表征被害者(犹太人)的创伤和灾难,本身就是一个悖谬和难解的问题。

这一涉及文学内部的创伤表征问题,可能永远不会有一个完满的答案,所谓见证,正是需要见证者不断地付出,甚至牺牲才能成为一种见证。如果创伤可以被完满表征,而见证者也可以心安理得地去直面它、书写它,那很可能它表征的本身就不是创伤。可以确定,对于见证和表征之伦理的探讨和争议还会不断地持续。相较而言,从社会、文化和政治角度对创伤表征的研究,似乎更有章可循。这一研究的主要关注对象是集体层面的创伤,比如民族和种族的创伤,并尤为关注这一集体性的创伤是如何被表征和建构的,以及它对于身份认同的意义。这一集体创伤的建构涉及复杂的政治意图和文化诉求,也有特定的确认和表征程序,例如,"用以定义对集体性的痛苦的伤害,确立受害者、责任的归咎、分配理想的和物质性的后果"[①]等,在这一想象和表征过程之后,集体性身份才会发生变更。因此,从社会学的角度来说,集体创伤除了跟历史进程中发生的事件密不可分外,更与事件发生后的追认过程息息相关。

这一集体创伤的追认与共同体身份的建构休戚相关,例如"大屠杀"已经成为犹太人自我认同的关键性创伤事件,就像"奴隶制"也是最能激发非裔美国人身份认同的创伤事件一样。因此,"文化创伤"的视角,显然把创伤理论社会学化和政治化了,但这样一来,他们似乎又以一种建构主义的视角抹杀了创伤真实的"创伤性"? 如果今日之铭记的创伤多来自政

---

① Jeffrey C. Alexander:*Trauma*:*A Social Theory*, Polity Press, 2012, p.26.

治和文化建构的话,那它是否还是一种真切的创伤,还是只是某种话语的产物? 这种被建构出来的创伤对于创伤事件的真实受害者又是否公平和道德? 因此,这种以文化建构来审视集体创伤的研究方法,必然也需要涉入一种伦理的视角。它必须研究何种文化建构才能伦理地表征创伤。这种对于创伤建构的反思,往往会伴随着对现有创伤建构的批判,例如朱迪斯·巴特勒就质疑了美国政府和媒体对于战争损失的哀悼,并认为"美国在公开讣闻中神化自己的损失,其中包含了太多'国族建构'的意涵"[①]。

对于创伤的见证本质上是一种赋权行为,它是要通过见证的方式,使那些被侮辱与被损害的受害者能够具备可见性,并被关注、纪念或哀悼。在这个意义上,创伤的定义可以更加广泛,创伤不只是某个特殊的历史事件,例如大屠杀或奴隶制等所造成的后果,更可以指涉权力对于弱势者长期的压制和损害。女性、少数族裔和殖民地居民等群体,都可以被纳入这个弱势群体的序列中来。当然,这种对于弱者或他者创伤的见证或表征,必然也要涉及对自身和自身所在共同体的反思。也正是因为这种反思,让许多西方学者意识到了自身创伤理论的局限性,他们对于创伤的态度和视角时常会包含一种西方中心主义立场。故此,可以预计,未来创伤理论的研究重镇将转向包括中国在内的备受创伤的第三世界国家。

第五节　诸"伦理转向"的争议与共通

从以上的梳理即可看出,所谓"伦理转向"其实是由诸多不同的思想脉络所形构的,很难对其进行一种统合性的把握。在最低限度上,我们只能说这些不同脉络的"伦理转向"共享的是一种对于文本之外的外部世

---

① 朱迪斯·巴特勒:《脆弱不安的生命:哀悼与暴力的力量》,何磊、赵英男译,河南大学出版社 2013 年版,"前言",第 4 页。

界、对于生存的关切,而且这种关切往往溢出了以政治或意识形态为基础的考察视角,尽管伦理与政治无法完全隔绝。这一"伦理转向"是众声喧哗,也是充满争议的。这一争议不只体现在外界对其的攻讦上,例如巴迪欧和朗西埃等人对法国思想"伦理转向"的批判上,也体现在诸伦理转向之间的纷争上,例如波斯纳对于布斯和努斯鲍姆的批评,齐泽克对于列维纳斯的批判。

波斯纳将布斯和努斯鲍姆的相关文学思想视为一种道德主义的变体,而他则以一种唯美主义的态度对其进行了批驳。他认为,文学的首要之义并不在于产生道德效果,而且很多时候也产生不了道德效果,一个文学批评家甚至道德哲学家就未必比别人有更好的道德品质,而且很多伟大的文学作品还是不道德的。文学或许可以让我们更为了解自己,从而成为自己,但却未必能在道德上使我们变得"更好"。对于波斯纳的批评,努斯鲍姆和布斯都做出了回应。努斯鲍姆认为"伦理"的含义可以很开阔,在这个意义上,寄望通过文学过一种"更有意义的生活"的波斯纳同样也在寻求文学的伦理。努斯鲍姆同时也重申了自己的自由主义和多元主义立场,她的文学伦理立场并不是唯一的文学解读路径。与之类似,布斯也指出波斯纳没有区别"道德"与"伦理",他将努斯鲍姆和布斯都视为道德主义者,却没有注意到他们所理解的伦理的多义性。从这种多义性出发,甚至波斯纳所钟爱的唯美主义作家王尔德,也在用自己的伦理立场,去塑造"更好的人"。

如果说,以上争论是一种北美伦理批评的内部纷争的话。那么,齐泽克对于列维纳斯的批判,则代表了不同脉络之间"伦理转向"的根本性分歧。齐泽克认为列维纳斯的"面容"概念是对作为原质之邻人的"美化",原质是不可知的,主体和邻人之间隔着永恒的深渊。在这个意义上,邻人也可能是一个怪物,而非上帝的形象。而且,齐泽克不承认列维纳斯那种主体与他人面对面的伦理情境,他指出,在精神分析治疗中,治疗者和患者并不面对面,而是共同盯着墙面上的空白。在这种关系中,没有主体间性,也没有自我和他者。① 而且,精神分析的宗旨也从来不是捍卫人类面容的尊严,而恰恰是要揭露面容掩盖下的幻象或本我。从这个角度说,精神分析就是要让人们"丢掉面子"。这一丢掉面子的过程,就是要"把面孔重塑为完全丧失面孔的怪物性(在这个意义上,拉康声称实在界是'现实的鬼脸')"②。而且,齐泽克认为列维纳斯贬低自我的伦理学恰恰暗含了一种自我赋权,似乎自我是唯一的受拣选者,他肩负着全世界的苦难和对全世界的责任,而这种"受拣选"的意识正是来自犹太教,因为犹太人把自己视为上帝的唯一选民。因此,这种从自我放弃到自我特权的转换恰恰证明了黑格尔的怀疑:自我贬低(self-denigration)恰恰会秘密转向它的反面。

　　齐泽克对于列维纳斯的批判多有曲解之处,实际上他是把列维纳斯视为西方当代左翼多元文化主义的靶子,并号召从这种无暴力的伦理学和伦理政治中挣脱出来,而重新寻求一种"革命的公正"。从这个角度来说,齐泽克对于列维纳斯的批判非常接近于巴迪欧对于列维纳斯的批判:没有所谓伦理政治,也没有超越政治的伦理,政治首要的原则是区分敌我,而不是为一种小资产阶级式的人道主义同情所困扰。要在二者之间进行调和几乎是不可能的,因为列维纳斯寻求的恰恰是一种超越政治的伦理,甚至是一种作为宗教的伦理。这一看似虚幻的指向曾经也是雨果、托尔斯泰和陀思妥耶夫斯基等文学家的诉求,作为一种理想,它恐怕永不会退场。

　　诸伦理转向之间,也并非全然分歧,事实上,除却齐泽克的路径之外,本章所论其他脉络中的伦理转向之间的共通要多于差异。哪怕在精神分析内部,也有全然不同于齐泽克的伦理阐释,例如在一本副标题为"精神分析的伦理转向"的著作中,该书作者恰恰是在运用列维纳斯的伦理学来

---

　　①　Slavoj Žižek: *The Neighbor: Three Inquiries in Political Theology*, The University of Chicago Press, 2005, p. 148.

　　②　Slavoj Žižek: *The Neighbor: Three Inquiries in Political Theology*, p. 147.

建构一种精神分析的伦理。例如,强调分析师应当在患者面前进行一种列维纳斯式的"替代",即为患者受难,以一种脆弱和敏感性来感受他者的痛苦,最终出离自身,撕裂自身,这种出离和撕裂同时也就是一种创伤。列维纳斯的"创伤"指的是主体在与他者相遇时,对他者负有无限的责任,无法逃避地被他者所纠缠和"创伤",毫无保留地向他者暴露和敞开,撕裂自身的同一性。精神分析师在某种意义上就是一个被患者的创伤所"创伤"和撕裂的主体,他要不断地走出自身的内在性,不断跟随患者回到创伤的起源,并为此替患者受难。所以该书认为,列维纳斯所阐述的"创伤(traumatism)正是欢迎和陪伴他者的可能性条件"①。通过创伤这一概念,我们其实可以把列维纳斯、精神分析和创伤理论都勾连起来。

在北美批评和法国思想的"伦理转向"方面,已经有为数不少的研究对努斯鲍姆与列维纳斯进行了比较。例如《伦理批评:列维纳斯之后的阅读》一书区分了三种伦理批评方式,一种是努斯鲍姆式的,一种是米勒式的,一种则是列维纳斯式的。努斯鲍姆的伦理批评总是要把文学拉回现实,而米勒的伦理只需要回应文本本身就可以了。列维纳斯式的伦理批评则超越了二者,因为阅读,对于列维纳斯而言,就是要不断从"所说"(文本的内容)中去领受"言说"(他者带来的启示),而且还要不断打断对"言说"的理解,从而不令阅读最终固化为一种认识论或方法论。② 在这个意义上,列维纳斯式的伦理批评,既不会局限于成为现实的某种指针,也不会迷失在对文本语词或修辞的探究中。

约翰·莱顿则倡导在列维纳斯和努斯鲍姆之间进行调和,建构一种21世纪的伦理批评:"任何提出伦理要求的阅读都必须既注意文本美学的独特性(其转化或情感的能力),又注意其社会或历史背景的政治。虽

---

① Donna M. Orange: *Nourishing the Inner Life of Clinicians and Humanitarians*: *The Ethical Turn in Psychoanalysis*, Routledge, 2016, p. 14.

② Cf. Robert Eaglestone: *Ethical Criticism*: *Reading After Levinas*, Edinburgh University Press, 1997, pp. 176-179.

然他们的哲学原理不同,但在努斯鲍姆试图'把语言想象成触摸人类身体的一种方式'中,浮现了一种伦理共通的可能性。"[①]的确,列维纳斯也曾将"言说"——他所阐述的伦理语言视为一种触摸,它就像"向他者致意,握手"[②]。这种语言是肉身性的,在他将"言说"与策兰等文学家的语言勾连之后,这一语言的肉身性和亲近性与文学的关联就更为显明了。而且,列维纳斯本身也极为强调批评的公共责任,他曾为批评指派了一种将现代文学艺术中"非人性的倒错"并入公共生活的义务。[③]

我们可以将努斯鲍姆的伦理批评和列维纳斯的伦理学指归分别界定为"良好生活"和"朝向他者"。前者追求的是通过"生活"来更新自己的道德意识,而非固化于某种道德观念,后者则追求的是通过向他者"献身"来超越自身。它们都既将伦理视为根本的指归,又不囿于某种道德标准。区别在于"良好生活"更强调的是与他人共在的公共维度,这一公共维度,代表的也就是伦理生长的政治历史现实。而"朝向他者"则以一种激进的态度既要追求"善",又要通过他异性来不断打破对于"善"的固化理解,因为"善"的共识被固化为一种道德指南后,时常会限定个体"朝向他者"的无尽旅程。在这个意义上,列维纳斯的伦理学是超历史的,它也无法被建构为一种"方法论",毋宁说它更应该被作为一种道德哲学和伦理学背后的"元伦理学"而运作。但这一元伦理学要更好地反哺现实,可能也恰恰需要借助于努斯鲍姆那种更强调公共视野的伦理学,因为列维纳斯伦理学预设的"二人场景"(自我和他者),要产生充分的社会效应,必须辅以一种公共视角。反过来说,当认同努斯鲍姆路线的学者试图从文学文本中直接发掘道德教益和现实效力时,列维纳斯对于极端他异性的尊重,也是

①　John Wrighton: *Reading Responsibly between Martha Nussbaum and Emmanuel Levinas: Towards a Textual Ethics for the Twenty-First Century*, in *Interdisciplinary Literary Studies*, 2017(2).

②　Emmanuel Lévinas: *Noms Propres*. Fata Morgana, 1976, p.52.

③　参见拙译伊曼纽尔·列维纳斯:《现实及其阴影》,载于高宣扬主编:《法兰西思想评论·2017年(春)》,人民出版社2018年版,第164—182页。

他们必须参考的,因为对于文学这一最具"他异性"的书写,任何理解都是不充分的。因此,我们应该为"他异性"留有足够的空间,并时刻质疑阅读的主体自身的"主权"。不过,不能将这种质疑主权的阅读仅仅理解为一种解构式阅读理论,因为列维纳斯的伦理始终指向的是"他人",而非一种宽泛的"差异性",正是这种对人本主义的持守,使得列维纳斯和努斯鲍姆的伦理学可以建立更为亲密的互动。

原文发表于《中国人民大学学报》2020 年第 2 期,略有改动。

第四章

死亡、爱欲、生育与未来:列维纳斯与《时间与他者》

　　1945 年,经历了"二战"的列维纳斯回到巴黎,与妻子和女儿团聚,她们由于布朗肖等友人的营救而得以幸存,但列维纳斯在立陶宛的家人却被纳粹杀害了,作为法军士兵的列维纳斯也在战俘营被关押了四年,并在那里酝酿了他的第一本代表著作:《从存在到存在者》。回到巴黎的列维纳斯开始了新的生活,并于 1946 年应朋友让·瓦尔所邀在其创建的哲学学院以"时间与他者"为题举办了四次讲座,[①]其后讲座的速记稿经整理于 1948 年被收录到哲学学院的第一本文集《选择、世界和存在》中并出版。尽管只是讲稿的结集,尽管篇幅短小,尽管存在着列维纳斯本人在该书再版前言中所说的诸多缺陷,但《时间与他者》却被公认为列维纳斯的代表作品,并产生了深远的影响。笔者认为这是多方面原因造成的。首先,尽管《时间与他者》篇幅不长,但是它的体系完整且思路独特,全面呈现了列维纳斯这一时期关于"时间与他者"之思考;其次,《时间与他者》既接续了 1947 年出版的《从存在到存在者》的论述,又预演了 1961 年出版

---

　　①　瓦尔登菲尔茨(Waldenfels)指出,"时间与他者"不是列维纳斯在哲学学院唯一的讲座,1961 年他还受邀在该院举行了名为"人之面容"(Le visage humain)的讲座,梅洛-庞蒂参与了讲座后的讨论。Bernhard Waldenfels: *Levinas and the Face of the Other*, in Simon Critchley and Robert Bernasconi(eds.): *The Cambridge Companion to Levinas*, Cambridge University Press, 2004, p. 80.

的《总体与无限》的关键性思路，从而成为这两本重要著作之间的过渡，勾勒了连贯的思想发展路线；最后，由于文本来自现场讲座，因此《时间与他者》有着列维纳斯著作中少有的直接清晰、线路图式的表述，也更易于让读者概观其思想。尽管对于不熟悉列维纳斯思想的读者来说，本书依旧有不低的门槛，但相比于他的其他著作，尤其是晚期著作，这本书确实是入门的最佳选择之一。读者只需比较一下本书 1979 年的再版前言和正文中的表述，就可以窥见列维纳斯语言风格的变化。正因如此，我建议对列维纳斯思想不太熟悉的读者，可以先读完全书再反过来阅读其前言中的回顾和概括。

《时间与他者》有许多潜在的对话者，其中既包括巴门尼德、柏拉图、帕斯卡尔、柏格森、胡塞尔、萨特等哲学家，也包括莎士比亚、布朗肖、加缪和纪德等文学家。但毫无疑问，其中最重要的对话者始终是列维纳斯曾经的老师，后来的思想对手海德格尔。我们从《时间与他者》对海德格尔哲学的批判入手，或许可以更直接地进入列维纳斯的致思路线。

第一节　存在是基础的吗

列维纳斯在同时期（1951）曾经写过另外一篇重要论文：《存在论是基础的吗？》。这篇论文更为直接地展现了列维纳斯与海德格尔的较量，以及列维纳斯超越存在论之基础性的企图。在列维纳斯的哲学（伦理学）中，一切都是从对存在论基础性的超越开始的。首要便是要超越"存在"的基础性，毫无疑问，海德格尔存在论哲学中最为基础的概念便是"存在"。在列维纳斯看来，这一存在总是与"对存在的理解"密不可分的，[①]甚至可以说，存在即是对存在的理解。而且，存在、存在的真理，总是在存在者，更准确地说——"此在"中通达的，否则存在就是不可被理解的，它

---

① Emmanuel Lévinas：*Totalité et Infini：Essai sur l'Extériorité*，Martinus Nijhoff，1971，p.36.

的真理也不可能显现出来。在这个意义上,没有一种"无存在者的存在"。然而,列维纳斯要追问的是,是否可以设想一种不依附于存在者之理解的"存在"、一种独立的"存在"? 这一"存在"对应的是"l'exister"而不是"Being"。因此,对其准确的译法,应当是"实存"而非"存在",它"实存"着,却还不"存在",不"是"任何东西,不具任何意义。

这一实存,当然是无法被描述的,因为其先于"存在者",先于实体,先于主体,也就是先于意义和意识,我们对其没有意识,无法理解。列维纳斯用比喻性的语言将其描述为:"就像一个所有东西都沉没了的地方,就像一种空气的稠密,就像一种空无的满盈或沉默的窒窄。在所有物和存在者毁灭之后,只有一种无人称的实存之'力场'。"[①]他还将其类比为一种特殊的经验——"失眠",在纯粹的失眠,也即不为任何具体事情担忧的失眠中,时间似乎被打散了,一切在无止无休的开始和延续,但却没有实质性的进展,一切都是无意义的循环往复,陷入胶着,这就类似于实存的运作。"有"(il y a)这一概念所表达的也是实存的意思,所谓"有"意味的是:只是有"有"这一事实,却不知道有什么东西,也就是说没有任何存在者,而只是有"有"本身。这也是实存的状态:是实存本身实存着,而不是某种东西在实存中实存着。所以,"il y a"和实存都是匿名的。这样一来,一个实存者,或者说存在者、实体,从这一实存中"逃离"或出显就是必要的,否则一切就将永远停留于实存的混沌之中。列维纳斯将这一实存者从实存中出离的过程,称为"实显"(hypostase),对于"实显"的论述是《从存在到存在者》的主要论题,它涉及的是实存者从自身的不断出发,在"努力"中不断争取一个"现在"和"位置",从而使得自身得以安放。

通过"实显",实存者或曰主体在某种程度上建构了自身的主体性,逃离了匿名之"有"和实存的掌控,但与此同时,主体又被束缚于自身之中,从而无法摆脱自身的孤独。主体从实存中挣脱之后,"实存"就变成了"我

---

①　列维纳斯:《时间与他者》,第15页。

的实存",从而便束缚于自身的实存之中。如列维纳斯所说,主体可以和他者交换一切,却唯独不可以交换自己的实存。[①] 更具体来说,在主体诞生之后,其"自我"(le moi)就被束缚于其"自身"(le soi)之中,自我总是在操心自身,操持自身,正是这种自我对自身的时刻关切建立了主体的同一性,但与此同时,主体也就被束缚于这种同一性之中。这种自我对自身的依附,这种超离自身的不可能性,这种分离的不可能性,这种滞重,被列维纳斯称为"物质性"。列维纳斯强调自己是在唯物主义的意义上来使用该词的,物质性当然标识了主体的局限性,但是它同时也抗拒了唯心主义的虚妄。那种虚妄往往忽视主体的物质性实存,甚至忽视主体肉身的限定性,而妄想一种完全超乎物质的精神,这便是一种主体性的幻觉。因此,对于列维纳斯而言,物质性不是一个绝对消极的概念,正是其限定性,才使主体遭遇外部和他者,并使从这种遭遇中获得拯救得以可能。否则,主体完全可以通过自身就获得一种超越,或抵达一种"绝对"。

第二节　生活就是为了享受生活

本节的主要论题:享受和日常生活中的超越。物质性,也即自我对自身的操持,使得享受成为可能,而享受作为一种主体与外部交往的方式,在某种程度上已经为主体带来了一种日常生活中的超越和拯救。如果没有自我对自身的操持,例如,自我对自身的担忧,或自我对自身之饥渴的感受,当然也就不会有享受。如果自我完全可以置自身于不顾,而超然于万物,当然也就不会有满足可言,因为它早就自我满足了。它在饥渴之前,就已经满足了。正是饥渴带来了满足,而饮食的满足便是首要的享受,在这个意义上,世间万物都可以被视为满足我之需求的"食物"或"人间食粮"。我们与世界打交道的方式首要就在于这种享受,饮食的享受,饮食不是为了健康或活着,饮食就是为了享受食物本身及其带给我的满

---

① 列维纳斯:《时间与他者》,第 9 页。

足。就像列维纳斯说的:"去散步就是要去呼吸清新的空气,不是为了健康,而是为了空气。"①这一点后来在《总体与无限》中得到了更为全面的阐发,列维纳斯也在其中更直接地凸显了"享受"这一概念对海德格尔哲学的批判。海德格尔将日常生活和我们在其中使用的诸用具设定为一个互相指引的用具体系,每一个用具都指向别的用具,然而却忽视了这些用具的真正目的是满足和享受。这些互相指引的"用具整个地掩盖住了用途与目标的实现—满足。海德格尔那里的 Dasein 从来不感到饥饿"②。而且,在海德格尔那里,日常生活总是应当"为"通达存在而服务,如果它不能通达存在,那么它就是一种沉沦的生活。然而,列维纳斯却指出,所谓生活并不是为了别的目的,生活就是为了享受生活本身。

　　这一批判还隐含地指向了海德格尔对身体的忽视,享受,尤其是饮食的享受,基于需求,基于饥渴,而饥渴本质上又源于我们的身体。我们的身体既带给我们饥渴,也带给我们满足。从这个意义上说,"物质性"和"享受"恰恰是我们的身体、我们肉身化的实存导致的。所以,肉身既是我们的限制,同时也是我们在日常生活中超越的基础。如果忽视肉身,人们往往就会把超越寄托于精神,而这对于列维纳斯而言是危险的。最糟糕的情况莫过于纳粹把身体特征与一种纯粹血统和民族精神相勾连,从而排斥和抹杀其他种族的身体。对此,列维纳斯早年(1934)在《反思希特勒主义哲学》中曾经有过深刻阐释。③ 另外,精神时常把身体作为自身纯化的障碍,而所谓"纯化"就是要寻求一种独一性和绝对性,这种独一性和绝对性对于列维纳斯而言,恰恰掩埋了存在之多元性。多元性的消失,也就意味着他者的消失,而他者的消失便意味着伦理的消失。故此,身体恰恰是维系多元性和伦理关系的基础,海德格尔对身体的忽视,则揭示了他与

---

　　①　列维纳斯:《时间与他者》,第 42 页。

　　②　列维纳斯:《总体与无限:论外在性》,第 115 页。

　　③　Emmanue Levinas: *Reflections on the Philosophy of Hitlerism*, trans. S. Hand, in *Critical Inquiry*. 1990, No. 1.

观念论的藕断丝连。

列维纳斯认为,正是享受和食物带给我们一种在日常生活中的超越。因为在享受中,我们遗忘了自身,自我和自身之间的粘连被暂时解开了。在享受中,我们与外物有所距离,却又享受于这种距离逐渐消失的过程。就像面对一个生日蛋糕时,我们既与其有所距离,又享受这种距离之消失,享受品尝其奶油,甚至吹灭蜡烛的过程。而在这一享受过程中,我们都是"忘我"的。因此,享受是"一种对客体的吸收,但也是一种与它的距离"①。如果没有这种距离,享受根本就无从发生。列维纳斯后来在《总体与无限》中暗示,甚至认识和思想也可以首先被视为一种享受,也是一种与客体的距离和对客体的吸收,而不是某种为了通达其他目标的中介。② 思想即是对思想的享受,认识就是对那一认识外物之过程的享受。我们甚至可以说,饮食和认识是两种对于外物的享受方式,只不过前者是身体的享受,后者是心智的享受。正是在这个意义上,我们才可以理解为何列维纳斯在《时间与他者》中迅速地将享受与认识和光勾连了起来。

> 以享受为形式,世界使得主体能够参与实存,并且因此许可主体一种与自身有所距离的实存方式。主体被吸收进它所吸收的客体中,然而保守着一种相对于该客体的距离。所有享受都是感觉,也就是说[都是]认识和光。倒不是说这是自身的消失,而是说这是对自身的遗忘,而且是作为一种首要的忘我。③

---

① 列维纳斯:《时间与他者》,第 42 页。

② 列维纳斯,《总体与无限:论外在性》,第 107—111 页。相关分析也可参见 Rosalyn Diprosep: *Corporeal Generosity*: *On Giving with Nietzsche*, *Merleau-Ponty*, *and Levinas*, State University of New York Press, 2002, p. 133.

③ 列维纳斯:《时间与他者》,第 50 页。

　　换言之,无论是享受还是认识,都是一种既与外物有所距离,又通过吸收和掌控外物,与外物融为一体,从而让距离消失的实存方式。这种既存在距离,又弥合距离的实存方式,就被列维纳斯称为"光"。光,既让实存者(我们姑且可将其理解为主体)与外物有所距离,因为正是光开示了主体和客体之间的空间,否则在一片黑暗和混沌(il y a)之中,主体并不会"感觉"到客体,更不会感觉到与客体的距离;与此同时,正是这一光和光所开示的空间,连接起主体和客体。通过光的这种连接方式,主体得以"看见"客体,认识客体,在列维纳斯看来,这就相当于通过认识的方式来"吸收"客体,享受客体。这样一来,光就成为客体向主体显现,主体吸收客体的基本条件。因此,在这个意义上,光比"客体"、外物或他者更为根本,是光赋予了它们以可见性,如果没有光,它们几乎相当于不存在;我们要与外物打交道,首要就必须借助于光,换言之,借助于感觉和认识。而且,光是普遍的,它普照万物,随物赋形,因此,我们要与外物打交道,首先就要通达这一普遍性的光亮。这一普遍性之光,在列维纳斯看来就是理性的普遍性,我们可以将康德主体的先天认识形式视为其代表,它使得主体能够认识外物,而从根本上说,是认识自己。因为外物是后验的,只是触发这些形式运作的契机,而那一主体却是先天且普遍就如此的。我们通过外物而认识我们本身,这就是观念论的深刻真理所在:"客观性反转为主观性的可能性,正是观念论的主题,而观念论就是一种理性的哲学。光的客观性,就是其主观性本身。"①

　　但这样一来,也就没有真正的外物或"他者"了,②一切都是被认识,被主观,被光所照亮的,我们需要先通达光,再通达外物,如此便已经使得外物附属于光和认识。由于没有他者,主体也就不能在根本上摆脱其孤独,无论享受还是认识,归根结底,都是主体吸收外物的一种方式。而当

---

　　①　列维纳斯:《时间与他者》,第47页。
　　②　当然,这一指责更多指向的是康德之后的德国观念论,在康德那里还悬设了一个作为"他者"的"自在之物"。

一切都可被吸收的时候,也就说明,我们不可能有一个同伴。这个同伴永远不会被我吸纳于我之中。而且之于认识而言,理性普遍性本质上的追求是"一",所有光本质上都是一道光,因此理性本质上也就是孤独的,它没有同伴,"理性从来就不曾发现另一种向其诉说的理性"①,而只能发现其根源处那个唯一的理性。由此一来,依附于理性而实存于世的主体也就是孤独的,它不能走向真正的解放。

主体如何遭遇他者,遭遇一个不可被光、被自身所吸收的外物? 这便转向了本章第三节讨论的核心问题。

第三节 遭遇死亡

这一主体所遭遇的绝对不可被光照亮、不可被认知的他者,就是死亡。什么是死亡? 死亡不等于虚无,也不等于永恒,因为没有人见过死亡,所有这些都只不过是对死亡的幻想和预设。死亡唯一的真理只在于:我们对死亡一无所知,这便是死亡的明见性。列维纳斯强调,这种不可知不是未知,未知只是"尚未"知晓,而不可知则是彻底的不可被理解,不能见容于光。而且,我们不只不能知晓死后的世界,我们连死亡是否会来临都不知道,因为没有人亲身经历过自己的死亡,所以也就无法知晓死亡是否会在某个"现在"降临在我头上。列维纳斯就此把与死亡的关系称为与神秘的关系。对于他而言,死亡是最不确实的事件,这与海德格尔对死亡的定义针锋相对。在海德格尔那里,死亡恰恰是最确实的事情,是命定的终点,它为生命规定了期限,因此人们才能朝向这个终点而进行筹划——向死而在。列维纳斯明确提到了他对海德格尔死亡观的反对:

> 我们把这种对在受难中的死亡的分析,与海德格尔著名的向死而在的分析相对照,就会立刻注意到其特殊之处。向死而

———————

① 列维纳斯:《时间与他者》,第 46 页。

在,在海德格尔的本真性实存中,是一种极度的明澈性并且因此是一种极度的男子气概。它是此在对实存最终的可能性之承担,它使得所有其他可能性成为可能,并因此使得把捉一种可能性的事实本身成为可能,也就是说,它使得能动性和自由成为可能。①

在海德格尔那里,死亡的确实性使得向死而在得以可能,向死而在的本质就是朝向死亡而筹划自身之存在。筹划显然代表了一种能动性,甚至自由,它使得主体可以把捉各种不同的可能性。然而,一旦这种死亡的确实性消失,主体的能动性也就不复存在了。一种没有终点的筹划是不可能的。如果死亡不是终点,也就没有向死而在,主体因此也就丧失了其主动性。当然,有人会说,某些宗教信徒也不把死亡当作终点,因此他们也不朝向死亡而筹划,而是朝向死后的世界,来世或彼岸而筹划。列维纳斯在这里还没有走得这么远②,他更为强调的是在面对死亡时我们的无能为力,这里的死亡指的是"真实"的死亡,而不是死亡在生存中投射的影子。我们所能接触的死亡无非是死亡的投射,"向死而在"中的死亡亦如是。但列维纳斯却指出,在面对"真实"的死亡时,我们"不再能有所能",也即我们连拥有能力的能力都没有了。这种无能为力,其实是由死亡的

----

① 列维纳斯:《时间与他者》,第 55 页。

② 在晚期,列维纳斯指出,死亡在其终结性之外,又是出发,"向着陌生出发,毫不复返的出发……"。见勒维纳斯:《上帝·死亡和时间》,第 4 页。这一出发并不明确朝向彼岸或来世,彼岸或来世已经是一种确定性,而非绝对的陌生。死亡的朝向我们并不能确定,因此它是永远的陌生、问号和不安,但同时也藏有希望。如果我们不是如海德格尔那样把死亡作为终点,并通过这一终点来设定"向死而生"的时间,而是通过时间来设想死亡,那么死亡也只不过是时间的一个环节,可以被时间所穿过,因此死亡不是终结,而是出发。在列维纳斯将视角转向对他人之死的关切之后,死亡就更是毫不复返的出发,因为朝向他人/他者的旅程是无尽的。而且,列维纳斯还暗示了他对恩斯特·布洛赫的认同,社会性的希望和幸福也可以超越个人的死亡。在这个意义上,未来和希望永远优先于死亡和终结。参见勒维纳斯:《上帝·死亡和时间》,第 115 页。

不可抵达所造成的,它可以触及我们,我们却不可以触及它,因此我们对其一筹莫展。死亡永远位于将来,永远在将来而未来之中,永远不可能在一个"现在"被我们所把捉,这是其带给主体的被动性之根源。无论是认识还是劳作,都必须依赖于这样一个"现在",把捉现在就是主体最根本的权能。只有依赖于一个"现在",主体和客体才能够实现一种"相即"(adéquation),才有可能实现与客体的融合。无论是认识还是劳作,都可以被视为一种主客体之间的融合,只不过这种融合是以主体对客体的吸摄为根本的。当一个客体不能在一个"现在"为我所把捉的时候,在列维纳斯看来,它要么会成为一种无法被筹划的将来,也即一个无法被"置于现在"从而描绘蓝图的将来;要么会成为一种萦绕不去,但又不能回忆的过去,也即一种不能被"置于现在"的回忆,回忆作为一种对过去的再现,就是要把过去的事物重新置入一个现在。这二者都构成了一种他异性的时间,与他者的关系正位于这种他异性时间之中。对此,我们在后文还会再分析。

在死亡面前,主体是被动的,但是与此同时,死亡也打破了主体的孤独。因为死亡向主体展示了一个在主体之外的他者,一个绝对无法把握的他者,在此之前,无论是食物还是"作为食物"的认知和劳作之对象,都是一些"微小的他者",它们最终可以被主体所吸摄。死亡却无法被主体所消化,它刺破了主体的实存,使其再无法保持其实存的同一性和单一性。既然死亡作为绝对他者①存在于主体的实存模式之中,这就意味着主体的实存不是孤独的、孤单的,换言之,不是一元的,一元意味着没有他者存在,死亡却有力地宣告了这种幻觉的破产。因此,死亡所昭示的是:实存是多元的,而非一元的。

---

① 虽然在列维纳斯的哲学中通常只有他人才是绝对他者,但在《时间与他者》中,列维纳斯也将死亡称为"绝对的他者"。参见列维纳斯:《时间与他者》,第71页。

第四节　时间将去往哪儿

　　因此,列维纳斯正是从死亡出发,推出了将来,一种永远将来而未来的时间,再从这一时间推出了一种他异性事件和他者的存在。列维纳斯继而又从这一他者维度出发,推出了其他他异性事件,例如爱欲和生育。死亡是绝对他异的,他异到主体根本无法承担死亡,因为死亡使得主体异化之后,主体也就不再是主体,"我"也就不再是"我",如果没有"我",也就不可能承担死亡。死亡所在之处,"我"便不在;"我"所在之处,死亡便不在。于是列维纳斯接下来的问题便是:如何在死亡面前保存自我? 在死亡面前保存自我,在某种程度上也就意味着战胜死亡。

　　正是在这一点上,列维纳斯导出了自我与他人的关系,"'被承担'的他者就是他人"①,作为死亡的他者不能被承担,作为他人的他者,却可以被主体所承担。作为他者的他人和作为他者之死亡的相似之处在于:二者都是不可被主体所把捉的,也就是说,主体在面对他们时,都是被动的。这种被动反过来就昭示了一种他者之于主体的优先性;对于作为他者的他人而言,这种优先性不是说他人比"我"更优越,更有权势,更富有或更有力,恰恰相反,列维纳斯指出:"他人就是,例如,弱者、贫者、'寡妇和孤儿',然而我却是富有和有力的。"②因此,这种优先性是一种伦理上的优先性,由于他者是弱者,是贫者,因此他者在伦理上优先于自我,在伦理层面,强者应当向弱者负责,而不是反之。

　　作为他者的他人和死亡的不同之处则在于:在对他人的承担中,主体并未消失,这与面对死亡时是不一样的。死亡给予的将来,还不是时间,因为它不能被承担,也就不属于任何人,不会在真正意义上进入时间,不会建立与现在的关系。然而,在与他人的关系中,主体却可以承担作为将

---

　　①　列维纳斯:《时间与他者》,第 67 页。
　　②　列维纳斯:《时间与他者》,第 77 页。

来的他人,从而通过现在与将来建立关联,时间得以生成。列维纳斯之所以也用将来来刻画他人,就是因为在他看来,他人也是不可被把捉的,面对我的把握、我的能动性、我的权能,他人似乎永远在后撤,撤向未来,永远在避开我的把握。主体对与他人关系的承担,并不是通过把握、把捉,而是通过"面对面"完成的。面对面,就是一种"将来在现在中出场"的方式,因为他者所代表的时间就是将来,而在与他人的面对面中,他者却在面对面的那一个"现在"出场了。这种出场并不代表他者就可以在一个"现在"被主体所把握,在面对面的那个"现在",他者依旧保持着其将来性和神秘性,它不可完全被主体所把捉。"面对面"中的"面容"不同于任何其他客体,例如一个杯子或一张纸,它们可以为主体所把捉,但面容却不可被把捉。在与他人面对面时,在注视其面容时,我们所感受到的恰恰是一种不可把捉性。故此,面容"同时给予并遮蔽他人"[1],眼睛是心灵的窗户,而面容是心灵的幕布,它既展现又遮蔽心灵,透过面容,我们既在理解他人,又在感受其不可理解的神秘。这种神秘是在面容的不断退隐中实现的,[2]而退隐所退向的也正是"将来"[3]。

列维纳斯还将这一与我们面对面的他人角色,特别指派给了女性。对于列维纳斯而言,女性就是那一因其羞涩而永远在后撤,永远在退后,永远不可被主体所把捉的他者。在《时间与他者》中,列维纳斯以一种男性形象来刻画主体,并将对把捉、掌控和"权能"等"主动性"的追求,定义为一种"男性气质"。然而,女性则不同,"躲藏即是女性实存的方式,而这种躲藏恰恰就是羞涩"[4]。列维纳斯之所以会从这个角度来思考女性,乃

---

[1] 列维纳斯:《时间与他者》,第 67 页。

[2] 相关分析可参见马礼荣:《情爱现象学:六个沉思》,黄作译,商务印书馆 2014 年版,第 320 页。

[3] 在晚期思想中,列维纳斯则暗示,面容作为他性或上帝的踪迹,则又在不断退回到永远不可复返的过去。

[4] 列维纳斯:《时间与他者》,第 81 页。

是因为他想要思考一种"绝对对立的对立"①,这种对立不是同一个统一体之正面和反面的对立,而是彻底的对立。在这种对立中,那一与自我对立的他者永远不可能被自我所吸收(无论以享受的方式还是认识的方式),也不会与自我融合成一个更大的自我,也即形成一个整体。女性就是这样一种他者,她永远在逃出主体的把捉,永远在其羞涩中往后退去,因此她便永远处于"将来"之中。正是女性的这一特性,使得"爱欲"——主体与女性的相爱,也不呈现为一种"融合",而是融合的不可能:"爱之哀婉是在存在者之无法逾越的二元性中构成的。它是与一种永远在避开之物的关系。……情欲之乐(volupté)的哀婉在于存在着二(être deux)。作为他者的他者在这里并不是一个客体,这一客体会变成我们的,或变成我们;相反,它撤回到了它的神秘中。"②由于他者,也就是这里的女性不是一个客体,不可能被主体所把捉,因此主体与女性的"爱"就并不构成一种融合,而是融合的不可能,这就是爱本身的哀婉之处。这同时也是一种情欲之乐,列维纳斯用这一概念表达了爱欲那种既满足又永不满足的特殊享受模式。从某种程度上来说,爱欲的满足恰恰来自其不能被满足。对于爱欲而言,彻底的满足,也就是彻底的缺乏,因为满足也就代表爱欲已经消失。在《时间与他者》中,这种不能满足恰恰是由爱欲对象(女性)的不可把捉所构成的,情欲之乐也由此永远漂流在满足和缺乏之间,像一根羽毛在二者形成的旋涡中打转。对此,柏拉图早就在《会饮篇》中说过,爱乃是贫乏神和丰富神的孩子,因此,爱既是富足,又是贫乏。遗憾的是,列维纳斯指出,柏拉图并没有从这一特殊的爱欲概念出发来思考女性角色。③

　　由于对象的不可把捉,由于融合的不可能,爱就此变成了一种摸索,盲目的摸索。这种摸索构成了爱抚的本质:

---

①　列维纳斯:《时间与他者》,第 79 页。

②　列维纳斯:《时间与他者》,第 80 页。

③　列维纳斯:《时间与他者》,第 90 页。

　　　　构成爱抚之寻找的本质的是，爱抚并不知道它在寻找什么。
这种"不知道"，这种根本的无序，是其关键。这就像一个与躲避
之物的游戏，一个绝对没有规划和方案的游戏，它与能变成我们
的或我们之物无关，而只与某种别的东西相关，这种东西永远他
异，永不可通达，一直在到来（à venir）。爱抚就是对这种没有内
容的纯粹将来的等待。它由持续增长的饥饿构成，由永远都会
更丰厚的允诺构成，朝向一种不可把捉的新视角敞开。[①]

　　在这里，列维纳斯再次强调了爱欲那种既富足又贫乏的特质，它"由
永远都会更丰厚的允诺构成"，这使得它既让人饥渴，同时又充盈而富足。
爱欲让人因为饥渴而充盈，因为缺乏而富足。这种期待指引着爱抚，然而
爱抚不能筹划，没有方案，爱抚只是朝向神秘而摸索，因为这种期待并不
给予一个具体的目标，它所给予的只是那种"还有更多"的允诺。如此一
来，爱欲也就更明确地指向了将来，永远不可通达，却一直有所期待的将
来。将来所意味的恰恰如同爱欲一般，永远在到来，却永远不可抵达。这
一将来的维度，与死亡是类似的，死亡对于任何主体而言，也是一个将来
而未来的事件。不同之处在于，在死亡及其带来的极致被动性之中，主体
似乎都被"压碎"了，从而无法承担死亡，然而在爱欲之中，尽管主体同样
是被动的，因为其不能把捉和掌控对象，但它却还依旧是一个主体，还可
以承担这种与他者的关系。因此，列维纳斯指出："通过爱欲，主体依旧是
主体。爱不是一种可能性，它不源于我们的主动性，它也没有理由，它侵
入我们并刺伤我们，但是我（je）却在其中存活。"[②]列维纳斯以此重新阐释
了《圣经》中的经文"爱情如死之坚强"（《雅歌》8:6）。[③]
　　爱欲之外，另一种保存自我的方式，是生育。当然，我们可以说，生育

---

① 　列维纳斯:《时间与他者》，第 84—85 页。
② 　列维纳斯:《时间与他者》，第 84 页。
③ 　列维纳斯:《时间与他者》，第 63 页。

也正基于爱欲,在这个意义上,爱情不只"如死之坚强",甚至比死更强。[①]如果说爱欲只是让自我在与他者的关系中"存活"的话,那么生育则展现了更为积极的面向。通过生育,自我除了可以在与他者的关系中存活之外,甚至还可以更切实地通达将来。在此之前,我们说过,无论是面对死亡还是女性,主体实质上都不能通达将来。通过生育,通过生下一个儿子,主体实现的是另一种全新的自我保存。通过生育,主体真正意义上出离了自身,而不再是那个"命中注定回归自身(soi)的自我"[②],从而变成了自身的他者。

儿子就是父亲自身的他者,因此是儿子使得父亲出离了自身。列维纳斯指出,这一他者既不意味着儿子是父亲的作品,也不意味着是其财产。在某种意义上而言,父亲与儿子是"一体"的,当然这里的"一体"显然不能从"同一""统一"等角度来理解。[③] 这是一种多元论的一体,这种"一体"是通过"是"来连接的:"我不拥有我的孩子,我某种程度上就是我的孩子。"[④]但列维纳斯马上就补充到,这一"是"不能在埃利亚学派或柏拉图学派的意义上来理解。我们或许可以说,这里的"是"承担的不是一种等号的功能,其本身就说明了"是"本来就隐含了一种多元性,通过"是",自我和他者可以被连接起来,自我可以"是"自身的他者,我可以是他,父亲可以是儿子。然而,他们却不因"是"而融合为一个统一体,父亲和儿子并不因这一"是"而相互占有,而是保持着各自相对于彼此的外部性,却又因为"是"而相互关联。

就此而言,"是""这一实存的动词中有一种多样性和超越"[⑤],如果连

---

①　列维纳斯在后来曾明确说过"爱比死更强",不过此时的爱已经不再限于一种"情欲之爱"而是"伦理之爱"。参见勒维纳斯:《上帝·死亡和时间》,第117—119页。

②　列维纳斯:《时间与他者》,第87页。

③　我们或许可以大胆地引申:这里的"一体"更接近于"三位一体"中的"一体",当然,二者不能完全等同。

④　列维纳斯:《时间与他者》,第88页。

⑤　列维纳斯:《时间与他者》,第88页。

接万物的"是"都包含一种多元性和超越性的话，那么这就说明我们的世界本身就是多元和超越的。需要说明的是，"父亲是儿子""我是我的儿子"不能被理解为"父亲在儿子中的更新"。[①] 这是列维纳斯所明确否定的，但却也是在中国语境中，经常会遭受的误读。我们常说，一个人在有了孩子时就变成了另一个人，把对自身的关切让渡给对孩子的关切，从而走出了自身的束缚，似乎变成了自身的他者，这就是"父亲在儿子中的更新"。然而，这并没有使得主体完全走出自我，只不过使得主体将"自爱"扩展到自己的孩子而已。列维纳斯对此的思考却要深刻和激进得多：所谓"我是我的儿子"不是说"我"在儿子中的更新，而是说，"我"的儿子闯入了"我"的时间，这个时候"我的时间"既是"我"的时间，又不是"我"的时间，"我"的时间延展到儿子那里，儿子有其全新的时间，但这一时间依旧与我相连。这种关联并不仅仅是说儿子是"我"生命的延续，或者甚至像很多中国父母那样，把自己未能达成的心愿寄托在儿子身上，这个时候，儿子其实只不过是父母"筹划"的一部分。在列维纳斯这里，儿子代表了将来，儿子确实会带给父亲以希望，但这种希望是全新的希望，是超乎筹划和预料的希望，是超乎期待的希望，而非父亲心愿的延续。一言以蔽之，儿子更新的不是父亲，而是时间。所以，面对孩子，父母所应该做的不是哀叹"时间都去哪儿了"，而是遥望"时间将去往哪儿"。这是不可预期的期待，不可预期或超出预期，正是希望和将来的真意所在。将来不是期货，而是礼物。因此，儿子所代表的希望是完全崭新的，就此，也是完全他异的，我们甚至可以说，其中也包含了救赎的种子。也正是在这个意义上，生育带来了一种对于主体既全然他异，又使其可以保存自我，甚至"战胜死亡"的时间。

概而言之，列维纳斯在《时间与他者》中告诉我们，无论是死亡、爱欲，还是生育，都打断了自我的孤单，以及那一孤独和一元的时间，这也就说明实存是多元的。时间不只是我自己的时间，时间随时都有他者的介入，

---

① 列维纳斯：《时间与他者》，第 89 页。

被死亡、爱欲和生育等事件所刺破和分离,而且它们都指向一个完全超越"现在"的将来,也就是,不只是"另一个现在",而是代表彻底新异之时间的"将来"。因此,"时间构成的不是存在的堕落形式,而是其事件本身"①。时间不是永恒的一种"降级",而就是存在的事件本身,这些事件是他异性的事件,它们使得主体从自我的束缚中解放出来,获得一种"自我相对于自身的解放",而不会再回归自身。由于他者寓居于将来,而不可在"现在"被把捉,在这个意义上,他者就是缺场的,是在现在缺失的,不可被呈现的,"absence"一词至少同时包含了这三层意思。在这个意义上,"与他人的关系是他者的缺场,这不是单纯的缺场,也不是纯粹虚无的缺场,而是在将来视域中的缺场,这一缺场就是时间"②。

在《时间与他者》的最后,列维纳斯理所当然地又回到了对海德格尔的批判,他指出:"社会性在海德格尔那里是在孤单的主体中被发现的,并且通过有关孤独的诸概念,延续着对在其本真形式中的此在的分析。"③在列维纳斯看来,海德格尔所阐述的主体与他者的关系模式——"共在(与在)"是一种"肩并肩",而非"面对面"的模式,在"肩并肩"中,他者并不真正作为他者而向主体显现,这种肩并肩的模式是围绕一个共通甚至共同之物而建立起来的。这一共通之物即"在其本真形式中解蔽的真理"④,既然主体与他者可以共通甚至融合,它们自然也就不在列维纳斯的意义上互为"他者"。而且,既然主体和他者的关系是附属于这一"本真形式"之下的,伦理关系自然也就附属于存在和真理。正因如此,海德格尔所阐述的时间也就与列维纳斯迥然相异。限于篇幅和主题,我们不再对二者的时间观做系统比较,要提请读者诸君注意的是,海德格尔代表著作的题目正是《存在与时间》,而《时间与他者》这一题目不正已显明地表明了与海德格尔对抗的意图吗?

---

① 列维纳斯:《时间与他者》,第90页。
② 列维纳斯:《时间与他者》,第85—86页。
③ 列维纳斯:《时间与他者》,第91页。
④ 列维纳斯:《时间与他者》,第91页。

第五节 争议和影响

《时间与他者》自出版以来,在思想界产生了重要的影响,其最直接的影响当然在现象学领域。简单来说,《时间与他者》凸显了列维纳斯构筑一种反现象学的现象学的努力,而这一努力深刻影响了现象学的版图。说其是现象学是因为他还依旧在使用一些现象学的基本概念和方法,说其反现象学则是因为他又通过"他者"对这些概念,例如意向性和时间性等进行了天翻地覆的改造,使其迥异于现象学在胡塞尔和海德格尔等人那里的面貌。正因如此,列维纳斯才频繁使用"没有被等待之物的等待"、"拒绝它的等待意向性的等待"[①]、"没有实存者的实存"、"没有关系的关系"这样悖谬性的概念,它们都指向一种"没有现象学的现象学"。概括而言,这一路径对于现象学的影响,其一是带动了现象学的"神学转向",其代表人物为让-吕克·马里翁,其二是带动了现象学的"解构转向",其代表人物自然是雅克·德里达,当然,解构不仅仅是一种现象学。列维纳斯在现象学中所引入的绝对他者,既引出了一个绝对超越性的"上帝",也导向了对任何总体性哲学的解构,马里翁和德里达的哲学革新正是分别在这两个维度挺进的。当然,这并不是两条截然分离的路线,实际上,作为德里达的学生,马里翁本身就深受德里达的影响,而德里达也有自己独特的神学之思。

除了现象学之外,《时间与他者》在其他领域时至今日依旧回响不断,这里仅举两个新近的例子。近年来走红的德国韩裔哲学家韩炳哲在2010年以来出版的两本书《爱欲之死》和《他者的消失》中都多次引用过《时间与他者》。韩炳哲的观点不复杂,不过他将列维纳斯的思想和一种批判理论视角相结合,却是颇具新意。他认为当代新自由主义的生产模式导致了"他者"和"爱欲"的消逝。因为,任何对象和事件,哪怕是他者

---

① 勒维纳斯:《上帝·死亡和时间》,第 2 页。

和爱,都被以一种"筹划"的方式对待,人们无时无刻不在宣扬和彰显自己的"权能",要把握甚至主宰他者,要在爱中获得"绩效"和"成果",然而,按照列维纳斯的观点,他者和爱却恰恰是在主体最无能为力的时候,最不试图去掌控的时候,才得以现身的。① 否则,他者和爱只不过是自我之掌控欲的产物。另一个例子来自比较文化研究,弗朗索瓦·朱利安在接受"他异性教席"(la Chaire sur l'altérité)时所做的演讲中发问道:"为何不能在文化上使两性之间或种类之间,使同性内部或同类内部重新建立他们的间距;因为这是唯一能再次使一方伸向另一方的途径,可以激起双方彼此的渴望,创造吸引力。"②朱利安的思想一直受惠于列维纳斯颇多,依照笔者的理解,这段话在某种意义上将列维纳斯阐述的爱欲关系移植到不同的文化之中。不同的文化在"间距"中相爱,在相爱中制造"间距",从而建立一种互不占有,却又紧密相连的非同一关系。按照列维纳斯的思想,我们甚至还可以进一步推论和期待,两种文化通过爱而"生育"一个孩子,从而让世界拥有一种完全不同的未来。

任何伟大的著作都不会缺乏批评和争议,《时间与他者》亦如是。这里也仅结合笔者的理解,做简要介绍。该作的最大争议来自性别问题,我们已经提到,在《时间与他者》中,列维纳斯将女性指派为最具典范性的他人和他者,并以羞怯和躲避等特征去刻画她,这使得《时间与他者》出版后不久就遭到了波伏瓦的批评。有学者指出其作品中的"女性"近乎一种隐喻,并以此为其辩护,③但这种开脱却很难说明:列维纳斯为何将代表将来的"孩子"独独指派给了"儿子",而非女儿? 当然,我们可以说,列维纳斯对于"儿子"的分析中有某种潜在的宗教渊源,无论是父子关系,还是儿子的降生,在《圣经》中一直都是最为重要的主题。不过,对于持女性主义立场的人

---

① 韩炳哲:《爱欲之死》,宋娀译,中信出版集团 2019 年版,第 23—34 页。

② 朱利安:《间距与之间》,第 97 页。

③ Matthew Calarco: *Zoographies: The Question of the Animal from Heidegger to Derrida*, Columbia University Press, 2008, p. 65.

而言,这个理由显然还不够充分。德里达也曾在献给列维纳斯的《就在这一刻这部作品中我在此》一文中,试图用"女儿"来解构列维纳斯的伦理学。①

　　另外一种批评意见,如《时间与他者》的英译者理查德·A.科恩认为,尽管列维纳斯在《时间与他者》中一直致力于批判海德格尔的时间观,但他将他异性的时间过度聚焦于将来,这就暴露了他与海德格尔的藕断丝连。② 因为,海德格尔对于时间性的分析同样侧重于未来的向度,因此才有朝向未来的"向死而在"。只有到其后期思想中,列维纳斯才逐渐克服了这一"未来"之优先性,他转而更强调的是,时间的他异性位于一个永恒而不可追忆的"过去",一个永远在过去的过去。这种过去与现在建立了一种永远有所间距的"历—时性"(dia-chronie),这种历时性彻底破除了基于"现在"之权能的共时性和同时代性(contemporanéité)。这个分析是有一定道的,但这并不代表列维纳斯就完全从"未来"转向了"过去",事实上,在其晚期思想中,列维纳斯同样十分强调将来及希望的重要性。在《时间与他者》的再版前言中,列维纳斯也没有否认将来之时间的他异性。因此,准确地说,正是不可抵达的将来和不可回忆的过去两个维度,共同构成了列维纳斯所致力于阐述的"历时性"。无论是他者所代表的未来还是过去,都与主体所代表的现在处于一种错时(anachronism)之关系中。错时所指示的是,主体和他者在时间上的不相即(in-adéquation),主体和他者不能同时发生、正好相合(coïncidence)③,他者不能在一个"当下"与主体相遇相契。对于主体而言,他者不是来得太迟,就是去得太早,因此,永不可被把握。这一观念无论对哲学、历史学、文学还是对政治学,都

---

① 　Cf. Jacques Derrida:*En Ce Moment Même Dans Cet Ouvrage Me Voice*, in *Psyché*: *Invention de l'Autre*, Galilée, 1987. p.159-202.

② 　Richard A. Cohen:*Translator's Introduction*,in Emmanuel Levinas, *Time and the Other*, trans. Richard A. Cohen, Duquesne University Press, 1987, p.10.

③ 　列维纳斯:《时间与他者》,第1页。

蕴含着极大的阐释空间。

　　最后，我们在上文中已经分析，在《时间与他者》中，列维纳斯的致思路径是从死亡导出绝对他者的存在，再从这一绝对他者导出另外一种他者——"他人"的存在。也就是说，死亡和他人之间的关系所基于的是一种类推。在类推结束后，死亡在本书中的义务似乎也就宣告完成了。然而，在其后期思想中，列维纳斯却尤为强调死亡与他人和伦理之间的关系。更具体地说，如果说在《时间与他者》中，列维纳斯更偏重于分析"自我之死"这一事件对于自我之实存的异质性的话，那么在其后期著作中，列维纳斯则更强调"他人之死"这一事件对于自我之实存的伦理意义。在后一个面向，列维纳斯提到了死亡作为一个事件，总是在他人身上发生，却由"我"所经历，"我"所经历的死亡总是他人的死亡，因为"我"不可能经历自己的死亡。这本身已经使得死亡具有了一种伦理意义，他人之死会撕裂自我的同一性，使自我产生一种幸存者的负罪感和责任感，并将其转移到那些还活着的人，也就是"将死之人"身上。就此而言"他人之死"，而非"自我之死"，才是第一位的死。[1]

　　所谓局限或缺点总是见仁见智，判断的义务和权利最终还是在读者手上。《时间与他者》在翻译时参考了理查德·A. 科恩的英译本，以及王恒与汪沛的两个中文节译本。[2] 翻译时，请益于朱刚、邓刚和杨小刚等师友颇多。在此要对以上译者、师友，以及近年来迅速推进列维纳斯研究的专家同行们深表谢忱。鉴于译者的能力所限和本书的翻译难度，译本中肯定有颇多不足之处，敬请方家批评指正。

　　本章内容为笔者为翻译的《时间与他者》所写的导读，原文精简版《列维纳斯：死亡、爱欲、生育与未来》发表于《上海书评》2020 年 5 月 23 日。

---

　　[1]　勒维纳斯：《上帝·死亡和时间》，第 9 页。

　　[2]　王恒翻译了该书的第三章，载于《中国现象学与哲学评论》2016 年第 2 期；汪沛则翻译了该书除前言之外的全文，载于《清华西方哲学研究》2018 年夏季卷。

| 第五章 |

文学的"言说"与作为第三方的批评家：列维纳斯与文学批评

第一节　言说与所说

在列维纳斯看来，任何语言在发生之初都必须有一个言说的对象，也就是一个他者，是他者引出了这一语言，所以他者才是语言的"起源"。故此，语言也就是"为他者"的，而"为他者"恰恰是列维纳斯伦理学的根本指归。在列维纳斯那里，语言总是为他者所发生的，语言在诞生之初总是一种向他者说话的语言，一种"言说"(le dire)。这种"言说"本身包含了伦理意涵，它代表的是一种与他者亲近的意向，是一种对他者的袒露和表白，这种袒露和表白是不设防的，是要把自我毫无保留地展露给对方看，因此它是一种根本的"真诚"。这一对他人的袒露和为他人的奉献同时也就是一种好客，它以此而迎接他者的到来。就此，它其实已经超出了语言学范畴，而完全可以是一种没有言语的亲近他者之意向、姿态和行动。对于列维纳斯而言，这种言说是作为一种触摸、感受性而非可理解性在自我与他者间发生的。言说那种真诚的袒露和示意，就像"向他者致意,握手"①,就像一种不含戒备的触摸。我们在这种可触的亲近中,才能接近那个个性化的他者——他人之面容。

不过,随着时间的进展和他者的增多,也就是共同体和社会的形成和不断扩大,言说最终会脱离其与他者的直接"面对面"——一种直观而感受性的状态,而逐渐演化为一种中性的传播媒介,一种"表象"内容和信息的语言。这种演化是不可抗拒的,因为社会的建制和此社会中人们对客观性、真实性以及公正性等的诉求,需要一种中立客观的语言,一种可以像货币般流通的语言。这种语言就近乎一种"所说"(le dit),它不像言说那样直接亲密地面对他者,而是需要客观有效地面对一群匿名的众他者。简单地说,所说是我们可以作为一种知识或内容所把握的陈述或命题,是可供公共传播的语言,而言说则是构成所说的条件,因为任何语言在成为一种可以把握的内容之前,总是一种说给别人听的语言,一种"朝向"和"让渡"给他者的语言,这一"朝向"和"让渡"就是言说。或许也可以说,言说正是那个与他者相遇的场所,而非其说出的内容本身,不过这个"场所"不能被拘泥为一种实体空间来理解,它因其原初性和理想性(因为它不免会受到所说的干扰)而具有了一种乌托邦属性,"'言说'是接近他者之地(也是乌有之地和乌托邦),无限或逃脱存在之物要到其中去寻找"②。

因此,言说和所说在功能上是相辅相成的,但在其客观化或中性化的过程中,所说很可能会遗忘言说,遗忘他者,而成为一种什么也不面向的语言,成为一种只为知识、法则或其他客观性本身所服务的语言。因此,尽管所说是必需的,然而,人们要谨记的是它终究只是言说的一种变异,甚至退化。按照列维纳斯的说法,它是对于言说必要的翻译和背叛,但这种翻译和背叛本身却是为辅助言说所服务的,所说乃是言说的仆人。如

---

① Emmanuel Lévinas：*Paul Celan：De l'Être à l'Autre*，in *Noms Propres*，Fata Morgana，1976，p.52.

② 柯林·戴维斯:《列维纳斯》,李瑞华译,江苏人民出版社 2006 年版,第 83 页。

果它僭越了它的角色，凌驾于言说之上，那么，人们就会遗忘语言的原初功能和责任——朝向他者袒露自身。这样一来，所说最终就会变成一种看似中立和公正，其实却暗中遗忘他者甚至还压迫他者的语言。在这个意义上，我们可以说所谓逻各斯中心主义，就是对于言说和他者的遗忘，它为真理树立了一种中立的第一价值，一种不偏不倚，脱离人与人之间关系的中性价值，然而这种看似中性的价值很可能是暗含暴力的，它让哲学和科学完全从对于他人和他者的关怀中抽身而出，最终却可能成为一股压迫性的力量。

对于列维纳斯这种特殊的语言观，必须将其置于犹太教传统中才能完整理解。犹太教的上帝观念几乎是使得列维纳斯所有论述合法化的第一前提，这在言说这一概念中也并不例外。言说一开始就包含的那种人与人之间的伦理特质，只能从人与上帝之关系中传递而来，否则言说中的"亲近"完全可以只是一种中性的与他人交流和协商的需要和愿望。在这个意义上，我们可以说人与人之间的"言说"就是上帝传之于人的"圣言"在人间的延续。因此，言说的神性需要追溯到上帝之言，但这上帝之言不是起源，而是前起源，因为起源意味着起点可以与后来之物建立起一种有延续性的线性关联，而言说与所说则不能建立这种线性关联，它们之间隔着永恒的距离。因此，言说所指称的是"先于原初的"语言，这里的"先于"不是要在编年的意义上凸显言说的"更早"，而是要强调言说对于所说的超越性。它永远优先于所说，所说永远需要言说的引领。

第二节 言说与文学

在列维纳斯的论域中，言说与文学有着非常亲密和复杂的联系，这种联系是在他对布朗肖和保罗·策兰等文学家的评论中逐渐显现的。列维纳斯认为，布朗肖的文学创作和文学理论，有一种把诗歌语言和哲学语言对立的倾向。在他的阐释中，哲学语言的意义建基于语法上的某种命题顺序，它可以建构出一种逻辑的话语。这种语言清晰、直接，被视为一种可为共同体中的众人所共享的"客观"语言,被认作是意义的合法传递者而贯穿于意义之始末。对于这种语言,我们可以将其视为某种所说。但在布朗肖看来,在所说之外,还有另外一种可与其抗衡的语言,即诗歌的语言,这是一种爆炸的语言,其意义是由于语言的爆炸而迸发出来的碎片。这种语言之意义不依赖于任何其后的阐释而独立存在,或者说,其意义与这种由于阐释而得来的意义处于不同的层次。而这种阐释实际上使用的就是一种哲学语言,它力图让对象变得可以被归纳、整合和理解。故此,这种诗歌语言就可以成为一个逃离理性同一性宰制的缺口,因为其词汇不具理性话语中的关联性,它是一种不断瓦解词语和句法的前后逻辑关联,不断把词语还原成当下的运动。

对于布朗肖青睐的这种诗歌语言,列维纳斯的评价非常复杂。首先,列维纳斯认为布朗肖的这种诗歌语言,"做出示意,却不为任何东西而示意"。它"将诸词语、一个集合的诸指数、一个总体的诸时刻转换成了释放了的诸示意,它们冲破了内在性的墙壁,扰乱了秩序"①。在这个意义上,我们可以说它已经接近于不会固化为所说的言说。然而,他同时又认为布朗肖外部写作中匿名的外部性或中性并不能带来真正的超越。他指出,布朗肖诗歌语言的超越形态中并不含道德元素,也并不是由他人带来的,而是"由在场本身的不确定性而构成的"②。而在列维纳斯看来,诗歌却不能仅是一个美学事件,也不能仅是一种对语言的无政府主义式扰乱。它要成为一种真正的言说,还必须牵涉伦理和他人:"要为存在引入一种意义,就是要从同一迈向他者,从我(Moi)迈向他人;就是要给出示意,解开语言的结构。"③而且,列维纳斯认为布朗肖这种不连续性或无政府主义的诗歌语言,并不能真正挫败哲学语言,它反倒可能成为对哲学语言的

---

①　Emmanuel Lévinas：*Sur Maurice Blanchot*，Montpellier：Fata Morgana，1975，p. 39.

②　Emmanuel Lévinas：*Sur Maurice Blanchot*，p. 78.

③　Emmanuel Lévinas：*Sur Maurice Blanchot*，p. 39.

确认。它只是以一种刻意的无意义对抗了基于意义的连续性,却没有真正打断这种连贯性的话语,要打断这种话语的连续性,需要一个他者的声音,需要一种"别样"的超离。这种诗歌语言没有完全跳出哲学语言的逻辑,它朝向外部的运作,没有真正实现列维纳斯式的迈向他者的超越,而反倒更像是完成一次土地测绘,它以其对于哲学语言的激进化偏离,而不断试探着哲学语言的边界,又以这样的方式,守护着这一边界。

不过,列维纳斯对于文学语言的评价并不是一成不变的。在对于布朗肖诗歌语言的评价中,列维纳斯已经看到了文学语言与言说的接近之处,却又由于它无法亲近他人,而暗示它依旧无法超越哲学语言或所说。不过,在对于阿格农或策兰这样具有相似犹太背景的文学家的评论中,列维纳斯已经越来越将文学语言视为一种言说的特别形式。

保罗·策兰在其最为重要的诗学文本《子午线》一文中,把诗当作一场与他者的对话,然而与此同时又意识到这一任务不可完成,因为说到底这总是由"我"而生发的语言,它始终有被自我所圈定的危险。但也正是这种完成的不可能性给予了诗歌不断生成的力量,它为了朝向他者而不断退出自身。这是一种不断将自身剥离自身的过程,一种流放。列维纳斯认为,在策兰的诗中,这种流放表现为一种对自身不断的走出,一种毫无保留的自我展示。我们已经指出过,言说首要的就是一种不设防的自我展示,因此策兰的诗本质上就是一种"没有所说的言说"①。这一"言说,也就是竭尽所能地展现自己,就是做出人们不停留在其符号形象中所做的那种符号"②。诗中的言说因此也就脱离了那种马拉美意义上"纯诗"的物质性,它不是材料或符号,它不断展示自身,而且为了不固化为一种符号和表象,它走向了对这一展示本身的展示,言说本身的言说,这种自我展示本质上是朝向他者、"为他者"的。

对于主体或者自我而言,这种不断自我展示的过程,也就是不断地脱

① Emmanuel Lévinas: *Paul Celan*: *De l'Être à l'Autre*, pp. 49-50.
② 勒维纳斯:《上帝·死亡和时间》,第 235 页。

去修饰、裸露自身,甚至剥离自身的过程。本质上,这种不断的自我剥离就是要不断地质疑和退出自我的牢固地位,从而使自我走向失位和放逐。在这种失位和放逐中,主体和他者的关系变成了替代(substitution)①,在其中,主体成为他者的人质。在这一替代、成为人质、质疑主动性的过程中,主体却迎来了一种新的主体性。就如列维纳斯所强调:"作为人质的主观性的定义——在其外形描述上研究起来——是对以位置(position)为特征的、人们可以称之为自我(Moi)的主体定义的一种推翻。"②主体性在此时不再是那个拥有固定位置的"自己",而是变成了不断质疑和退出原本那个"自己"的过程本身。在这一退出和流放的过程中,主体摆脱了同一性的束缚,向他者敞开,并由此获得和寻回了一种更崭新的,同时也更古老的主体性。因为,在列维纳斯这里,主体性真正的起源在他者,而不在于自身,朝向他者,既意味着一种新的主体性的诞生,也指示一种朝向更古老、更本原或更本真(这里的"真"不能仅仅被理解为真理)的存在状态之回返。因此,我们可以把这一不断展示自身、剥离自身的流放过程,理解为一种回归。而这也就是列维纳斯对于策兰之"子午线"的理解,他认为在策兰那里,诗歌作为一种子午线运动,也是一种通过出走的回归,通过放弃的居有,一如犹太人数千年来与家乡的关系一样,他们带着自己的家园流浪。在这个意义上,诗歌最终指向的是犹太人的应许之地,犹太人的乌托邦。

　　以上,我们主要从列维纳斯自身的论述中,梳理了文学与言说之关系的脉络。接下来,我们则会对列维纳斯的思想做出一定的引申,从更为具体的层面指出言说与文学之间的关联。列维纳斯将言说视为一种谜,因

---

　　①　"替代"是列维纳斯最为重要的概念之一,主体通过替代,舍弃了自我,虚位以待,受他人差遣,为他人受难,以致成为他人的人质。正是这种舍弃成就了主体,因为在替代中,在为他人负责中的"我",才是独一的、不可替代的"我","我"仿佛是那个唯一的被拣选者。

　　②　勒维纳斯:《上帝·死亡和时间》,第221页。译文根据法语原文略有改动。

为它本质上是一种不能认知的东西,这种不能认知不是未知或不可知,它们依旧指涉一个在场,一种结构和秩序,而谜超离认知。[1] 如果我们将言说和所说置换到列维纳斯的另一本重要著作《总体与无限》中的话,那么言说所代表的是无限,所说指向的是总体,无限的剧情不遵照总体和意识的安排,所以它外在于认知,所以它是谜。[2]

这种谜是以一种不确定、暧昧和模棱两可的形态而呈现的,它不具有清晰性,因此才外在于理性和逻各斯,才成其为谜。言说的这种模棱两可本质上是超越语言学概念的,因为言说本身就不能仅以一种实体的语言来理解,它更多地指涉一种伦理关系。不过,既然列维纳斯本人也会有意识地将这种对于言说的思考挪用到实体语言中、书写中、文学中,那么,我们对其进行一种更为"形而下"的解读,应当也不是不可接受的误读。所谓言说之"谜"和模棱两可落实到语言学层面最接近的就是反讽或隐喻等修辞,而毫无疑问,文学语言是这种修辞语言的最佳代表,在米勒或德曼等解构文学理论家看来,文学语言甚至本身就可以与反讽或隐喻等相等同。在这个意义上,我们再次发现了文学与言说的共通之处。谜是因为不遵照认知和意识的剧情才成其为谜的,文学的晦涩和难懂在某种程度上同样是由于其为认知和意识难以接纳和涵括,[3]所以才"不落言筌",所以才成其为谜。

在列维纳斯那里,言说和谜还有一种时间性,即他所谓历时性(diachronie)。列维纳斯通常用历时性来表达同一与他者,"存在"与"别样于存在"在时间上相隔的永恒距离。这种距离不是在共时(synchronie)层面的时间沿革及中间相隔的长度,而是指二者位于不同的时间序列中,所以列

---

① Emmanuel Lévinas:*Autrement Qu'Être Ou Au-Delà De l'Essence*,p.241.

② Emmanuel Lévinas:*Autrement Qu'Être Ou Au-Delà De l'Essence*,p.240.

③ 这种难以涵括既可以在布朗肖对于文学作为一种(与海德格尔式的存在之光相对的)黑夜的定位中,也可以在弗洛伊德将文学与无意识和梦的关联中,找到理论支持。现代主义文学的重要特征之一本身就是这种谜样特质,只不过我们给予了这种谜以超现实、非理性或陌生化等多种称谓。

维纳斯说这一历时性指涉一种"深远的过去",由于其在时间序列上居于一个"超越"的地位,这一过去是不能被追溯,甚至不能被追忆的。言说之所以不可能被穷尽其意义,谜之所以是谜,就是因为它有一个不可追溯的源头,永远也不可能查清它的根据。我们在对文学或文本的阅读中同样有一个不可追溯的过去,这个过去可能是作者的意图,也可能是孕育作品的历史和传统,或者文本生成的起始点,这一切本质上都是一种不可穷尽、不可追溯的永恒过去,一种"不在场的在场"。阅读所要追溯的正是这一不可追溯的过去,文学之谜在这种追溯中展开,同时其不可穷尽又使自身在这种追溯中保留为谜。

这一不可追溯的过去,可以说就是文本中的他者,如上所述,它包含了多重意涵,可能是作者,也可能是传统,以及文本性,等等,不能被赋予一种单一的理解。也正因此,它才得以保留其不可规定性,保留其他者性。我们常说文学的魅力在于言有尽而意无穷,这种意义的无穷尽既是因为文学语言的暧昧属性,也是因为这种语言经常会进行的自我解构和自我取消,一如在布朗肖和贝克特等人的作品中显示的那样。但归根结底,这一意义无穷性的来源正是文本中的他者。因此,文本中的他者就是那一不可追溯者,那一微暗不清的意义之源,我们也可以将其称为隐微者。不过,在这里需要特别强调的是,如果以列维纳斯的观点来审视的话,这一文本中的他者不只简单地代表一种文本的多义性,它还必须关涉伦理,列维纳斯论域中的他者无论何时都必须是一个伦理对象,这是他与许多后现代主义者不同的地方。至于文本中的他者,我们已经指出过,它已经超出了作者这一人格化的身份本身。考虑到列维纳斯的他者和伦理首要都是指向人的,我们在这里就需要再做一点强制性的引申——列维纳斯伦理学中的他者往往是跟弱势者相等同的,如老弱妇孺或穷人。正是他们的弱势要求我们对他们绝对负责,在这个意义上,我们可以说文本中的隐微者也是弱势者。由于其隐晦不明,它们在现世难以拥有一个明确的身份,如烛火般摇曳忽闪,稍纵即逝,就像气若游丝的濒死者,因此才需要阅读者对其投注以绝对的关心和耐心。而且,阅读者与它的接近也必须秉持一种伦理的态度,既不能太近,也不能太远。因为太近则很可能阅读者就会用普遍的观念或自以为是的理解来淹没这一隐微者;太远,则隐微者的意义又无法被看清和阐释清楚。为此,阅读者需要与隐微者建立一种列维纳斯所阐述的亲近关系,一方面,我们要尽力去亲近它,另一方面,我们又需要在这一亲近的过程中与它保持距离,质疑我们的理解是否真的合理,是否只是在用自我的理解或一种自我主义的态度来凌驾于他者之上,是否用我们的理解或解释限制了他者或隐微者的他异性。就像列维纳斯所描述的我们与邻人的关系,文本中的他者也只可亲近而不可抵达:"随着人们越来越走近,它倒越来越远的东西;好像一段越来越难以跨越的间距。这使得义务越来越增大,这是无限,这是一种荣耀。"①

第三节　阅读的伦理及作为第三方的批评家

当然,要实现上述的亲近是困难的,在阅读中,要接近文本中的隐微者(他者),又使其保留他异性是一个难题。如果说文学是一种趋近于言说的形式的话,我们对文本的阅读却时常会遭遇将其变成所说的命运,因为总有许多专业或非专业的文学读者会倾向于用一些现有的或普遍化的观念去理解作品,把作品纳入某一范畴、惯例、知识体系甚至偏见中,一旦这种纳入或落实得以完成,文学也就从言说变成了所说。当然,这样一来,他们也就没有真正领会文学之妙趣、神秘和他异,因为这样的读法与读一本物理学教材或一篇经济学论文并无本质区别。尽管如上所述,言说变成所说的命运可能是无法逃避的,言说也需要在与所说的搭配中才能在世界之中发挥出其公共效力,但是那种观念先行的阅读方式却没有顾及言说和所说本身运作的逻辑,它把言说以一种暴力的方式,归并到了现有的话语系统之中。也正是因此,我们才称道那些敏锐敏感的读者,那

---

① 勒维纳斯:《上帝·死亡和时间》,第234页。

些能激活文本的生命,或从中获得启示,那些不囿于概念图谱而能真正走进文学之中的文学接受者,这本质上就是因为他们不仅仅把文学当作所说,甚至还能够领受其言说。

这样的读者被称为天才的读者,当然,要实现这样的阅读是困难的,而要把这样的阅读经验和理解记录下来则更是难上加难,而一旦记录下来,这些读者就成了卓越的批评家。因此,我们可以将这种记录下来的文学阅读经验和领会,视为最宽泛意义上的批评。相应地,我们也可以将言说与文学和阅读的问题,转换为言说与文学批评的问题。在列维纳斯的论域中,这一问题的关键是:"共通如何在差异中产生又不减少差异?"[①]这一问题既可以用来理解惯常的生活伦理,也可以用来理解阅读的伦理,进而理解批评和解释的伦理。

与解构等后现代阅读理论不同的是,列维纳斯这种解释的伦理,并不提倡一味地在阅读中保持差异甚至生成差异,对于他而言,共通并不等于同一,共通本身对于维持差异是必要的,我们所要做的不是完全反对共通,而是时刻提醒自身不要在共通中抹杀自我与他者的差异。而且,与解构或其他后现代主义理论的语言学玄思不同,列维纳斯所追求的共通本身是有一个坚实而具体的基础的,这一基础就是人与人之间的关系。对此,列维纳斯曾经有过专门的评论。在《现实及其阴影》一文中,他指出,批评承担着一种公共义务,它需要把文学并入一种智性的公共生活之中,为了完成这种并入,有时甚至不惜借用概念。文学往往是反概念的,这也就导致了它不易为人理解,也很难产生公共价值,而概念本身就是公共的,故此它才可以传达思想。

除此之外,批评,尤其是文学批评还意味着批评家往往需要对作品做出一种论断,此时的批评家不应只对文本抱着一种领受启示的态度,尽管这种对待圣书的态度是可以传递到其他文本的,批评者首先需要对这些

---

① Emmanuel Lévinas: *Autrement Qu'Être Ou Au-Delà De l'Essence*, p. 241.

文本也怀着一种真诚和谦卑的态度,但除此之外,他还需要对作品进行评鉴和判断,将它与现实、历史和其他文本进行比较。批评家之所以要这么做,是因为他的批评是写给他人看的,给公众看的,因此他肩负着一种公共责任,比如公正地传达作品并做出评价。

如果说作者的书写,可以只面向作为读者的他者,并与读者通过文本的中介构成一种面对面的"我—你"对话关系,那么批评家的书写自一开始就面对两个他者,一个是作品的作者,一个是批评家自身的读者。也就是说,批评家在一开始书写批评的时候,就构建了一个由"作者—读者—批评家"构成的共同体,我们可以将这种交流模式称为"我—你—他"模式,而任何社会本质上都是"我—你—他"关系的拓展,也正是因此,批评家先天就带有一种公共责任。① 在这里,我们可以发现批评家在这一具有公共性的文学世界中的角色,很接近于列维纳斯所阐发过的第三方(le tiers)。

在将自己的伦理思考扩展到公共领域和政治领域的时候,列维纳斯提出了第三方这一概念,通过它,列维纳斯实现了伦理的不对称性与公正的平等性之对接。列维纳斯那种提倡自我与他者之绝对不对称性的伦理学,如果只针对一个唯一的他者而言,是没有问题的。为他者的责任是一个先于质询的行动,他者在来临之前,自我就已经对他者肩负绝对责任。问题在于第三方的到来,第三方意味的是另一个他者的到来,也就是说自我此时面对的是两个他者,将第三方进一步扩展,它就成了自我所面对的其他他者,复数的他者。在真实的社会关系中,自我往往不只是面对一个他者,而是一群他者,这个时候,自我也就不能只是简单地秉持一种不对称的伦理关系来面对这些他者,它还需要对这些他者进行比较,从而平等地对待他们,还需要在贯彻那种绝对责任的伦理原则时来根据他者的处境进行一种估算和衡量,从而才能有效地执行伦理原则。这种比较和衡

---

① 列维纳斯对马丁·布伯的"我—你"模式曾有明确批评,与"我—你"之间的亲密对话相比,列维纳斯更强调他者不可把握的极端他性。

量涉及的就是公正和平等的问题,所以正是第三方引入了公正和平等问题。"他者一开始就是所有其他他人的弟兄。那困扰我的邻人已经是这样一副面容,既可比较又不可比较,一张独一无二的面容并且与其他面容相关联,在对于公正的关切中变得可见。"[1]批评家所身处的正是一个第三方介入后的环境,所以批评必然关乎公正。当批评家只与作者对话的时候,他只是一个单纯的读者,然而问题在于他还要将读到的和思考到的东西传递给第三方——那些其他读者。一般的文学书写面对的是一群匿名的读者,然而批评不同,批评首先指向的是作者,无论该作者是否还在世,批评首先总是批评者与作者的一种对话、结盟或较量;其次,批评对于作品的赏析、评点和论断总是为作者之外的更多的读者所写的,无论这些读者是否读过这些作品,批评都承担着一种向这些读者分享对于作品之理解和判断的义务。为了完成这一义务,为了公正地对待他者(包括作者—他者和读者—他者),负责任的批评这个时候就需要对作品的内容进行比较、聚合、论题化、条理化,并对作品的价值做出评判。

第三方的介入产生了公正,主体因此需要对其他他者进行比较和衡量,而一旦把这个主体和他者的范围扩大,在真实的政治领域,这个需要对他者进行比较和衡量的主体就会脱离其人格化的根基,而被功能化为法庭,法庭就是对公正进行裁断的地方。从某种意义上说,批评家在文学公共生活中,承担的也是一种相近于法庭的评判任务。而且,此时批评家同时承担了法官和律师的角色,他既要对作品做出评判,同时又要为这些评判进行解释和辩护。同时拥有律师和法官身份的批评家掌握对作品进行解释和裁断的大权,不过,这样至高的权柄并不会走向独断,因为批评家的书写最终会流向公共空间,接受更多读者的评判和监督。而从列维纳斯式的视角来看,也正是这种向公共空间的流向保证了批评自身的合法性,它本身也成了一种"为他者"的书写,向众他者暴露和敞开。而

---

① Emmanuel Lévinas: *Autrement Qu'Être Ou Au-Delà De l'Essence*, p. 241.

且,我们可以说,与作家相比,批评家在这一他和作者—读者共同构建
的公共空间或共同体中更接近于列维纳斯阐述的那种作为人质的伦理
角色。① 因为,文学家可以将自己的真正所思所想隐藏在文学语言的暧
昧性和修辞所构成的迷雾之中,在将自身向读者(他者)敞开的同时隐藏
自身,但怀抱公共责任的批评家由于要对作品做出判断,甚而要用相对清
晰的语言将文学的迷雾解释清楚,他也就没有任何藏身之地,他将自身比
作者更加赤裸地呈现于读者面前,从而成为可以让读者进行再评判的
人质。

　　批评家介于作者和读者之间的第三方身份注定了他只能成为这两个
他者的人质,而这一伦理角色也决定了批评本质上是一种必败的尝试。
如果说文学语言近于言说的话,那么批评作为一种需要面向其他读者和
公共生活发言的语言就更相近于所说。它要把文学引入世界,引入公共
生活,对公众发挥作用,就需要把暧昧的文学语言清晰化、论题化,甚至范
畴化,而这都是所说的任务。但由于文学谜一般的特质是与生俱来的、本
原性的,因此任何试图将这种谜用清晰或理性的语言阐述清楚的尝试,都
注定是不完整的、不彻底的,甚至是如同水中捞月般不可能的,就其目标

---

　　①　台湾学者邓元尉先生的《列维纳斯语言哲学中的文本观》一文对笔者启发颇
多,不过在谈到"替代"与解释的关系时,邓元尉先生认为"替代"即意味着解释者完全
成为他者(这里更多指的是作者)的人质,让他者透过自己说话。对此,笔者持不同看
法。"替代"本身当然包括主体性失位,从而迎接他者,让他者成为主体之"主人"的意
思,但是落实到解释上,邓元尉先生所说的解释者为他者(作者)所"附身"很难与那种
强调解释者与他者(作者)趋近、相融、合一的观点区分开来,而列维纳斯是明确反对
自我可以与他者相同一的,因为这样就抹杀了他者的他性(同时也抹杀了主体性,而
没有主体性和自我,又何来自我对他者的承担?)。在笔者看来,"替代"与解释的关系
需要放置在第三方介入之后的更大空间中来探讨,"替代"既意味着成为他者的人质,
又意味着代替他者去受难,在"替代"中,主体成了最不可推卸责任之人,成了最需袒
露自身,剥离自身,也即去言说之人,一如批评家那无法掩饰和必败的书写。在这个
意义上,我们可以说,批评家即是以(语言上的)"所说"去(进行姿态上的)"言说"之
人。批评家既是读者又是作者,他的批评既向所评论的作者,又向其他读者敞开,这
使他成了双重的人质。邓元尉:《列维纳斯语言哲学中的文本观》,《中外文学》2007
年第4期。

来说,也注定是要受到挫败的。在这个意义上说,批评就可谓一种必败的尝试,而批评家在这一必败的战斗中向他者的敞开就此也就有了一种受难的意味。然而这并不值得悲哀,相反,这是一件幸事,正是因此,批评才不会成为一种彻底总体化的活动,它永远会被打败,也正因为会被打败,它也才永远会对文学敞开。文学也正因此宣告了它之于批评的优先地位,犹如言说一样,"那在所说的共时性中论题化地显示自身的东西,让自己不被说(dédire),作为一种不可被同化的差异,并指示出为他者之一己,从我到他者"①。在言说被所说化的过程中,总保留着那不被说的东西,所说通过自己的说出而保留着言说的不被说,所说通过自身之说来显示言说,同时也掩盖言说,从而让言说得以保留为言说,而相反,言说也通过这样的关系而解构了所说。文学与批评的关系亦如此,好的批评既要显示文学中的神秘、奥妙和暧昧,同时又要保留这种暧昧和蕴藉,既要说出文学中的言外之意,然而这种说出又并不等同于哲学论证的完成,而是通过通透的领悟为作品留白,让其保留韵外之致。也正是因此,我们这里的批评指涉的不是那种简单地套用概念和方法来评判文学的教条主义批评,因为这样的批评忘记了自身作为"所说",作为"文学"之辅助者的身份,而凌驾于文学本身之上。其实,我们在本节一开始就对批评家做出了界定,不是任何对作品有所评论的人都可以被称为批评家,批评家是那种能够领会文学的言说,又能将其阅读体验付诸笔墨的人。此外,他们还应力求公正地对作品做出批判,并将其阅读体验和批判传递给公众。

　　这一批评观与列维纳斯是契合的,他指出,批评应该把他者引入其中心,从而构建一种新的哲学批评模式。② 这种以他者为中心的批评,既可能体现在书写对象的"他者性"和"弱势性"上,也可能体现在书写本身的"他异性"上,一如布朗肖和德里达那种抹消了哲学、文学和批评的差异书

---

①　Emmanuel Lévinas：*Autrement Qu'Être Ou Au-Delà De l'Essence*, p. 242.

②　Emmanuel Lévinas：*La Réalité et Son Ombre*, in *Les Imprévus De l'Histoire*, Fata Morgana, 1994, pp. 124-126.

写。与布朗肖和德里达的那种"批评哲学"或"哲学批评"相比,列维纳斯的批评更加强调批评的伦理和公共维度及它的可传达性,它最终指向的是一个由众他者所构成的公共空间。批评要真正克服其凝固为所说的命运,也需依赖于其意义在公共空间中的无限衍生。要破除批评被所说化的命运就需要让所说重新运动起来,重新展示言说,需要将批评的声音传导入公共空间。在众声喧哗中,批评才真正赢来了自己的无限性。这种无限性并不简单地是一种文学或文本的多义性,多义性是一个中性概念,其中的诸多意义原则上是平等的,而无限性却还依赖于一种"朝向他者""为他者"的伦理态度。在列维纳斯式的阅读和批评中,批评家需要把视角转向其他他者,把自身的阅读所得以一种"朝向他者"的伦理姿态,负责任地传递给公共空间中的其他人。在这一空间中,每一个他者都是独一的,都可以朝向他性和无限性,而且,他们也不只是我"朝向他者"的对象,他们本身作为主体也是"朝向他者"的。这样一来,在由批评所带来的意义的传导中,一种更亲密和伦理的公共空间开始生成,而文本的意义也在经过每一个阅读者的传递过程中,完成了一种他性和无限性的叠加,这是他性的他性,无限的无限。这里的阐释当然包含了一种乌托邦构想,乌托邦主义本身是列维纳斯最重要的理论底色,这里也不例外,如他所言,"乌托邦就意味着每个人都是弥赛亚"①。

在进入这一公共空间之后,自我的批评本身也成为这种无限中的一维,它并不自居为权威、经典或正本,它只是为文学和公共生活架设的通道,而在这一通道之上,通过其他人的阅读,又可能架设出许多的通道,最终形成网络般的交错,一如列维纳斯所崇尚的塔木德解经传统一样。那些通过阅读自我的批评,对于这一批评和这一批评所指向的文学与世界有独到理解的读者,本身亦成了这些文本广义上的阐释者,如果他们把这种理解诉诸笔端,他们就成了名副其实的批评家,而书写的批评家本来也

---

① Emmanuel Lévinas: *Difficile Liberté*, Albin Michel, 1976, p. 139.

就是书写者——作者。于是,由第三方和批评家所架设的"我—你—他"三人结构带来了一种角色的互相转换,既然批评家既是作者,也是读者,作者和读者自然也可以拥有这三重身份。批评家作为第三方的身份抹消了作者和读者之间的身份差异,而这种身份的取消,让作者、读者和批评家三者构成了一个亲密的共同体,在其中,没有谁居于绝对的权威,在这里,所谓作者中心论和读者中心论,或者那种旨在教育作者或读者的批评家中心论都不再有市场。

这样一种可交互和互换的关系,本来就是列维纳斯通过第三方这一概念想要达成的重要目标。正是第三方的来临,为列维纳斯带来了平衡我与他者之间的不对称性和平等性的契机,第三方既是他者,又是他者的他者,当他是他者的他者的时候,他就把他者变成了自我。而更为关键的地方在于,在第三方介入后所构成的关系中,自我本身也可以成为他者。在自我与他者和第三方面对的时候,自我本身也可以是他们的他者和第三方,也可以享受到他者和第三方的待遇。对于这种关系的扭转,列维纳斯说唯有——感谢上帝,因为在他的伦理学中,自我本来是绝对的负债者,需为他者无限负责,是没有权利享受他者的待遇的,也没有办法与他者建立交互性的关系,是上帝的恩典让自我成为众他者中的一个,众他者的他者。借助于这种交互性,上帝开始在自我与众他者的关系中显现自身。因此,在列维纳斯这里,上帝不是布伯阐释中的对话者,上帝是那赋予自我以这样的帮助和恩典的他性。①

---

① 从这种宗教论述出发,我们可以看到列维纳斯阐述的第三方与基督教"三位一体"教理的相通之处。如马里翁所述,"三位一体"是一个爱的共同体,这个共同体和爱可以扩展到所有人,而"第三方"的来临本质上也构建了一个共同体,在这一共同体中,人与人之间的伦理不只依赖一种不对称的关系,还依赖爱的传导和流通,从而让每个人都享有被爱的身份、他者的身份。或许正是因此,马里翁才说列维纳斯私下承认他未来哲学的任务是构建一种爱的现象学,从而使对他者的关怀具体化。马里翁:《从他人到个人》,徐晟译,载于高宣扬主编:《法兰西思想评论》第 3 卷,同济大学出版社 2008 年版,第 40—41 页。

第四节　批评家与现代文学之恶

批评家作为第三方的定位,有助于我们解决如何面对现代文学①之恶的问题。《恶的美学历程》一书指出,真正恶的美学是在 1800 年前后成形的,这是一个旨在将美从宗教和道德等束缚中脱离出来的运动,"从这个角度观察,恶的美学,只要是建筑在艺术自由的纲领上,就是一种现代派的产物,这现代派从早期浪漫主义开始,以自我反思和对其形式结构的自我评注为标志……恶的美学纲领的目的在于,在非道德的、怪癖的、令人恶心的、丑陋的、变态的和病态的空间里,确定迄今为止人们尚不熟悉的(或者可以给予高期望的)美的飞地"②。在这一美学中,"文学能够比其他媒介更好地把恶变成美学的对象"③。这里的恶有两层意涵,一层是非道德,一层是反道德,非道德指的是浪漫主义、唯美主义、象征主义等现代文学思潮和流派在追求自身自足性的过程中,都走向了与道德的脱离。而且,在他们的创作中,美不只与道德绝缘,还往往形成对立,这种对立也就顺理成章地推出了恶的美学的第二层意涵——反道德。为了与道德相脱离,文学家们开始刻意地在文学中追求反道德的东西,从而让恶的美学压倒了道德。

从列维纳斯"为他者"的伦理学标准出发,这种文学不只是一种表现恶的文学,它本身就是"恶的"。因为这种文学只追求自身的自足,所谓为艺术而艺术,不只包括审美主义内涵,还包括一种自我主义,在这种自我主义的统领下,文学不再能脱离本身,文学即是其本身,也只关心其本身,这种自我主义的态度恰恰是"为他者"的伦理所要反对的。这也是列维纳

---

① "现代文学"是一个比较宽泛的指称,在本章内容中,它既是对一种时代刻度的标示,更是一种对美学价值的强调。

② 彼得-安德雷·阿尔特:《恶的美学历程》,宁瑛、王德峰等译,中央编译出版社 2014 年版,"前言",第 2 页。

③ 彼得-安德雷·阿尔特:《恶的美学历程》,"前言",第 3 页。

斯对于现代主义文学的态度,在《现实及其阴影》一文中他将现代主义文学视为一种与他者隔绝的偶像崇拜,它不能真正向他人言说,在这个意义上,它们就是恶的。哪怕在这里,这种恶也身披一种"中性"的装束。所谓"中性",体现在美学上,其最主要的来源便是康德所谓的无功利性,这一美学观点后来被浪漫主义和唯美主义等文学流派所征用而抛弃了它在康德那里本来具有的"和谐""合目的性"等准道德内涵,是以,这种中性就变成了一种非道德。这种非道德在很多美学家和艺术家看来是一种"超道德",然而我们前面已经指出,这种非道德和超道德最终会演化为以一种"反道德"的方式来超道德,因此说到底,它终归还是站在了道德的反面。

不过,尽管现代文学与恶有着如此无法切割的关联,笔者却并不认同那种由于其在道德和公共维度上的缺失,就通过一种道德主义态度①对其进行全盘否定的评判方式。现代文学尽管离经叛道,但却依旧归属于文学史演进的脉络,在这条脉络中,我们可以发现其从观念到形式都是在对此前文学风格的扬弃中发展的,回顾这条脉络,我们也能更深切地感受到其比起此前文学的进步之处。尤其是就形式而言,表现主义、超现实主义、意识流等创作理念和手法,都实现了一次次美学爆破。因此如果在今天还用一种简单的道德主义或启蒙标准来评判相关现代文学作品,是落后而片面的。然而,与此同时,我们又不得不承认这种公共价值的缺乏,不但使得现代文学无法与现实更好的交融,对现实发声,同时这种自足化和精英化的倾向还导致其自身走向衰微,并由之招致大众文化的冲击。面对这一困境,必须寻求一条新的致思路径,来弥合现代文学在自身价值和公共价值上漫长的二元对立。只有重新在文学与现实和公共世界之间建立关联,才能保证文学不越来越龟缩于自身,直至消失,也只有这样,真正的文学精神才能够回应时代的冲击。

作为第三方之批评家的出场,将是回应此问题的一条重要路径。对

① 这里我们还要注意到伦理和道德是两个不完全相同的概念,而列维纳斯的"元伦理学"又不同于通常意义上的伦理学。

于这一点,列维纳斯本人早已阐述过。他认为批评承担着将现代文学和艺术那"非人性精神和倒错与人类生活并在一起"①的责任,这样一来,他实际上就通过批评为文学在自足性追求和伦理责任之间找到了一条中和之道。前面已经说过,作为第三方的批评家在这一批评实践中承担的是一种类似于法官的任务,也即判断的义务(法官"judge"和审美判断力"judgement"本就字出同源)。在行使这一职责时,他当然应当做到尽量公正客观,但这并不代表批评家在这里扮演的只是一个冷静甚至冷漠的判官角色,相反,我们都知道,如果没有一定的共情和投入,批评是无法真正完成的。共情和投入本质上已经是一种伦理行为,而且,之于现代文学而言,其恶的品质还将使得批评家对其的投入和将其并入现实生活的尝试,更像是一种献身和斗争。批评家需要潜入那恶的最深处,去成为读者们的"替代",这里的替代不代表简单的为读者而阅读,而是代表为读者去受难,去与恶面对。在"替代"中,在直面恶时,批评家将逐渐将它们与善接通,让阳光洒到现代文学的晦暗之地。

为了更好地描述这一批评,我们将以著名的犹太批评家特里林为例来说明。众所周知,20 世纪是现代文学高度发展的世纪,两次世界大战间兴起的诸多现代派文学一方面达到了极高的艺术水准,另一方面则更加缺少公共性,其中的道德教益几乎荡然无存,有的描写甚至还有"反道德"甚至非人的嫌疑,而 20 世纪人类的道德状况却比起以往更加堪忧。在这种情况下,如何将文学与道德、公共生活和人性重新连接起来就成了批评家们所面临的重要难题。

面对这一困境,特里林找到了"知性"(intelligent)作为过渡来重新勾连文学和道德。② 所谓知性在特里林那里大致的意思是理性、理智,更准确地说,它指涉一种理性的判断力,故此在谈论阿诺德时,他提到一个现

---

① Emmanuel Lévinas:*La Réalité et Son Ombre*, p. 108.

② 以下内容中某些观点笔者曾以笔名发表在《新京报》(2011 年 11 月 19 日),文章原题为《文学乃知性职责》。

代的社会成员应当"以理性作为判断的标准,用批判的精神来观察真理"①。然而,如果知性即意味着理性的话,那么现代文学恰恰是反知性的,像特里林自己说的,自从浪漫主义时代以来,人们就一直渴望逃离由肯定性与常识构成的世界,也即逃离理性。这相当于进一步宣判了现代文学与理性和道德的离异,现代文学最大的特点恰恰在于,"它发现了非道德力量,并使之成为经典"②。因此,知性肯定不只是一种简单的理性,也不只是一种简单的道德,否则它就无法回应其时的文学现状,那它到底是什么呢?特里林的著作《知性乃道德职责》全书都在对此作出解释,但笔者认为他在论述乔伊斯时给出了最佳的答案。众所周知,一方面,乔伊斯是 20 世纪公认的文学巨擘,但另一方面,其名著《尤利西斯》从诞生伊始,就因其众多"不道德"的描写,备受争议,四处被禁。我们从《尤利西斯》上,几乎是不可能得到道德教益的,它带给我们更多的是迷惘和不适。哪怕在生活中,乔伊斯也是个极为乖张怪诞之人,即使在给妻子的书信中,他也在实践着他那邪恶而淫秽的趣味:"如果我说我喜欢看着你那女孩般雪白的臀部排出棕色的污物,你会感到不愉快吗?"③

对于乔伊斯的这种"变态"行为,特里林给出了一种宽容的解释,他认为这是乔伊斯希望赤裸裸地占有妻子的灵魂,同时也让妻子以同样的方式占有他的灵魂,他想超越最大限度的人类的可能性,"实现程度最为全面的人性"。这其实也是众多现代文学的追求,现代文学中所描写的那些"地狱"和"深渊"向读者们呼告:"如果你们思考一下我到底有多深,谷底隐藏着何等骇人的野兽,你们就会觉得我能让人产生兴奋感。记住,有关我的知识能对你们成为完整或全面的人提供实质性的

---

① 莱昂内尔·特里林:《知性乃道德职责》,严志军、张沫译,译林出版社 2011年版,第 392 页。

② 莱昂内尔·特里林:《知性乃道德职责》,第 394 页。

③ 莱昂内尔·特里林:《知性乃道德职责》,第 475 页。

益处。"①当然,不可否认的是,现代文学这种对于完满之人性的追求,也有走向"非人"的风险,也即从追求人性完整,最终"过渡到超越并否定人性的境界"②。所幸的是,尽管充满诱惑,乔伊斯却没有跨出这危险的一步,所以他没有把那些淫秽的幻想加给小说中的青年艺术家,圣徒般的斯蒂芬·代达罗斯,而是加在了庸常的中年小人物布鲁姆身上,这就保住了小说的人性形象。③

至此,知性的另一个面相也就昭然若揭了,它代表的是一种人性的完满,这种人性的完满,正是道德之基础和职责。而文学在其中的位置也一目了然,知性乃道德之职责,文学乃知性之职责,这种过渡,既保全了文学的公共性,也维护了文学的独立性。作为第三方的批评家在自我和他者之间的过渡和中介性质,正好也与知性在非理性和理性(道德)之间的中介和过渡性质相一致。批评家亦是这种知性最主要的保有者和执行者,现代作家往往并不愿意直接承担公共责任。这样一来,其作品的公共价值或伦理内涵就需要由批评家通过一种知性的视角发掘出来的,一如特里林对乔伊斯的批评。在更具体的操作层面,特里林的批评方法值得我们借鉴的地方还在于:其一,他没有用一种道德规定性来评判或"指导"文学,而是从文学中通过反思性的判断力寻觅到道德价值、伦理意蕴和人文传统。这种反思性的判断力正是康德所定义的审美判断力,而我们知道,康德早就试图以判断力为中介来沟通不同的认识能力,在这个意义上,特里林可谓一个康德主义者,而那些用道德等外在准则来粗暴规定、评判文学的批评家却没有领会到审美判断力的真意。其二,特里林对乔伊斯的批评所采取的是一种尊重他者的态度。首先是抱着一种同情的态度和善良意志来理解乔伊斯,脱离世俗的观念和看法来理解这位天才的迥异之处;其次则是在充分进行文本细读和考察的基础上,通过自己渊博的学

---

① 莱昂内尔·特里林:《知性乃道德职责》,第 401 页。
② 莱昂内尔·特里林:《知性乃道德职责》,第 478 页。
③ 莱昂内尔·特里林:《知性乃道德职责》,第 478 页。

识、深刻的洞察力和敏锐的感受力,来将作品逐渐位移到公共生活和人文传统中。这恐怕就是一种列维纳斯所期待的典范式批评①,在其中,批评家就是第三方,他既把作品和作者当作他者,也把读者们所构成和身处的整个公共世界当作他者,并在二者之间怀抱一种"为他者"的态度而穿梭和编织。

　　　　　　　　　　　原文发表于《文学评论》2017 年第 3 期,略有改动。

---

　　①　特里林作为犹太人,本身也与犹太传统文化有着复杂的关联,在诸多层面,我们都可以将其拿来与列维纳斯哲学中的犹太性做比较研究。

第三辑 | 文化透镜

| 第一章 |

哈姆雷特的幽灵：人质、替代与历时性

德里达的幽灵理论对于文学批评和文学理论已经产生了重要的影响，而其本身深受列维纳斯的影响，在其幽灵理论中也频频提到《哈姆雷特》这部作品。在本章中，我们试图依托于列维纳斯的替代、人质和历时性等概念，并借助德里达的分析，对《哈姆雷特》进行解读，并展现一种将列维纳斯的思想与幽灵理论相结合的伦理批评视角。

第一节　替代与人质

替代是列维纳斯后期哲学中最为重要的概念之一，替代从字面的意思来说指示的是"占据他者的位置"。在列维纳斯那里，它意味着把自我放在他者的位置去承载他者的受难和罪过，并且为我没有犯过的罪过而受指控。此时，宾格的小写自我（moi）占据的与其说是一个位置，不如说是"无-位置"（non-Lieu），乌-托邦（u-topie，无所寄托的地方）。列维纳斯赋予了乌托邦以新的意涵，乌托邦并不是完美蓝图，而是"无何有之乡"，是主体的无所托付之处。彻底的无所托，无立足之地也就意味着彻底为他者所纠缠和捆绑，这也便是极致的"为他者"，极致的伦理。但是在现实中，主体总还有所托付，因此，"乌托邦"也便成为一种需要不断迈进，但又不可能完全实现的理想。这一概念在《别样于存在》中多次出现。它所暗示的是，主格的"我(je)"逐渐被剥夺，"失位"的过程：

> 他不自我安置，不自我占有和自我识别，他消耗自身并呈交自身，失去自身的位置，自我流放，自我判刑，但好像它的皮肤本身仍然是一种在存在中庇护的方式，它暴露于损害和凌辱，在无一位置中清空自身，直到成为他者的替代，只把自身当作流放的踪迹。①

因此，替代是一个不断剥离自身的过程，列维纳斯在上面引文的后面说道，主体甚至要把那层看似庇护的皮肤也捐出。因此，在列维纳斯这里，替代中"占据他者的位置"这层意思，并非一种对他者位置的"侵占"，而是站在他者受难和受罪的位置，而这恰恰意味着走出自我安稳甚至享乐的位置。这是一个不断退出自己位置的过程，是不断由主格我变成宾格的小写自我，并使得自己不断地受审判、被指控的过程——宾格(accusatif)同时又有受指控(accusation)之意。这也是一个不断为他者受难的过程，列维纳斯说，这一宾格的自我，即是"承担，受难"②。因此，所谓"为(pour)他者受难，一直都是被(par)他者所受难"③。

替代不是同情，它不来自一种主观或主动的意愿，替代是被动的，是成为他者的人质，也就是说自我承担他者的受难和罪过并非基于一种自愿的选择、自我的决断，而是一种毫无主动性也无法拒绝的被拣选。这种被拣选的发生是由于自我的易受伤性(vulnérabilité)和易感性(susceptibilité)，

---

① Emmanuel Lévinas：*Autrement Qu'Être Ou Au-Delà De l'Essence*，p. 216.

② Emmanuel Lévinas：*Autrement Qu'Être Ou Au-Delà De l'Essence*，p. 173. Note 2.

③ Rodolphe Calin, François-David Sebbah：*Le Vocabulaire de Levinas*，Ellipses Marketing，2002，p. 57.

也就是被动的接受性。这种被动的接受性先于任何意愿。由于这种易受伤性,自我便不断地被他者所纠缠(obsession),列维纳斯在这里取了obses的拉丁文义,它可以指示"人质"一词。① 这种为他者所纠缠是不可回避的,在主体介入或拒绝介入之前,它就已经被他者所纠缠了,已经成为他者的人质。因此,替代不来自一种主动性,没有明确的起点,它是"无端由的",自我在成为自我之前就已经被他者所捆绑,自我在"诞生"之前,就已经是人质,"在自我的前历史中,自我是完全彻底的人质——它比自我还要更早产生"②。也就是说,自我的主动性要后于被动性,自我任何主动的行为背后都已经为他者所纠缠,都承载着对于他者的责任,简言之,替代意味着主体从一开始就没有一个固定的位置,就走向了流放、不断失位的过程,它从一开始,就被他者所纠缠、束缚和附身,所以它是他者的人质。

列维纳斯通过这样的运思,倒置了存在论的结构,存在论的结构基于主动性、创始性、本原性,而在替代中,恰恰强调的是被动性和无本原,此即"别样于存在"。列维纳斯时常用"先于借贷的欠债""先于声响的回声"③来表达这种自我面对他者之责任的无端由、无本原,这样一来,他也以这种无端由的责任和无本原的伦理冲破了存在的经济学,因为经济学正是基于一种偿还原则、交易原则和对等原则。然而,替代却基于一种"无偿"的逻辑,因此,列维纳斯说道:"他者对我做什么,那纯然是他的事。如果这也是我所关心的事的话,那么替代就成了交易中的一环,就丧失了其无偿性。"④

为他人的责任无本原,归根结底是因为自我不再是自我,自我在"诞生"之前就已经"被"他者所纠缠,所捆绑,所附体,他者就潜流在自我的皮

---

① Rodolphe Calin, François-David Sebbah：*Le Vocabulaire de Levinas*, p. 57.

② 勒维纳斯:《上帝·死亡和时间》,第213页。

③ Emmanuel Lévinas：*Autrement Qu'Être Ou Au-Delà De l'Essence*, p. 175.

④ 列维纳斯:《论来到观念的上帝》,第152—153页。

肤之中。所以，伦理没有本原，它从始至终都为他者所支配和搅扰。通过"替代""人质"和"纠缠"等概念，列维纳斯以激进的方式挑战了自笛卡儿以来，西方近代哲学一直试图建构的主体"同一性"，西方近代哲学中的"主体性"建构必须落实于这一"同一性"，无论是笛卡儿的"我思"，还是康德的"先验自我"，本质上都在于建立一种更确实的主体"同一性"。然而，这种同一性在列维纳斯这里却破裂了，主体并没有自我决定的主权，主体性也没有坚实的根基，它在一开始就已经被他者所搅扰，所设定，所谓"我思"或"先验自我"已经是被他者所纠缠、附身之后的构造。因此，与其说列维纳斯的主体拥有一种"同一性"，不如说在他那里，这一同一性恰恰被分裂了。更准确地说，此时主体获得了另一种同一性。在主体对他者毫无保留的给予中，主体之"位置（position）"就是一种已然失却其同一性之王国、失却其实体之王国的位置，就是一种已然为了他者负债累累甚至于替代他人、已然在同一性之最深根处被置换了主体内在性的位置；这样的主体无法逃避指派给他的责任，会在对此责任的承担中获得一种新的同一性"①。这不再是"安守己身"的同一性，而是"舍己为人"的同一性。这里的同一性不再以自我认同、自我负责、自在自为来定义，而是以独特性、个人性和不可替代性来定义，在对他者的替代和承担中，自我是独一的、无可取代的，这才是真正的"同一性"。"因为那'泯然无分别的''同一性'并不是真正的同一性，因为在这样的芸芸存在者中，只有那不能逃避他者的才会是真正独一的。"②也正因此，为了寻求自身的独一性、不可替代性，"人就这样赤裸地追寻着那只能通过一个不能让渡掉的责任才能获得的同一性"③。

---

① 列维纳斯：《论来到观念的上帝》，第 121 页。
② 列维纳斯：《论来到观念的上帝》，第 152 页。
③ 列维纳斯：《论来到观念的上帝》，第 264 页。

第二节 哈姆雷特的双重幽灵

在获得这种新的同一性的过程中,在替代中,自我是他者的人质,被他者所捆绑,就像被幽灵附身,他者的幽灵附在我的身上,不断纠缠我,像挥之不去的回忆,但自我并不能回忆清楚这回忆由何而来,因此这回忆就呈现为谜,没有来由,阴魂不散。附身于自我的他者不断向自我发出无尽的要求(infinitely demanding)[①],为了回应这种要求,自我只能无尽地向其敞开、暴露,甚至献身,然而这种要求是永远无法被满足的,自我的回应也是永远不够的,因为他者的要求是无尽的。自我永远无法弄清他者的要求究竟是什么,在这种情况下,自我的回应越多,似乎他者的要求也就越多,自我对自身的苛求也便越多。回应他者的过程,也就是迫近以"责任"的形式附身于我的他者的过程,但是越是回应,自我会发现责任越大,越是迫近,跟他者的距离越远,"我回应(répond,负责)得越多,我的责任就越多。我越接近我所承担的邻人,我也就离他越远"[②],此即为列维纳斯阐述的"亲近"。而那朝向他者的无尽敞开和暴露,即为"言说",而整个言说和亲近的过程,就是列维纳斯所定义的伦理。

结合德里达对于哈姆雷特和幽灵的解释,我们可以通过《哈姆雷特》来更具体地通达"替代"这一过程,同时也以列维纳斯的思想来解读《哈姆雷特》。德里达的解读本身深受列维纳斯的影响,他曾暗示,与其说《哈姆雷特》讲述的是一种复仇的经济学,也即血债血偿的逻辑,不如说更多地关涉赠礼和"非经济"的正义,因此,这部戏剧更应该置入列维纳斯"与他人的关系即正义"这一论断中来理解,也即那一"无偿"的非经济的伦理学

---

① 这是列维纳斯研究专家克里奇利自己提出的概念,其本身亦深受列维纳斯的影响。Simon Critchley: *Infinitely Demanding*: *Ethics of Commitment*, *Politics of Resistance*, Verso, 2008.

② Emmanuel Lévinas: *Autrement Qu'Être Ou Au-Delà De l'Essence*, p. 149.

中来理解。^① 在具体层面,德里达的解读更透射出鲜明的列维纳斯色彩,虽然他在该处没有直接提到列维纳斯。德里达指出,在《哈姆雷特》中,幽灵与人们处于一种不对称的关系中,幽灵可以看到人们,而人们却不能看到它。在这个意义上说,幽灵即列维纳斯意义上的他者。而且,这一幽灵,父亲的幽灵还像列维纳斯的他者一样向主体(哈姆雷特)发出不得不服从的指令,对这一指令,主体无法识别,因为幽灵无法被"看见",却只能倾听和听从。这与列维纳斯论述他者时对视觉的否定、倾听的肯定如出一辙。在《马克思的幽灵》中,德里达分析了一种面甲效应(visor effect)或者头盔效应(helmet effect),这种效应近乎列维纳斯所阐述的他人之面容,当鬼魂以一种排除对称性的目光注视我们的时候,就产生了一种伦理命令,我们对其只能接受,而不能质疑,就像哈姆雷特一样,我们"只能相信那个说'吾为汝父之鬼魂'者"^②。这代表了一种对于绝对他律之命令的无条件服从。

　　《哈姆雷特》是列维纳斯最常引用的作品之一,他曾说"有时候,在我看来,整个哲学都不过是莎士比亚的沉思"^③,就此,我们可以合理地推断列维纳斯的哲学也是一种莎士比亚式沉思,从而将诸如"替代""人质"等概念视为对于莎翁最重要的作品《哈姆雷特》的解释,赋予其以一种比德里达更加彻底的列维纳斯式理解。事实上,在《别样于存在》一书中,列维纳斯本人就曾借用《哈姆雷特》第二幕中哈姆雷特的独白"为了赫卡柏!赫卡柏与他有什么相干,他与赫卡柏又有什么相干,他却要为她流泪?"^④来说明,责任的无端由,以及主体作为他者的人质,一开始就被他者所纠

---

　　① 　雅克·德里达:《马克思的幽灵》,何一译,中国人民大学出版社 2008 年版,第 23 页。

　　② 　转引自雅克·朗西埃:《美学异托邦》,蒋洪生译,载于汪民安、郭晓彦编:《生产(第 8 辑)》,江苏人民出版社 2012 年版,第 210 页。

　　③ 　Emmanuel Lévinas: Le Temps et L'autre, p.60.

　　④ 　此处采用朱生豪译文。莎士比亚:《哈姆莱特》,朱生豪译,人民文学出版社1978 年版,第 50 页。

缠,主体"一开始就是欠债的"①。

　　哈姆雷特甫一开始就被他者——父亲的幽灵所纠缠和捆绑,成为幽灵的人质,幽灵发出了哈姆雷特无法回避的使命——为父报仇,对于这一指令,哈姆雷特除了无尽地回应之外,别无他法。这一指令是没有端由的,如德里达所说,哈姆雷特的赎罪,作为责任的赎罪"就好像是他出生时生而具有的。因此,它是由在他之前出现的人(或发生的事)所指定的"②。而且这一指令来自一个永远无法真正参透的谜——到底谁是杀死父亲的凶手?③ 尽管哈姆雷特用尽了包括戏中戏在内的各种办法,但事实上谜底是不可能完全揭晓的,因为他无论如何也回不到其时的犯罪现场,回不到"在场",也回不到"本源"。这指示了认知的局限,寻求确定性的认知,永远也不会获得真正的确定性,答案永远都不足够确定,获得"确定性"那一完满"在场"的理想只是痴人之梦。鬼魂的指令,是谜,也是言说,言说具有晦义性。④ 它不只引发了哈姆雷特对仇人的追查,更导致了他对世界和自身的质疑,因此,这一幽灵之指令、这一言说、这一谜,更是哈姆雷特永远不能参透的生存之谜,是永恒的"非知"之谜。面对这一言说,哈姆雷特只有无尽地回应,敞开和暴露自身,直至最后献身,这亦是哈姆雷特的"言说"。"言说"来自他者,却只有通过主体向他者无尽地敞开和回应,才能被真正说出,于是他者的言说被转化为了我的言说。在"言说"中,"无限通过我自己的口向我说话"⑤。

---

　　① Emmanuel Lévinas: *Autrement Qu'Être Ou Au-Delà De l'Essence*, p. 139.

　　② 雅克·德里达:《马克思的幽灵》,第 21 页。

　　③ 例如哈姆雷特的母亲有没有参与谋杀,以及哈姆雷特对此的态度,就是一个永远会争讼下去的谜题。卡尔·施密特曾指出剧中对于这一问题的暧昧态度与苏格兰女王玛丽·斯图亚特有关,出于禁忌,莎士比亚对此问题做了隐晦甚至矛盾的处理。参见卡尔·施密特:《哈姆雷特或赫库芭:时代侵入戏剧》,王青译,上海世纪出版股份有限公司 2015 年版,第 17—21 页。

　　④ 拉康把鬼魂的吁求视为来自大他者的指令,然而这一指令本质上是暧昧的,这使得哈姆雷特陷入了犹豫。

　　⑤ 列维纳斯:《论来到观念的上帝》,第 124 页。

　　哈姆雷特"无尽地回应"并非意味着面对复仇一往无前,毫不退缩,这种不经反思的行动,不是真正的敞开和暴露自身。相反,敞开和暴露恰恰体现在哈姆雷特的犹豫和延宕上,因为犹豫和延宕的过程也恰恰是他自我怀疑的过程,而哈姆雷特无尽地自我怀疑,对于生存无尽地追问,恰恰才是自最深处而来,最为真诚的自我暴露。正如赫勒所说:"哈姆雷特描绘了灵魂失序的样子——只要真诚地探查自己,每个人都能在自己身上发现这种无序。"①从列维纳斯的视角出发,这种真诚的探查,也是一种对于他者真诚而负责的回应。这种自我怀疑和延宕,也体现了列维纳斯所阐释的"亲近",事实上,列维纳斯那一不断靠近,却又不能完全抵达,而且越是靠近,相隔越远的"亲近"必须依赖延宕和自我怀疑才能实现。"亲近"中主体感觉到的:付出越多则亏欠越多,越靠近他者,则离他又越远,不正是一种自我怀疑和自我批判吗? 具体来说,在复仇的始终,哈姆雷特尽管被幽灵的指令所驱动,但他又始终不能完全参透指令中的意涵。这使得他哪怕在复仇完成之后,也并没有完成任务之后的释然,我们也并不知晓父亲的鬼魂是否最后得以安息,也就是说,哈姆雷特始终在"亲近"他者的过程中,却并没有抵达他者。在列维纳斯那里,"亲近即对他者的责任、即对他者的替代、即为他者赎罪、即人质性这样一种条件——或曰这样一种无条件;责任作为回应,这是在(所说之)先的言说"②。由于责任是无限的,因此,回应就是无尽的朝向他者的旅程,也永远只能是亲近而不是抵达。在哈姆雷特和幽灵之间,在复仇的指令和对其的回应之间,隔着永恒的距离,越是靠近,相隔越远,哈姆雷特从幽灵处得到越多的信息,或对其有越多的思考,对其就越是隔膜和困惑;回应越多,责任越多,哈姆雷特越往复仇和"重整乾坤"的道路挺进,就越陷入自我怀疑,越是感受到更多无法担负的重任,对于他而言,他所担负的责任比任何人的责任都要

　　①　阿格尼斯·赫勒:《脱节的时代:作为历史哲人的莎士比亚》,吴亚蓉译,华夏出版社 2020 年版,第 64 页。

　　②　列维纳斯:《论来到观念的上帝》,第 30 页。

多,这使他陷入了延宕。① 但延宕并不代表不行动,哈姆雷特恰恰是以延宕的方式行动,哈姆雷特以这一方式艰难地偿还着那不出自他自己,而是出自他者之罪过的责任,那"先于借贷"的债务。

耐人寻味的是,在戏剧的最后一幕,哈姆雷特临死之际把"把我行事的始末根由昭告世人"的任务托付给了他的好友霍拉旭。正如赫勒所说:"将死的哈姆雷特用爱胁迫霍拉旭('你倘然爱我⋯⋯')。"② 也就是说,他用他的死亡和霍拉旭对他的爱,胁迫霍拉旭成了他的人质。而他自己在戏剧的终局和死亡中,则成了另一个发布指令的他者,变成了幽灵,变成了他父亲的角色。事实上,哈姆雷特的父亲也叫哈姆雷特,整个故事是由老哈姆雷特所发布的指令所起,又以小哈姆雷特发布的指令为终,悲剧的最后,似乎两个哈姆雷特合为一体了。关于这一点,我们还可以以英国学者尼古拉斯·罗伊尔的一个有趣的观点作为佐证。哈姆雷特在临死之时说道:"我死了,霍拉旭。不幸的王后,别了!"这呼应了第一幕第五场老哈姆雷特的幽灵告别哈姆雷特时说的:"别了,别了! 哈姆雷特,记着我。"③当然,也呼应了老哈姆雷特对于王后的疼惜,幽灵在戏剧中的最后一次现身,正是为了打断哈姆雷特对其母亲的辱骂。罗伊尔分析说:"看来鬼魂的儿子真的记着他。这里仿佛是那鬼魂又回来了,借他儿子之口,对他前妻说'别了'。'别了'含义在这里模棱两可,可能是活人在道别,也可能是死人在道别。"④此时,两个哈姆雷特的声音叠加在了一起,难分彼此,活人变成了死人,而死人得到了安息,"此外仅余沉默"。

成为哈姆雷特之人质的霍拉旭,此时变成了新哈姆雷特,而哈姆雷特变成了新幽灵,新的责任被激起,新的戏剧重新轮回,在这种身份转换和

---

① 在《麦克白》中,麦克白则以另一种形式被幽灵——班柯的幽灵所纠缠。

② 阿格尼斯·赫勒:《脱节的时代:作为历史哲人的莎士比亚》,吴亚蓉译,华夏出版社 2020 年版,第 67 页。

③ 朱生豪先生翻译为:"再会,再会! 哈姆莱特,记着我。"

④ 尼古拉斯·罗伊尔:《爱的疯狂与胜利:莎士比亚导读》,欧阳淑铭译,中信出版社 2015 年版,第 87—88 页。

叙事循环中,《哈姆雷特》的伦理结构被普遍化了。无端的责任不只针对哈姆雷特,还针对霍拉旭,以及由霍拉旭所代表的每个"义人"。赫勒认为霍拉旭所代表的是"哈姆雷特灵魂中另一个更好的自己"①,他"并不认可哈姆雷特的所有行为,但他毫无保留地完全接纳了哈姆雷特这个人"②。毫无保留地接受他者,为他者负责,受他者差遣,乃至成为其人质,这不就是列维纳斯所阐述的伦理主体吗?

关于人质与责任的问题,德里达在阐述其好客理论时也有深入阐发,这种阐发是在对《俄狄浦斯在科罗诺斯》的评述中带出的,它与对哈姆雷特和幽灵的解读相结合,正好展现了一种较为完整的基于"人质"思想的伦理批评。德里达指出,在悲剧中,俄狄浦斯秘密地安排了自己的葬礼,并且托付雅典国王忒修斯不要把自己下葬的地点告诉任何人,包括俄狄浦斯自己的女儿。这个秘密只能由忒修斯单口传给自己的长子,再由他转告自己的继承人,并这样一直流传下去。忒修斯答应了他的请求,于是忒修斯成为一个被誓言所捆绑的人质,成为俄狄浦斯的人质,成为死者的人质。忒修斯对于誓言的恪守遵循了好客的原则,他把自己变成了客人(俄狄浦斯)的人质。这就将"好客的无法规的法规,甚至人质的战争置于好客的不可见的舞台上"③,德里达旋即将这一观点与列维纳斯的哲学联系在了一起。在《总体与无限》中,他曾说过"主体是一个客人",而到了《别样于存在》,他则改成了"主体是人质"④。

通过这一与忒修斯的誓约,俄狄浦斯同时也把自己的女儿安提戈涅变成了人质,因为由于安提戈涅无法获知他下葬的地点,就无法对其进行

---

① 阿格尼丝·赫勒:《脱节的时代:作为历史哲人的莎士比亚》,第67页。

② 阿格尼丝·赫勒:《脱节的时代:作为历史哲人的莎士比亚》,第66页。

③ 雅克·德里达、安娜·杜弗勒芒特尔:《论好客》,贾江鸿译,广西师范大学出版社2008年版,第105页。

④ 在其《别样于存在》出版之后的讲稿《上帝·死亡与时间》中,列维纳斯再次说道:"人类本质首先不是冲动,而是人质,他人的人质。"勒维纳斯:《上帝·死亡和时间》,第19页。

哀悼,为此,安提戈涅留下了泪水,这泪水并不只是为俄狄浦斯之死,更是为俄狄浦斯之无法被哀悼。这样一来,这泪水就变成了对无法被完成的哀悼的哀悼,对于哀悼的哀悼,由此,俄狄浦斯无限延长了自己的哀悼时间,安提戈涅就此成为其死去的父亲之人质。实际上,俄狄浦斯把所有人,所有"外人"都变成了人质,他对他们说道:"我就要去结束我的生命,藏身于冥府。最亲爱的客人,祝福你,祝福你的城邦,祝福你的子民;你们在快乐的日子里,要念及死去的我,那你们就会永远幸福。"①这种近乎要挟的祈求,向外人们提出了哀悼的要求,它把所有人都变成了人质,把活人变成死者的人质。在阐述死亡时,列维纳斯也曾指出过,所有活人都应当对死人负有一种幸存的负罪感,自我对某个不再回应的人的敬重,这已经是一种幸存者的负罪感了。②我们于是通过他人之死来领会自我之死,把他人当作代自我去死的人,从而担负起对他人的责任的,"正是他人的死亡,我必须负责,以至于我自己也必须被包含在这一死亡之中"③,这样一来,自我就成为死亡的人质,成为他人之死的人质。此时死者已逝,已成为不会回应之人,他不再会对自我的回应进行回应,这时的他,要求的就是自我的无尽的回应,似乎自我的任何回应都不能满足死者,于是,自我便成为死者的人质。当然,这种幸存者的负罪感也会从死者转移到活人身上,使自我成为所有活人的人质。就此而言,尽管俄狄浦斯的话语近乎一种敲诈,但对于德里达而言,他恐怕只不过以这样一种方式强化了列维纳斯的人质之说。

通过死亡的迂回,德里达指出,人质就是好客的法规。绝对的好客就意味着,要让客人来取代自我的位置,让自我成为他的人质,要让他来成

---

① 转引自雅克·德里达、安娜·杜弗勒芒特尔:《论好客》,第103页。
② 勒维纳斯:《上帝·死亡和时间》,第9页。我们必须结合列维纳斯作为大屠杀幸存者的身份,来理解列维纳斯对于"幸存者"这种苛刻的定位和要求。关于那些大屠杀幸存者对于亡者和世界所抱有的负罪感和耻辱感,在意大利作家普里莫·莱维的笔下有相当细致和深刻的记述。
③ 转引自德里达:《永别了,列维纳斯》,《解构与思想的未来》,第38页。

为"我"的主人,甚至成为解救"我"的人——弥赛亚。这样一来,客人就成了主人的主人,而主人就变成了客人的客人。但与此同时,这个被邀请来取代自我的位置甚至解救自我的客人,也成了自我的人质,他身上被托付了一种无法推脱的任务,他此时遵循的也是绝对好客的原则,于是他又成了客人的客人的客人。这样的相互替代可以一直循环下去,"这些替代使所有人,使每一个人都成了他人的人质。这就是好客法规"①。

回到《哈姆雷特》,其中的幽灵其实以一种更为形象和特殊的方式,强化了"为他者负责"的不可回避性和紧迫性。幽灵介于生和死之间,不能死也不能活,不能生存也不能安息,这种极致的困境,使主体不得不对其进行回应,不得不满足他的要求。幽灵于是"反客为主",成了主体的主人,主体则成为客人和人质,因其难以偿还的伦理债务而成为比幽灵更加居无定所的流放者。

第三节　幽灵、历时性与献祭

无论替代还是人质,都是在强调他者对于主体的优先性,列维纳斯在时间层面也构造了这种优先性,从而让主体与他者拉开无限的距离。在同一时间秩序中的遥远不能限定这种距离,因此他让二者居于了不同的时间秩序中。历时性(diachronie)表现的就是这种时间秩序的差异,该词的词根"dia-"有"分离""横过,通过"之意,列维纳斯更多的是强调其"分离"、横亘而非延续之意。与历时性相对,共时性(synchronie)指示的则是那同一的时间秩序、存在论的时间秩序。有时候,列维纳斯也用它来表现一种"共时化"的运动,也就是把一切在场化的过程,我们对事物和对象的把捉正依赖于一种共时化的综合。这种共时化的综合,首先指的是通过一个确定的"现在—在场"来对对象进行表象或再现,也即把捉的行为和过程。表象的"相即性(adequation)",也即主体和客体之间的"适洽",必

---

① 雅克·德里达、安娜·杜弗勒芒特尔:《论好客》,第123页。

须依赖于一个"现在",对于一个要么来得太早,要么来得太迟的对象,自我是不可能真正把捉的。然而,"他人的自由绝不可能从我的自由中开启,这就是说,不可能在同一个现在中被把捉,不可能是同时代的,不可能被我所表象"①。所以,与他者的关系从根本上而言是历时,而非共时的。

在面对他者的时候,"共时化"是失效的,因为他者不能在一个确定的"现在"中驻足,也不能在"现在"中被把捉。这种不能在"现在"中把捉,可以被理解为列维纳斯所说的"既在场,又不在场",这就是他者向主体的显现方式。在其可以与主体发生关联的意义上,他者是在场的,在其不能被主体把捉的意义上,它又是不在场的。他者这种在又不在的特性,也使得主体与他者的关系呈现为一种没有关系的关系。这种没有关系的关系就是历时性。在其早期哲学中,列维纳斯通常将这一历时性和他者置于未来,例如作为死亡、女性的他者,都是"未来"的,它们永远都不会在"现在"中到来。死亡的时刻永远不会被主体所经历,但它又时时都涉入主体生存的当下之中,在这个意义上,它既在场,又不在场。女性以其神秘和羞怯,永远不会被主体所把捉,因为她永远在逃避把捉,永远在撤回,撤向未来,在这个意义上,她既在场,又不在场。到了晚期,列维纳斯则强调了他者的不可追溯,因此,它此时不居于一个永远不可抵达的未来,而是居于一个永远无法回溯的过去。因为,如我们上文所说,自我是无本源的,主体性是无端的,自我在"诞生"之前,在具有自我意识和主动性之前,就已经被他者所纠缠,所以对于这一他异性和为他者的责任,自然也无法回忆、追溯和表象,主体所能接受到的只是他者的言说和纠缠,却无法抵达这一纠缠的起源。因此,他者就此就居于一个深远的过去,永远在过去的过去。它无法被在场化,而只能以踪迹的方式显现。面容就是这样一种踪迹,因为它既给予他人,又遮蔽他人。② 故此,它超越了在场和不在场之间的对立,它在显现自身的同时抹除自身,或者说它显现的就是自身的

---

① 　Emmanuel Lévinas：*Autrement Qu'Être Ou Au-Delà De l'Essence*，p. 24.

② 　Emmanuel Lévinas：*Le Temps et L'autre*，p. 67.

抹除,它永远不会让我们把捉到在场和实体,并由此指向了那一居于过去之过去的他性,或神性。德里达在解析《哈姆雷特》中的幽灵时曾指出,由于人们(主体)不能看见幽灵,而却又时刻感到被幽灵所注视,这种不对称性就带来了一种共时性的消解和时间的错位。① 仿佛幽灵在一个自我所永远不能把握和穿越的时刻凝视自我,此时幽灵就是他者,他在一个至远至深的时刻凝视自我,向自我投来无法回避又无法看清的目光,这一不能抵达的至远的过去和无法看清的目光,永远不能被共时化于当前,但自我却又时刻感受到来自它的要求和压力,以至不得不对其做出回应。这种与他者之关系的时间机制,便是"历时性"。

此外,列维纳斯更常用共时性来指涉线性和总体性的历史,事实上,与"synchronie"同源的"chronique"一词本身就有"时间延续"和"编年史"之意。这种把历史的诸杂多事件,整合为一种内在秩序甚至命运的"共时化"书写和诉求,被列维纳斯称为"史诗"或"长篇叙事诗"(épos)。② 这暗含了他长期以来对于古希腊异教传统和西方总体性哲学的反思,同时,也暗示了一种全然不同的历史观念,例如"无起源",非线性,或时间错位/时间脱节(anachronique)。《哈姆雷特》第一幕的最后有一段著名的台词,在从父亲的幽灵口中知道事情的真相,并收到复仇的指令后,哈姆雷特说道:

> 安息吧,安息吧,受难的灵魂! 好,朋友们,我以满怀的热情,信赖着你们两位;要是在哈姆雷特的微弱的能力以内,能够有可以向你们表示他的友情之处,上帝在上,我一定不会有负你们。让我们一同进去;请你们记着无论在什么时候都要守口如瓶。这是一个颠倒混乱的时代,唉,倒霉的我却要负起重整乾坤的责任! 来,我们一块儿去吧。③

---

① 雅克·德里达:《马克思的幽灵》,第8—10页。
② Emmanuel Lévinas: Autrement Qu'Être Ou Au-Delà De l'Essence, p. 20.
③ 莎士比亚:《哈姆莱特》,第27页。

这段台词的关键句子是:"这是一个颠倒混乱的时代,唉,倒霉的我却要负起重整乾坤的责任!"直译是:"这是一个脱了节的时代,而可咒的是我却生来要把它给接起来!"(The time is out of joint: O cursed spite, that ever I was born to set it right!)对于哈姆雷特而言,这个生身父亲被亲生母亲及其奸夫合谋杀害的时代,确实是一个颠倒混乱、礼崩乐坏的时代。我们还可以对其进行一种更细致的"时间性"考察,"时间脱节了"不只意味着先前那个田园诗般的世界,已然变成一个充满罪孽和灾祸,莠草丛生的废墟;同时还暗示的是不同维度时间的错乱交缠,在这一时间中,过去的幽灵及他所遭受的过去的罪恶徘徊不去,它直接涉入了当下,并要求哈姆雷特以自己的未来为赌注,去清偿他人在过去所制造的冤孽。在这样一个时间混乱的时代,任何共时化的努力都失效了,人们无法再拥有一个"安稳"的现在。在这里,共时化指示的就是对于秩序的追求,就是那种寻求安稳、可靠和坚固的理性。共时化就是要通过确定而稳靠的"在场",以及时间和逻辑上的连续性和秩序性,来建立一种"安稳"和确定的理性运动。在《哈姆雷特》中,这种理性最显著的代表,就是波洛涅斯家族(当然,这是在波洛涅斯死去之前,在他死去之后,愤怒的雷欧提斯和发疯的奥菲莉亚,恰恰偏离了他们执守理性的家训)。老谋深算的波洛涅斯无论任何时候,都试图以一种实用理性的方式来应对和处理一切。无论他对于儿女的训诫,还是对于哈姆雷特的判断,都不可谓不理性,不可谓没有道理。这样的实用理性在一个"常规"的年代是有用的,然而在一个"礼崩乐坏""时间脱节"的时代,实用理性却不再有效。实用理性可以在一个"太平盛世",在一个稳定而确定的时代,通过循规蹈矩,也即建立理性连续性的方式发挥效用。稍有差池,修修补补后又可以恢复原状,重塑秩序,重建"共时性"。然而,在一个"时间脱节"的年代,在一种"例外状态"中,这种修修补补已经于事无补,人们需要的是"重整乾坤"。而这一扭转乾坤的无比艰巨的任务和无限深重的责任,只能由超乎实用理性,不同于"日常""不同寻常"甚至"疯癫"的英雄人物来完成和担负,这个人物当然就是哈姆雷特。

　　1923 年,面对那个同样历史脱节、时间错位的激荡时代,俄国诗人曼德尔施塔姆写下了他著名的《时代》(也译为《世纪》)一诗,在诗中,他发问道:"我的野兽,我的时代,谁能够/窥察到你眼睛的深处? /谁将用他的热血/把两个世纪的脊椎骨黏合在一起?"[①]哈姆雷特就是这样一个接合时间之人,然而,就像曼德尔施塔姆诗里所说的:这种接合必须付出"血"的代价。责任落在了哈姆雷特身上,但哪怕是这样一位超凡的英雄,也无法用理性的方式来扭转乾坤,唯一的拯救方式是彻底地献出自身。文学人类学家告诉我们,哈姆雷特通过这种献祭自身的方式重复了历史中的"替罪羊"模式,通过献祭自身来赎罪,从而万象更新。这种献祭既是为了幽灵,为了他者,也是为了所有人,这使得这种献祭同时也具有了列维纳斯式"替代"的意味,哈姆雷特替代所有人献祭了自身,从而为城邦和世人抵偿了身上的罪恶。

　　①　曼德尔施塔姆:《曼德尔施塔姆诗选》,扬子译,河北教育出版社 2003 年版,第 129 页。

| 第二章 |

昆德拉的相遇与乡愁

与昆德拉此前几部评论集一样,在《相遇》中,拉伯雷、雅纳切克、布洛赫等人依旧居于不可撼动的位置,画家培根、布贺勒,作家法朗士、马拉帕尔泰等人则成为新贵,卡夫卡、乔伊斯、斯特拉文斯基、贡布罗维奇稍稍淡出,但仍不时显身。另有更多的作家进入客串名单,他们是马尔克斯、富恩特斯、罗斯、阿拉贡、塞利纳等。当然,书中更不会少了极权、幽默、媚俗这几位元老。

相比之前的几本评论集,《相遇》中的文章篇幅更短,因此篇目就更多,挤得下更多的小说家、音乐家和诗人。从这个角度说,这本评论集倒很符合昆德拉一直追求的众声喧哗的复调风格,以及罗蒂对昆德拉的小说理论与民主理念契合的赞赏。①

不过,这样一来,很多主题和思想就无法深入展开,因此,要在《相遇》中领略诸如《被背叛的遗嘱》和《小说的艺术》那样系统的阐释和对话几乎不可能,读者只能在简洁跳跃的文风中拾捡这位八十一岁老人智慧的麦穗。比如,他分析塞利纳的小说时指出"妨碍人类临终的,是排场"②——

---

① Cf. Richard Rorty: *Heidegger, Kundera, and Dickens*, in *Essays on Heidegger and Others*: *Philosophical Papers*, *Volume 2*, Cambridge University Press, 1991, pp. 66-82.

② 米兰·昆德拉:《相遇》,尉迟秀译,上海译文出版社 2010 年版,第 29 页。

虚荣至死也不会离开人类;而罗斯小说里那些教授、作家之所以时时在思考乔伊斯或卡夫卡,则是因为"要将过去的时代留存在小说的地平线上"[①];在分析《百年孤独》时,他则指出,通常小说中的人物都没有后代,堂吉诃德没有,汤姆·琼斯没有,于连没有,维特没有,马塞尔也没有,这是因为小说和现代使人作为个体立足于欧洲舞台。然而,在《百年孤独》里,这个定律却被打破了,一大堆名字相近甚至相同的人物,像慢动作叠成的人的序列,这意味着某种时刻的完结。

第一节　美丽宛如多重的相遇

不知是有心还是无意,昆德拉这次背叛了自己的幸运数字七,小说一共分九章,多出了两章。好在这同样是个奇数,夹在中间的是第五章,题为"美丽宛如多重的相遇",紧接着第六章题为"他方",这也就是说,在第五章相遇之后,又有一个交错,评论延伸到了他乡。因此,《相遇》中最重要的无疑是这交会的第五章,它激起的光,照亮了两个方向。

在前面几章里,"相遇"这个词除了在题记中,几乎没有出现,不过其中暗指的"相遇"不难揣摩,即昆德拉通过作品与这些艺术家的相遇,读者与作者的相遇。在分析法朗士时,昆德拉举了一个引人深省的例子,我们每个读者心中都有一份黑名单,里面关着那些我们不喜欢的作家。但很有可能的情况是你只读了这个作家的一两本书就将他打入冷宫,也许你看到第三本就会喜欢上他。而笔者一开始就看到了这第三本书,笔者与作家相遇,而你没有。可笑的是,在我们谈论某一作家的时候,我们其实看过的是他不同的书,却都盲信自己对该作家的判断是全面而准确的。我们,也没有相遇。

到了第五章,前四章被隐秘雪藏的"相遇"一词频频出现,犹如赌徒押上所有的筹码,相遇也开始渐次叠加,由一重变为多重。

---

① 米兰·昆德拉:《相遇》,第34页。

最质朴的相遇,自然是人的相遇。它是昆德拉与马提尼克诗人塞泽尔的相遇,塞泽尔与布勒东的相遇,昆德拉与阿拉贡的相遇,而阿拉贡和布勒东的相遇则更是一出超现实事件,相遇与相遇的相遇结成一个完美的圆环。这是洛特雷阿蒙说的"美丽宛如一台缝纫机和一把雨伞在解剖台上的偶然相遇",塞泽尔说"洛特雷阿蒙的诗,美丽宛如征用财产的法令",布勒东又说"塞泽尔的话语,美丽宛如初生的氧气"①,最后,昆德拉总结道:"美丽宛如一次多重的相遇。"

如果被美绕昏了头的话,我们不妨再来清理一下这多重的相遇,尽管清晰的分类是与相遇相悖的,它损害了相遇的错杂和偶然之美,"相遇,不是交往,不是友谊,也称不上结盟。相遇,意思就是:石火、电光、偶然"②。一重相遇是政治与文学的相遇,它可以在一个人身上相遇,"塞泽尔是双重的创始者,两个基石(政治的与文学的)在他这个人身上相遇"③,也可以在一本文学期刊上相遇,三个主题——"民族解放""现代艺术洗礼""国家独立"在塞泽尔等人办的《热带》上相遇。另一重相遇是文化上的相遇,它属于空间——"马提尼克:多重的交会;数个大陆的会合点;法国、非洲、美洲相遇的弹丸之地"④,也属于时间——《了不起的索利玻》是一次跨越数世纪的相遇"⑤。它属于语言——"走向终结的口述文学与初生的书写文学的相遇"⑥,也属于情感——"马提尼克:巨大的文化复杂性与巨大的孤寂的相遇"⑦。还有一重相遇是政治与世界的相遇,它是荒谬的相遇——"永远勃起的雨伞与制服及裹尸布缝纫机的相遇"⑧,也是宿命的

① 米兰·昆德拉:《相遇》,第 113 页。
② 米兰·昆德拉:《相遇》,第 110 页。
③ 米兰·昆德拉:《相遇》,第 111 页。
④ 米兰·昆德拉:《相遇》,第 122 页。
⑤ 米兰·昆德拉:《相遇》,第 126 页。
⑥ 米兰·昆德拉:《相遇》,第 125 页。
⑦ 米兰·昆德拉:《相遇》,第 122 页。
⑧ 米兰·昆德拉:《相遇》,第 115 页。

相遇——法国的"五月风暴"和捷克的"布拉格之春""这两个春天,异步的,各自从不同的历史时期走来,在同一年的解剖台上相遇"[①]。每一重相遇之间又会相遇,一切像是"马拉帕尔泰小说中的超现实相遇"[②],世界是一架以相遇为帆翼转动的风车。

读到这里,读者诸君恐怕跟笔者一样,也对昆德拉的相遇有些厌烦了,如果将概念泛化的话,一切都可以是相遇。对于他对"美丽宛如一台缝纫机和一把雨伞在解剖台上的偶然相遇"的改造,则更觉不满,他给缝纫机和雨伞加上定语,为解剖台设置背景,这之于洛特雷阿蒙的美学革命,是一次倒退。保罗·利科曾在分析普鲁斯特时指出,隐喻是艺术中的"因果法则"[③],毋庸赘言,隐喻总依赖于或明或暗的相似性,而洛特雷阿蒙甚至超越了这种诗学逻辑,他强加给语词以偶然的相遇。昆德拉的做法无异于削足适履,把语词之间游耍般的撞击又揪回到既定轨道上。此外,洛特雷阿蒙的艺术实验中还包含了一种幽默精神,最爱将幽默挂在嘴边的昆德拉,此时却一点儿也不幽默。

第二节　流亡与乡愁:在解剖台上的相遇

在《相遇》中,昆德拉收起了之前几本评论中或隐或显的理论冲动,写得更加随意、任性,使这本书显得更像是一部抒情小品集。只不过小说家不像诗人,抒起情来遮遮掩掩,昆德拉把它像铃铛般挂在他评论的那些大动物背上,让他们带动它发出轻响。不过,仔细考察还是可以辨认出基本的抒情基调:怀旧和乡愁。就如题记中所说:和我的思考以及回忆相遇;和我的旧主题还有我的旧爱相遇……

---

①　米兰·昆德拉:《相遇》,第 152 页。
②　米兰·昆德拉:《相遇》,第 220 页。
③　保尔·利科:《虚构叙事中时间的塑形:时间与叙事(第 2 卷)》,王文融译,生活·读书·新知三联书店 2003 年版,第 275—276 页。

当然还有肆意渲染的孤独,在马提尼克画家布贺勒的画作中,他看到"孤独宛如月亮,无人望见"[①]。自然,月亮的孤独其实是昆德拉的孤独,他借论米沃什而说自己是"永远的异乡人"[②]。他为他喜欢的艺术家们献上孤独的赞词:贝多芬是音乐历史"最后的传承者"[③],《百年孤独》"带给小说神化的殊荣,同时也是向小说年代的一次告别"[④],"(培根)他孤立在过去的一旁,他孤立在未来的一旁"[⑤]。

孤独、怀旧、乡愁三位一体。昆德拉说米沃什的乡愁是"异乡人不容侵犯的孤独"[⑥]。在"初恋"一章中论述雅纳切克时,昆德拉起的题目是"乡愁最深的歌剧",他引用雅纳切克的话说:老年的"音乐本质",是对于逝去时光的无限乡愁。[⑦]

沉浸在作家铺就的抒情氛围中不失为一件优美而又高雅的事,然而评论者的可憎之处在于总要破译、解剖言外之意。谈到昆德拉的乡愁,就不能不谈他的流亡,谈到他与祖国的微妙关系。

在罗斯与世界各地犹太作家的对话集《行话》中,两位捷克作家昆德拉和克里玛都在访谈之列,昆德拉依旧高谈小说的艺术、极权、欧洲和幽默,克里玛则谈得更加具体,甚至还爆了不少昆德拉在捷克国内声名不佳的内幕。他分析这主要是因为他廉价而简单化地展示了国内的经历,另外,在什克沃雷茨基夫妇等知识分子为被压制的捷克文学竭力斗争之时,昆德拉却在国外混得风生水起,引得同胞不满和"妒忌"。简言之:"他与他的祖国已经失去了联系。"[⑧]不过克里玛也为昆德拉辩解道:捷克人一

---

① 米兰·昆德拉:《相遇》,第 131 页。
② 米兰·昆德拉:《相遇》,第 148 页。
③ 米兰·昆德拉:《相遇》,第 91 页。
④ 米兰·昆德拉:《相遇》,第 50 页。
⑤ 米兰·昆德拉:《相遇》,第 16 页。
⑥ 米兰·昆德拉:《相遇》,第 139 页。
⑦ 米兰·昆德拉:《相遇》,第 174 页。
⑧ 菲利普·罗斯:《行话:与名作家论文艺》,蒋道超译,译林出版社 2010 年版,第 64 页。

个世纪的创伤使他们对外国人有一种畏惧和怨恨,昆德拉无愧为最伟大的捷克作家之一,他还意味深长地问了一句:"为什么每一位作家都要成为斗士呢?"①

对于这些话题,昆德拉没有回避,只不过他把它们夹杂在对别人的评论中,也正是有了这一层背景铺垫,就能从昆德拉的话中看出些辩解的味道来。他找来了同胞薇拉·林哈托瓦、赫拉巴尔和上面提到的什克沃雷茨基夫妇为自己申诉。薇拉·林哈托瓦是一名流法捷克女作家,她将自己视为一名游牧者,"流亡生活经常可以将放逐变成一次解放的开始"②,"作家并非单一语言的囚徒"③(昆德拉的这本书正是用法语写的),针对在共产主义政权解体后,很多流亡作家并未返乡的抉择,她则说:作家有义务冲破一切限制,包括滥权的政府强加的限制,也包括人们以国家责任感为后盾的道德约束。④ 对于赫拉巴尔,昆德拉则说自己还在捷克时,曾因为一位朋友指责赫拉巴尔非政治化,而与其翻脸,最后昆德拉认识到:认为政治斗争高于艺术、生命和思想的人与认为政治的意义在于为艺术、生命和思想服务的人,永远无法和解。⑤ 这不就是克里玛那句问句的陈述式表达吗?而在向什克沃雷茨基夫妇致敬的时候,他又一锤定音,说道:捷克民族的诞生靠的不是战争,而是文学,而这种文学"不是作为政治武器的文学。我说的是作为文学的文学"⑥。

不难发现,在上面的引证中,包含一个矛盾。既然昆德拉已经认识到,他与那些视政治高于艺术,视国家责任高于个人选择的人永远无法和解,那又何必再来这么一番辩解呢?也许这辩解不朝向那些不满他的同胞,不朝向他人,它只是昆德拉自己与自己的争辩。他试图在对家乡的思

---

① 菲利普·罗斯:《行话:与名作家论文艺》,第 66 页。
② 菲利普·罗斯:《行话:与名作家论文艺》,第 135 页。
③ 菲利普·罗斯:《行话:与名作家论文艺》,第 137 页。
④ 菲利普·罗斯:《行话:与名作家论文艺》,第 136 页。
⑤ 菲利普·罗斯:《行话:与名作家论文艺》,第 145 页。
⑥ 菲利普·罗斯:《行话:与名作家论文艺》,第 157 页。

念和对流亡的选择中清理出逻辑说服自己,他想在自己的辩证法里突围,让它们又一次在解剖台上相遇。

第三节　宛如乡愁的相遇

在书中,昆德拉将乡愁举到了至高的位置:"哀歌式的乡愁:音乐与诗歌永恒的主题。"①但与此同时,他又借薇拉·林哈托瓦而言己:"她既不是捷克作家,也不是法国作家。她在他方。"②一个没有家乡的人从语法上已经取消了乡愁的合法性,难道这是一种对"别处"的乡愁?

在昆德拉笔下,家和他方可以实现一种诗意的重合,他说:在布贺勒画笔下的马提尼克,"我看见我的故乡……我看到我的前面是过去的非洲和过去的波西米亚,一个黑人的小村与帕斯卡的无限空间,超现实和巴罗克,贺拉斯和塞泽尔,天使在撒尿,小狗在哭,我自己的家和我的他方"③。

这不只因为他将中美洲的马提尼克看作中欧的捷克的姐妹,还包括一个令人哀伤的转换:此时我的家成了他方,它留在远方,停在过去,我在他方,我的家乡也在他方。反过来,此时的他方似乎变成了我自己的家,但它终究不是,我同时拥有了家和他方,但也同时背叛了它们,我成了"一个永远的异乡人"。

对于一个永远的异乡人,还乡已不可能,试想,昆德拉可能回到捷克吗? 在法国,在马提尼克,在国外起码他还可以名正言顺地拥抱乡愁。永远的异乡人追求的回归,不是回归到家乡,而是回归到乡愁本身。毕竟在乡愁中,家乡才是你回忆中、想象中的那个家乡,它才会心无芥蒂地接受你、安慰你。乡愁给你带来孤独,又让家乡的街道、黄昏和朋友在心头涌起,为你驱走孤独。乡愁还覆盖一层与生俱来的道德底色,它会为你涤尽

---

① 米兰·昆德拉:《相遇》,第 183 页。
② 米兰·昆德拉:《相遇》,第 137 页。
③ 米兰·昆德拉:《相遇》,第 160 页。

他乡的喧闹,你身上的浊污,甚至原谅你的"背叛",会让你欣赏并感动于自己身上这种纯净的情感,并由此获得道德上的宽慰。

由是,我们就不难理解,为什么在"美丽宛如多重的相遇"一章,经过重重相遇之后,最后却以孤独作结。按常理来说,相遇正可使人忘却孤独和乡愁。但在昆德拉这里,与他人和他方的相遇,不是为了排遣乡愁,而是为了领受乡愁。没有他人就不会有孤独,没有他人的在场和不在场,以及"不在场的在场"在内外时空上的转换,孤独这一概念将毫无意义。同样,如果说家乡是乡愁在守望一方的母亲,他方就是乡愁在流浪一方的父亲。没有他方,就不可能有乡愁,与他方的相遇,既是为了走向新的可能性,也是为了寻找和复苏因为长期驻足于一地而不再敏感的乡愁。新的他方,才能激起新的乡愁。

昆德拉还为这种宛若相遇的乡愁凿开了一条时间的隧道,在"他方"一章中论述米沃什的诗时,他分析了其"语法未来式的乡愁"[①],说米沃什将"已经不在的忧伤回忆转化成一个无法实现的承诺所带来的令人心碎的悲伤":"你将穿上淡紫的衣裳,美丽的哀愁!/你的帽子将插上悲伤的小花。"米沃什将乡愁反手交扣在未来的十字架上,使其再也无法摆脱自身,也让它永远保持对自身的忠贞。未来的叠加为乡愁画上了一道倒影,这是二维的乡愁,它将无法更改的过去转化为无法抵达的未来,用对于未来的无谓的希望来自虐式地嘲笑自己现时的哀伤。过去、现在、未来三个离魂异客在乡愁中黯然相遇,互不理会,又相互纠缠。同样的未来式的忧伤,我们也在李商隐的诗歌中看到过:"此情可待成追忆,只是当时已惘然","何当共剪西窗烛,却话巴山夜雨时"。在李商隐的笔下,现在的相遇只是为了明日的忧伤,而当诗人想起这些的时候,现在的忧伤又因此翻了一倍。昆德拉的相遇与乡愁又何尝不是如此呢?相遇既是为了忘却乡愁,也是为了拥有乡愁。

---

① 米兰·昆德拉:《相遇》,第139页。

列维纳斯曾指出,救赎(弥赛亚)时间可以使当下的瞬间不再禁锢于自身,找到一种"现在将从回忆中受惠的未来"①。因为经济时间只能通过补偿原则,把希望悬于未来,再继而轮回,救赎时间却可以抚摸到现在。希望真正的意义只在于现在。昆德拉赋予乡愁的时间机制、美学使命,以及道德内涵(对祖国的忠贞与爱和对个人理念、对他方的渴望之间的交缠),似乎使得乡愁也执起了救赎的烛火。不过,它发出的微暗光环,也或许只是昆德拉自己在纸上画出的一条弧线。

原文发表于《文景》杂志 2010 年 9 月号,略有改动。

---

① 　列维纳斯:《从存在到存在者》,第 113 页。

| 第三章 |

宫岛达男:时间的超度

第一节　0、死亡与灯

　　五颜六色的 LED 灯仿佛都市的血管,以其明暗变幻的脉搏将整个世界联结成一张大网。在宫岛达男的艺术中,这些灯光的流转,又代表了时间,顺着这张既是空间,也是时间之网逆流而上,我们来到 20 世纪 80 年代的秋叶原电器街。那是宫岛达男邂逅 LED 灯的地方,正是在这里,满街闪烁的 LED 灯光启发了宫岛达男的创作。无可否认,LED 灯光与宫岛达男的创作理念完美契合:"一切,不断在变化;一切,不断在和许多事物发生联系;一切,将永远进行下去。"我们甚至可以将这三句话也视为三条无限延展的 LED 灯道,其中的每一个文字都在闪烁变幻。

　　在宫岛达男的作品中,闪烁变幻的不是文字,而是数字。在宫岛看来,数字要比文字和图画更为中性。但这种中性并不等于冷漠,事实上,宫岛作品中的数字充满了感性,甚至情感的表现力。例如在《时间瀑布》中,那些从高处降下的数字,如同俄罗斯方块游戏中的积木,有的巨大,有的渺小,或者缓慢落下,或者倏忽而逝,有的直到在屏幕下方消失时还在变换数字,有的则在落下伊始就迅速消逝,因为数字已经变换到了它的终点:1 或 9。这些变幻万千的数字,如同经历不同命运的人物,而屏幕则似乎变成了一个剧场。

宫岛达男作品中的数字总是在逼近 0 时消失,在宫岛看来,0 即是死亡和终结,就像东亚文化避讳谈论死亡一样,0 也是宫岛的作品一直在回避的事件。然而,与此同时,0 虽隐而不显,却又似乎无处不在,我们可以将灯光快转换到 0 时那瞬间的黑暗,视为 0 幽灵般的现身。此外,尽管他作品中的数字总是在 1 至 9 之间无限循环,然而如果没有被封闭在 0 和 10 这两个 0 之中,这一循环又如何可能呢?换言之,正是以 0 和 10 作为界限,从 1 至 9 的数字才可以在这个有限的数列中进行无限的循环和变换。从这个意义上说,0 在宫岛的作品中具有了和海德格尔哲学中的"死亡"同等的位置。在海德格尔的哲学中,正是死亡开启了人的时间,从而朝向一个确定的终点"向死而生"。人被出生和死亡封闭在了一种有限性的时间境遇之中,但也正是这种有限性赋予了其生存的可能性。没有死亡,人也就无法拥有时间,也就无法拥有对于生存的筹划,从而寻求自身的本真性。因此,按照海德格尔的话说,死亡正是"不可能的可能性",一方面死亡就是生存的不再可能,另一方面,如果没有死亡,生存本身就不可能发生。正是因此,在宫岛作品中隐而不显的 0,或许才是万物背后的终结之所,活力之源。作品《死亡之钟》更为明显地体现了这一点,参与者在购买"死亡之钟"这一场域特定装置(site-specific installation)后,在网上输入自己的姓名、出生年月日以及自己预测的死亡时间,就能每天观看自己生命数字的变化,等待一切归零,向零而生。

不过,0 可以表示的不止死亡,如解构主义理论家 J. 希利斯·米勒所说,0 所指示的是一种悖谬:它既是一个数字,又是数字的缺席。它既是一个数字,甚至是所有数字的基础,又挑战着所有数字的基础。[①] 因为 0,或者说"无",意味的也就是所有数字和意义的消失。从这个角度出发,我

---

① Derek Attridge: *Reading and Responsibility*: *Deconstruction's Traces*, Edinburgh University Press, 2010, p. 137.

们也可以将宫岛达男的作品视为一场由 0 所触发的解构式游戏,它不断地引领我们在有、无之间转换,并思考其"间"(ma)的意义。与众不同的是,这一转换是以一种欢喜的方式进行的,有/无的交替甚至不需要借助于灯光的明/灭,数字的变换和跳动,如来,如去,使得 0 的来临被无限延宕,也被时刻提醒。

第二节　解放时间

芒福德曾经在其巨著《技术与文明》中说过,"钟表是一种动力机械,其产品是分和秒"。钟表的发明将人类从自然中隔离出来,某种程度上也隔离了真正的时间,人类从此相信时间可以被分秒和数字所精确测算和分割,人类被自己所建构的一套符号体系所束缚,就像被塞进一个大钟内部的猫。

在芒福德看来,自从钟表被发明以来,人类就失去了永恒。宫岛达男的作品以一种悖谬的方式挑战了这一时间的禁锢。一方面,他完全顺应了钟表的逻辑,以一种纯数字的方式来展现时间的消逝,而且经常是以比秒针更快速度的流逝;另一方面,他又打破了计数的规则,1 到 9 之间的数字可以随意跳换,而不遵循线性的递增或递减,就好像每一个时间点都可以相互穿梭和交接,织成一张变幻万千的网。就如博尔赫斯在其小说《小径分叉的花园》中所说:"时间有无数系列,背离的、汇合的和平行的时间组成一张不断增长、错综复杂的网。由相互靠拢、分歧、交错或者永远互不干扰的时间织成的网络包含了所有的可能性。"

博尔赫斯所说的时间观来自中国,宫岛达男的时间游戏中当然也饱含了东方智慧。在他的作品中,数字的变换不再具有计数功能,而是重返自然,变成了花开花谢、潮起潮落、星辰升降般的事件,它们虽以迅疾的速度在变化,但也正因此,一切并不显得紧迫(它的反面是电影中那些用来制造悬念的定时炸弹),而是体现出一种丰饶、无穷和慷慨,我们似乎重新拥有了永恒,从而得以进行无限的游戏,而不必担心时间的消弭和禁锢。

卡尔·洛维特在《世界历史与救赎历史》中,将整个现代的进步时间观都视为一种犹太—基督教终末论的变体。在这一时间观或历史观中,历史通向一个明确的终点,即救赎,在通向救赎过程中的每一刻都应该由最终的这一目的所审判。在这一时间观中,未来获得了无可比拟的权柄,因为一切的价值都要由未来所衡量和审判,"过去是未来的一种许诺。因此,对过去的解释就成为回溯的预言;它把过去解释为未来的一种有意义的'准备'"①。这一时间观与古希腊极为不同,古希腊的历史学家们认为,无论未来发生什么,都与过去和现在的事件一样,遵循着同样的逻各斯,具有同样的性质,或者说是同一事件的永恒复归。例如,古希腊历史学家"希罗多德所叙述的时间图式不是世界历史的一个指向未来目标的、有意义的进程,而是……一种周期性的循环运动,在这种循环运动中,变化无常的命运的上升和下降是由罪孽和报应之间的平衡来调节的"②。

尽管东西相隔,但我们在宫岛的作品中,能够鲜明地感受到与这种古希腊时间观的契合,无论是《无形无常》中如同金鱼般游弋的数字,还是《时间瀑布》中的倾泻,都能让人鲜明地感受到一种无常和循环。这种循环,永恒复归,似乎使得一切都毫无意义,因为一切都将重复,但其实它却恰恰将时间从未来的统摄中解放出来了,此时,每一个时刻,每一个数字,每一个数字的变换,每一个变换的间隙都具有了独立的意义,重复只不过增大了它的强度。或许宫岛达男的艺术和尼采共享着同样的永恒轮回:"万物去了又来;存在之轮永远转动。万物枯了又荣,存在之年永远行进。万物分了又合;同一座存在之屋永远在建造中。万物离了又聚;存在之环永远忠实于自己。"③

① 洛维特:《世界历史与救赎历史:历史哲学的神学前提》,李秋零、田薇译,商务印书馆2016年版,第11页。
② 洛维特:《世界历史与救赎历史:历史哲学的神学前提》,第11页。
③ 尼采:《查拉图斯特拉如是说》,孙周兴译,上海人民出版社2016年版,第280页。

第三节 存在的遗骸

海德格尔将尼采称为"最后一个形而上学家",他毕生致力于的则是解构在场形而上学。按照欧洲当代哲学家扎巴拉的解释,在在场形而上学被海德格尔及其门徒所解构之后,存在已经不再完满,或者说不再在场,它只能以一种"残存"(remnants)的方式被领会,而在领会存在之残存的过程中,我们所能触摸到的只是存在的遗骸(the remains of being)。

"残存"并不是一个实体,而是存在的一种效果。这种效果必须以动词的方式而显现,以一种 remaining 的形态出现,否则它就又会被当成一种在场存在。这一 remaining 指的是某一留存物的状态或行动,因此,当我们追问存在的遗骸或存在的留存物之时,我们实际上追寻的是在其内部不断运动着的动词。我们领会"残存"的方式,本质上是一种"诠释",按照海德格尔和伽达默尔的解释学,对于存在的理解,本质上就是对于存在的一种诠释。只不过这种诠释首先不是一种知识行为,而是一种生存行为,也即是说,我们应当用我们的生存来诠释存在,以一种动词的方式来诠释存在。这样一来,"存在之遗骸"就以一种生存论的方式,也是动词化的方式而显现。而反过来说,诠释学和生存也就成为一种使存在"留存"(remaining)的方式。

在宫岛达男的作品中,那些跳跃忽闪的数字恰似存在的"残存",它们是存在的踪迹,或者说是踪迹的踪迹,因为每一个数字都在跳跃中抹除自身,却又由于这种跳跃和抹除而留下自身的踪迹,在我们的意识中持存(retention)上一数字,又预存(pretention)下一个数字,绵延不绝、瞬息万变,最终使人再难分清何为持存,何为预存,何为当下。通过这一残存,这一不断运动的数字,这一动词化的数字,我们领会着存在和在场的遗骸。而这些倏忽而逝的数字,也成了使得存在"留存"的方式,存在以一种"残存"的方式被不断留存,不断到来,不断如来(be coming and remaining)①。

扎巴拉认为,在"在场存在"被消解之后,就应当把海德格尔的"让—存在"改称为"让—留存"。如何"让—留存"呢?扎巴拉说需要创生而留存。对于存在而言,创生即留存,因为归根到底存在已经在那里,存在一直残存,存在是此在所归属的东西,所以对于存在的创生就不是一种发明,而是一种保留和留存。这一留存并不是自然而然发生的,它需要经过此在或主体的创生才得以被留存,这一创生简而言之,就是通过自身的生存对于意义的诠释和发现。

回到宫岛达男的艺术,此处的此在或主体,就是每一个面对宫岛达男作品的你我,要让存在留存,此时每一个观众都需要投入作品之中,去诠释、创生出意义。在这一创生过程中,观众也变成了艺术家,而做艺术,甚或如尼采所倡导的,把生存变成艺术不就是让存在留存的最好方式?宫岛达男的作品一直企图告诉我们,"艺术家"和"观众"这一二元对立不成立,所有人都是艺术家。"艺术存在于人们的心灵,所有人都已经在他/她的心灵中得到了他/她的艺术。艺术是由人类一步一步推进的。(Art exists in people's minds. Everyone has got his / her art in his / her minds. Art is developed and progressed by human beings.)"

原文载于甘智漪主编:《宫岛达男:如来》,中国美术学院出版社2019年版。略有改动。

---

① 2019年5月17日,上海民生现代美术馆举办了宫岛达男的个展"宫岛达男:如来",艺术家和策展人孙啟栋在"到来"的意义上重新阐释了佛教术语"如来"。

| 第四章 |

《中国有嘻哈》与嘻哈的文化政治

　　2017 年最为现象级的综艺节目无疑要数《中国有嘻哈》。本章不拟从传播学或娱乐资本等角度对《中国有嘻哈》进行分析,实际上这样的分析已经相当充分,它们主要将该节目的成功归于:节目制作方视频网站爱奇艺相对于传统电视台的优势,可以更迅疾灵活地回应和引导受众的反应;所谓"美剧式悬疑剪辑方式"使得整个节目贯穿着悬念、冲突和反转;对于赛制的精心设计和对于竞争性的突出;节目、广告和其他周边节目的一体化设计;(以及笔者认为最为重要的)对于整个嘻哈文化①的依托,它使得《中国有嘻哈》不仅仅止于一个音乐类选秀节目,而是某种青年亚文化的展示。本章着重于从文化政治的角度,对《中国有嘻哈》这一节目和嘻哈这一在世界范围内日渐风靡的青年亚文化进行分析。

---

　　① 通常而言,"Rap"主要对应的是说唱音乐,而"Hip-Hop"(嘻哈)则对应的是以说唱音乐为主导的整个文化,它还包括嘻哈歌手或追随者们的生活态度、穿着,以及与之相关的舞蹈、涂鸦和篮球等周边活动。在本章内容中,"嘻哈"根据语境,有时指嘻哈音乐,有时则指代整个嘻哈文化。

第一节　真人秀的辩证

总结以上各个角度的技术性分析,《中国有嘻哈》成功的保证在于迎合了"真"和"秀"的辩证:"真"代表的是真实,人们总是希望在"真人秀"中看到一些真实的东西,这种真实既可能是对真实性格的展现,也可能是对现实环境的反映,尽管那只是摄像和剪辑抽取的真实;"秀"则代表的是,人们在对真实的诉求之外,还渴望看到戏剧冲突或夸张效果。简言之,人们想既看到真实,又娱乐自身。"真人秀"需要以一种"秀"的形式展现"真"。把握好这种张力关系,几乎是每一档真人秀节目成功的必要条件。

曾经的现象级选秀节目《中国好声音》早年的成功即可以证明这一点。它首先突出了歌唱的专业维度,这是对此前以"毒舌""奇葩"等来博眼球的"非专业"歌唱选秀节目的反拨。对歌手声音本身的重视甚于对外形的重视、对歌手之经历的强调,都旨在制造某种回归"本真"的效果,而这种回归又恰恰为其"秀"增加了砝码。例如,"转椅"这一为了强调在音乐中"听"比"看"重要的设置,本质上却是为了增强舞台上的视觉效果。如果说"专业"是该节目的第一关键词,"梦想"则是第二个,选手介绍VCR、导师与选手的问答通常围绕这一关键词展开。歌唱背后的故事增强了观众聆听的共情,而这些故事无论是漂泊异地,还是父子反目,其实都是围绕"梦想与坚持"这一剧情展开的。这一主题确实曾经铺陈出许多感人也不乏真诚的剧情,但命题作文式的安排难免会导致重复,何况"梦想"本就介于真实和虚幻之间,极易被表述为一种空洞和虚妄。由于后继乏力,本来是为了增加"真实"而设置的环节,反而会变得虚伪,这是此类歌唱节目除了人才匮乏之外的一大硬伤。

在这样的背景下,《中国有嘻哈》的横空出世,甚至取而代之,也就顺理成章了。对于许多网友来说,那些高呼"我最厉害我超猛""我就是要钱要出名"的嘻哈歌手,要比哭诉"我好惨我好努力""我就是要唱歌"的歌手真实得多。嘻哈歌手们喜欢说的"keep it real"(保持真实),确实是《中国有嘻哈》这个节目最为重要的成功秘诀。

所谓"real",在这个节目里有好几层意思。最为根本的是节目里说的"做自己"或"follow your heart"(跟随内心),简而言之,就是个性或者态度上的真实。诚然,《中国有嘻哈》的成功与整个节目的构思、嘻哈文化的魅力、"神乎其技"的剪辑、对竞技性和对抗性的突出都有密切关系,但这一切本质上都建立在选手们个性的基础上。如果说以《超级女声》等为代表的第一拨选秀节目强调偶像多于专业、个性魅力多于音乐水准的话,那么,以《中国好声音》为代表的第二拨选秀节目则转而强调专业多于偶像。但实际上,大众对偶像或个性的诉求,往往还是会压过专业。这或许就是吴莫愁等《中国好声音》出来的歌手知名度高的主要原因,能为观众记住的往往是最具个性和辨识度的声音或形象,但其未必最专业。《中国有嘻哈》的横空出世,很大程度上就是在偶像和歌手、个性和专业之间达成了某种平衡。一方面,作为一种已经相当成熟却又还不为大众所熟悉的音乐风格,嘻哈有足够多的专业"黑话"去哺育观众的求知欲,比如"单押""双押""Diss"(嘻哈歌手通过歌曲的相互攻击)等。另一方面,强调"态度"的嘻哈歌手几乎每一个都个性鲜明,足够让观众记住。他们既有时尚个性的装束,又有足够的语言能力去表述比"我就是爱音乐!"更复杂有趣也更"真实"的内容。另外,值得注意的是,这些嘻哈歌手所展现出来的个性是较为男性化的,甚至不乏大男子主义,进攻性、率直性和讲义气成为这些歌手(无论男女)个性上的共性。抛去性别政治的视角不谈(嘻哈文化中包含的某种对女性和同性恋族群的歧视,是常被研究的话题),观众对于这种个性的青睐,可能多少也跟对近几年来在各种选秀和《奇葩说》《金星秀》等综艺节目中某种敢曝(camp)美学①的审美疲劳有关。

---

① 这是美国当代批评家桑塔格最早提出的一个概念,也被翻译为"矫饰",它大意指的是"一种夸张、做作、偏激的,并与同性恋文化'感觉'和'趣味'有关的艺术风格"或表演风格。参见徐贲:《扮装政治、弱者抵抗和"敢曝(Camp)美学"》,《文艺理论研究》2010年第5期,第59—67页。

"real"的第二个意思是对于节目规则的打破，正如有的选手抱怨，该节目总是在前一天才确定比赛规则，这一规则却又经常因为各种意外而被打破(例如潘玮柏挽回学员、信退出帮唱等事件)。然而，正是这种对于规则的随时冲破，让节目的戏剧冲突更足，也让观众觉得更加真实，似乎节目总是在超越自己设定的"套路"。这一点，在同档期的另一真人秀节目《极限挑战》中也表现得较为明显，该节目往往呈现为参与明星们与导演斗智斗勇的架势，节目原先设定的规则经常被不断打破、更改，有时甚至会演化为明星们即兴自导自演的"free style"(自由即兴发挥)。

不过，在屏幕面前，一切反规则和反套路最终又形构了节目最后的规则和套路，在无远弗届的摄像机和屏幕面前，似乎没有什么能够真正超乎娱乐的套路，包括"真实"。无论是选手们的个性，还是对于规则的打破，当它们最终呈现于屏幕上时，它们到底是"真"，还是"秀"？

第二节　嘻哈的政治

这是一个在面对真人秀、大众传媒甚至景观社会等相关议题时，人们经常会提的问题。它在面对嘻哈时尤其具有张力。因为"keep it real"可以说是嘻哈文化最为根本的信条，然而，当这些嘻哈歌手在屏幕上频频提到要"keep real"时，"real"在这里到底是一种信念、姿态还是表演？这一"真实"问题触及了嘻哈文化的核心，也直接关乎我们所要探讨的问题：嘻哈的政治性。

作为一种20世纪70年代诞生于美国纽约贫民区，主要由非裔、加勒比海裔和拉丁裔青年孕育的街头文化，嘻哈本身有着更为真实的面向，这一面向直接指向政治。嘻哈最早是作为一种辅助舞会或活跃气氛的娱乐方式而诞生的，不过其在表达上的突出优势，使其逐渐承载起了更多的政治功能。它成了嘻哈歌手们用来反映现实或批判社会的最佳武器，广泛涉及贫民区中的毒品泛滥、暴力执法、社会不公以及种族歧视等问题。1982年，嘻哈先驱闪手大师与愤怒五人组(Grandmaster Flash and The

Furious Five)发行的《讯息》(*The Message*)一歌,最早把贫民窟的"讯息"传递给了外界,也为此后的说唱音乐树立了高标:"碎玻璃处处/人们在台阶上小便,你知道他们不在乎/我受不了这里的味道,受不了这里的噪声/但我没钱搬家,我想我别无选择……"Run-DMC 则在《以作为黑人为傲》(*Proud to be Black*)中表达和宣扬种族自豪感(所以有人说嘻哈树立起了一个种族的自信)。匪帮说唱(Gangsta Rap)的代表乐队 N. W. A. (Niggaz With Attitudes),直接描述警察在贫民区的暴力执法,并且号召"干翻警察"。相比于 N. W. A. 式的街头对抗,另一支嘻哈史上的里程碑级乐队"公众之敌"(Public Enemy)更具政治抱负,具有鲜明的黑人民族主义倾向,并且亲近黑人极端思想,他们的很多歌曲可以说近乎政治动员,如《对抗强权》(*Fight The Power*)或《为你反抗的权利而集结》(*Party for Your Right to Fight*)。嘻哈与政治的关系如此紧密,以至除了种族主义和贫富差距等核心议题外,嘻哈与反犹主义、女性主义、伊斯兰主义和反同性恋等关系也时常被研究。当然,这并不意味着所有嘻哈都是政治的,实际上,随着嘻哈在商业上获得巨大成功,在嘻哈内部已经形成了两大分支:第一个分支可以被称为"硬核"(hardcore),代表那些在强劲的节奏带动下具有强烈的社会意识和种族自豪感的嘻哈;第二个分支通常被定性为"流行",它较少涉及社会内容,主要开垦诸种族和阶层之间共享的区域①。尽管今日之嘻哈在美国已经几乎成为最为主流也最为商业的流行音乐,其政治性与批判性却并不因此就销声匿迹。正如有的国外学者所分析,嘻哈本质上是黑人文化中两个重要传统的桥梁,其一是音乐,其二则是布道,而后者在黑人传统中与宗教、历史、文化和政治都无法割离。②

---

① Michael Eric Dyson: *The Culture of Hip-Hop*, in Murray Forman, Mark Anthony Neal(eds.): *That's The Joint!: The Hip-hop Studies Reader*, Routledge, 2004, p. 64.

② Michael Eric Dyson: *The Culture of Hip-Hop*, p. 66.

对于"公众之敌"等嘻哈创作者来说,语言就是子弹,而嘻哈就是手枪。由于其在节奏和歌词上的优势及随之而来的煽动力,嘻哈本身确实蕴含着强大的政治力量。尽管嘻哈在世界各地的传播很多时候已经不需再经过贫民区的发酵,但这种政治属性始终伴随着嘻哈。政治嘻哈(Political Hip-hop)和觉醒说唱(Conscious Rap)依旧是嘻哈的重要分支,哪怕一些偏流行的嘻哈也会经常涉及政治议题。这在中国也不例外。中国嘻哈歌手的出身与他们的美国前辈已十分不同,前者更多来自中产阶层甚至知识分子和富裕家庭,但政治表达的欲望始终伴随着中国嘻哈。某种意义上说,中国摇滚教父崔健同时也是中国嘻哈先驱者,从1985年开始,他就创作了《农村包围城市》《不是我不明白》《时代的晚上》等广义上的说唱音乐。与崔健的许多歌曲一样,这些歌曲都有较强的政治意涵,崔健至今也在强调嘻哈音乐的批判精神。[①] 崔健的说唱音乐更关注的是节奏型音乐本身的魅力,而还未联结整个嘻哈文化,但它同时也让说唱音乐几乎在传入中国伊始就附着了浓重的政治气息,其后的中国地下嘻哈也不乏政治反思和批判的声音。

作为一种受众广大、以叛逆著称的青年亚文化,嘻哈在广义的文化政治中也蕴藏着巨大的潜力。如果说《中国好声音》和《我是歌手》"两档节目重整了声音的秩序,歌曲的情调和激情被锁定在唯美主义的耳朵里面,人们自觉地选择那些可以激活情感记忆的浪漫或者激动的声音,而不自觉地拒绝了批判性的声音"[②],那么,嘻哈本身是可以冲破听众唯美主义的耳膜的,因为相较中国大众的传统审美趣味而言,突出节奏和歌词,淡化旋律且歌词具有批判性的嘻哈近乎一种噪音,而噪音本身蕴含了政治意味。"正如胡疆锋总结的:'第一,噪音是亚文化对主流文化的对抗(干扰了意识形态信息的再现和传递,亵渎神圣、挑战权威,传达被禁止的内

---

① 杨畅:《崔健当嘻哈导师? 他要衡量三件事》,《新京报》2017年9月22日。

② 周志强:《唯美主义的耳朵——〈中国好声音〉、〈我是歌手〉与声音的政治》,《文艺研究》2013年第6期。

容);第二,噪音再现了反常的风格符码(逾越服装和行为的规范,语意混乱的实际机制,违抗共认的符码);第三,噪音改变了受众和艺术家的关系(无政府状态,人人都是艺术家)。'"①

第三节　《中国有嘻哈》的去政治

不过,尽管通过"free style"、"battle"(嘻哈歌手个人对个人或团体对团体的对攻比赛。比赛默认的规则是歌手们在舞台上可以百无禁忌地互相攻讦,台下则只把这当作一场游戏)、"diss"等环节较为完整地展现了嘻哈文化,但《中国有嘻哈》这一节目的成立,很大程度上却建立在对嘻哈的去政治上。通过对相关主创人员的采访,我们可以知道,节目组对于节目的定位首先是"青春、阳光、正能量",其次对参赛歌手有严格的筛选,隔绝了一些不合适的歌手。②

除此之外,更为微妙的去政治化则是通过强调嘻哈的专业性或技巧而实现的。这种强调对于一档旨在普及嘻哈音乐的节目来说无可厚非。节目组借鉴游戏画面呈现方式,用花字对专业技术的解析,本身也成为一大看点,此外,这也是突出节目竞技性的必要操作。不过这一突出技巧的操作,有意无意地降低了嘻哈的内在力量,好像嘻哈只是一种嘴上技艺,而《中国有嘻哈》似乎变成了一个准体育竞技类节目。

通过对技巧的强调,节目在很大程度上隔离了政治,也隔离了内容甚至原创性。《中国有嘻哈》与《中国新歌声》的一个重要区别是,前者的歌曲基本为原创,后者则主要是翻唱。嘻哈文化"keep it real"的信条、表达自我的诉求及其特色性的即兴表演和 Remix 技术(即对已有的歌曲重新混音编曲,使其获得新生),使得嘻哈歌手们不可能接受一种以翻唱他人

---

① 周志强:《唯美主义的耳朵——〈中国好声音〉、〈我是歌手〉与声音的政治》。

② 《人物》杂志对《中国有嘻哈》幕后团队的采访描述:"有位 rapper 在 60 秒演唱环节唱了一首讽刺社会现象的歌,后来,播出整段跳过了那首歌。"见谢梦遥:《嘻哈"起义"|长报道》,https://weibo.com/ttarticle/p/show? id=2309404139896561340817。

作品为规则的歌唱比赛。但是,节目在设置上有意地避开了这种原创性,而与这种原创性直接相连的正是经验和现实。节目几乎有超过一半的时间,都是通过"即兴创作""团队合作"等不同方式,来考验嘻哈歌手的能力和技巧,只有快到六强赛时,选手才真正有独立展现自己原创作品的机会。但这种原创性,随之又被其后与帮唱嘉宾合作等设计冲淡了。通过这样一种方式,《中国有嘻哈》有效地维持了自己的竞技性、表演性和娱乐性,但同时,也封闭了其在音乐上可以传递出来的更多信息。与《中国好歌曲》这类提倡原创的选秀节目不同,《中国有嘻哈》给予观众更深印象的是节目本身和那些个性鲜明的参赛者,却不是其中的歌曲。通过这种方式,《中国有嘻哈》成功掀起了一场新的造星运动,但却缺乏直指人心的歌曲。通过强调各种专业性和技巧,观众的注意力也随之从语言的内容,转移到语言的形式上。节目所强调和烘托的技巧、音乐性和态度削弱了嘻哈歌词本身的力量,从而将嘻哈以一种隐秘的方式再收编进了流行文化之中。节目几乎把嘻哈中的所有政治意味都剔除干净了,最后除了个别歌手对某些社会现象(如酒驾、留守儿童问题等)的反思之外,就只剩下了为个性而个性、为叛逆而叛逆的空泛姿态。必须承认,这种姿态本身也是嘻哈文化的一部分,但个性与表达在嘻哈中本可以合二为一。在摒除了内容和表达之后,个性就只近乎一种表演了。

不过这种表演倒恰恰又迎合了真人秀中"秀"的特质,它经过节目的剪辑重组之后,反而成为收视率的一大保障。例如,一些歌曲尽管"diss"了许多参赛选手,甚至还批评了节目的设计,但这一切都被限定在了节目所允许的"安全区域"。火药味,反而成了节目的卖点。节目圈定了"diss"或对抗,它们从节目中来,又回到节目中。

通过这样的运作方式,《中国有嘻哈》几乎将嘻哈的政治效力减到了最低,它有对抗但没有反抗,有骂战但没有批判,这些对抗、骂战或"Beef"(嘻哈歌手之间的矛盾和过节)无论是真是假,在节目内还是节目外,最终指向的都是娱乐效果。而那些桀骜不驯的嘻哈歌手,在走出节目,迈入娱乐战场之后,也显得弱不禁风。抛开政治批判不论,他们连大众舆论都难以应对。笔者本来指望嘻哈文化崇尚自我和标出个性的态度,可以对当下网络舆论环境中的泛道德主义形成冲击。遗憾的是,嘻哈歌手们在其面前几无还手之力,这使得其冲击力变得更加有限。

所谓泛道德主义,就是对一切上纲上线,不论原因地进行道德审判,并且把某些非常严苛的道德标准施加在他人身上。在今天,这一切通常是在网络空间中发生的。"键盘侠"审判一切,既热衷于八卦和娱乐,又热衷于通过将他人进行一种娱乐化的道德区分而获得审判他人的快感。笔者把这种泛道德主义视为一种民粹道德主义,它是被隔绝在政治参与之外的大众在内部自发进行的一种伪政治游戏。通过明确界定黑白、划分好坏以及"贴标签""扣帽子"等行为,人们可以体会到一种打击异己、团结同僚的政治激情和道德优越感。

这种泛道德主义使得名人们时刻面临道德绑架的风险,这种风险又助长了某种伪善,而这种伪善通过名人效应反哺大众,又会进一步滋长泛道德主义。笔者曾奢望嘻哈文化在一定程度上抵抗这种廉价的道德审判。一方面是嘻哈文化所强调的我行我素可能会淡化受众心中的泛道德尺度,另一方面,那些走到"地上"的嘻哈明星,也可能用比其他明星更自我和强硬的态度来与泛道德主义对抗。此外,嘻哈文化还可能为当下中国带来一种更为多元或包容的价值观,因为嘻哈本身是一种多元、包容并且不断冲破界限的文化,它在早期就融合了牙买加等拉美地区的音乐、欧洲电子乐、中国香港功夫电影等来自不同地区和种族的文化形式。也许正是因为这一特点,它很快就在全球范围内生根发芽。嘻哈本身在价值立场上就具有某种不可规定性和暧昧性,它可以容纳看似矛盾的事物。

事实证明笔者的估计过于乐观,这种对抗从一开始就是不对称的,也是必败的。参与《中国有嘻哈》的这些嘻哈歌手本来就需要默认该节目提前设定的某些规则和价值观才得以参赛,相应地,在成名后也必须对接这些价值观所源自的泛道德主义。泛道德主义几乎是当下中国网络意识形态的底盘,叛逆者大都转而就会被它所带动的民意之火车掀翻。只有那些能够顺应这种泛道德主义氛围的嘻哈歌手才能够真正为大众所接受,所以这些歌手需要在被《中国有嘻哈》过滤后,再自动洗白,成为"德艺双馨"的主流明星。这一点在比赛过程中就已经显露出诸多端倪。有评论指出,一些粉丝已经试图以"始于颜值,陷于才华,忠于人品"的偶像标准来"归化"某些嘻哈选手。另一些粉丝则热衷于去挖掘这些歌手的"黑历史",即道德污点,从而获得某种"剥皮"或"反转"的快感。抛开那些确实违反或有悖于法律法规和公共道德的行为不谈,许多对这些嘻哈歌手的指责都来自泛道德主义者自己制定的标准。这种严苛的道德审判对于常人尚且偏激,于嘻哈文化更是南辕北辙。诚然,我们可以以"中国特色的嘻哈"为由来要求中国嘻哈干净纯良,但是,作为一种发源自街头和贫民区的青年亚文化,嘻哈本身就包含着反叛的基因,这很大程度上也是嘻哈的政治意义所在。因此,嘻哈文化要在中国真正走上主流,或全方位地被大众所了解甚至接受,必然与泛道德主义进行一场"遭遇战"。战争的结果可谓惨烈,虽然历经不少波折,但谁也未曾料到2017年末沸沸扬扬的选手丑闻,竟然让刚刚露出水面的嘻哈旋即又沉入水底,而且似乎再无浮起的迹象。对于这一节节败退的时间线,关注娱乐新闻的人都耳熟能详:先是选手爆出私生活丑闻,之后则是其作品涉嫌违规下架,影响随之进一步波及了其他嘻哈艺人。抛开个别嘻哈艺人的违规或越界行为不谈,这一始料未及的处境显然与嘻哈和主流价值观的冲突有关,或者说跟主流价值观对嘻哈的排斥有关,尽管那些从《中国有嘻哈》成名的嘻哈歌手已经极力向主流靠拢。

在这个意义上,从广义的文化政治来说,《中国有嘻哈》对主流文化的冲击甚至可能还不如当年带着《我的滑板鞋》横空出世的约瑟翰·庞麦郎,后者以其完全非专业甚至低于一般人的音乐素质,挑衅了当今的音乐审美和娱乐工业。而且,在视觉传媒强势的时代,《我的滑板鞋》是首先以一种纯声音的方式抵达受众并掀起波澜的。这种震撼力和新鲜感倒是颇像 N. W. A. 等嘻哈乐队横空出世的时候带给人们的感觉。遗憾的是,尽管庞麦郎的歌曲很真诚,但其内容简单,缺乏文化、政治意涵,加之制作方和媒体的推波助澜,使其最终也被狂欢式的娱乐所淹没。

第四节 在政治和资本之间:暧昧的嘻哈文化

通过这种去除政治、突出娱乐的操作,再加上嘻哈文化本身魅力的加持,《中国有嘻哈》在商业上大获成功,不少选手走入主流,名利双收,有的甚至只差一步就登上了春晚。不过,批评的声音也一直伴随着这种嘻哈的主流化进程,对于那些"顽固"的地下嘻哈歌手或者视嘻哈的精神属性大于娱乐属性的乐迷来说,商业上的成功恰恰也就意味着对于嘻哈精神的背弃。

然而,与那些时常因为转入地上而不适甚至抑郁的摇滚明星不同,这些进入主流的嘻哈歌手似乎坦然自得,并没有感受到在地上和地下之间的价值撕裂。嘻哈这种长于自我表达的音乐形式,同样也适合为他人做广告。自《中国有嘻哈》大火之后,几乎任何商品的广告中,都可能跳出一个长篇大论的嘻哈歌手。而嘻哈歌手们的各种装束和造型,也形成了新的消费热点。这种情形几乎与二三十年前的美国如出一辙,经过 Dr. Dre 和 Jay-Z 等天才嘻哈歌手和制作人的改造,原本出身于贫民区、被主流社会所鄙夷的嘻哈迅速攻占了流行音乐市场,整个嘻哈文化,无论造型还是行为也被改造成了新的消费潮流。其中也包括"keep it real"这一核心信条。在某种意义上,《中国有嘻哈》娱乐大众的根基恰恰建立在"keep it real"这一信条上,因为嘻哈歌手们的个性都基于它而展开。

这就是事情的复杂之处,在娱乐和个性之间必然存在某种冲突,因为娱乐要照顾到的是大多数人的喜好,而个性恰恰意味的是卓尔不群。如果娱乐和个性可以共存,那这至少可能基于两个原因。第一,这不是真的个性。任何透过娱乐橱窗看到的个性都是被生产出来的个性,这种观点其实是大众文化批判者的习惯性立场。但还可能有第二个原因,即在娱乐、商业、金钱和个性之间确实可以达至某种平衡,尽管娱乐会改造个性以适应大众,但大众最终又会不满于这种改造而寻求新的个性。说到底,人们对于个性或"真实"有不可遏止的诉求,它们总是与娱乐做着跷跷板式的运动:个性冲破娱乐,娱乐又包裹个性。西美尔在分析时尚时早就指出了这一点,"(时尚)提供了一种把个人行为变成样板的普遍性规则。但同时又满足了对差异性、变化和个性化的要求"①,在"小众"和"大众"之间不断转换的娱乐风尚同样如是。

因此,娱乐并不是可以吞噬一切的死水,相反,个性激起的水波才能够让它保持流动。对于笔者而言,嘻哈最为迷人的特质,就是其对娱乐和个性、金钱与自我、物质与精神之二元对立更彻底的消解。参加《中国有嘻哈》的歌手大都毫不掩饰自己对于名利的诉求,比如 Gai 曾经的微博名就是"Gai 爷只爱钱"。这种赤裸裸的拜金姿态不可谓不"real",这固然跟现实环境和个人处境相关,但更重要的是,它深深根植于嘻哈文化本身。作为一种在贫民区诞生的音乐和文化,嘻哈从一开始舞池中的跳舞音乐,到"匪帮说唱"中的自吹自擂,都从未脱离过贫民区的喧嚣,而金钱和名利,自然是其中最重要的主题。因此,这种拜金主义或物质至上主义从来就深深根植于嘻哈文化,无论是歌词对于香车美女的渴望,还是装束上夸张的黄金配饰,都无不体现着赤裸裸的物质欲望。也正因此,那些从地下到地上,从寂寂无闻到名利双收的嘻哈歌手不会有某些摇滚歌手那么大的心理负担。

或许与摇滚的对比,能够帮助我们进一步理解嘻哈的这种特质。当然,我们这里的区分主要是在文化层面,而非音乐形式本身,在音乐层面,嘻哈和摇滚完全可以融合,而且二者的源头都是黑人音乐。事实上,早在嘻哈发展的早期,就已经出现了嘻哈与摇滚的融合,比如纽约的"野兽男孩"(Beastie Boys)乐队早在 20 世纪 80 年代就已经在尝试融合朋克和嘻

---

① 西美尔:《时尚的哲学》,费勇、吴蓉译,文化艺术出版社 2001 年版,第 72 页。

哈。他们获得了巨大的成功,但同时也遭受到黑人嘻哈圈的敌意,认为他们只是在贩卖嘻哈。抛开这些复杂的纠葛不谈,从大致文化的起源上来分析,我们可以粗略地说,从嘻哈诞生的年代至今,嘻哈的主流参与者多来自黑人贫民区,而摇滚的主流参与者则大多来自中产的白人家庭("野兽男孩"乐队本身就可以证明这点),这一点对于前者的物质至上主义和后者相对更注重精神表达有重要影响。此外,嘻哈和摇滚歌手的成长氛围通常都始于地下,二者都可以指示在成名或走入主流之前的生活或精神状态(比如独立、抵抗与非商业化等),但嘻哈的"地下"还有一个更具体的所指,那就是它的发源地——贫民区或街头。因此,"地下"某种程度上对于嘻哈比对于摇滚重要得多,"街头"或"地下"既是嘻哈歌手们想极力逃离的地方,又是他们所赖以成长以及成名的地方,是创作的源泉,也是文化的标签,因此才会有"匪帮说唱"半真半假地渲染街头的精彩和混乱。简而言之,"地下"是嘻哈歌手们想要逃离,又依附依恋,并且还具有"信念"意义的家园,对于成名的嘻哈歌手而言,它是一个通过逃离来依附的乌托邦,这是嘻哈文化的又一悖谬之处。对于《中国有嘻哈》的观众而言,嘻哈歌手们口中的"地下"又仿佛一个神秘自在的平行世界,那些围坐在一起个性鲜明、形象各异、桀骜不驯的嘻哈歌手,犹如梁山好汉,满足了中国人对"江湖"的畅想。

在这个意义上,我们既可以说"地下"是嘻哈的根源,也可以说它只是贩卖自身的符号,这二者并不是非此即彼的关系,而是既此也彼的关系。笔者将这种关系称为"嘻哈的反讽"。从深层的精神气质上说,嘻哈作为矛盾结合体的身份与此紧密相关。它包容了许多对立面:对于地下的逃离与依附、唱与说、娱乐与个性、金钱与自我、物质与精神、虚伪与真诚、复制与原创①、反

---

　　① "remix"(混音)和"sampling"(采样)是嘻哈最常用的编曲技术,二者都可视为通过一种重复或改造的方式来进行原创,它既是重复,也是创新,这是一种很难定性的文化创作模式。也正是因此,哪怕直到今天,这两种技术在改造与抄袭之间的界限依旧很难定性。

目与义气①……这种自相矛盾和难以定性,一如捉摸不定的年少心气。

这种矛盾和歧异性,再加上嘻哈中经常会显露的自我批判,使得嘻哈变得更加难以定性。嘻哈歌手们既然可以"diss 天,diss 地",讽刺一切,批判一切,自然也可以"diss"自身。嘻哈歌手之间的相互"diss",本身也可以视为嘻哈文化的自我"diss"。每一个相互"diss"的嘻哈歌手都认为自己才是真嘻哈,而嘻哈文化却是他们的总和,这也就是说,嘻哈本身可以包含许多看似相互敌对的面向。这种自我批判和众声喧哗,使得嘻哈可以保持为一种不断生长、扩展和包容的文化,"它有着其他文化无法与之比肩的柔韧性,可随时适度调整自己来适应各种情况"②。在笔者看来,这种矛盾性、两面性、自反性和随之而来的不可规定性、包容性和歧异性,构成了嘻哈真正的内核。在这个意义上,尽管许多嘻哈歌手不满意"嘻哈"这一译名,笔者却觉得"嘻哈"是对"hip-hop"的绝妙诠释:嘻哈嘻哈,嘻嘻哈哈,嘻哈歌手可以在台上互相"diss"得体无完肤,又可以到台下重叙兄弟情谊;嘻哈既可以以最极端的措辞批判主流,也可能摇身一变成为主流本身,它既是真实,也是表演……一言以蔽之,嘻哈在对任何事情的激烈批判之后,都可以借助于自我批判或反讽姿态的支撑而调转方向或全身而退,由于这种反讽,撤退也并非虚伪。这是来自街头的狡黠和智慧,一种嘻嘻哈哈的态度。也正因此,那些以几近谄媚的态度向主流文化靠拢的嘻哈歌手也不令笔者惊诧,似乎在一种强势和单一的主流文化面前,连这种嘻嘻哈哈的态度也失效了。

嘻哈与政治反抗和资本逻辑之间的关系,也应该放在这个视角中理解。我们在前文中已经说到,由于历史原因和形式特点,嘻哈可谓当今最

---

①　对于某种兄弟情谊或义气的歌颂是嘻哈的主要内容之一,不过,与义气相伴随的却往往是兄弟反目,而反目之后的相互攻讦也经常是在"rap"中完成的。传奇乐队 N. W. A. 成员之间的过节,以及 2Pac 和 The Notorious B. I. G 之间危及生命的反目成仇都是典型案例。在中国的地下嘻哈界,这样的案例也不胜枚举。

②　尼尔森·乔治:《嘻哈美国》,李宏杰译,江苏人民出版社 2013 年版,第 190 页。

具政治反抗性的流行文化之一,但这种政治反抗并非与资本逻辑水火不容。这种批判性同样可能为其赢得商业利益,在有的嘻哈研究者看来,甚至连"公众之敌"这样在嘻哈史上最具政治影响的乐队,也只是"把政治当成商品贩卖"①。然而,结论并没有到此结束。这种"贩卖"并不能说明其歌就是虚伪或者投机取巧的,那是在商业和真实之间持二元对立态度者通常不经反思就会导向的结论。事实可能更加复杂。如研究者所指出的那样,从嘻哈的发展史上来看,恰恰是资本或商业上的成功促使其变得政治化,"通过扩大说唱生产和商品化的创作领域,说唱风格和表演的空间也得到扩展,这些空间哺育而非压抑了抵抗性话语的生长"②。正是嘻哈在商业上受关注之后,才促成了前面所说的"讯息说唱"(Message Rap)和"公众之敌"等乐队的诞生。大多数出身于底层的嘻哈歌手想要获得商业上的成功,这本无可厚非,本身也是"美国梦"的一部分,而且这种商业上的成功还让黑人青年们树立了自信,在此之前,他们可能一直被易犯罪、懒惰、愚昧和不守承诺等偏见所跟随③。而且,嘻哈在被商业改变的同时,实际上也在改变着商业或娱乐产业。由于嘻哈,许多新的唱片公司、杂志、电视节目和广告公司建立起来,更重要的是它为许多年轻的文化工作者,尤其是黑人文化工作者提供了新的上升渠道④,这些渠道已经扩展到了音乐之外的电影、电视和体育等领域。上述种种,都能从某一维度上体现出嘻哈为广义的"文化政治"带来的变革力量。当然,这种情况是否适合中国却还有待观察。

---

① 尼尔森·乔治:《嘻哈美国》,第 190 页。

② S. Craig Watkins:*Black Youth and the Ironies of Capitalism*, in Murray Forman, Mark Anthony Neal(eds.):*That's The Joint*!:*The Hip-hop Studies Reader*, Routledge, 2004, p.571.

③ S. Craig Watkins:*Black Youth and the Ironies of Capitalism*, p.570.

④ S. Craig Watkins:*Black Youth and the Ironies of Capitalism*, p.572.

第五节 嘻哈与青年经验的表达

对于那些对娱乐和政治、商业或真实持绝对二元对立立场的人来说，嘻哈在二者之间的这种暧昧态度可能依旧是需要批判的。笔者认为，娱乐本身是政治现实的一部分，对于娱乐产业或文化工业的变革本身也会影响到政治现实，尽管这种影响是间接的，但在今天，要指望一种青年亚文化能够强有力地直接介入现实政治，恐怕也过于理想化。回到《中国有嘻哈》和中国嘻哈本身，除了在表达空间和内容等方面与外国嘻哈的一些显而易见的不同之外，今日的主流传播媒介，也即视觉化的电视和网络视频等，也基本框定了流行的条件：其一，作品除了具有表达性之外，更需要表演性；其二，大多数时候还需要幕后推手的运作。

不过，尽管变革性有限，但《中国有嘻哈》依旧为当下的娱乐产业和文化政治的发展带来了一些微小的契机，尽管这种契机似乎随着一些丑闻事件的发生戛然而止，但其影响犹在。从音乐形态上来说，嘻哈无疑会丰富国内的流行音乐市场，拓展中国受众的审美品位。中国人的音乐品味长期以来偏向于旋律而非节奏。可以想见，嘻哈要真正进入主流市场，必然还会面临节奏和旋律的博弈，按照目前国际主流的音乐趋势和大众的审美习惯，旋律必然会在一定程度上收编节奏和说唱，但收编的是何种旋律，未来走向的是"Trap"①还是"凤凰传奇"，又是一个问题。在音乐产业之外，更为重要的是，《中国有嘻哈》和嘻哈的传播给予了青年一种有效的经验传达工具，这可谓该节目在文化政治层面最大的贡献，它为后续的发展留有了可能性。嘻哈对于青年天然的吸引力，在嗓音、歌唱技巧等方面的不设限，将会使其人口基数继续扩大。可以预见，嘻哈将会在当下中国青年的文化生活中产生更大的影响。

---

① 一种当前在国际范围内最为流行的嘻哈音乐形式，比起歌词表达，其更重视迷离的节奏和音乐氛围，经常作为元素被 R&B 等风格的流行歌曲调用。

　　嘻哈之于年轻人,最大的意义在于它让他们可以表达自身,成为连接表达和经验的工具。经验是表达的源泉,但表达也能够促进经验的生成和感知。如果说当下主流的流行音乐是一种建立在"经验贫乏"基础上的文化产品,那么,嘻哈本身的特点使其有优势承载更多的经验和表达。毫无疑问,这是一个经验贫乏的时代,商品经济的高速运转使得经验越来越稍纵即逝和同质化,虚拟空间的延展使得它更加虚幻稀薄。就在越来越多人将"宅男""宅女""二次元""佛系"作为年轻一代的标签的时候,在这个视觉优先的"表情包"时代,嘻哈歌手似乎第一次让人们集中听到了来自青年的声音。尽管声音不乏稚嫩,也涉嫌模仿,但这已经足够令人惊喜。与"宅"在家中的自娱自乐或"弹幕"式的小圈子狂欢相比,这种发声的方式已经接近于某种意义上的"介入"。可以说,从音乐的角度来说,在今天恐怕没有第二种音乐形式可以比嘻哈更贴近于经验①并表达自我和介入社会了,哪怕是曾经被寄予厚望的摇滚也不例外。因为今日青年对于摇滚的接受已经越来越唯美化和情绪化,原本小众的后摇滚(Post Rock)和各种类型的独立摇滚(Indie Rock)反倒成为主流。这些台词写意甚至没有歌词的美丽摇滚,已经很难再承载当年的呐喊和愤怒。它们很可能转而由节奏律动、歌词复杂的嘻哈来承担②。

　　如果我们视 20 世纪六七十年代为摇滚的黄金年代,并将 1969 年的伍德斯托克音乐节视为摇滚介入政治的高峰的话,那么自此之后,尽管作为音乐的摇滚还一直在发展,摇滚乐曾经所构造出的作为一股政治

---

　　①　"方言说唱"是中国嘻哈的特色之一,而其在经验表达上有着独有的优势,母语方言可以更真实贴切地反映经验。抛开地方性语言对于全球化资本的抵抗等理论议题,从纯音乐创作的角度来说,方言的多样性也意味着中国的嘻哈歌手可以用不同的语言材料进行探索。

　　②　在笔者看来,嘻哈区别这两年在直播平台上流行的"喊麦"的最关键的地方,还不是"喊麦"缺乏 flow,也即节奏的律动变化,而是"喊麦"缺乏表达,喊麦的歌词大都是一些空洞辞藻的堆积,而没有真正的表达性,也无法连接经验和现实。因此,尽管其在音乐形态上很接地气,其创作者恐怕也比大多数嘻哈歌手更接近底层,但它与真实表达和内容的隔离,注定使得它会在嘻哈真正崛起后,就逐渐淡出。

力量的青年共同体(当然,这是一个想象的共同体),已经随着各种摇滚风格的不断分化而变得越来越松散了。与之相对的是,尽管嘻哈发展到今天也演化成了不同的分支,但是以嘻哈文化为纽带而集聚的这个青年共同体,要比摇滚显得更加团结和富有认同意识。这种文化共同体的连接本身就具有一种政治意涵:"嘻哈促使它的参与者们将自身想象成一个更大的共同体的一部分,这样一来,它就产生出了一种团结的同一性和能动性。可以确定,这种特殊的运动构成了一种对于社会世界的独特的介入模式。"①

《中国有嘻哈》总决赛,在由欧阳靖领衔,众多嘻哈歌手合唱的主题曲《Fight for Hip-hop》(《为嘻哈奋战》)中,同一个句子在不断重复,"不管你主流,或者你地下,只要你尊重,这个文化,我们个个都在同一个家",指向的就是那个"嘻哈之家"或"共同体",这个想象的共同体可以把嘻哈诸多对立的面向融合在一起,比如主流与地下。歌词则以"Peace and Love"(和平与爱)开头,诚然,我们可以用"反叛精神、倡导街头文化、物质至上主义、攻击性、侵略性的姿态"②等标签来概括嘻哈,但事实上,"和平与爱"同样是嘻哈的深层价值观。我们既可以说,"和平与爱"是《中国有嘻哈》调和嘻哈文化与主流文化的最大公约数,也可以说,嘻哈文化通过视频平台重新召唤了自身的这一价值观。无论如何,这一价值观的宣扬,也可以视为嘻哈共同体介入世界的一种方式。当然,除了"爱与和平",对于这一青年亚文化想象共同体而言,笔者认为最为有意义的还是其"keep it real"的信条。不同的人会对这一信条有不同的理解,但无论任何,任何对于"真实"的追求在这个时代都显得尤其可贵,无论是感受真实,反思真实,表达真实,坚守真实还是创造真实,都饱含了一种青年的赤子之心。

---

① S. Craig Watkins:*Black Youth and the Ironies of Capitalism*, p. 566.
② 尼尔森·乔治:《嘻哈美国》,第 190 页。

第六节　结语:嘻哈的幽灵

在选手丑闻曝光之后,嘻哈在中国的命运至今仍处于悬置状态。基本可以预测的是,哪怕相关的管制减弱,嘻哈在中国也很难再引起如《中国有嘻哈》播出时一般的轰动。一方面是因为随着嘻哈而起的诸多事端已经让主流受众对嘻哈形成了某种定见,另一方面也是大众娱乐消费"喜新厌旧"的秉性使然。除此之外,那些向主流过分靠拢的嘻哈,哪怕依旧存在,其本质上也变成了一种包装。不过,或许也正因此,嘻哈能够返回其某种更本真的状态。这次事件会淘汰掉那些跟风的粉丝,而留下一些更忠诚的乐迷,而相应地,在脱离荧幕的浮华之后,或许会有一些更真实的表达。尽管这样的表达在传播效力上可能无法与《中国有嘻哈》相比,但《中国有嘻哈》毕竟也已经扩展了嘻哈的受众群,因此也有可能某首嘻哈歌曲会完全因为其表达上的力度和真实性而穿透视觉传媒垄断。中国的嘻哈可能重返地下,但那本来就是它所来自之所和它的乌托邦,它依旧会像幽灵一般存在,幽灵本就生存于地下。从某种意义上说,亚文化作为主流文化的增补,本身就是一种幽灵般的存在。这种"幽灵"般的特质,或许正是我们在研究亚文化时需要特别留意的,这既体现在其若隐若现的特质中,也体现在其与主流文化若即若离的关系上。更重要的是,幽灵只有对于相信幽灵存在的人才会真正显形,无论对于研究者还是乐迷而言,所谓嘻哈精神或摇滚精神都是这样的幽灵,它的存在和其改变现实的效力首先来自相信和尊重。基于此,幽灵或精神才会随之显现,无论其形状多么微小。

原文发表于《文艺研究》2018 年第 6 期,略有改动。

参考文献

一、中文著作

(一)书籍

[1] 杜小真. 勒维纳斯[M]. 香港:三联书店(香港)有限公司,1994.

[2] 杜小真. 远去与归来[M]. 北京:中国人民大学出版社,2004.

[3] 冯友兰. 中国哲学史新编[M]. 北京:人民出版社,1989.

[4] 佛雏. 王国维诗学研究[M]. 北京:北京大学出版社,1999.

[5] 庄周. 庄子注疏[M]. 郭象,注. 成玄英,疏. 北京:中华书局,2011.

[6] 何乏笔. 若庄子说法语[G]. 台北:台湾大学人文社会高等研究院东亚儒学研究中心,2017.

[7] 李辉凡. 当代苏联文学中的人道主义问题[G]. 合肥:安徽文艺出版社,1987.

[8] 刘文瑾. 列维纳斯与"书"的问题[M]. 北京:生活·读书·新知三联书店,2012.

[9] 钱谷融. 艺术·人·真诚:钱谷融论文自选集[C]. 上海:华东师范大学出版社,1995.

[10] 钱谷融,殷国明.中国当代大学者对话录:钱谷融卷[M].北京:中国文联出版社,2000.

[11] 孙向晨.面对他者:莱维纳斯哲学思想研究[M].上海:上海三联书店,2008.

[12] 孙向晨.论家:个体与亲亲[M].上海:华东师范大学出版社,2019.

[13] 王达敏.中国当代人道主义文学思潮史[M].上海:上海人民出版社,2013.

[14] 王国维.王国维文集[G].姚淦铭,王燕,编.北京:中国文史出版社,1997.

[15] 王国维.人间词话[M].上海:上海古籍出版社,2003.

[16] 王国维,蔡元培.红楼梦评论·石头记索隐[M].上海:上海古籍出版社,2007.

[17] 王宁.文学理论前沿(第十四辑)[G].北京:清华大学出版社,2016.

[18] 王源.后现代主义思潮与中国新时期小说[M].北京:人民出版社,2018.

[19] 王朝闻.中国美术史:秦汉卷[M].济南:齐鲁书社,2000.

[20] 夏中义.王国维:世纪苦魂[M].北京:北京大学出版社,2006.

[21] 许志伟.基督教神学思想导论[M].北京:中国社会科学出版社,2006.

[22] 杨熹发.中国画裸体艺术的表现形式与美学特征[M].天津:天津人民美术出版社,2013.

[23] 张謇.张謇全集[G].南京:江苏古籍出版社,1994.

[24] 张隆溪.中西文化研究十论[M].上海:复旦大学出版社,2005.

[25] 张祥龙.孔子的现象学阐释九讲:礼乐人生与哲理[M].上海:华东师范大学出版社,2009.

[26] 朱刚.多元与无端:列维纳斯对西方哲学中一元开端论的解构[M].南京:江苏人民出版社,2016.

(二)期刊及学位论文

[1] 邓元尉.列维纳斯语言哲学中的文本观[J].中外文学,2007,36(4):

159-189.

[2] 董树宝.从"间距"到"共通":论朱利安在中西思想之间的融会贯通 [J].国际比较文学(中英文),2019,2(2):289-301.

[3] 方克强.文艺学:反本质主义之后[J].华东师范大学学报(哲学社会 科学版),2008(03):1-6,33.

[4] 傅有德.犹太教的弥赛亚观及其与基督教的分歧[J].世界宗教研究, 1997(2):89-96.

[5] 韩振华.作为打开欧洲"未思"的手段:朱利安中国古典美学建构之解 析[J].文艺理论研究,2019,39(5):187-197.

[6] 金永兵,马前.文学理论"苏联模式"及其在新时期的价值变迁[J].文 艺理论与批评,2008(5):14-21.

[7] 乐爱国.朱熹的"理先气后":一种心性工夫论的论证:从清代劳余山 到唐君毅[J].人文杂志,2017(4):22-27.

[8] 雷茂奎.中国最早的裸体艺术:冯斐《龟兹佛窟人体艺术》评介[J].丝 绸之路,1999(3):32-34.

[9] 李河成.绽现"德艺",与人沟通:阿伦特"政治审美论"的现代政治哲 学意义[J].文艺理论研究,2013,33(2):200-209.

[10] 李洪玉.从末世论的角度看福音书中天国的已然与未然[J].金陵神 学志,2009 (3):29-46.

[11] 李燕.晚明春宫画研究:以套色春宫版画为中心[D].北京:中国艺术 研究院,2015.

[12] 刘锋杰.努斯鲍姆"诗性正义"观及其争议辨析[J].河北学刊,2017, 37(5):92-98.

[13] 陶东风.大学文艺学的学科反思[J].文学评论,2001(5):97-105.

[14] 童庆炳.反本质主义与当代文学理论建设[J].文艺争鸣,2009(7): 6-11.

[15] 王超.比较文学变异学中的阐释变异研究:以弗朗索瓦·于连的"裸

体"论为例[J].当代文坛,2018(6):41-46.

[16] 王辉.论身体美学对西方古典工夫论的现代复兴及其启示:阿多、福柯和舒斯特曼之修身实践的谱系学考察[J].河南师范大学学报(哲学社会科学版),2014,41(6):11-17.

[17] 王嘉军.存在、异在与他者:论列维纳斯对海德格尔存在论艺术观的批判和超越[J].文艺研究,2013(6):48-56.

[18] 王嘉军.列维纳斯、策兰与诗的乌托邦[J].中国比较文学,2014(2):138-149.

[19] 王嘉军.马里昂的圣像论及其美学启迪[J].道风:基督教文化评论,2015(42):255-272.

[20] 王嘉军."il y a"与文学空间:布朗肖和列维纳斯的文论互动[J].中国比较文学,2017(2):116-128,142.

[21] 王嘉军.朗西埃对利奥塔崇高美学及法国理论"伦理转向"的批判:兼以列维纳斯哲学对其回应[J].社会科学辑刊,2017(3):200-206.

[22] 王嘉军.列维纳斯与动物伦理[J].江海学刊,2018(3):72-79.

[23] 王中原.文学本质论的存在论探究[J].文艺理论研究,2018,38(03):209-216.

[24] 王嘉军.重思他者:动物问题与德里达对列维纳斯伦理学的解构[J].浙江工商大学学报,2018(4):30-37.

[25] 王嘉军.列维纳斯与法国当代思想的"伦理转向"[J].哲学动态,2018(9):61-67.

[26] 王嘉军.好客中的伦理、政治与语言:德里达对列维纳斯好客理论的解构[J].世界哲学,2018(2):101-109.

[27] 王嘉军.当代西方文论的"伦理转向"研究[J].中国人民大学学报,2020,34(2):162-172.

[28] 吴冠军.爱的本体论:一个巴迪欧主义—后人类主义重构[J].文化艺术研究,2021,14(1):13-26,112.

［29］肖鹰.被误解的王国维“境界”说:论《人间词话》的思想根源［J］.文艺研究,2007(11):45-55,183.

［30］谢芳庆.闲·间·闻［J］.语文建设,1995(6):36.

［31］徐贲.扮装政治、弱者抵抗和“敢曝(Camp)美学”［J］.文艺理论研究,2010(5):59-67.

［32］徐晟.脸或者圣像:从列维纳斯到马里翁［J］.江苏社会科学,2007(6):34-37.

［33］严翅君.“儒家千年王国”论和“乌托邦现代化”理想:张謇的现代化观剖析［J］.南京大学学报(哲学·人文科学·社会科学版),2003(1):98-105.

［34］叶秀山.从康德到列维纳斯:兼论列维纳斯在欧洲哲学史上的意义［J］.中国社会科学院研究生院学报,2002(4):28-35,109-110.

［35］张弘.中西文化张力下的王国维美学［J］.江海学刊,1998(4):160-168.

［36］张再林.中国古代伦理学的身体性［J］.陕西师范大学学报(哲学社会科学版),2006(5):63-71.

［37］赵雪梅.文学创伤理论评述:历史、现状与反思［J］.文艺理论研究,2019,39(1):201-211.

［38］支宇.“反本质主义”文艺学是否可能?:评一种新锐的文艺学话语［J］.文艺理论研究,2006(6):15-23.

［39］周志强.唯美主义的耳朵:“中国好声音”“我是歌手”与声音的政治［J］.文艺研究,2013(6):5-14.

［40］朱刚.家的现象学:从海德格尔、列维纳斯到儒家［J］.深圳社会科学,2019(6):71-85,155.

［41］朱国华.别一种理论旅行的故事:本雅明机械复制艺术理论的中国再生产［J］.文艺研究,2010(11):36-46.

(三)报刊及电子文献

[1] 钱谷融,陈建华.岁月回声:钱谷融谈俄罗斯文学[EB/OL].(2017-08-14)[2018-01-12]. http://www. chinawriter. com. cn/n1/2017/0814/c404092-29468541. html? from＝timeline&isappinstalled＝0.

[2] 谢梦遥.嘻哈"起义"|长报道[EB/OL].(2017-08-12)[2017-09-23]. https://weibo. com/ttarticle/p/show? id＝2309404139896561340817.

[3] 杨畅.崔健当嘻哈导师? 他要衡量三件事[N].新京报,2017-09-22(C1).

二、译著

(一)书籍

[1] 阿尔特.恶的美学历程[M].宁瑛,王德峰,钟长盛,译.北京:中央编译出版社,2014.

[2] 阿甘本.裸体[M].黄晓武,译.北京:北京大学出版社,2017.

[3] 阿甘本.潜能[M].王立秋,严和来,等,译.桂林:漓江出版社,2014.

[4] 安德森.西方马克思主义探讨[M].高铦,等,译.北京:人民出版社,1981.

[5] 布拉伊多蒂.后人类[M].宋根成,译.郑州:河南大学出版社,2016.

[6] 巴特勒.脆弱不安的生命:哀悼与暴力的力量[M].何磊,赵英男,译.郑州:河南大学出版社,2013.

[7] 高居翰.致用与娱情:大清盛世的世俗绘画[M].杨多,译.北京:生活·读书·新知三联书店,2022.

[8] 克拉克.裸体艺术[M].吴玫,宁延明,译.海口:海南出版社,2002.

[9] 戴维斯.列维纳斯[M].李瑞华,译.南京:江苏人民出版社,2006.

[10] 德里达.解构与思想的未来[M].杜小真,胡继华,等,译.长春:吉林人民出版社,2011.

[11] 德里达.书写与差异[M].张宁,译.北京:生活·读书·新知三联书

店,2001.

[12] 德里达,杜弗勒芒特尔.论好客[M].贾江鸿,译.桂林:广西师范大学出版社,2008.

[13] 德里达.马克思的幽灵[M].何一,译.北京:中国人民大学出版社,2008.

[14] 唐宁,萨克斯顿.电影与伦理:被取消的冲突[M].刘宇清,译.重庆:重庆大学出版社,2019.

[15] 伊格尔顿.马克思主义与文学批评[M].文宝,译.北京:人民文学出版社,1980.

[16] 冯友兰.中国哲学简史[M].涂又光,译.北京:北京大学出版社,2010.

[17] 福柯.词与物:人文科学的考古学[M].莫伟民,译.上海:上海三联书店,2016.

[18] 乔治.嘻哈美国[M].李宏杰,译.南京:江苏人民出版社,2013.

[19] 高罗佩.中国古代房内考:中国古代的性与社会[M].李零,郭晓惠等,译.台北:桂冠图书股份有限公司,1991.

[20] 高罗佩.秘戏图考:附论汉代至清代的中国性生活(公元前二〇六年至公元一六四四年)[M].杨权,译.广州:广东人民出版社,2005.

[21] 哈贝马斯.现代性的哲学话语[M].曹卫东,译.南京:译林出版社,2011.

[22] 阿多.作为生活方式的哲学[M].姜丹丹,译.上海:上海译文出版社,2014.

[23] 韩炳哲.爱欲之死[M].宋娀,译.北京:中信出版社,2019.

[24] 韩炳哲.他者的消失[M].吴琼,译.北京:中信出版社,2019.

[25] 霍默.导读拉康[M].李新雨,译.重庆:重庆大学出版社,2014.

[26] 雅各比.不完美的图像:反乌托邦时代的乌托邦思想[M].姚建彬,等,译.北京:新星出版社,2007.

[27] 于连.本质或裸体[M].林志明,张婉真,译.天津:百花文艺出版

社,2007.

[28] 朱利安.从存有到生活:欧洲思想与中国思想的间距[M].卓立,译. 上海:东方出版中心,2018.

[29] 朱利安.间距与之间[M].卓立,林志明,译.台北:五南图书出版公司,2013.

[30] 朱利安.论普世[M].吴泓渺,赵鸣,译.北京:北京大学出版社,2016.

[31] 康德.判断力批判[M].邓晓芒,译.杨祖陶,校.北京:人民出版社,2002.

[32] 昆德拉.相遇[M].尉迟秀,译.上海:上海译文出版社 2010.

[33] 利维纳斯.生存及生存者[M].顾建光,张乐天,译.杭州:浙江人民出版社,1987.

[34] 勒维纳斯.上帝·死亡和时间[M].余中先,译.北京:生活·读书·新知三联书店,1997.

[35] 列维纳斯.从存在到存在者[M].吴蕙仪,译.王恒,校.南京:江苏教育出版社,2006.

[36] 列维纳斯.总体与无限.论外在性[M].朱刚,译.北京:北京大学出版社,2016.

[37] 列维纳斯.论来到观念的上帝[M].王恒,王士盛,译.北京:商务印书馆,2019.

[38] 列维纳斯.时间与他者[M].王嘉军,译.武汉:长江文艺出版社,2020.

[39] 柏拉图.会饮篇[M].王太庆,译.北京:商务印书馆,2013.

[40] 洛维特.世界历史与救赎历史:历史哲学的神学前提[M].李秋零,田薇,译.北京:商务印书馆,2016.

[41] 利奥塔.后现代性与公正游戏——利奥塔访谈书信录[M].谈瀛洲,译.上海:上海人民出版社,1997.

[42] 曼德尔施塔姆.曼德尔施塔姆诗选[M].扬子,译.石家庄:河北教育出版社,2003.

[43] 马里翁.视线的交错[M].张建华,译.台北:台湾基督教文艺出版社
有限公司,2010.

[44] 马礼荣.情爱现象学:六个沉思[M].黄作,译.北京:商务印书馆,2014.

[45] 马里翁.可见者的交错[M].张建华,译.桂林:漓江出版社,2015.

[46] 麦克拉纳,约翰逊.取消图像——反偶像崇拜个案研究[M].赵泉
泉,等,译.南京:江苏美术出版社,2009.

[47] 三石善吉.中国的千年王国[M].李遇玫,译.上海:上海三联书
店,1997.

[48] 三石善吉.传统中国的内发性发展[M].余项科,译.北京:中央编译
出版社,1998.

[49] 梅勒.东西之道:《道德经》与西方哲学[M].刘增光,译.北京:北京
联合出版公司,2018.

[50] 摩西.历史的天使:罗森茨威格,本雅明,肖勒姆[M].梁展,译.上
海:华东师范大学出版社,2017.

[51] 迈尔斯.导读齐泽克[M].白轻,译.重庆:重庆大学出版社,2014.

[52] 南希.肖像画的凝视[M].简燕宽,译.张洋,校.桂林:漓江出版
社,2015.

[53] 尼采.查拉图斯特拉如是说[M].孙周兴,译.上海:上海人民出版
社,2016.

[54] 朗西埃.图像的命运[M].张新木,陆询,译.南京:南京大学出版
社,2014.

[55] 利科.虚构叙事中时间的塑形:时间与叙事:卷二[M].王文融,译.
北京:生活·读书·新知三联书店,2003.

[56] 罗斯.行话:与名作家论文艺[M].蒋道超,译.南京:译林出版社,2010.

[57] 罗伊尔.爱的疯狂与胜利:莎士比亚导读[M].欧阳淑铭,译.北京:
中信出版社,2015.

[58] 施密特.哈姆雷特或赫库芭:时代侵入戏剧[M].王青,译.上海:上

海世纪出版股份有限公司,2015.

[59] 叔本华.作为意志和表象的世界[M].石冲白,译.北京:商务印书馆,1997.

[60] 舒斯特曼.身体意识与身体美学[M].程相占,译.北京:商务印书馆,2011.

[61] 莎士比亚.哈姆莱特[M].朱生豪,译.北京:人民文学出版社,1978.

[62] 西美尔.时尚的哲学[M].费勇,吴蓉,译.北京:文化艺术出版社,2001.

[63] 塔可夫斯基.雕刻时光[M].张晓东,译.海口:南海出版公司,2016.

[64] 蒂利希.存在的勇气[M].钱雪松,译.北京:中国轻工业出版社,2018.

[65] 特里林.知性乃道德职责[M].严志军,张沫,译.南京:译林出版社,2011.

[66] 韦伯.古犹太教[M].康乐,简惠美,译.桂林:广西师范大学出版社,2007.

[67] 沃尔弗雷斯.21世纪批评述介[G].张琼,张冲,译.南京:南京大学出版社,2009.

[68] 齐泽克.享受你的症候——好莱坞内外的拉康[M].尉光吉,译.南京:南京大学出版社,2014.

(二)期刊

[1] 布洛萨,汤明洁.福柯的异托邦哲学及其问题[J].清华大学学报(哲学社会科学版),2016,31(5):155-162,197.

[2] 詹明信.德国批评的传统[G].行远,译//深圳大学比较文学研究所.比较文学讲演录.西安:陕西师范大学出版社,1987.

[3] 列维纳斯,张尧均.脸的不对称性:列维纳斯与荷兰电视台记者弗朗斯·居维的对话[G]//高宣扬.法兰西思想评论第3卷.上海:同济大学出版社,2008.

[4] 列维纳斯,邓刚.哲学,正义与爱[G]//高宣扬.法兰西思想评论第3卷.上海:同济大学出版社,2008.

[5] 列维纳斯,王嘉军. 现实及其阴影[G]//高宣扬.法兰西思想评论·
2017 年(春).北京:人民出版社,2018.

[6] 马里翁,徐晟.从他人到个人[G]//高宣扬.法兰西思想评论第 3 卷.
上海:同济大学出版社,2008.

[7] 朗西埃.美学异托邦[G].蒋洪生,译//汪民安,郭晓彦.生产(第 8
辑).南京:江苏人民出版社,2012.

三、外文著作

(一)书籍

[1] ALEXANDER J C. Trauma:A Social Theory[M]. Cambridge and
Maden:Polity Press, 2012.

[2] ATTRIDGE D. Reading and Responsibility:Deconstruction's Traces
[M]. Edinburgh University Press, 2010.

[3] BERNASCONI R, CRITCHLEY S. The Cambridge Companion to
Levinas[G]. Cambridge:Cambridge University Press, 2004.

[4] BLANCHOT M. Political Writings, 1953—1993[M]. Trans. and intro.
Zakir Paul, Fordham University Press, 2010.

[5] CALIN R, SEBBAH F. Le Vocabulaire de Levinas[M]. Pairs:Ellipses
Marketing, 2002.

[6] COHEN R A. Face to Face with Levinas:Neighborhood Reinvestment
and Displacement [G]. Albany:State University of New York
Press, 1986.

[7] CRITCHLEY S. Infinitely Demanding:Ethics of Commitment, Politics
of Resistance[M]. London and New York:Verso, 2008.

[8] DERRIDA J. Psyché:Invention De l'Autre[M]. Paris:Galilée, 1987.

[9] DERRIDA J. Sovereignties in Question:The Poetics of Paul Celan
[M]. New York:Fordham University Press, 2005.

[10] DIPROSEP R. Corporeal Generosity: On Giving with Nietzsche, Merleau-Ponty, and Levinas[M]. New York: State University of New York Press, 2002.

[11] FORMAN M, Neal M A. That's The Joint!: The Hip-hop Studies Reader, Routledge, 2004.

[12] FOUCAULT M. Sensorium: Embodied Experience, Technology, and Contemporary Art[M]. Ed. Jones, Caroline A. , Cambridge: The MIT Press, 2006.

[13] HAND S. The Levinas Reader[G]. Cambridge: Blackwell, 1989.

[14] HANDELMAN S A. Fragments of Redemption: Jewish Thought and Literary Theory in Benjamin, Scholem, and Levinas[M]. Bloomington: Indiana University Press, 1991.

[15] HOLLER L. Erotic Morality: The Role of Touch in Moral Agency [M]. New Brunswick, New Jersey, and London: Rutgers University Press, 2002.

[16] LEVINAS E. Autrement Qu'Être Ou Au-Delà De l'Essence[M]. The Hague: Martinus Nijoff Publishers, 1978.

[17] LEVINAS E. Difficile Liberté[M]. Albin Michel, 1976.

[18] LEVINAS E. Le Temps et L'autre[M]. Montpellier: Fata Morgana, 1979.

[19] LEVINAS E. Les Imprévus de l'Histoire[M]. Montpellier: Fata Morgana, 1994.

[20] LEVINAS E. Noms Propres[M]. Fata Morgana, 1976.

[21] LEVINAS E. Otherwise than Being or Beyond Essence[M]. Pittsburgh: Duquesne University Press, 1998.

[22] LEVINAS E. Sur Maurice Blanchot[M]. Montpellier: Fata Morgana, 1975.

[23] LEVINAS E. Paul Celan: De l'Être à l'Autre[M]. Montpellier: Fata Morgana, 1976.

[24] LEVINAS E. Proper Names[M]. Trans. Michael B. Smith, London: The Athlone Press, 1996.

[25] LEVINAS E. Time and the Other[M]. Trans. Richard A. Cohen, Pittsburgh: Duquesne University Press, 1987.

[26] LEVINAS E. Entre Nous[M]. Gasset & Fasquelle, 1991.

[27] LUCKHURST R. The Trauma Question[M]. London and New York: Routledge, 200.

[28] LYOTARD J F. L'Inhumain[M]. Paris: Galilée, 1988.

[29] LYOTARD J F. The Inhuman: Reflection on Time[M]. Trans. Geoffrey Bennington and Rachel Bowlby, Cambridge: Polity Press, 1991.

[30] MARION J L. The Idol and Distance: Five Studies[M]. New York: Fordham University Press, 2001.

[31] MITCHELL W. J. T. Iconology: Image, Text, Ideology[M]. Chicago: The University of Chicago Press, 1986.

[32] NANCY J L, Ferrari F. Being Nude: The Skin of Images[M]. Trans. Anne O'Byrne and Carlie Anglemire, New York: Fordharn University Press, 2014.

[33] NUSSBAUM M. The Fragile of Goodness: Luck and Ethics in Greek Tragedy and Philosophy[M]. Cambridge University Press, 2001.

[34] OKSALA J. Foucault on Freedom[M]. Cambridge: Cambridge University Press, 2005.

[35] ORANGE D M. Nourishing the Inner Life of Clinicians and Humanitarians: The Ethical Turn in Psychoanalysis[M]. Routledge, 2016.

[36] RORTY R. Essays on Heidegger and Others: Philosophical Papers, Volume 2[M]. Cambridge University Press, 1991.

[37] SCHOPENHAUER, A. The World as Will and Representation Volme 1[M]. Trans. E. F. J. Payne, The Faclon's Wing Press, 1966.

[38] SIEDELL D A. God in the Gallery: A Christian Embrace of Modern Art[M]. Baker Academic, 2008.

[39] ŽIŽEK S. Did Somebody Say Totalitarianism? Five Interventions in the (Mis)use of a Notion[M]. London and New York: Verso, 2001.

[40] ŽIŽEK S. The Neighbor: Three Inquiries in Political Theology[M]. Chicago and London: The University of Chicago Press, 2005.

（二）期刊

[1] LEVINAS E, HAND S. Reflections on the Philosophy of Hitlerism [J]. Critical Inquiry, 1990, 17(1): 63-71.

[2] WRIGHTON J. Reading Responsibly between Martha Nussbaum and Emmanuel Levinas: Towards a Textual Ethics for the Twenty-First Century[J]. Interdisciplinary Literary Studies, 2017, 19(2): 149-170.

后　记

　　本书得以出版,首先要感谢丛书主编吴子林先生的抬爱、鼓励和指导。"中国当代文艺学话语建构丛书"第一辑自出版后,在学界产生了广泛的影响,入选丛书第一辑的学者都是我所敬仰的学界前辈,入选丛书第二辑的学者都是我所钦佩的青年翘楚,十分荣幸能与他们毗邻。

　　关于本书的写作意图、主旨和结构等,在序言中已有介绍,在此不再赘述。书中的不少内容曾经在学术期刊或其他媒体上发表,具体出处书中已一一标注,衷心感谢这些期刊和媒体编辑的垂青,以及在审校过程中的指教和打磨。书稿在写作的过程中,得到了我的导师朱国华教授的悉心指导,得到了许志伟、刘康、刘耘华、刘彦顺、曾军、张颖、褚潇白、吴攸、孙启栋、何卫华、范昀、许蔚、刘昕亭、高卫泉等师友的指导和帮助,日常与蓝江、吴冠军、姜宇辉、李洋、李科林、董树宝、夏莹、崔唯航、吕峰、潘黎勇等好友的交流也让我在写作中受益良多。感谢华东师大中文系的肖宁同学协助我所做的本书校订工作。感谢家人,尤其是我的妻子梁庆,对我的默默付出和支持,你们是我坚强的后盾。

　　对于以前主要从事西学研究的我来说,逐渐涉入中西文化和思想比较研究,受制于自身的学力,无异于跋山涉水。在这一跋涉的过程中,如偶有所得,幸福却是双重的,既获得了对西方文化的新理解,也获得了对中国文化的新认识。这种认识还远未做到"中西合璧",甚至也还未做到"双向奔赴",但却让我在双向巡游中,拥有了更广阔的天地。

　　由于本人水平有限,加之有的议题尚在摸索中,因此书中难免错漏与不足,敬请方家批评指正。